夏花

太后归来 著

SPM
南方传媒 ｜ 广东人民出版社

· 广州 ·

图书在版编目（CIP）数据

夏花 / 太后归来著. —广州：广东人民出版社，
2024.4
ISBN 978-7-218-17270-5

Ⅰ. ①夏… Ⅱ. ①太… Ⅲ. ①长篇小说—中国—
当代 Ⅳ. ① I247.5

中国国家版本馆 CIP 数据核字（2024）第 007448 号

XIAHUA
夏 花

太后归来 著

出 版 人：肖风华

策划编辑：钱飞遥 赵 丹
责任编辑：钱飞遥
责任技编：吴彦斌

出版发行：广东人民出版社
地 址：广州市越秀区大沙头四马路10号（邮政编码：510199）
电 话：（020）85716809（总编室）
传 真：（020）83289585
网 址：http://www.gdpph.com
印 刷：咸宁市国宾印务有限公司
开 本：890毫米×1240毫米 1/32
印 张：12 字 数：300千
版 次：2024年4月第1版
印 次：2024年4月第1次印刷
定 价：48.00元

如发现印装质量问题，影响阅读，请与出版社（020-87712513）联系调换。
售书热线：（020）87717307

目　录

三月份一到，广州的回南天就来了。天气持续阴晴不定、潮湿多雾。墙壁和瓷砖上被密密层层的水珠覆盖，阴暗的角落里生出了霉点，晾了好几天的衣服还没干，这一切都让人无法忍受。

何冉这几天一直睡不好，有一半是因为这折磨人的烂天气，还有一半则是因为一个素未谋面的男人。

她已经连续好几个晚上梦到那个男人。他有一副极其好听的嗓音，夜深人静时伏在她耳畔低语，说尽热恋中的情侣之间令人面红耳赤的话。

或许这就是别人所谓的少女怀春，可何冉甚至没见到过那个男人的正脸，也不知道他叫什么名字。就连何冉自己都觉得蹊跷。

这一切都源于一个星期前的一次偶遇。

那只是一个无比寻常的周五下午，放学后何冉和丁小煦一起回家。何冉坐的士，丁小煦蹭她的顺风车，已成惯例。

在校门口拦车时，丁小煦突然说："何冉，我们今天先不着急回家吧。"何冉看着她问："你要干吗？"

丁小煦挠着头发，笑了笑说："之前你不是问我想要什么生日礼物吗，我不好意思要太贵的，要不你就请我剪个头吧。"何冉点头："可以，你想去哪家？"她包里有很多张美发卡，都是几位堂姐表姐送的，但是一直没用过。

丁小煦微圆的脸蛋上泛着红光，羞涩地说："去正佳新开的那家，听说里面有几个理发师特别帅，好想看一看。"何冉想的却是另外一回事，新开的店，那她应该没有卡，不过这也不碍事。思考片刻后，何冉点了点头说："好，走吧。"

司机将她们送到商场正门，接下来便是丁小煦带路。两个穿着蓝白色校服的少女并肩而走，一个活泼可爱，一个文静清纯，路上倒是一对回头率极高的组合。丁小煦来之前做足了准备，轻车熟路，很快就找到了目的地。

何冉至今已经无法回想起那家最近被身边的女同学传得沸沸扬扬、帅哥齐聚的美发店究竟是装修成什么样子的了，关于那个下午的回忆，另一个人的存在远远压过了其他东西。来之前她并不像丁小煦那样满怀期待，所以在见到女生们认知中的"帅哥"时，并没有什么过多的感觉。说实在的，她并不喜欢他们故作绅士的白衬衣和紧身裤，还有太过前卫张扬的发型，这里的男人虽然样貌清秀，可身上都有一股摆不脱的阴柔味，但看看自己身边双眼放光、笑得喜滋滋的丁小煦，何冉觉得她开心就好吧。

丁小煦经不住花言巧语的攻势，在一群帅哥们带着夸赞的推荐下，很快就决定不仅要理发，还要做个拉直，再护理一次。丁小煦不好意思地看向何冉，说："拉直和护理的钱我自己付就行了。"何冉不在意地摇摇头："没事。"

余下的时间，便是丁小煦在一群人的簇拥中笑得花枝颤抖，何冉则冷冷清清地坐在一旁看书打发时间。后来不知是谁把主意打到了她头上，有人走过来频繁地询问她需不需要做些项目，她客气地回绝了几次，那人仍是坚持不懈地向她推荐。最后她被磨得稍有些不耐烦，只好同意洗个头。

在一个女人的带领下，何冉走上二楼。二楼的灯光瞬间幽暗隐晦下来，装修和摆设充满了风雅气派的韵味，过道里放着古筝奏鸣的乐曲，如潺潺溪水流过。

何冉跟随女人走进一个偏僻的小房间，里面灯光更加暗淡，四周漆黑而安静，何冉隐隐看见房间里摆着三张宽敞的洗发床，床与床之间大概隔着一条手臂的距离，以镂空的折叠屏风隔开，屏风上画的是一幅梅兰竹菊。何冉觉得舒服多了，或许上二楼来消磨时间是个不错的决定。

何冉随意选了一张床坐下，女人让她稍等两分钟就走了出去。何冉以为她是去做什么准备了，过了两分钟后，身后再次响起轻微的脚步声。

一只手将她扎成马尾的长发解开，橡皮筋缓缓脱下，动作算得上是轻柔，并没有丝毫扯痛她的头皮。何冉配合地摘掉眼镜，握在手心里。接着一条白色毛巾披上她的肩头，微微塞进竖起的衣领里。

"躺下吧。"

听到这个声音时，何冉下意识地敛了敛眉。她以为刚才领她上楼的女人就是负责给她洗头的，怎么突然换了个男人？虽然让一个男人给自己洗头这种感觉非常奇怪，但出于礼貌，她没有表现出任何不满，也没有即刻要求换人。她顺从地按照男人的要求慢慢躺下，稍微调整了下后脑勺的位置，心里想着：算了，也就这一次。

男人开始放水，一边调试水温一边问她："等下要理发吗？"

"不用。"

"要用什么洗发水？"

"随便。"

何冉在心里默默评价，这个人声音挺好听的，是那种很难不让人产生好感的声音。深沉，醇厚，含着一点沙砾的质感，就像秋天的树叶被风吹动，沙沙作响。对于听习惯了韩屿那副正处于变声期的公鸭嗓的何冉来说，这样成熟的男人的声音简直能称得上天籁之音。

男人将水流转过来对着她额头冲洗了一下，低声问："这个温度可以吗？"

"可以。"

他很快将她头发四周淋湿，然后挤了几下洗发乳，在她头上揉搓起来。何冉问他："你们这里都是男人负责洗头吗？"男人回答："也有女人，是按编号排的，轮流洗。"

"那你是多少号？"

"33号。"

"噢。"人手倒是挺多的。

男人的搭话显得漫不经心，非常公式化，何冉回应的态度也不冷不淡，两人都无意多言，谈话便没有再继续下去。这个人不像刚才在一楼的那些人，滔滔不绝地跟她推荐各种服务，或是自来熟地谈东论西，恨不得把别人的家底都挖出来。他只是安静地洗头，完成自己的工作。

一开始何冉并没有觉得异常，甚至微微眯上眼睛想要休息一会儿，直到她的耳朵突然被捏住。她心口一颤，也不知道自己的这种本能反应有没有通过身体表现出来。这个动作是流程中应有的，之前帮她洗过头的技师们也会按揉冲洗她的耳朵，这没什么不正常的。不正常的是她。

昏暗的环境中，何冉是深度近视，她看不清男人的脸，但是能感受到他指尖的温度，她全身的血液似乎都涌到了耳朵那个敏感的地方，又热又麻。

实际上，除非必要，何冉极少来美发店这种地方，一是因为做头发时难免要摘下眼镜，眼前一片模糊，看不清楚东西会让她没有安全感，而且这种不安感会赤裸裸地暴露在别人面前；二是因为不可避免地要与许多陌生人产生较亲密的肢体接触，这会令她觉得极不自在。更何况现在摸着她耳朵的还是个男人。

何冉并没有什么男生缘，与她关系比较亲密的异性仅限于爸爸和几个兄弟，小时候爸爸亲吻过她，哥哥们也抱过她，但从来没有一个男人给她洗过头。奇怪的是，她此时此刻居然没有产生反感。当然，也绝对不是享受。她紧张，非常紧张，全身都因为被另一个人捏住的地方而绷得无比僵硬。

温热的水流顺着她的耳轮流向耳垂，带起一阵子奇异的瘙痒，何冉想她的身子一定在发抖，而且抖得很明显。

痒。想笑。

何冉紧紧咬着嘴唇，努力压抑住。她害怕自己细微的变化会通过接触的肌肤传达到这个陌生的男人手中，更不愿意被他发现自己此刻所想。但这似乎很困难。终于，男人的手从她耳朵旁离开了，她微微松了口气。他再挤了些洗发乳，双手又开始抓挠她的头皮。"这个力道可以吗？"男人用好听的声音询问。

此时再听那道悦耳低沉的嗓音，却觉得近在咫尺，仿佛轻柔的羽毛包围了整个心窝。何冉说不清楚心头仿佛被小虫子啃噬了一口的感觉是怎么回事，但可以肯定的是，这种情绪是非常陌生的，从未有过的。她愣了一会儿才回答："可以。"

"还有哪个地方痒吗？"

"有。"

"哪里？"

何冉无声地吸了口气，半晌才说："没有了。"

"那我冲水了。"

"好的。"

全程大概十分钟的时间，说长不长，说短不短。帮何冉把头发用毛巾包起来后，男人的工作就完成了，他离开了房间。何冉听到背后的脚步声再戴上眼镜回过头看时，只来得及捕捉到一个修长的黑色背影。

一个多月过去了，何冉不愿意承认自己对一个仅仅相处了十分钟的男人魂牵梦绕。更讽刺的是，那与其说是一个男人，还不如说只是一道声音。

伫立在窗前，何冉若有所思地看着楼下花园里的景色，不自觉地发起呆来。不知过了多久，一辆黑色小轿车从栅栏外缓缓驶进来，车头的标识彰显着主人非同一般的身份。或许是因为站了太长时间，她感到有些乏力，伸手轻轻触碰了下额头。没过几分钟，就听见母亲杨文萍的声音从楼下传来："冉冉，小屿到了，快下来接人家……"

头好像变得更晕了，何冉深吸一口气，强打起精神，转身下楼。

韩家与何家是世交，上几代人的友谊一直延续至今，然而到了何冉和韩屿这一辈却似乎不容乐观，两人大概是八字相克，走到哪都像冤家碰头、磕磕绊绊，但大人们自以为这正是他们感情很好的另一种表现方式，所以将这一切都归结为他们还太小、不懂事。

吃晚饭时，何冉从闲聊的大人们口中得到这样一则消息——大伯家的二女儿，也就是何冉的堂姐，前几日被发现跟家里雇佣的司机私通，当场被抓个现行，那个司机被教训了一顿驱逐出去，堂姐也受到长辈们严厉的批评，禁闭在家中面壁思过一个月。

杨文萍一边说一边还不忘回过头来给何冉打预防针："你以后要是敢做这种丢人现眼的事，我就直接不认你这个女儿。"韩太太笑着打圆场："怎么可能呢，冉冉从小就是这群孩子中最安分懂事的一个，能生个这么乖的女儿你就该偷笑了。倒是我这个儿子啊，唉，都这么大了还天天跑出去闯祸，太不让人省心了……"

被批评"天天跑出去闯祸"的那位主，抬起他那头染得金灿灿的脑袋，带着戾气的眼神瞪了何冉一眼，仿佛把不满都撒在她身上。何冉沉默着夹菜吃饭，谁都没搭理。

吃完晚饭后，何冉回二楼房间休息。没能安宁多久，一个不速之客没敲房门就直接闯了进来，大摇大摆走到她面前："何冉！"何冉抬起头来看着他："什么事？"

韩屿不由分说将书包甩到她床上："级长要我写一个旷课检讨，明天交，你帮我搞定。"又是这种苦差事，以往她为了避免争吵都会直接答应下来，今天也不知道是哪根筋不对劲了，她开口拒绝："我没时间。"

韩屿显然不会被轻易打发："没时间？骗谁呢，你现在不就有时间！"何冉又说："我又没旷过课，我不会写。"

韩屿歪着嘴角嗤笑一声："姐姐，你能不能编个像样点的理由。"何冉无声地动了动嘴唇，欲言又止。算了。谁叫他是高高在上的韩家大少爷呢，所有人都对他言听计从，何冉早就学会如何不将自己不满的情绪表露在脸上，与他对着干只会为她惹来更大的麻烦。

那之后，韩屿霸占了她的书桌和电脑，她不得不坐在地上、趴在床边做作业。

韩屿把电脑声音调成外放，开始唱歌。听说上学期他参加了音乐社团，和一帮狐朋狗友组成了一个摇滚乐队，现在他在何冉房间嘶吼的这首英文歌就是他们过几天即将排练的歌曲。何冉听不懂他在唱什么，也不想听懂，在她听来他的歌声就是鬼哭狼嚎、穿耳魔音。

　　何冉不由自主地怀念起那个好听的成熟的声音，接着不知怎么又想起了二堂姐的事，二堂姐平常看着挺胆小内向的，连只小鸟飞过都能吓到她，谁能想到这个文静的女孩子竟然会做出这样大胆豪放的举动。她与司机私通的丑闻被曝出后所有人都大跌眼镜，但何冉却并不觉得太惊讶，事实上早在很久之前，何冉就已经察觉到了端倪。

　　那天晚上花园里不知在举办什么聚会，她中途悄悄离场想出去透透气，后来鬼使神差地就逛到了停车场里，接着便看到了那辆轻微震动的轿车，还有车窗里面两副紧紧相拥的身躯。视线停留的时间或许比平常打量事物时多了三分之一秒，虽然只是短暂的一瞥，但那一幕已经深深烙在何冉的脑海里，有时她会没来由地回想起。

　　何冉回过神来时才觉得头疼，这多半是拜韩屿那分贝过高的重金属音乐所赐。她戴上耳机，放起别的音乐，沉浸在自己的世界里。没一会儿，耳机被人蛮力摘下。

　　韩大少爷冷冰冰地看着她："何冉，你什么意思？"何冉面无表情："你影响到我了。"

　　韩大少爷一张脸拉下来："你是不是觉得很难听？"何冉捂着良心："不，你唱得挺好的。"

　　"那你戴什么耳机？"

　　想不明白韩屿今天为什么格外爱找茬。何冉冷静地看着他，几秒后转过身背对，算了，你爱唱就继续唱吧。

　　感觉到何冉的爱理不理，韩大少爷彻底发怒了，鼠标被用力摔在地上，登时四分五裂。"何冉！我跟你说话呢！你装作听不见是吧！"何冉置若罔闻，缓慢地走向床边。

一本书重重砸到她背上，"何冉！你给我站住！"

看看，这年少轻狂的行事风格，冲动，浮躁，要有多自私就有多自私。他可以大声唱歌，就不允许别人嫌弃他唱得难听。所以何冉很不喜欢跟自己同龄的男生打交道，他们几乎都是一个德性。

何冉被迫停下脚步，弯腰捡书，一双脚进入她的视野中，比她动作更快地将书踩住。"何冉，我最讨厌你这个目中无人的样子！别以为我不知道你在想什么，你很讨厌我是吧，你有种就大声说出来啊！我最讨厌你虚伪敷衍的样子！"

何冉直起身子，无奈地说："我没有，我只是有点头晕。"韩屿怔了一下。他盯着她，像是在审视她这话的真假，过了几秒钟，他语调稍平缓些，试探着问："你又贫血了？"

何冉点头，声音更低了："嗯，应该吧。"某人总算有点良知，回到电脑旁把音乐关了，说："那我先走了，你休息吧。"

何冉当然求之不得，立马点头说："好，再见。"韩屿走到门口，又折了回来，补充道："明天跟我出去玩。"

何冉今天晚上总是忤逆韩大少爷的意见："可以不去吗？你也看到了，我不舒服。"韩屿一口否决："不行，你现在不舒服不代表你明天也不舒服。"

"…………"

"就这样定了，明天早上十点见，不准迟到，你要是不来的话……"韩屿话音微顿，他的表情就是个十足的混蛋，"回头有你受的。"说完甩上门走了，动作还是他一贯的风格，丝毫不顾及别人的耳朵。

房间里终于清静下来，何冉懒得思考他临走前放的那些威胁的话，爬上床一头埋进被子里睡了过去。晚上何冉又做梦了。狭窄的空间里，闷热潮湿，汗水密密匝匝地黏在身上。她不知道自己身在何处，混沌之中似乎一切事物都在晃动，冰炭同炉般的刺激感在她体内疯狂窜动着，意识涣散的时候她只分辨得出一个熟悉的音色。有一个滚烫而结实的身躯紧紧挨在她身后，声音近在咫尺："这个力道可以吗？"

那声音，似亲昵，似引诱，听得她全身骨头都酥掉了。

第二日醒来时，天边蒙蒙亮，曙光丝丝缕缕穿过云层。何冉坐起来，床边空空，她抱着自己的双腿，将脸埋进膝盖间，轻轻地叹了口气。这已经是第几个晚上了，又梦到他了。白天她从不会想起那个与自己毫无瓜葛的男人，可到了晚上他就会出现在她的梦里，她没有办法控制自己的梦境，总不能不睡觉吧。

何冉今年18岁，萌芽初开的年纪，不知道自己身边同龄的女生会不会做这种梦，但她也没有厚脸皮到主动去问别人的程度。

何冉抹了把脸，试图让自己清醒一些。她下床走到书桌前，从抽屉里拿出尘封已久的素描本和炭笔，再找出来个垃圾桶。一边削笔一边在脑海里构思着等会儿要画的内容，梦中男人的模样，他有一双很结实的臂膀，很宽厚的肩膀，很刚劲的腰板，这些都是她在梦中真真切切感受到的，可他的脸……他的脸是空白的。

打完几条简单的辅助线后，何冉开始画了。在人体课上，她曾画过很多副男人的裸体，临摹的，写生的，但这样凭空想象却是第一次。换汤不换药，人体的基本结构都差不多，只不过她觉得他的肌肉线条应该更流畅一些，要着重刻画，那几笔算是她主观的处理手法。

何冉画人体的顺序比较奇怪，她是先从脚开始的，然后是小腿、大腿，再到腰部、胸腔，一直往上。最后，她的笔尖停顿在他的眉目之间，迟迟下不了笔。关于他的五官，她大脑里一片空白。他是长什么样子的？

何冉试图从他的声音出发去联想，可她没有办法将他的声音跟那天她在美发店一楼里见到的任何一个男人的形象对号入座。不知是出于哪里来的直觉，她笃定他的长相一定不是那种阴柔的类型。就算是普通平凡，也不该是那种样子。半晌，何冉把笔一搁，像是下了什么重要的决定，倏地站起身来。

十一点三十分，何冉坐在出租车里，看着窗外高速公路上川流不息的车辆发呆。包里的手机震动了很长一段时间终于消停下来，这已经是一个小时内的第十四通未接来电了。

一个小时之前，也就是韩屿打来第一个电话的时候，何冉正好到达正佳那家生意火爆的美发店。她点名找33号帮她洗头，然而等她上了二楼、解开头发躺好时，走进来的居然是个女人。后来经过询问才得知，原来的33号早在一个星期前就辞职了。

何冉洗完头后连吹干都顾不上就匆匆离开了，走之前顺便向店长打听了一番33号的去向。店长给她留了一串地址，告诉她萧寒在小洲村有一家自己的小发廊，他回去单干了。

萧寒，何冉在心里默念了一遍他的名字。

出租车在小洲村里的十字路口停下，里面的路太窄了车辆不易通行，何冉只能在这里下车。付钱的时候韩屿打来了第十五通电话，何冉接过司机找的零钱，把手机调成飞行模式然后开门下车。小洲村对她来说并不陌生，上学期她参加集训的画室就在这里。小洲村本是个很具岭南特色的古朴小村寨，但近年来因为画室的剧增，人口也变得繁密起来，原始的气息自然就渐渐磨灭了一些。

何冉虽然在这里待了大半年的时间，但她不像身边的其他学生，一有空就喜欢成群结队地跑出去玩，所以对这里的路不算太熟悉。

小洲村虽然面积不大，但一条条小巷子错综复杂，浓荫蔽日，一旦走进去很容易会被绕得晕头转向。何冉顺着街牌号一家家往下走，兜了好几个大圈子，在她的鞋底被磨破之前总算在一个无比隐蔽的胡同里找到了一间理发店。

僻静的石板路小巷尽头，那间理发店就安静地坐落在那，没有任何招牌，两扇木门上贴着陈旧的对联和泛黄的老照片，黑白条纹的灯柱缓缓地转动着，看起来年代久远，充满了岁月的沧桑感，门前有一层高高的水泥台阶，何冉就站在那层台阶下边往上看。她已经站了有一会儿了，长时间抬着头导致脖子无比酸痛，她正想扭一扭脖子，理发店的门突然被打开。

一只花白的猫从里面蹿出来，姿态慵懒。再接着，走出来一个男人。男人上身穿黑背心，下身套着松松垮垮的工装裤，整体看起来不修边幅。他将盆里的水泼进一旁的草丛里，然后才注意到站在台阶下边的何冉，眯了眯眼打量她。

两人对上视线，男人先问："理发吗？"他一开口，何冉就认出是他。她忍不住又将他上下多打量了一遍。男人的长相怎么说呢，应该是比较年轻的，但却有一股沉淀的味道在里面，特别是眉眼到鼻梁的地方，高低起伏，深邃而硬朗。发型也很干净利落，自然顺服地沿着鬓角生长，跟学校里那些刻意用发膜把头发竖得高高的男生都不一样。

何冉盯着他看了好一会儿，男人大概以为她正在考虑他的问题，便站在原地安静地等候着。可以肯定的是，他已经不记得她了，这很正常，他每天要接待那么多客人，能记住其中的一两个就算不错了，况且她长相普通，也没有像他那样的一副标志性好听的声音，怎么能让人记住。

半晌，何冉冲他说："洗个头吧。"她说完，抬腿迈上台阶，走到男人跟前。

擦肩而过时，何冉发梢微湿，隐隐散发出洗发水的清香味，男人面上有几分疑惑，问："你应该才洗过吧？"何冉面不改色："没有。"

"…………"

两人沉默站了一会儿，何冉改口说："洗过就不能再洗一次吗？"上门的生意没有不做的道理，男人侧过身子给她让道："请进吧。"

理发店里的摆设同样古老而简陋，铺着不太平整的水泥地，大概也就二十平方米的小地方，只摆了两张理发椅，那木椅子看起来也有些年头了，被磨得连花纹都看不清晰了。梳妆台上摆着乱七八糟的杂物，镜子缺了角、掉了漆，边边角角里还有些灰尘。男人掀开一条布帘，领着何冉走进里间，里面摆放着一张洗发床，床上破开了几个小洞，可以看见塞在皮下的海绵。

洗发床是半躺式的，何冉个子不够高，坐下去后两条腿悬在半空中，不太舒服。男人找了一个小板凳来，垫在她脚下，这样就好受多了。他将毛巾披在何冉的肩上，解开她的马尾辫，让她躺下，开始洗头。男人的手心长了一层厚厚的茧，期间似有若无地撩过她的脖颈，都激起她的一阵战栗，何冉想到接下来会发生的事情，已经开始有些紧张。

待她躺好，男人打开花洒，冲水，一边问："水温可以吗？"

"可以。"

何冉的头发很干净，男人只挤了一点洗发水，很快就搓出大片泡沫。

刚刚那只蹿出门去的大花猫又跑了回来，一跃跳到床边的杂物桌上，坐下来盯着两人。何冉侧过头打量了几眼，那只猫毛发还算比较干净，男人看到它也没说什么，她猜测应该是他家养的吧。正这么想着，那双温热的大手又过渡到自己耳朵后面去了，搓揉，按捻。他力道很轻，可却一下一下戳进何冉的心窝里，她两只脚尖紧紧地蜷缩在一起，指尖深深陷进破开的海绵里，试图分散自己的注意力。

"这个力道可以吗？"

"可……以。"她终是没忍住，一张嘴就发出了颤音，听起来像在笑。

男人不解："怎么了吗？"

何冉严肃道："没什么。"

他的手终于离开敏感的区域，何冉心里松了口气，可又感到低低的失落。没过一会儿，男人又问了同样的问题："等下要理发吗？"

何冉没看见店里有其他人手，好奇道："你剪吗？"

"嗯。"

"你……会剪发？"

男人答得微妙："能剪。"

能剪就是不一定剪得好看的意思。何冉想了想，说："等会儿再决定吧。"

冲完水后，她的头被毛巾包扎得高高的，跟着男人走到外间，随意挑了张理发椅坐下。男人从抽屉里找出来个电吹风，插上插头，将她的头发吹至半干，又问："要理发吗？"

何冉看着镜子中的自己，犹豫了一阵子。自从两年前出院后她就再没剪短过，头发长得很快，现在放下来已经接近胸前了。来之前她本没打算要剪头发，但此情此景，她莫名其妙地就点了下头："剪吧。"

男人又问："要剪什么发型？"

何冉不太在乎地说："你看着办吧。"

"剪多短？"

还是同样的回答："你看着办吧。"

男人给出建议："天气变热了，剪个短发吧？"

何冉顿了顿，像在思考，最终点了点头："好。"

男人转身去拿理发布，在空中抖了两下后围在何冉的脖子上，那是块染着星点污渍的白色理发布，质量很差，没有颈纸的保护，何冉感觉到自己脖颈周围的肌肤被布料硌得很不舒服。男人接着拿来理发工具，几把剪刀，然后就开工了。何冉之前有猜测过他应该是业余的，没有考过证就直接上岗的，现在看来她的猜测应该是对的。男人的刀法凌乱，可以说毫无规律可循，东边剪几刀西边又剪几刀，何冉有点怀疑自己的发型最终会变成什么样子。

通往二楼的狭窄的楼梯里突然走下来一个女人，何冉一开始是听到高跟鞋碰撞地面发出的尖锐的声音，然后才朝镜子里看去。那个女人有一头大波浪卷的长发，有些蓬乱，看起来像是刚睡醒的模样，脸上的妆容却精致艳丽。

女人走到何冉对面的那张理发椅坐下，跷起二郎腿，打着哈欠问："萧哥，什么时候做午饭啊？饿死了。"她说的是方言，听口音应该是川蜀一带的。男人专心地理着发，没有看她，只是回答道："等十分钟。"

何冉在镜子里偷偷打量着那个女人，她画着浓妆看不出五官如何，但可以肯定的是身材很好，前凸后翘，薄薄的衣料紧贴玲珑曲线。

这时，男人已经剪完她后边的头发，要开始剪刘海了。何冉配合地摘下眼镜，也不好再偷窥人家。男人绕到她身前，弯下腰，凑近她，两张脸相隔不到十厘米，何冉觉得自己此刻若是呼吸沉重一些他都能察觉得到。

何冉双眼合上，眼睛看不见时感官更加敏锐。冰凉的金属擦过她的额头，细碎的短发逐一掉落在鼻梁上、脸颊上，何冉觉得有些刺痒。他的指腹不经意间掠过她的肌肤，余温灼人。明明他没有再碰到她的耳朵，可何冉的心又莫名因为这种轻微的接触而揪在了一起。在她自己还没反应过来的时候，她已经毫无征兆地睁开双眼。男人大概也没料到她会突然睁大眼睛，握着剪刀的动作顿了一下。四目相对，他的双瞳是一片汪洋大海，却又比黑夜的颜色更浓重。何冉定神看着，像是要在深海里寻找耀眼的星星。

片刻，男人勾了勾唇，说："你还是把眼睛闭上吧。"何冉没说什么，依言闭上眼。

男人的时间估算得刚刚好，十分钟后，他拿海绵垫帮何冉擦掉脸上的碎发，然后解开了理发布。

何冉睁开双眼，戴上眼镜。镜子里映出一张白皙而娇小的脸庞，简洁的齐刘海、学生头，看着清爽干净，减轻了一份阴郁气质，何冉挺喜欢的。她满意地拿出钱包，问多少钱。

男人说："洗剪吹一共15块。"

何冉身上只带了面值一百块的钞票，以及刚刚坐出租车找的几张十块钱。她递给男人两张十块，男人又退还给她一张。

何冉疑惑地看着他。男人微微抿唇，解释道："你是今天第一个客人，收10块就行。"何冉接过钱，礼貌地说了声谢谢。临走前，她回头望了一眼，发现自己的手机不小心落在了梳妆台上。挺好的，就让它留在那里吧。

何冉赶到KTV时已经下午一点，韩屿他们乐队的排练早就告一段落，正聚在一起喝酒闹着玩。她推开门走进来时，韩屿抬头看了一眼，但并没有马上认出她，如果不是她叫了他一声，他还以为是哪个走错门的小妞。

韩屿早上一共给她打了十几通电话都没人接，到后来甚至还关机了，何冉很明显是故意的，可想而知韩大少爷现在的心情会有多么郁怒。韩大少爷生气时一般会有两种表现，一种是大发雷霆摔东西，另一种是用他自以为得逞、实际上却非常幼稚的行为羞辱何冉一顿。现在就属于第二种。

包间里正在玩划拳喝酒，韩屿招呼何冉在他身边坐下，让她加入游戏。划拳是何冉的弱项，酒令没喊几轮，她就输了一盘。有人将一杯倒得满满的啤酒送到她面前。何冉没伸手，"我不能喝酒。"她说话时，眼睛看着韩屿，很显然，她需不需要喝这杯啤酒，最终决定权在他身上。

韩屿双臂展开搭在沙发上，懒洋洋地看着她："你要愿赌服输。"何冉说："我可以以茶代酒。"

他一副隔岸观火的态度："喝茶有什么意思，得喝酒，只喝一杯不会出事的。"何冉盯着他，目光不退不让。她知道韩屿想让她服软，但她偏不肯。

片刻，何冉拿起酒杯，果断干脆地往嘴里送。没什么可怕的，反正她也不把这副身体当自己的。然而预想中辛辣的味道并未入喉，酒杯半途被韩屿拦下。对上何冉审问的眼神，韩屿不怀好意地笑了笑。

何冉对他多么了解，只一个表情就知道他又在想着什么新花样捉弄她。果然，没过几秒，就听他说："知道你不能喝酒，所以我一早就特地为你准备了别的饮料。"

话毕，他将一杯说不出是什么颜色的液体端到何冉面前，笑得更加得意："这是我专门叫服务员给你榨的果汁，里面加了苦瓜汁、柠檬汁、芥末、山楂，营养很丰富的，多适合你喝。"

何冉微微蹙眉，盯着那杯稀奇古怪的东西，以沉默表达着自己的抗拒。

"怎么，不想喝？"

何冉没说话，她宁愿喝酒。

"行啊。"韩屿耸了耸肩，"你不想喝的话就算了，我也不为难你，但是徐娅菲的事……"

何冉打住他的话，伸手接过杯子："我喝。"

韩屿勾起嘴角，好整以暇地看着她。

何冉捏着鼻子张开嘴，将杯子里的液体一股脑倒进嘴里，好几次没忍住差点吐出来。她强忍着不适，努力咽下，继续往嘴里灌。余光里是韩屿戏谑的笑容。

包间里坐着的另外几人都是乐队成员，对于韩屿和何冉之间的那层关系，大家都心知肚明却不敢捅破。几个人是从小玩到大的兄弟，以前一起旷课去网吧不学无术的，可是也不知道从哪天开始，韩屿突然兴致冲冲地提出要组建什么乐队，拉着几个根本没天赋的人陪他一起闹。直到某天，年纪最长的鼓手偶然发现，他们反复练习的那首二十世纪八十年代英文歌曲，居然碰巧是何冉住院那段时间列表里的单曲循环。

哪有那么多碰巧。

鼓手本想苦口婆心地劝韩屿，对喜欢的女孩子不是这么追的。没想到引来对方的暴跳如雷："我喜欢她？开什么玩笑！你脑子坏掉了吧，到底是你打鼓还是鼓打你？"久而久之，大家都选择看破不说破，明哲保身。

不过今天的捉弄还是太过了，鼓手上前轻拍韩屿肩膀："别太过了，人家不是挺乖的吗？"韩屿冷笑："乖？都是装的，她一肚子坏水呢。"

何冉将喝空的杯子放在桌子上，用纸擦了擦嘴角："这样可以了吗？"韩屿的报复心理总算是得到满足，脸上浮现出笑意，抬了抬下巴示意可以了。

何冉站起身，脚步很快地走进洗手间里漱口。

年轻人精力旺盛，一直闹到晚上十点才散场。其间，何冉就沉默地坐在旁边看着他们，尽量降低自己的存在感，韩屿在那之后倒是没有再找她的茬了。

从KTV里出来，乐队其他人打车离开，何冉和韩屿站在路口，等司机来接。五分钟前，韩屿不知道给谁打了个电话，现在，一个穿着露脐装和超短裙的女孩出现了他们的面前。韩屿走上前，熟络地搂住女孩的肩膀，又朝何冉扬扬下巴，吩咐道："你先回去吧。"她点头说好，转身正要走，韩屿突然又叫住她："等等。"

何冉回过头看他。没想到韩少爷又有了新的不满，他打量她几眼，皱着眉头嫌弃道："何冉，我不喜欢你的短发，丑死了，像个村姑。"

何冉从前并不算是个叛逆的女孩，可不得不承认，在听到韩屿说出这句话时，她心里愈发对自己的新发型感到满意。

何冉心情愉悦地跟韩屿道了别。现在，她得去把她的手机找回来。

小洲村里的路本就不好走，路上不期然下起小雨来，青石板路就变得更加湿滑。晚上十一点，家家户户都熄了灯，小巷子里万籁无声，月光下的古树和小河泛着黯淡的光泽，人影寥寥。这幅光景，乍看是非常静谧轻松，对于独自走夜路的女生来说却危机四伏。

何冉感觉到几个擦肩而过的男人都在回头看自己，她不由自主地加快了步伐。花了些功夫，找到白日来的那家理发店，她试探性敲了几下门，也不知道这个点人家睡了没。

不久，屋子里面传来脚步声，脚步声缓慢而沉稳，随即门被打开。男人探出头来，辨认了几秒，说："噢，是你。"他打开门，让何冉进来，"来找手机的？"

何冉点头："是的，我不确定是不是落在你这了。"

男人说："你白天放在桌子上忘记带走，我帮你收起来了。"男人走到里间捣鼓了一阵子，很快就走回来，把手机归还给何冉。

她点头感激道："谢谢你。"

男人语气淡淡的："没事。"

何冉站了一会儿，说："那我先走了，不打扰你休息了。"

"好的。"

说完话后她却站着没动，犹豫了几秒，又说："可以借我把伞吗……外面下着雨。"

男人说："你稍等一下。"他转身上楼拿，没一会儿就夹着把雨伞下来了，不堪重负的楼梯因为他的踩踏而发出吱呀吱呀的声音。

待他走到跟前，何冉很不好意思地问："有没有打扰到你女朋友睡觉？"

男人微愣："女朋友？哪个女朋友？"

何冉不知道他这话的意思是他没有女朋友，还是他有很多个女朋友。"呃……就是今天白天在这里的那个姐姐。"

男人明白过来，抿了抿唇说："只是朋友而已。"

"噢，那是我误会了。"何冉适时地闭上嘴没再多问，切勿交浅言深。

男人又说："你一个小姑娘胆子挺大的，这么晚了还一个人跑出来。"

何冉叹了口气说："没办法，我今天特倒霉，钱包被偷了，没钱坐车回家，手机也不知道掉哪了，联系不上家人，只能回来找找看。"何冉从他手里接过雨伞，那是一把黑色的长柄大伞，很沉闷的款式，她再次感激道："总之，谢谢你了。"

男人思考了一阵子，说："我送你一程吧，这一块不太安全。"

何冉当然不会拒绝，她想了想说："那好，又麻烦你了。"

男人把门锁好，跟何冉走下台阶，这把伞确实够大，遮两个人完全没问题。

两人一路上沉默不语，何冉时不时用余光悄悄地打量身旁的男人。他半张脸被伞棚的阴影遮住，另外半张脸露在外面，俊朗的轮廓被清冷月光镀上一层神秘的色泽，仿佛在诉说着某个悲伤的故事。

何冉莫名想起了那首歌："白月光心里某个地方/那么亮却那么冰凉/每个人都有一段悲伤/想隐藏却欲盖弥彰……"

她轻轻叹了口气，却不知因为什么。

走到牌坊外，这里有很多做夜宵的大排档，灯火通明，人渐渐多起来。何冉停住脚步，说："送到这里就可以了。"

男人张嘴正要说话，后面突然蹦出来个人拍了一下他的肩膀。"嗨！老萧，艳福不浅嘛！又跟哪家的小姑娘出来约会啊？"

男人转过头，应该是熟人，他说话的语气也放开许多："就你嘴欠。"

何冉循声望过去，说话的是个方头方脑的胖子，看起来有些脸熟，一时却想不起在哪见过。

"嘿嘿，不介绍一下？"

男人沉默了几秒，大概在想着怎么介绍，明明他对她也一无所知。何冉便主动开口："你好，我叫何冉，是他店里的客人，今天第一次见面。"

"噢，原来是新朋友啊，没事没事，以后常来玩！"胖子笑得很爽朗，又拍拍胸脯道，"我跟老萧是老朋友了，我名字比较难记，你叫我胖子就行。"他伸手指指自己身后，"我是这家烧烤店的老板，你们有空就来吃夜宵啊，我请客！"

何冉客气地说了声谢谢。

胖子风风火火地跑回自己店里招呼客人去了，何冉转过头来看着萧寒，继续刚刚的话题："送到这里就可以了，后面的路我自己会走。"

男人问："你身上没钱，要怎么回去？"

何冉为难地咬着唇，思考了一会儿才作答："我打电话叫我家人来接。"

男人想了想，问："你家住哪？"

何冉随意报了一个街道的地址。

男人说："太远了，从那里赶过来至少要一个小时。"他从口袋里掏出一百块，递给她，"你先叫辆车吧。"

何冉怔了一下，然后伸出双手接过："真的太谢谢你了，不好意思，你放心，我明天一定来把钱还给你，还有雨伞。"

男人把手插回口袋里，漫不经心道："没事，不急。"

何冉跟他道了别，转身正要走，男人叫住她，一本正经地说："下次来这种地方别穿这么干净的鞋了，容易脏。"

何冉看看自己脚上沾满泥沙的运动鞋，连牌子的标志都被抹掉了，她点点头："好的，谢谢。"

凌晨过后才到家，何冉无疑被杨文萍狠骂了一顿。她有恃无恐地拿出韩屿当挡箭牌："是韩屿叫我出去玩的，他不让我走。"

这招屡屡管用，果然，杨文萍脸上的怒气稍微收敛了一些。半晌，她语重心长地说："你马上就要高考了，要收收心，韩屿那边，我会跟他妈妈谈一谈的，叫他最近别来打扰你。"

"嗯。"何冉漠不关心地点点头，"那我先回房休息了。"

"去吧。"

何冉走到楼梯口，停住脚步，转过身："妈，我讨厌韩屿。"

杨文萍又皱起了眉头："你说的是什么话，韩屿不过是调皮爱玩了些，以后会慢慢成熟起来的。"

何冉说："他变成什么样子我都不会喜欢他的。"

杨文萍不耐烦起来："行了，以后不要再说这种话了。你爸的公司这几年生意越来越不景气，你最近花钱注意点，别再那么大手大脚的。"

知道跟她说不通了，何冉转身上楼。

第二天何冉没法去给萧寒送钱，因为要回学校上课。这样也好，她暂时不想在他面前出现得太频繁。

这周要月考，班级里的学习气氛似乎在无形中变得紧张了起来。高二之前，何冉的全科成绩在全校一直名列前茅，是稳过重点线的尖子生，现在却下滑到中下游徘徊。身边的人都以为她是受那场大病影响耽误了学习，只有她自己知道，所谓的成绩和排名对她来说已经沦为没有意义的数字。比起听课，更多时间她都在望着窗外那棵时常飘落花瓣的白玉兰发呆，没想过太遥远的事情。

星期五上午考完最后一门科目就直接放学了，学生们兴奋得像是考完了真正的高考，欢呼着冲出考场。

何冉回宿舍收拾行李，顺便脱掉校服换了身普通衣服。丁小煦邀请她一起去看新上映的电影，何冉婉拒了，她说等下要回画室看看。

最近何冉不知在忙些什么，总是拒绝她的邀请，丁小煦有些失落。

小洲村的旺季是从每年的暑假到寒假之间，一到二月份，送走了参加完艺考的美术生们，画室周围的各路快餐店、小吃店的生意就开始冷清下来。何冉所在的画室叫东风画室，是个年轻画家开的，规模不大，授课的也多是在校的大学生。

何冉的姑姑是位小有名气的画家，何冉的美术天赋大概是从她那继承过来的，她今年刚参加完统考和单考，成绩优异，素描、色彩、速写三门科目均达到95分以上，重本线稳过。画画现在是唯一能让她提起兴致的事。

久违地回到画室看看，何冉发现画室门口的广告栏上贴满了自己的个人信息和平常画的一些作业，这令她笑得有些无奈。走进办公室里跟校长和老师们打声招呼，校长一看到她就发出夸张的呼声："哎哟哟，大家快看看是谁回来了！"校长此人行事高调，爱嘚瑟，每逢遇见熟人定要大张旗鼓地介绍何冉："看到没，这是咱们画室的得意门生，知名画家何漪华的侄女！"

三个月前何冉留在画室准备单考时，校长曾找过她几次，表达了请她寒假来当老师的意愿，何冉谦虚地婉拒了。这一次，何冉坐下来还没聊上几句，校长又提起了这事。之前几次何冉都坚决不答应，这回口风倒是松了些，她商量道："我不是不愿意帮忙，可我每个星期只有周末两天时间，力不从心。"

校长说："那就周末两天来呗！反正按课时结算工资，你想什么时候来就什么时候来！"

何冉又说："我没什么当老师的经验……"

校长豪迈道："怕什么，反正现在不搞集训，只是开兴趣班，你随便教！"

何冉考虑了一阵子，说："行吧，那我试试。"

校长正要拍手大喜，又听她说："但是我有个条件。"

"什么条件？"

"你把门口贴着的那些我的个人信息撤下来。"

"哎呀，那怎么行！要打广告的！"

何冉说："画可以留着，但是我的照片和个人信息不能留，你只要匿名标注高考高分作品就可以了。"

校长磨蹭了一会儿终于答应下来："行行行，就按你说的办吧。"

何冉下个星期才开始上课，她跟认识的几位老师和食堂阿姨打过招呼后便先离开了画室，去理发店找萧寒。

何冉本打算把钱还了之后再请他吃餐饭报答上次的恩情，计划完美，可惜最后扑了个空，萧寒居然不在店里。何冉在等与不等之间犹豫了几分钟，最后决定去烧烤店找萧寒的老友问一问。

烧烤店晚上做烧烤，白天卖快餐，地方不大，生意却很好，人挤人排着队，何冉连个落脚的地都没有。她在门外等了一阵子，总算见到胖子从里间走出来，她冲他招了招手叫道："老板！"

胖子转过头看到她，很熟络地招呼道："嘿，小何啊！"

胖子挤出人群外，再领着何冉走进店里坐下，他笑里含着打趣："怎么了，到我这来，是吃饭呀，还是找人呐？"

何冉也直言不讳："我在萧寒的理发店里没看到他，你知道他一般这个时候会在哪吗？"

"噢——"胖子脸上浮现出暧昧的笑意，还没等他开口，何冉又解释道："我是来还他钱的。"

"嘿嘿，没事，我懂。"胖子想了想，说，"这个时间点老萧应该还在工作吧，你去中心湖周围逛一逛，没准能遇见他。"

何冉疑惑："工作？什么工作？"

胖子说："你不知道么，老萧有两份工作啊，平常在理发店里待着，偶尔也会接几份园艺的活，他可爱捣鼓那些花花草草。"

"这样啊。"何冉若有所思地点了点头。

她正准备告辞，胖子又说："吃过饭没啊？没吃过就在这里吃呗。"

何冉弯起嘴角，说："还没吃呢，等会儿找到萧寒再叫他一起来你这吃吧。"

胖子笑眯眯点点头："也好。"

"对了，"何冉止步，又问，"上回在萧寒店里遇到一个姐姐，长得很漂亮，或许……你也认识吗？"

胖子略一思索："嗨，你说的是阿曼吧，她是这片的房东，跟我们也很熟的，平日里经常一起吃饭。"

"噢……我还以为是萧寒的女朋友呢。"何冉明知故问，企图多套点话。

胖子摆摆手："怎么可能！他们不是那种关系，哈哈哈，老萧都打光棍十年了，而且他也不喜欢阿曼那种风格的。"

这下何冉是真惊讶："啊？为什么？……那他喜欢什么样的？"她总觉得，萧寒这样长相的单身男人，在小洲村应该很受欢迎呀，没理由十年不找。

胖子像是突然意识到说漏嘴，口风变紧打起岔来："这个你有机会去问老萧吧，他过去的事情我也不好说太多。"

何冉便也不再继续追问。

从快餐店出来，何冉先到对面的杂物店花二十块钱买了一双普普通通的帆布鞋。她将自己脚上那双仍是八成新的名牌运动鞋脱下来，作势要丢进一旁的垃圾桶里，卖鞋的老婆婆看到了嚷嚷直叫，急忙上前一步从她手里夺过鞋子："这鞋子还好好的咧，干吗丢掉！你不要给我吧！"老婆婆说完，看着何冉，何冉没有什么表示，老婆婆便当她同意了。老婆婆拿擦鞋布快速地把两只鞋子擦了一遍，然后放进"20元特价"那一栏的鞋架里，除了那个名牌标志比较显眼之外，看不出什么端倪。何冉张了张嘴想说什么，最后还是算了。

从小洲村到中心湖并不太远，搭摩托车二十几块钱就足够了。日头正晒，何冉庆幸自己有先见之明地带了把太阳伞出来。

中心湖是大学城里的约会圣地，青草芬芳，碧波荡漾，垂柳青青，可惜天气太热，再美丽的风景也无法让人驻留。何冉运气还不错，走了不到十分钟就找到自己要找的人了。

萧寒站在一片嫩绿的灌木丛里，一身短袖T恤和牛仔裤，正午的阳光歹毒得令人无法直视，这四周又没有树荫遮蔽，他倒是丝毫不受影响，除了头上一顶鸭舌帽之外就没做其他防晒措施了。

何冉看着他操着一把长剪刀心无旁骛地修剪枝叶，突然明白过来他那蹩脚的理发技术是从哪来的了，她忍不住笑了笑。

何冉静悄悄走到他身后，将伞撑高，遮过他头顶。萧寒感觉到一片阴凉，转过身来。他居高临下看着她，大概用了一秒多钟的时间来思考，然后叫出她的名字："何冉。"

有那么短暂的几秒钟，何冉心底确实掠过一丝不可忽视的喜悦。

第二章

试探

　　等萧寒收工后，他们一起回小洲村吃午饭，何冉说这顿饭她来请，萧寒倒没有推三阻四，爽快地答应下来。

　　快餐店这个时段已经过了人流高峰，胖子终于能闲下来，现炒几个家常小菜。

　　三人围绕桌子坐下，胖子先夹了一筷鱼香茄子让何冉尝尝，问她味道怎么样。

　　何冉点点头，不吝赞美："大厨啊。"

　　胖子摆摆手笑着说："嘿嘿，不敢当不敢当，咱们萧哥才是真正的大厨，有空叫他露一手给你看看。"

　　两人说着同时望向萧寒，后者大概没意识到话题转到自己身上来了，过了两秒才点下头，说："噢。"

　　"…………"

　　他大概天生话比较少，饭间一直是胖子在活跃气氛，先问何冉多少岁了，又问她是哪里人。

　　何冉面不改色道："23岁，本地人，你们呢？"

　　胖子说："我27，河北的。"又指指萧寒，"老萧28，重庆人。"

萧寒纠正道："我32，马上33了。"

胖子憨笑着挠挠头："抱歉抱歉，我脑子不好使，咱俩认识的时候你是28，对对对，你现在该32了。"内心却在腹诽：你个大傻子，有意给你报低年龄，你倒好，自己拆台。

何冉有些吃惊："你们看起来是同龄人。"

胖子欲哭无泪："妹子啊，你这是在夸老萧还是在贬我呢？"他表情做得太滑稽，何冉忍不住捂着嘴笑起来。笑得正开心，发现萧寒在盯着自己，她又立马收敛了笑意。

聊天暂时告一段落，该正经吃饭了。胖子从冰箱里拿出两瓶啤酒，他跟萧寒一人一瓶，又问何冉要喝什么饮料。

何冉想了想，问："酸奶吧，有吗？"

胖子点点头："当然有。"

萧寒吃得很快，何冉的酸奶刚拿到手里，他已经三下五除二把一大碗饭扒干净了，站起来说："我还有工作，先走了，你们继续吃吧。"

胖子拦住他说："哎哎哎，你这就太不像话了，小姑娘还没吃完呢，人家特地为你来的，你也不照顾照顾人家？"

萧寒貌似瞪了胖子一眼，何冉不知道那个眼神算不算瞪，但大概是那么个意思，萧寒说："你又瞎掰什么？"

胖子不服道："我怎么瞎掰了，人小何早上还专门跑到我这来打听你喜欢什么类型的呢。"

"…………"

萧寒听后没什么反应，只是掀起眼皮淡淡地看了何冉一眼。何冉则是不动声色地盯着手里的酸奶，她庆幸自己长了一张喜怒不形于色的面瘫脸，不然这会儿早就红透半边天了。

何冉兀自靠喝酸奶排解尴尬，没一会儿就见底了。她将盒子递给萧寒，示意他帮自己丢一下，垃圾桶正好在他身后的位置。一只因为过多的劳务而显得有些粗糙的男人的手进入她的视野里，那只手晃了晃酸奶盒，听到里面还有晃动的声音，又递了回去："不要浪费。"萧寒的语气很随意，但让人觉得天经地义。

何冉顺从地接回酸奶盒，想要撕开上面的一层覆膜纸，结果半天都找不到翘口，显得自己手脚笨拙。正局促时，萧寒打破了她的尴尬："我来吧。"

耳边隐约听到萧寒的叹气声，还有胖子的憋笑声，这让何冉更加不好意思了，低声道："谢谢。"

最后萧寒还是先走了，胖子还想拦，何冉没让，她是来答谢人家的，可不是来打扰人家工作的。

吃完饭后何冉才发现自己忘记了正事，她还没还萧寒的钱。不过也不碍事，胖子说萧寒大约晚上六点下班，反正她时间多，就在这等他回来吧。

闲来无事，下午何冉把小洲村里比较有特色的手工店都逛了一遍，收获颇多。时间接近六点，何冉结束了四处乱逛的旅行，找到理发店门口，在台阶前坐下歇歇脚。

夏天天黑得晚，这个时辰的光线看起来倒像是下午三四点。何冉静坐着，左右望了望，萧寒这家理发店里虽然设备破旧了些，但周围环境却相当不错。门口摆放的几株盆栽应该是他自己种植的，照料得挺悉心，已经开花结果，看着别致有趣。旁边两面青砖墙上经历了风吹雨打留下的斑驳痕迹，墙头上爬满了蜿蜒着的绿油油的藤蔓，就连墙缝之间冒出的杂草也是生机勃勃的。

在一片郁郁葱葱的绿色中，何冉发现了一抹显眼的花白。那是萧寒养的猫，正舒展四肢躺在一盆虎皮剑兰里，眯眼打着盹，姿态惬意。

何冉看了一会儿就手痒起来。她有随身带着素描本和炭笔的习惯，转身将它们从书包里拿出来，炭笔已经削好了，上手就可以直接用。笔尖在纸面上窸窸窣窣地行走着，那只猫中途醒过一次，它瞄了何冉一眼，但显然不怕人，懒洋洋地打了个哈欠后又放下脑袋，继续睡了过去。

十五分钟的时间，何冉收笔。与此同时，身后传来男人的声音："你画得挺好的。"

何冉吓了一跳，几乎是从地上弹射起来。画册毫无防备地从怀里滑落，里面夹着的画纸散落一地。她慌忙蹲下身去捡，萧寒也帮忙一起收拾。等她再次抬起头时，发现萧寒手里拿着的，居然是那张她画的男人裸像，而画里的主人公正在仔细端详自己的裸体。

何冉一瞬间大脑凌乱，急速思考该怎么解释，接着又反应过来自己还没来得及画脸，不必心虚。

还好萧寒没察觉到什么，把画还给她，开口问："你是这里画室的学生？"

何冉思考了几秒，作答："我是老师。"

美校的大学生周末出来做兼职并不奇怪，萧寒了解地点了下头，没再多问。他手里提着两袋菜，拿出钥匙开门锁，一边问："你来找我么？"

"嗯。"

"什么事？"

何冉从钱包里拿出一张一百块，递给他："中午忘记还你了。"

萧寒看了一眼，说："你中午请我吃了饭，不用了。"

"中午那餐饭胖子不肯收我的钱，所以不算。"

听她这么说，萧寒也没再推脱，接过钱随意塞进裤袋里。

萧寒走进屋里，将菜放在桌子上，然后蹲下身子，冲何冉身后招了招手："枣枣。"那只花猫伸了个懒腰，站起身子，跳下盆栽，踮着脚尖朝他慢悠悠地走过来。萧寒将它按进怀里，揉着它的脑袋，那只猫十分舒服地顺着他的动作蹭他的手。

等萧寒逗了会儿猫，抬起头，发现何冉还站在门外，便问："还有什么事吗？"

何冉问："你理发店现在打烊了么？"

"没，怎么？"

何冉说："洗个头吧。"

两分钟后，两人移步到里面光线昏暗一些的隔间。

萧寒拉亮一盏小灯，何冉很自觉地走到那张沙发床前躺下，书包抱在怀里。不知是不是她的错觉，萧寒手心的茧似乎磨得更厚一层了，粗粝的指腹就像是某种粗糙的谷物在她耳垂间摩擦着，她的身子在僵硬中保持着轻微的颤抖。

他的问话还是公式化的那几个：水温可以吗？力道可以吗？还有哪里痒？

何冉答话时还是没忍住笑了出来，声音低低的，反倒像是呜咽，萧寒应该听到了，但这次没问她笑什么。哪有人三番两次往这跑就为了洗头，她的那些小心思，何冉也不知道萧寒猜透了几分。

冲完水后，萧寒用毛巾将她湿漉漉的头发包扎好，到外间来吹干。何冉在上次的那张椅子上坐下，萧寒将电吹风连接好插座，一个女人突然推门走了进来，何冉听到一个有些耳熟的四川口音："萧哥，我又来蹭饭啦。"

何冉朝镜子里看了一眼，还是上次那个女房东，化着浓妆，戴着墨镜。

萧寒对于女人的到来并没有什么表示，手里的活没停，让她先坐着等一会儿。反倒是她注意到乖乖坐在那里的何冉，走过来多看了两眼，像是发现什么惊奇的事情："咦，这小妹妹有点眼熟啊，是不是在哪见过？"

萧寒说："上次来剪过发。"

"噢，想起来了，又来光顾我们萧哥生意啊？"

这话是对何冉说的，何冉不咸不淡地"嗯"了一声。

女人笑得很夸张，她有一张比较大的嘴，还抹了非常艳丽的口红："这么常来啊，是不是因为萧哥的技术特别好啊？"刻意咬重的"技""术"两个字使这句貌似平常的话充满了歧义。

萧寒瞥了女人一眼，语气很淡地撇清："瞎说什么！"

他的这些朋友，可真是一个比一个不正经。何冉依旧面无波澜地坐着，装作没听懂，这是她的强项。

头发吹干之后，何冉拿出钱包要付账，萧寒说："不用给了。"

何冉不解地看着他："为什么？"

萧寒说："你把刚刚那张画送给我就算付账了，可以么？"

何冉怔住，脑子再次懵了："……哪张？"

"画猫的那张。"

何冉松了口气："好，没问题。"还好，害她想多了。她从书包里拿出素描本，翻到最后一张猫的速涂，整整齐齐撕下，递出去。萧寒接过，说："谢谢。"

女房东玩着手机，一边催促道："萧哥，快做晚饭吧，饿死了。"

萧寒应了一声："嗯。"

何冉见此情形，便说："我先走了，再见。"有那么一瞬，她是设想过萧寒或许会邀请她留下来一起吃的，然而后者只是淡淡地说了声"好的"。何冉便背上书包转身离开了理发店，也并没有想象中的失落，她知道自己还会再来的。

周末，何冉随父母一道去二伯家中做客。二伯的豪宅安置在白云山麓旁的山庄里，气派豪华的独栋别墅，带花园和泳池。何冉来过几次，对太过现代化的建筑没什么感觉，倒是杨文萍非常向往，一个劲儿地絮叨自己家的房子不如人家，何冉记得她在说这些话的时候父亲何劲的脸色并不好看。

大人们在一楼聊天喝茶，二堂姐被禁在房间里不能出来见客。何冉去二楼找她，二伯母心疼女儿，拜托何冉好好开导她。

在一群兄弟姐妹中，何冉跟二堂姐是走得最近的，两人性格相似，安静话少，私下挺聊得来。

二堂姐回忆起当天的事，说他提出私奔，她没答应，他们在车里纠缠起来，之后就被闻声赶来的佣人发现了。说到这里，声音低落了下来："是我害他断了条腿，挺对不起他的。"

何冉安静了一会儿，问："你为什么没答应他？"

二堂姐说："我怎么可能答应他？这段关系开始的时候我就想得很清楚，迟早有一天会结束的，我从来没打算有结果。"

恋爱中的女人会丧失理智，所有人都认为二堂姐疯了，何冉却觉得她很清醒。从始至终她都知道自己要的是什么，也没有越过那一条底线。

"那你现在打算怎么办？"

二堂姐叹了口气，身子往后仰，陷进了舒适的床垫里："不怎么办，好好待着，继续我的生活，到年纪了就嫁人。"她仰望着头顶天花板，像是在对何冉说，也像是在对自己说，"我不后悔，一点儿也不，如果再来一次，我还是会和他在一起。如果嫁给一个不爱的男人、完成一场只有利益的婚姻就是我的命运，但至少在听从摆布之前，我要过一次自己想要的生活。"

两人一时各有所思。

沉默了一段时间，二堂姐转过头来看何冉："一直在说我，也说说你，有没有喜欢的男孩子？"

何冉想了想，摇摇头："没有。"

"韩屿他……还一直欺负你？"

何冉苦笑："又不是一天两天的事了。"

二堂姐秀眉微蹙，愤愤道："这些二世祖没一个好东西，你真要跟他在一起，下半辈子都没法安宁了。"

何冉倒是看得开："放心吧，小时候的婚约不过是我妈跟他妈一厢情愿，我跟他互相看不顺眼，这事成不了的。"

二堂姐闻言松了口气："那就好，我可不忍心看着你掉进那无底洞里。"

晚上回到家，何冉如释重负，回到房间洗完澡后就直接上床休息了。拿出手机看着空白的通话记录，韩大少爷今天居然一次都没骚扰过她，可真是稀奇。她把手机关掉放在床头柜上，盖上被子睡觉。

凌晨四点，何冉被热醒。她已经习惯每天晚上都梦到萧寒了。

房间里开着空调，温度打得很低，何冉的身子却是滚烫的。梦中，她感觉到自己在他灼热的掌心里熔化成一摊泥，沿着他的指缝一滴滴往下掉。

醒过来后，身上出了一层黏糊糊的汗，何冉到浴室洗了个冷水澡。洗完澡后神志清醒，何冉坐在书桌前，打开小台灯，拿出自己的素描本。她要将那幅画补全。男人侧躺在床上看着她，手肘撑在脸旁，姿态慵懒而随意，肌肉线条在月光下清晰流畅。那样原始的人体，一念光洁无瑕，一念又能勾引出人藏在本性里的私欲。

何冉微微修改了几个地方，之后便着重刻画他的五官。她用了十二分的专注，一笔一画缓慢地镌刻他的眉目。眼睑、眼皮、睫毛、瞳孔、高光，每一笔都不差分毫，最后组成的那双眼睛传神动人。

东方既白，一抹阳光照入男人的眼底，最深邃的地方可以装下整个世界。

完成时已经五点，天边浮现出淡淡的曙光，何冉将那幅画抱在怀里，捧在心口，深深地呼了口气。现在，她已经十分明确自己想要的是什么。

没有考试的这一周过得很快，周五放学后，班长组织班里同学一起去医院探望受伤的徐娅菲。徐娅菲是何冉的同桌，两个月前因为不幸从楼梯上摔下去而受了重伤，现在停课在医院休养。

班长正在讲台上统计人员名单，丁小煦猫着腰偷偷溜到何冉身旁，压低了声音问："何冉，你要去吗？"

何冉摇头："不去，我待会儿有事。"

丁小煦苦着脸，巴在她耳边小声说："我也不想去，我不喜欢她。"

何冉将收拾好的课本放进书包里："那就不要去。"

丁小煦又犹豫地叹了口气："可是她好可怜啊，听说在住院治疗中途角膜又感染了什么病，眼睛可能要失明。"

何冉对与自己无关的事向来没有什么兴趣，闻言只是淡淡地应了一声。丁小煦又问："那你待会儿要去哪啊？我们一起去逛街吧？"

何冉说："我有事，得先去画室。"丁小煦嘴角又耷拉下来。

很快，人数统计完毕，班长带着一大帮人浩浩荡荡地离开教室，何冉背上书包跟在他们后面。

在教室门口，何冉发现了站在人群里的韩屿，显然他也加入了他们的队伍中，徐娅菲是他众多绯闻女友之一。

看到何冉，韩屿脸上扬起不怀好意的笑，走上前几步问："你要去吗？"

何冉淡淡摇头。韩屿笑意更甚，嘲讽道："我就知道你不会去的，应该说，你没脸去吧？"

何冉不做理会，绕过他径直往前走。没走几步，她感觉到背上一痛，想必是韩少爷又气急败坏地捡起什么东西往她身上砸了。她并不在意，脚步顿了一下就继续往前。

回到宿舍后，何冉收拾了几件带去小洲村的行李，她给妈妈打了个电话说这个星期留在学校自习。出发前，何冉瞥见遗落在鞋架最底层的那双20块的布鞋，犹豫片刻后，她还是换上了它。其实鞋的质量很不好，前几次她穿着去找萧寒，脚后跟已经磨出了水泡。

到画室报到后，校长告诉她明天的任务，上午教学生素描，下午教色彩。晚上，何冉在画室的宿舍里过夜。

想要偶遇萧寒其实很简单，几乎每天中午他都会在胖子的快餐店里解决午饭，而且是堂食。

何冉到小洲村的第二天就遇到了他，中午她在快餐店里打了几个素菜，走到有风扇的角落里坐下吃饭。没过多久，一个人走到她对面坐下。何冉抬起头，看清来人后主动打了声招呼："嗨。"

萧寒将一次性筷子掰开，也冲她点了点头："嗯。"

何冉瞄了一眼他的餐盘，四两白饭，三荤二素一汤，吃得还挺多。也对，不吃饱没力气干活。

萧寒吃饭的速度依旧很快，在那种声音的带动下何冉都不禁觉得自己的细嚼慢咽显得太过拖拉。

不到五分钟，萧寒就把餐盘里的饭菜清空了，端着盘子站起来说："我吃好了，先走了。"何冉也站起来，她的饭菜基本没怎么动过，但她还是跟在萧寒身后一起把剩菜倒进了潲水桶里。

萧寒看了她一眼，抿着唇说："你很浪费。"

何冉说："我吃饱了。"

萧寒没再多说什么，但何冉感觉到他明显不喜欢这种浪费行为。何冉乖巧道："我下次不会了。"

从快餐店出来，外面日头正晒，萧寒条件反射地将手举起来掩在额头边，挡了挡阳光。一块阴影遮盖在他的影子上方，何冉问："你等下还要去中心湖吗？"

萧寒个子比较高，要将伞遮过他的头顶对何冉来说并不是件太容易的事。萧寒说："今天不去中心湖，去其他地方。"

何冉将伞柄往他面前递了递："带把伞吧，太晒了。"

萧寒摇头："不用了，没有人上工时打着伞的。"

何冉将伞收起来，又从背包里掏出两样东西，递给他："那就戴着口罩，还有防晒霜，抹一抹会好点。"

萧寒还是摇头："不用了，我从来没用过这些东西。"

何冉坚持道："那么你以后可以用一用。"

"……"萧寒盯着她看了几秒，最后妥协地从她手里接过物品，说了声谢谢。

第二天，同样的时间再在快餐店里相遇，何冉问起萧寒："昨天给你的东西，用了吗？"

萧寒点头："用了。"

"感觉怎么样？"

他声音平平："挺好的，谢谢。"

何冉弯了弯嘴角，问："你下午要去哪个地方？"萧寒答了一个公园的名字。

何冉说："我今天下午没课，想找个地散散心，可以跟你一起去么？"

萧寒沉默了一会儿，说："天气很热。"

"没事，我带了伞和小风扇。"

"……行。"

这一次不知是否是何冉的错觉，萧寒好像吃得稍微慢了些，而何冉也无形中加快了咀嚼的速度，所以当她将半两饭和两道素菜全部咽进肚子的时候，萧寒也刚好解决完他碗里的三荤两素。

将餐盘放到回收处，何冉从冰箱里拿出两瓶酸奶，转身问："你要喝吗？"萧寒接过一瓶，动作很自然地撕开酸奶盖，再递回去给她。

何冉愣了一下，伸手接过："谢谢。"

萧寒没说什么，走到前台去买单了。

饭后，他们启程。这次去的地方是个公园。

五月的花香淡淡的，一眼望去，风动如浪，或白或黄随之摇曳，似铺海之云。萧寒站在一片花丛间修修剪剪，汗水浸透了额前和背后，何冉则撑了把伞跟在他身后，尽可能地替他遮阳。

后来，萧寒转过身说："你去树荫下休息吧，不用跟着我。"一开始何冉说没事，坚持了几十分钟后体力实在跟不上，便不再逞强，听话地找了块阴凉地待着。她坐在树荫下，他站在夏花里，隔了挺远的一段距离，看着影影绰绰。

萧寒中途休息时过来找她，何冉递上提前准备好的冰冻矿泉水，他说声谢谢，伸手接过，拧开瓶盖抬头豪饮。何冉看着他凸起的喉结一上一下地滚动，那瓶水就在这样重复的动作中很快地没入他的嘴里，没多久瓶子就空了。

萧寒拿空瓶子到一旁的水龙头接了一整瓶自来水，然后举起瓶子对着头往下浇。他的头发、衣服、鞋子瞬间被打湿，就着那股水流他洗了把脸，用力甩了甩湿漉漉的头发，水珠四溅，那幅画面看着相当酣畅淋漓，也叫人神清气爽。

何冉倒没想到他会突然做出这么豪放的举动，一时有些看愣了。

待他走到跟前，何冉关心问道："这个工作会不会很累？"萧寒抹了把脸上的水："习惯就好。"

他坐下来，何冉又把手里的矿泉水递给他，他摇摇头："不用了，你喝吧。"

坐了一会儿，何冉突然说："我们画室在招个模特，你要不要来做？"

"工资日结，一小时二十块，虽然钱不多，但是做着很舒服。"

萧寒侧过头看她，想了一阵子说："我没做过。"

"这个不用什么经验，你只要保持坐姿，让别人画就行了。"

萧寒没有立刻答应，他问："什么人当模特都行？"

何冉点头："是啊。"

"那为什么不直接让他们画你？"

何冉解释道："我的五官比较小，不好刻画，你的五官更有立体感，尤其鼻梁和眉骨交界处光影分明，画出来的头像会更有视觉冲击力。"

她说得有理有据，萧寒不懂行，一时找不出反驳的话。

半晌，萧寒终于点了点头："行，什么时候？"

何冉说："我周末才在画室，你下个星期来吧，给我留个电话，我到时候联系你。"

萧寒说："好。"

五月的第二个周末，何冉约了萧寒早上八点到画室门口见面。萧寒挺慎重的，在电话里问她应该穿什么衣服，何冉笑笑说你随便穿什么都行。

一个画室三十来号人，分了两个模特，坐在萧寒这边画画的女生居多。何冉在画架间游走，偶尔停下来指导或示范，一个女生凑到她耳边羞答答地问："老师，以后上人体课也能请这个模特么？"何冉抬起头来看了正襟危坐的萧寒一眼，弯弯嘴角说："我尽力而为吧。"

一个半小时后，课间休息，学生们都跑出去买糖水了，画室几秒钟之间空空如也。何冉走到萧寒身后，拍拍他的肩膀，问："感觉怎么样？"

萧寒活动着筋骨："挺好的。"他说得轻松，但何冉知道要连续三个小时保持一个坐姿不动是件非常辛苦的事。

萧寒问："可以抽烟吗？"

何冉说："去走廊外面吧，课室里开了空调。"

萧寒站起来走到外面，从裤袋里掏出一包烟，何冉跟在他身后。他低头将一根烟咬在嘴里，打火机点燃，动作看起来非常熟练。

吐了口烟雾，萧寒找话："你们画室环境挺好的。"

何冉点头："是的。"

话音刚落，她余光瞥到萧寒背靠的那堵墙上，赫然张贴着几幅高分色彩作品，作者出处没有撕干净，依稀可见"何冉"二字。校长办事果然不靠谱……

何冉踮起脚，状似不经意地伸手，穿过萧寒耳后："别动。"她的手轻轻拨开萧寒脖颈旁的头发，带起一阵微风，意图不明。

萧寒似乎对这种肢体接触很敏感，没拿烟的左手瞬间擒制住她的手腕，紧紧握住，令何冉动弹不得。四目相对，两人一番不动声色地拉扯。何冉才意识到原来萧寒的力气这么大，从前他帮她洗头时动作都很轻柔。但很快，萧寒又松开她的手："抱歉。"

何冉撕掉自己的名字，收回手冲萧寒明媚一笑："有个小纸屑落在你头发上了。"

萧寒低声说了句谢谢，眼神移向别处。气氛一时暧昧不清。

何冉转移话题："刚刚有个学生问我，上人体课的时候能不能也找你当模特。"

萧寒问："有什么区别？"

"要脱衣服。"

萧寒转过头来看她，眼神意味不明："上身还是下身？"

"全身。"

"……"萧寒抖了抖烟灰，良久才说，"还是算了吧。"

何冉忍不住笑了笑。

十五分钟过去，学生们陆陆续续回到课室继续上课，萧寒一根烟抽完，也走了进去，还是刚刚的坐姿。何冉走到他跟前，将两只耳机塞进他耳朵里："听歌吧，光坐着太无聊。"

萧寒平常没有戴耳机听歌的习惯，戴久了不太舒服，不过他并没有摘下来。MP4里只有一首歌，单曲循环，旋律听起来有些耳熟，但语言明显不是汉语，萧寒没听懂唱的是什么内容。

后来何冉告诉他那是日语版的《我的歌声里》，自己最近常听，里面有一句歌词她非常喜欢。"请不要出现在我的梦里，我已负担不起又一次失落的早晨。"

那天萧寒总共在画室里坐了五个小时，何冉拿了一百块钱给他。他接过说声谢谢，转身准备离开。

何冉叫住他，问："你待会儿还要出去干活？"

萧寒说："今天不做了，回理发店休息。"

何冉看了眼时间，说："那我下课后过去找你。"

萧寒嘴唇动了动，欲言又止，最后说了个好字。

画室下午五点半下课，送走学生们后何冉才离开。到达萧寒的理发店时接近六点，她在门口喊了几声，萧寒就来开门了。

这次她的身份亦客亦友，也有幸登上二楼看一看萧寒的私人空间。二楼算是一个小阁楼，萧寒晚上就住在这里。

空间很狭窄，放了张单人床就几乎没有落脚的位置了。床对面有一块布帘，布帘掀开依次是厨房和浴室，同样小得可怜，一转身就能撞到墙。没有沙发，何冉只好在床上坐下。

萧寒走进厨房里给她倒了杯温开水，然后在旁边柜子里找出来一张创可贴，递给她。

他什么都没说，可是何冉几乎是立即明白过来他的用意。她脚后跟的伤口好不容易愈合，今天见萧寒再次找出了那双廉价布鞋，又被磨出了新的水泡，刚刚一路都走得别扭，被萧寒发现了。

何冉水还没喝上两口，就听见楼下有人在高声喊："老萧！走啦！"何冉认出那是胖子的声音，萧寒解释道："晚上约了几个朋友吃饭。"

"噢，这样。"何冉将水杯放下，站起身，"看来我来得不巧，那我先走了。"

萧寒抿着唇，思考了一会儿说："一起去吧。"

后来何冉才知道原来那天是萧寒的生日。他本人并没有过生日的习惯，但几个朋友却想趁此机会聚一聚，于是纷纷起哄着叫他请客，萧寒也就答应了。

地点是胖子挑的，在一家自助餐厅里，他们吃的是晚市，人比较多，排了半小时队才等到位置，这让原本就脚不太舒服的何冉更加站立不安。

到场一共八个人，除了胖子和阿曼之外的几位何冉都没见过。阿曼见到何冉，又免不了调侃她几句："咦，小妹妹又见面啦，这次不是来找萧哥洗头的了吧？"

众人听了哈哈大笑，萧寒没什么表情，何冉也只是微笑回应。

八个人坐一桌挤不下，他们分了两桌，何冉、阿曼、胖子、萧寒坐一桌。几个人轮流去拿自己想吃的。

何冉之前没有来过这种地方，带着好奇心逛了一圈，发现海鲜和肉类都不太新鲜，便有些兴致缺缺，最后只拿了一碟蔬菜和水果回去。

酒水和饮料也是自助的，萧寒给其余三人倒了杯冰啤酒，给何冉则倒了杯椰子汁。

中途几番有人过来劝何冉酒，都被萧寒周旋挡回了。何冉感觉到他对自己的"特别"照顾，心里猜测这算不算两人的关系拉近了一分。

一帮人并没打算吃完饭就散伙，在胖子的带头提议下，又决定转战KTV。何冉身体不舒服，本打算先告辞回去休息的，可转念一想，对萧寒的歌声产生了几分期待，便决定还是坚持一下跟着去了。

萧寒唱的是首老歌，曲调缓慢，他的歌声该怎么形容呢，朴实，低沉，有一种娓娓道来的味道，听得何冉心灵安静下来。

歌词写得别有深意。

"我从远方赶来赴你一面之约/痴迷流连人间我为她而狂野/我是这耀眼的瞬间/是划过天边的刹那火焰/我为你来看我不顾一切/我将熄灭永不能再回来/我在这里啊/就在这里啊/惊鸿一般短暂/如夏花一样绚烂……"

胖子一边跟着歌声打节拍，一边用胳膊肘碰了碰入神的何冉，挑眉道："怎么样，不错吧？"

何冉收回视线，点了点头说："嗯。"

中途何冉去了趟洗手间，强忍着皮肉分离的疼痛感脱下鞋子，皱眉检查脚后跟的伤口。血一直止不住，已经浸透了创可贴，以她的体质，再耽误下去得出事情。

回到包间，何冉本想提前和萧寒告别，却发现原本他坐的位置空了。当她开始用视线四周寻找他的身影时，萧寒推开包间的门，从外面回来。

一双软绵绵的拖鞋放在何冉脚边。萧寒在她身旁坐下，轻声说："换上吧，会舒服很多。"

何冉怔了怔，没想到他特地去给自己买鞋了。过了很久她都没记起道谢，反倒鬼使神差地问了句："为什么对我这么好？"

萧寒淡淡道："小事而已。"

何冉是认真发问的。对萧寒而言的这些小事，甚至连杨文萍都没有为她做过。即使在她生病的那段时间里，家人的关怀都未能让她感受到真情实意的温暖，也或许是她早已麻木。

何冉自己也说不清楚，为什么会从这个相识不足一月的男人身上，一直空洞的心灵缺口得到了某种满足。

活动结束是晚上十一点半，从KTV出来后胖子再次提议转战酒吧，幸亏萧寒驳回，不然何冉可真招架不住了。这个时间已经过了画室的门禁时间，何冉今晚的住处成了一个问题。

胖子给她出主意："小洲村旅馆多，应该有空余的房间，但你一个小姑娘自己住不安全吧，或者来我店里，有个小杂间空着，就是很长时间没收拾过了，估计会有蟑螂。"语调一转，说，"当然，你要是想去老萧那儿睡也行。"

何冉转过头，目光找寻萧寒，想了一会儿才说："你介意收留我一晚么？只要借我沙发床就行。"

萧寒黑漆漆的眸子盯着她，问："你不怕么？"

何冉摇头："不怕啊，我有什么好怕的？"萧寒久久没说话。何冉说："难道你怕？我不会对你怎么样的。"萧寒轻轻一笑，这可真罕见。

何冉并不喜欢太爱笑的男人。她认为许多原本长相还不错的人一旦笑起来就会大打折扣。但眼前的这个男人笑起来却很好看，他的笑只会为他添色，淡淡的，点到即止的。

或许是拜那双极尽风流的桃花眼所赐，即使他只是不着痕迹地抿了抿唇，却很容易让人误以为他在跟你调情。

何冉还没从那惊鸿一瞥中回过神来，就听见他带着极浅的笑音说："小孩。"

这是何冉第一次使苦肉计，没想到效果不错。

起初萧寒没同意收留她借宿一晚。只不过在目送她去公交车站的那段路，何冉故意将跛脚动作表现得稍微明显了点，仿佛下一秒就要倒下，任谁看了都于心不忍。

十分钟后，何冉得偿所愿地坐上了萧寒的单车后座。

小洲村的路窄而凹凸不平，经过好几个水洼时，何冉不得不扶住萧寒的腰避免摔倒。他的腰精瘦而结实，握在手里很有安全感。何冉想着：腰杆子这么硬，心还挺软的嘛。

何冉跟着萧寒回家。不过那天晚上什么都没发生，何冉睡二楼，萧寒睡一楼的沙发床。

何冉始终想不通为什么萧寒会叫自己小孩。直到闭上眼睡觉前，她仍旧因为这事耿耿于怀。

小孩。是因为她的年龄吗？

晚上何冉睡得不是很安稳，夜里被扰醒好几次。迷迷糊糊间她听到一阵猫发情的叫声，像婴儿的啼哭声，没完没了。何冉用枕头将耳朵包起来，那声音还是不停地钻进耳朵里来，躲都躲不掉。

第二天清晨，她顶着两个浓重的大黑眼圈起床，下楼。现在何冉非常肯定，昨晚那个叫个不停的讨厌的家伙就是萧寒养的那只猫了。

站在楼梯口，何冉听见里间有人在絮絮低语。她停下脚步，悄悄地将布帘掀开一条小缝。

屋里，萧寒躺在正好一人宽的沙发床上。天气比较热，他上半身裸露在外面，下边只盖了一条薄薄的被单。

打扰何冉睡觉的那个罪魁祸首就趴在他的小腹上。萧寒的手轻柔地抚摸着它的毛发，时不时挠挠它的下巴，嗓音如梦中般浑厚低迷："叫了一宿了，能不能消停会儿？"那只猫将脑袋覆在他掌心间，惬意地眯着眼睛，仍旧低低地呜咽着。萧寒拍拍它的脑袋，声音轻轻的像在哄小孩："好了，别叫了，安静一会儿，乖。"

逗了会儿猫，萧寒才坐起身来，准备起床。随着这个动作，被单从他身上缓缓滑落。

何冉适时地将布帘放下，转身离开。

那之后的两个周末，何冉都没再去画室报到。距离高考只剩最后一个月，她得备考，即使做做样子应付杨文萍也不能一直往外跑。

在那几个星期的时间里，何冉没有联系过萧寒，但并不代表不会想起他。

看书时，何冉无意间翻到一篇关于夏娃和亚当的文章。大致意思讲的是亚当由神用泥土做成的，夏娃则是神用亚当的第七根肋骨造成的。两人无忧无虑地生活在伊甸园中，后因偷食禁果而被逐出，这世上的所有罪恶也因此而诞生。

何冉浮想联翩，如果把自己比作夏娃的话，那么显然萧寒就是亚当。想了想又觉得不对，他更应该是那条引诱自己去摘食禁果的蛇。

原本，她已经能平静地接受，自己不过是这个世界的渺渺路过者，沧海一粟。可认识萧寒之后，心境发生了变化，有些事情正朝着她不由自主的方向发展。她开始期待明天的日出，想下次跟他见面时该穿什么衣服，仿佛又与这个世界重新建立起了牵连。她内心深处对于这种眷恋感到既渴望又害怕，不知道这对自己而言究竟是好事还是坏事。

考试前一天晚上，何冉破天荒地拿出课本复习。熄灯睡觉时已经临近一点了，她拿起手机看了一眼。如果这个时候能收到萧寒说的一句加油，想必会很有效果，不过那显然是不可能的。

倒是韩屿给她发了一条加油的信息，何冉觉得扫兴，没回。

何冉心态不错，几场考试照常发挥。那些题对她来说本就不算难，只不过以前连提笔的兴致都没有。

最后一场结束，离开考场，何冉听到走廊里有人在奔跑着高声欢呼："考完啦！解放啦！"

天气晴好，日光明媚，何冉也忍不住弯起嘴角微微笑起来。

这个暑假，杨文萍不再过多干涉她的生活，给她更多的自由时间，何冉自然又回到画室继续任教。画室目前仍旧比较清闲，三天打鱼两天晒网，然而再等一个月，迎来正式放暑假的准高三生们，就会慢慢热闹起来。

第二天在胖子的快餐店吃午饭时，何冉没有悬念地再次遇到了萧寒。她端着餐盘走到他对面坐下，跟他打了声招呼。

两人有一段时间没见着，萧寒也没打听她最近上哪去了，怎么突然不跟在他后头了。他依旧吃得很快，不过这回将米饭扒干净后却没着急走，坐在原地不动。

何冉暗暗起了小心思，这是在等她吗？

过了一会儿，却听萧寒开口说："可以帮我个忙吗？"

何冉愣了愣："什么忙？"

"你会画美猴王么？"

"……你说孙悟空？"

"嗯。"

"没画过，不过有原著参考，应该不难。"何冉声音顿了顿，问，"怎么了？你想要美猴王的画么？"

"嗯。"萧寒答道，"我小孩最近看了个动画片，很喜欢。"

何冉有些不淡定了，将筷子放下，消化了几秒："你……有小孩了？"

萧寒没否认。

何冉又问："你已经结婚了？"

萧寒说："没有。"

何冉揉了揉眉心，几秒后说："这幅画你大概什么时候要？"

"一个星期吧。"

"有什么具体要求么？比方说要写实还是漫画，黑白还是彩色，需不需要加入场景。"

萧寒说："我不太懂这些，你随便画吧，小孩能看懂就行。"

何冉点头："好。"

萧寒又说："你画好之后联系我，我给你钱。"

何冉摆摆手说："不用钱，你请我吃顿饭就行。"

何冉的空闲时间很多，下午画室放学后，她便开始构思萧寒托付给她的那张画，通宵完成。

隔日下午，何冉打电话给萧寒约时间见面。萧寒今天没外出工作，在理发店休息，让何冉直接过去找他。

拿到画后，萧寒端详了许久。何冉问："怎么样？"

萧寒说："画得很好。"

"有没有什么不满意的地方？现在修改还来得及。"

萧寒摇了摇头："没有，他一定会很喜欢的。"

何冉于是又问："他是男孩还是女孩？"

"男孩。"

"多少岁了？"

"10岁。"

"上学了么？"

"还没，在老家待着，他奶奶带。"

"哦。"何冉转换了话题，"你今晚有空么？"

"有。"

何冉帮他把画收起来，笑了笑说："我这么快就交工了，你该请我吃顿大餐吧？"

"嗯。"萧寒点头，"你想在哪吃？"

何冉指指地面："就在这吃。"

"⋯⋯⋯⋯⋯⋯"

"胖子说你厨艺很不错，我想尝尝。"

"他瞎吹的。"

"别这么谦虚，是不是次吃过了就知道。"

萧寒想了想，遂答应下来："行，那我现在出去买菜。"

何冉也跟在萧寒身后一起去，小洲村里就有个小型菜市场，离这并不远。路上，萧寒问何冉想吃什么菜。

何冉说："随便，不过我不能吃姜葱和胡椒，尽量避开。"

萧寒说："没问题，就做清淡一点的。"

令何冉没有想到的是，萧寒竟然会说粤语。当他用一口流利的粤语跟菜市场的阿婆讨价还价时，她就站在旁边呆呆地看着他。

萧寒付了钱拿了菜，转过头来看到何冉脸上的惊讶，淡淡解释道："在这里待久了，自然就学了几句。"

何冉问："你来广州多长时间了？"

萧寒答："十年了吧。"

十年。何冉不知怎么突然想起胖子说的，萧寒打了十年光棍。也就是说他从老家来到广州后就一直单身，这里面会有什么隐情吗？

他们沿着小摊一路往里走，萧寒手上的塑料袋渐渐多起来，何冉却是两手空空，她说："我帮你拿一点吧。"

萧寒摇摇头："不用，不重。"

何冉坚持说："让我提一袋。"

最后萧寒分了一袋最轻的青菜给她，何冉心满意足地笑了笑。

两人提着菜回到理发店后，萧寒进厨房洗菜做饭，何冉在外观摩。四十分钟后，萧寒做好三菜一汤，米饭也煮熟，他下楼来告诉何冉可以开饭了。

萧寒从旮旯里搬出来一张小方形的折叠桌，展开摆平，然后将几盘菜逐一端上桌。清蒸鲈鱼，酸溜土豆丝，青椒炒鸡蛋，还有一盆紫菜汤。颜色调配得不错，闻着也很香，总体来看是非常有食欲的。

条件有限，为了迁就桌子的高度，他们只能拘束一点坐在小板凳上。何冉穿了条裙子，不得不并拢双腿，将裙摆塞进腿缝之间夹住。

萧寒盛了两碗热腾腾的饭，将分量较少的那份递给何冉，再把筷子搭在碗沿上："开动吧。"

何冉微笑："谢谢。"

萧寒家的筷子是木制的，有几处断裂的地方比较硌手，何冉小心翼翼地抓着。她夹了一小口饭送进嘴里，慢条斯理地咀嚼着。萧寒则是大口大口地扒。

两人吃饭时都比较安静，没什么交流。但何冉发现萧寒这一次吃得不那么狼吞虎咽了，不知道他平常在快餐店吃得那么急是不是赶着去工作。

几道菜味道都不错，盐放得比较少，清清淡淡符合何冉的口味，何冉很给面子地吃了两碗米饭。当她主动走到电饭锅旁去盛第二碗的时候，萧寒停下了筷子，视线一直跟着她。

何冉在小板凳前坐下，微笑着回视他："有什么奇怪的？你做的味道好，我就多吃点。"萧寒点头算是附和："嗯，多吃点，不够再加。"

何冉想了想说："多谢款待。"顿了一会儿，她又说："我再送你一张画吧。"

萧寒抬眼问："什么画？"

"头像，可以裱起来放在家里的那种。"

萧寒犹豫了一会儿："黑白的？会不会不太吉利？"

何冉笑得有些无奈："放心，我的技法画出来不会的。"

他点头："好。"

萧寒不浪费一粒粮食，几盘菜除了鱼骨头之外都被他吃得一干二净。电饭锅里的米饭还剩一小碗，留着第二天做炒饭。

之后，萧寒收拾盘子、洗碗刷锅。何冉回画室一趟，把自己的画板和画架带过来。

萧寒端端正正地坐在一张理发椅上，背脊笔直。何冉坐在他对面的小板凳上，将画架调到最低的位置，夹上素描纸。开始打形。她将炭笔伸到眼前比划着，衡量萧寒五官之间的距离，每一个比例都铭记在心里。他眉眼深邃，浓墨粗重的眉毛像两柄阔斧压在眼睛上面，眉骨和眼窝之间凹陷起伏所产生的一道明暗交界线非常明显。这种五官是十分上相的。

一盏小灯照亮并不宽敞的空间。何冉在灯光下细细地观察萧寒，同时，萧寒也在观察她。

她还跟第一次见到时的印象一样，纤瘦而单薄的身板，脸庞娇小，架在鼻梁上那副厚重的眼镜仿佛能把整个人压垮。

何冉的皮肤白皙得几乎透明，是那种站在阳光下特别扎眼的白，萧寒猜测她的身体应该比较虚弱，因为她的嘴唇没有什么血色。要说跟第一次见面有什么唯一的改变，就是那过长的头发和刘海换成了清爽点的学生头，消除了她身上的几分阴郁感。

一直以来何冉给他的印象充满了矛盾与反差。这张脸很显小，身上却透着一股与年纪不符的死气沉沉，眼底笼罩着散不开的冷淡疏离。明明是个不爱笑的人，但真正笑起来的时候却有种昙花一现的稀缺和美丽，脸上总算能看到一丝原本属于少女的明亮灿烂和古灵精怪。她好像一直对周遭的事物漠不关心，唯独对他意图很明显，且毫不掩饰。只不过她很狡猾地把握着分寸感，让人找不到拒绝的理由，不知不觉中模糊了边界。

狭小的空间里安静得只剩下笔尖唰唰唰行走的声音，何冉手法熟练，画得很快，两个小时就完成，且相似度很高，刻画细致。

何冉放下笔，冲萧寒说："好了，你来看看吧。"

萧寒站起身，一边伸着懒腰一边走到她身后，看画。他没有什么艺术造诣，自然看不出这画里的每一笔功法技巧，定睛看了半晌，只是说："挺好的。"

何冉问："在夸我还是夸你自己？"

"你。"

何冉笑笑。

萧寒的目光从画架上转移到她脸上，思量着说："我是不是又要请你吃一顿饭了？"

"不用。"何冉目光含笑，接着说，"不过你可以考虑一下给我当裸模，也许我会画得更好。"

萧寒凝视着她，眼中静谧沉默，仿佛在思考什么。他可没忘记她说的全身脱，那意味着什么，作为成年人大家都懂。何冉则不动声色地等待着他的回答。

萧寒开口，声音低沉："你来找我这么多次，是为了这个么？"

何冉坦然迎上他的视线："嗯。"

何冉不懂男人，但从萧寒眼神中传递出的信息，令她莫名产生了种不妨一试的勇气。她缓慢走上前一步，更靠近他些。在他跟前站定，她的衣料几乎擦着他的前躯。

"你觉得我怎么样？"何冉抬头看着他，开口问。说话时她的心跳大约加快了些。

萧寒过了一会儿才回答："挺好。"

"挺好就是不排斥了？"

"嗯。"

"我对你挺有感觉的，要试一试吗？"

萧寒低头看她，沉默不语。

"你不说话我就当你默认了。"

这段对话之后就没了下文，两人无声对峙。

半晌，何冉踮起脚尖在他嘴角快速地轻蹭了一下。完成这个动作，他的身高对她来说有些吃力，或许还需要手臂助力。

脚后跟回到地面，何冉摊了摊手说："还是你来吧，我手上都是炭粉，很脏的。"

萧寒嘴角牵动，似乎笑了一下。他缓慢低下头，捧住她的脸，四片唇瓣相贴。

萧寒的嘴唇薄厚适中，何冉的则稍薄。她感觉到自己被温热的触感从四面八方包围住，有一瞬间的无措，然后敞怀接受。

这是她第一次对流逝的时间无法估量，直到结束。她的生涩和故作淡定都被萧寒看在眼里，他喉结震动，发出低沉的声音："第一次？"

何冉闷声不回答。

"被我猜中了吗？你刚刚脸红了。"

何冉说："我从来不会脸红。"

"但是你耳朵红了。"他说着，力度轻轻地捏住她的耳朵。

何冉心口一颤，她不喜欢现在这种模式，完全被另一方占据主导。即使她确实没有经验，但也不应该是这样。

她伸手在他腰上一按，萧寒顺势向后，坐倒在理发椅上。何冉伸手去解他牛仔裤的拉链，萧寒按住她的手，抓住。她尝试了几次都没有挣脱开，不解地抬头看他。

萧寒说："今天不行。"

"为什么？"

萧寒眼眸深沉："何冉……你确定自己想明白了吗？"

"…………"

"你年纪还很小，我不希望你一时冲动。"

何冉安静听着，没有说话。手从他腰间撤离，她在一旁坐下，原本气息微乱，现在也逐渐平复下来。

"如果你想明白了，明晚这个时候，我在小洲村等你。"

何冉抿了抿唇："好。"

第二天，两人约在祠堂前见面。下午画室放学后，校长说要请大家吃饭，何冉自然找理由推脱了。她先回宿舍洗了个澡，再换了条裙子，梳好头发出发。

画室旁边的路是一片住宅区，几乎挨家挨户都养了狗，一有人走过就趴在栅栏上吠个不停，何冉步伐不由得加快了些。

到了牌坊再往前走一段路就是祠堂了，何冉远远便瞧见萧寒站在祠堂前面的一块空地上。

晚上有不少小贩在这里摆摊，卖的都是些杂七杂八的东西，手机壳、卡贴，还有一些八成新的美术书。

从白天到晚上好像也就短短几分钟的时间，太阳下山，黄昏已尽，夜色笼罩了这个城市。路灯一盏盏亮起，灯火阑珊处，萧寒神情有些懒散地站在末尾的地方。他手里拿着一根烟，抬起头不知在看什么，被淡淡的烟雾萦绕着的那张脸显得影影绰绰。

何冉穿过人群，直直地朝他走过去，目光一直盯在他脸上。他似是有所察觉，转过身来，也看到了她。

何冉在他跟前停下，须臾浅笑："抱歉，今天画室忙，久等了。"

萧寒将烟掐灭，丢进一旁的垃圾桶里。

何冉说："我已经想好了，我是认真的，你呢？"

萧寒低头看她，久久不说话，他漆黑不见底的眸子让她有种无所适从的不安感。那里好像有个巨大的漩涡将她吸住，她一时也忘记了言语。直到旁边有个小贩一声吆喝"姑娘，要不要买串冰糖葫芦？可甜了"，才将她从那黑暗中叫醒。

何冉冲那小贩摆摆手婉拒，然后转过头看萧寒，问："你怎么了？"

萧寒突然开口说："我今天在路上遇到你学生了。"

何冉微微一愣："然后呢？"

"她跟我说她的老师很厉害，刚刚高中毕业就可以到画室来教学生了。"

"…………"

"她还告诉我你今年才18岁。"

"…………"

"这些都是真的？"

何冉沉默片刻，终于缓慢地点了点头："嗯。"

萧寒看着她的双眼，看了许久才问："为什么要隐瞒？"

何冉没有回答，她并不打算回答。足足一分钟过去，她没有说一个字，萧寒明白她的意思了。

夜阑风情，携来微微的凉意，两人的发丝都在拂动。

"昨天的事就当没发生过，你请回吧。"这句话从萧寒的口里说出，不带任何感情色彩。

何冉在原地站了一会儿，有些话在她肚子里百转千回，最后却只淡淡地说出一个好字。她跟他说了声"再见"，然后缓慢地转过身，朝着来时的方向走回去。

第二天中午再次在快餐店里相遇，萧寒仍旧坐在靠角落的老位置。何冉发现了他，犹豫一阵子才抬步朝他走过去。

萧寒仿佛有所感知，在何冉距离餐桌还有两三步的时候，他抬起头。当她在他面前坐下来后，他低下头继续扒饭。何冉也没有多说什么，若无其事地掰开筷子，吃自己的。

一餐饭吃得彼此无言。

何冉发现自己越来越能跟得上萧寒的速度了，两人几乎同时放下筷子，端着餐盘站起身。

饭后，何冉走到冰箱前买喝的，拿了一罐啤酒递给萧寒。萧寒手放在裤袋里没拿出来，淡淡地拒绝："不用了。"

何冉又往前递了递："别客气。"

萧寒不为所动，摆手说："真的不用。"

何冉静默了一会儿，抬起眼皮看他："连朋友也做不了？"

四目相对，有什么无声的东西在两人眼中传递着。

半晌，萧寒从她手中接过啤酒，低声说了句："谢谢。"他转身朝收银台走去，付了钱后就直接拐弯走出了店门口。

何冉看着他的背影，暗暗咬了咬唇。

晚上，何冉受邀去一所重点招生对象的学校上示范课，一节素描课和一节色彩课结束后已接近十点。从学校出来后，她搭乘同行的另一位老师的车回到小洲村，中途经过一家画具店，便下车买了一个画框。跟那位老师道了别，剩下的路何冉自己步行。

月光下的小洲河静静流淌，路上行人寂寥，河对岸人家的灯火明明灭灭。不知不觉，双脚已经站在理发店下的石阶前。何冉抬头看着这栋孤独残破的老房子，二层的阁楼里隐约散发出微弱的灯光，一个黑色的剪影在窗户前缓缓走过，有种让人不忍打扰的静谧。

何冉不知道自己站了多久，反应过来时她的右手已经轻握成拳头状，在门板上轻轻敲了几下。过了一会儿，两扇木门在吱呀声中朝两边缓慢地打开。

大概是为了节省用电，一楼没有开灯。何冉的视线在黑暗中适应了几秒钟，才逐渐聚焦在眼前那张轮廓有些模糊的脸庞上。

"你怎么来了？"低沉的嗓音，询问的语气。

何冉说："我把画框送过来。"

萧寒低头打量了一眼："现在这么晚了，你应该明天再过来，或者叫我去拿。"

何冉轻描淡写："没事，顺路。"

这话说出来她自己也知道很没有说服力，画室和理发店完全两个方向。不过她本来就只是象征性地解释一下，也没指望萧寒会相信。

黑暗中她竟听到萧寒轻轻地叹了口气。那声气息非常短暂，以至于她怀疑是不是自己的错觉。不过她听出来那应该不是代表着厌烦的叹气。

萧寒从她手里接过画框，那画框是实木的，沉甸甸的。何冉这细胳膊一路拎着走来，手臂已经有些酸胀感了。

萧寒问："多少钱？我给你。"

何冉几不可见地敛了敛眉："不用。"

萧寒还是坚持要把钱给她，何冉说："也没多少钱，你帮我洗个头就抵消了。"

萧寒说："店里已经打烊了。"

"你不是还没睡么？"

"这次不行。"

"为什么不行？"

"…………"

"只是洗个头而已，我保证不做别的，洗完我就走。"

萧寒还是不说话。

何冉又说："我已经没什么思想负担了，你如果一直不肯，说明你心里有鬼。"

思考几秒，萧寒往里退了一步："进来吧。"

一回生二回熟，何冉很自觉地走进里间，在洗发床上躺下。萧寒将灯拉亮，把画框放置在一旁，随即也拿着毛巾和洗发水走进来。

何冉脱下眼镜，望着头顶天花板发呆。即使她有深度近视，也能感觉到墙壁上年月已久的裂缝。她由衷感叹："你这理发店该翻新一下了，不然哪有人敢来。"

萧寒说："你不是人么。"

何冉竟被他呛了一下，她小声解释："那是我照顾你的生意。"

萧寒接着说："小巷里的阿公阿婆一般都来这儿理发。"

"那是因为你没收他们钱吧。"

何冉把天聊死了，萧寒不再搭理，他轻柔地握拢她的头发，将花洒打开调试水温。

过了一会儿，何冉问："你怎么不帮我洗耳朵？"

萧寒无动于衷。

何冉说："我现在是以客人的身份跟你说话，我耳朵痒，你帮我揉一揉。"

萧寒还是没动，再次叹气。几秒之后，那双温热的大掌才终于覆上她柔软的耳朵。

感受了一阵子，何冉说："你手上茧很厚。"

萧寒动作顿了顿："不舒服么？"

"不会。"

水流在她发间穿梭流淌着，温度要比他的掌心稍微热一些，何冉昏昏欲睡。如果闭上眼，这就是一场美梦。

何冉又说："我过段时间要开始上速写课，你再来当一次模特吧。"

萧寒说："再说吧，我过几天有些事，可能不在广州。"

何冉问："还回来么？"

"回来。"

"那好吧，等你回来再说。"

洗完头后，萧寒将她送到理发店门口。

何冉几步走下台阶，转过身，仰起头看着他。静站了一会儿，她开口道："萧寒，我为我的隐瞒道歉。"

当事人背靠在门边，语气淡淡的仿佛并不在意："没事。"

何冉又站了一会儿，才接着说："我只有一个请求，以后不要躲着我。"

萧寒语气平淡："你想多了，我不会躲着你。"

"好，那就好。"她转过身，冲他挥挥手，"我先走了，再见。"

萧寒站在门口看着何冉走远，半晌低头从口袋里摸了根烟点燃。再抬头时他发现她又折了回来，仍旧站在台阶下面，抬头对他要求道："萧寒，你送我。"

他问："怎么了？"

她理直气壮地说："天太黑了，危险。"

萧寒不动声色："你知道危险还这么晚跑过来。"

"……"这是何冉今晚第二次被萧寒呛得说不出话来。片刻，她挪开视线，望着一旁的盆栽，闷闷道："那我自己走了，再见。"

萧寒抬起右脚迈过高高的门槛，木门在身后缓缓关上。他不紧不慢地走下石阶，在她身边停下，唤道："一起走吧。"

翌日，午饭时间。两人一如既往在快餐店里遇见。何冉若无其事地在萧寒对面坐下，打了声招呼，然后各吃各的。饭后，何冉到冰箱前买酸奶喝，再拿一瓶啤酒给萧寒。这一次他没有拒绝。

从快餐店里出来，何冉发现萧寒走的方向跟以前不一样，既不是回理发店的那条路，也不是他去上工的那条路。

何冉跟上前去，叫住他："萧寒，你要去哪里？"

萧寒放慢了脚步，回答："收容所。"

何冉又问："什么收容所？"

"流浪猫狗的收容所。"

听起来有些陌生，何冉之前从来没有听说过小洲村里还有这种地方。

"你说的那个地方在哪里？"

萧寒指了个大概方向："前面拐个弯就到了，我偶尔会去做义工。"

何冉顿生出几分好奇："义工有什么要求，我可以跟你一起去么？"

萧寒脚步微顿，侧过头看她，目光含带一抹怀疑。

"那里很脏……不适合你。"

何冉自荐道："我能吃苦，不怕脏！"

他思考了几秒，说："你先去看看再做决定吧。"

小洲村不大，顶多十分钟的路程他们就到达了目的地——一个废弃的公园里，他们站在一座杂草丛生的小山脚下，萧寒指着山顶说："就在上面。"

何冉抬起头看，这座山并不高，顶多就八层楼的高度。

他们顺着石梯往上走，这石梯每一阶都建得很高，等于普通楼梯迈两步的距离，爬起来相当吃力，旁边没有扶手，对于何冉这种平衡能力差的人来说挺危险的。

萧寒走在前面，回过头朝她伸出右手，何冉自然把手搭了上去。第一次牵手，或者应该说是握手。何冉最先感觉到的是萧寒手心里粗糙的茧，扎扎实实，有种特别的滋味。虽然难免刺手，但她一点儿也不排斥。

半山腰坐落着一座四角凉亭，同样也是破破旧旧的，石凳上放着几个竹篾编的大箩筐，已经堆了一层灰。萧寒发觉到何冉呼吸声加重了，询问她需不需要到亭子里休息一下。何冉摇摇头说："没几步路了，再加把劲吧。"

到达山顶后，萧寒松开了她的手。他在门口喊了几声，收容所的主人出来开门。

门前有一个很浅的水池，按照主人的要求，他们穿着鞋走进去泡了一阵子，据说这是为了消毒杀菌。

收容所的主人是个老人家，虽然已经年过半百，身子骨却依旧很硬朗，走起路来那股精气神丝毫不比年轻人逊色。萧寒来过多次，与他很熟。

这家收容所的环境并不好，甚至可以说相当恶劣，一走进门就能感受到一股尿骚味扑鼻而来。

四周打量，猫狗们虽都关在笼舍里，但一闻到人的气味靠近就都兴奋起来，趴在栏杆上大叫。那些狗和猫也不是常见的讨人喜爱的类型，有的眼睛化脓了，有的腿断了，有的毛秃了，所以才会被抛弃沦为流浪猫狗。

老人家今天给他们安排的任务也不容易，先给多多洗澡，然后打扫它的笼舍。多多是只中年古牧羊犬，体型庞大，一身毛发浓密而蓬松，耷拉在整张脸上，几乎看不见眼睛，要给它洗澡是个大工程。何冉不喜欢接近毛茸茸的生物，可既然主动要跟来，她此时不能打退堂鼓。

萧寒负责给多多刷毛，何冉站在一米开外，拿水管对着它冲。她一边看着萧寒认真工作的模样，一边想着这个男人身上还有什么是她不知道的。

他打很多份工，好像什么都会做一点，生活应该算艰苦的，不过居然还有多余的爱心照顾这些流浪猫狗。用简单的两个字归结，是个好人。

像是感觉到何冉的心不在焉，那只古牧羊犬竟一把从她手里抢过水管，咬在嘴里对着她喷，要造反。何冉吓了一跳，躲闪不及，反应过来后连忙往外逃，多多咬着水管跟在后面追。慌不择路的时候她隐约听到萧寒在身后沉声笑。

事后，老人解释道："多多性格太调皮，就爱欺负新人，下次见面就好了。"

彼时，何冉被水冲得一身衣服都湿透了黏在身上，憋着一肚子气也无话可说。离开收容所时是下午四点，何冉一生都没这么狼狈过，身上又脏又臭，比落汤鸡好不到哪去。

萧寒倒是习惯了，来这旦做义工就没打算干干净净地回去。

路上，何冉状似无意地调侃："你真不容易，修枝理发已经够辛苦了，没想到还有比这更累的活儿。"

萧寒语气淡淡地回敬："你也不容易，这么小就出来当老师了。"何冉假装听不出他话里的暗讽，只说："没办法，赚点钱补贴家用。"

经过画室门口时，何冉停下来，犹豫着问："我能去你那洗个澡么？宿舍晚上六点以后才有热水。"

萧寒本该拒绝，可看着何冉湿漉漉的可怜模样，拒绝的话几番到嘴边还是咽了回去。

何冉让他等一等，她上楼拿几件换洗的衣服。

两人一起回到理发店，萧寒先上二楼烧热水，让何冉坐着稍等一下。何冉一身脏水，也不好真的坐下来，就站在一旁干等。

这时，枣枣从门外慢悠悠地走了进来，好像连它也能感受到何冉身上不大好闻的味道，刻意绕了个大圈避开她往里走。

不久，萧寒从楼上下来，明明他身上有着跟她同样的味道，那只猫却一点儿不介意似的，照样过去蹭着他的裤腿撒娇。这年头，真是连猫也懂得排外了。

又过了一阵子，热水烧好了，萧寒领着何冉上楼，教她怎么放水。浴室在厨房旁边，同样没有门，只有一条帘子垂下来做遮挡。里面比想象中还要小，何冉肉眼估测不超过一平方米，转个身稍不留意就会碰壁。角落里放着两瓶没见过的牌子的沐浴露和洗发露，墙上固定着一个花洒，除此之外浴室里别无他物，环境倒是挺干净的，并没发现堆积的头发或是爬在瓷砖上的小虫。

何冉左右望了两眼，浴室里没找到粘钩，她问："怎么没有挂衣服的地方？"

萧寒说："平常都只有我一个人洗，没必要。"

"那我怎么办？"

"……"这倒是一个问题。

何冉眨眨眼睛："或者……你在外面帮我递一下衣服？"

萧寒斩钉截铁："不合适。"

"那怎么办，我一个女孩子，洗完了光着出来，这更不合适吧？"

"…………"

"你就帮我递一下衣服，我都不介意，你还怕占我便宜？"

萧寒说不过她，无奈地长叹一口气。他突然后悔，果然刚才就不应该答应带她来洗澡。

萧寒站在帘子外，身后水声淅淅沥沥。何冉的衣服叠得很整齐，捧在萧寒手心里的是一条长裙，上面是一件T恤，再上面是小巧的内衣内裤。

萧寒没有太过留意，但也不知为何只是随意一瞥，就莫名地把这些细节都记在了脑袋里：内衣款式是简洁的白色，网纱笼罩，边缘绣着一层薄薄的蕾丝，俏丽甜美，的确适合正处在发育期的小女生。暗扣处那一小块尼龙布料上印着一排已经有些模糊的小字，32C。

何冉平常总是穿着过于宽松的衣服，整个人都被罩在其中，身材看起来瘦弱娇小。没想到T恤里面深藏不露。

正在洗澡的何冉动作不紧不慢，时不时朝门外望一眼。黄昏的光线将萧寒的影子投在那块粗制滥造的布帘上，通过那道黑色的身影可以判断出他是背对着她的。

视线稍低，便能看见他踩在人字拖上的脚后跟，还有微微卷起的牛仔裤腿。成人世界里居然真的有这种正人君子。

十分钟后，水声停下来，何冉说："我洗好了。"声音不高不低，足够门外的人听见。

布帘被微微掀开一个细小的角度，两根手指勾着她的内衣递进来。何冉接过，穿上。

"好了。"

下一个递进来的是她的内裤。

"好了。"

接着依次是上衣和裙子。最后递进来的是她的眼镜。

片刻，何冉穿戴整齐，掀开帘子走出来。她身上隐隐散发出一股热气，头发上仍沾满着湿润的水珠。外面温度稍微低一点，她的镜片因此蒙上了一层白白的水汽。

萧寒仍旧保持着背对浴室这边的姿势，不闻不问。

何冉站在他身后，抬起手，动作轻而缓慢。在指尖快要点水般地触碰到他结实的肩胛骨处时，又停了下来，手臂缓缓放下，她说："我洗好了，你洗吧。"

萧寒闻声转过身，看了她一眼，点点头。他走到床头，弯下腰从柜子里随意抽出几件衣服来。何冉的视线追随着他，问："需要我给你递衣服吗？"

萧寒将衣服随手丢在床上，说："不用，你去楼下吹头发吧，我自己就行。"

何冉语调上扬："你一直都是这么洗澡的？不怕别人看光？"

萧寒说："这里除了你没有别人。"

何冉好整以暇地在床边坐下来，正好压住他的衣服，语调略显轻浮："那如果我想看呢？"

她抬起头看着他，对视时两人都没有说话。

不知过了多久，那两个没什么分量的字又从他口中冒了出来。

"小孩。"

何冉不确定那两个字是不是叫的她，不过显然这个屋子里除了她之外就没有别人。她顿了几秒，问："为什么叫我小孩？"

萧寒说："你本来就是小孩。"

何冉不甘心地问："哪里小？"

"都小。"

她咬着唇，片刻后才松开，又说："你没仔细看过怎么知道小不小？"

何冉的暗示很明显，他们两人都心知肚明，可萧寒一直沉默着没有表态。

半晌，他绕过她走进浴室："好了，别闹。"

第三章 梦与实

那之后连续三天，何冉去理发店里都没有找到萧寒。后来她去找胖子打听情况才得知，原来萧寒这段时间回老家去办一些事情了。

得知这个消息后何冉心情沉闷了一小会儿，一个人的离开可以这样轻易，不过萧寒要去哪里本来就没有义务向她通报。

似乎已经养成了习惯，何冉这几天隔三差五就到理发店附近散步写生，顺便看看萧寒回来没有。

这天下午，她像往常一样闲逛到理发店门口。屋里依旧没有任何动静，缺乏清扫的石阶上已然堆满了落叶。何冉没见着萧寒，反倒是看见了正躺在盆栽里睡懒觉的枣枣。似乎是感觉到何冉的到来，它懒洋洋地抬起头看了她一眼，然后低低地喵了一声，声音显得有气无力。这只猫萧寒带不走，也不知道它最近是怎么填饱肚子的。

在那之后，何冉每天下午有空闲时间就带点剩饭剩菜去喂枣枣。一回生二回熟，偶尔那只猫也会亲昵地蹭一蹭何冉的小腿了。

这天下午，枣枣埋着头津津有味地吃着何冉带来的鱼罐头，何冉则坐在石阶上盯着它发呆。没一会儿，阿曼来了。

何冉听到背后有人叫了她一声："妹妹，你怎么自己坐在门外啊？"

她回过头，看清来人，回答道："萧寒不在。"

"不在？"阿曼愣了下，疑惑地问，"那他去哪了？"

"回老家去了。"

阿曼恍然："噢，对，我都忘记这事了。"

两人有一搭没一搭聊了几句。之后，阿曼蹲下身来，侧头打量着大吃大喝的枣枣，啧啧道："这老家伙吃得真香。"她望向何冉，"是你给它送吃的？"

"嗯。"

"其实你不用管它，这家伙可精了，饿不着自己的。"

何冉说："没事，反正也不麻烦。"

阿曼感慨不已："这老家伙还挺忠诚的，这么多年就守在萧哥家哪也不去，要换作我早跑了。"说完摇了摇头，又叹了口气，"唉，人不如猫啊。"

阿曼似乎话中有话，何冉还没来得及细究这话是什么意思，她又挑起新话题，冲何冉扬了扬眉，打听道："你跟萧哥怎么样啦？"

何冉装傻："什么怎么样？"

阿曼心直口快："拿下他了吗？"

何冉摇头："没有。"

阿曼眉头高耸，一副替她遗憾难过的表情，又拍拍何冉的肩膀以示鼓励。

何冉问："你跟萧寒认识多久了？"阿曼回想了几秒，缓缓说："他刚来广州那一阵子我们就认识了，我们是老乡，互相照应，到现在……应该有十年了吧。"

又是十年。这个数字为什么出现得如此频繁。

阿曼聊起萧寒时，何冉一直静静地观察着她的表情。

何冉语气如常地陈述着自己的见解："你喜欢萧寒。"女人之间的第六感往往心照不宣。

阿曼倒也豁达，爽快地承认："是喜欢过几年，但是他一直不喜欢我，我就放弃了。"

何冉问："为什么？"

阿曼耸了耸肩："那时候他心里有别人啊。"

这让何冉对萧寒十年前的经历更加好奇。

两个人没聊多久，后来阿曼接了个电话，有事先走。何冉看枣枣吃得差不多了，便也收拾了一下垃圾离开了。

高考成绩下来的那天，何冉的心情如往常一样平静。一切早在她提交答卷的那一刻就已成定局，结果是好是坏自己心里多少也有点分寸。手机屏幕上显示的数字是480分，这个成绩已经超过何冉的预想。虽然离她原本的水平还差远了，但对于美术生来说，被央美录取已经是板上钉钉的事了。

退出成绩查询页面，手机正好响起来。电话是杨文萍打来的，何冉猜测她应该是来询问自己成绩的。然而猜测有误。接了电话后，杨文萍问的第一句是："你什么时候回家一趟？"

何冉反问："怎么了？"

"这两天抽空跟我去医院看看韩屿。"杨文萍说，"他出车祸了。"

"…………"

几年前，在何冉被韩屿欺负得最惨的那段时间里，她也曾偷偷地诅咒过他出门被车撞。可惜正印证了那句邪门的话，"好人不长命，祸害遗千年"。韩屿平常在校园里横行霸道、欺大压小，日子照样过得滋滋润润的。所以当真的听到韩屿出车祸的消息时，何冉不是不吃惊的，老天爷终于记起来要惩罚一下这个混蛋了？

在何冉的印象中，车祸往往联系着受伤惨重的大型事故。她以为自己会见到一个卧床不起的韩屿。然而真正站在韩屿的病床前面，才发现完全不是这样。

他仅仅受了些轻伤罢了，最严重的地方也不过是右腿轻微骨折，打了石膏所以走路比较不方便，其余地方都是些不值一提的皮肉伤。

杨文萍和韩太太聊了几句就离开病房了，让何冉留下来陪韩屿说说话。何冉手里还提着刚刚杨文萍嘱咐她买的果篮，一路提来沉甸甸的。可惜床头已经堆满了探病的人送来的礼物，她没地方放。这混世小魔王人品虽不好，人气却挺高。

韩屿背靠在枕头上，即使穿着素净的病号服，也依旧是飞扬跋扈的神态。明明是何冉站着，他硬要伸长脖子摆出一副他俯瞰她的姿态。韩屿嘴角勾了勾，说："你知道我是怎么出车祸的吗？"何冉对事发原因不感兴趣，所以没吭声。

见她不做声，韩屿突然把话题拐到一个看似毫不相关的人身上："你还记得卢京白吗？"何冉轻微地怔了怔，这个名字听起来已经有些遥远。

韩屿以为她不记得了，又提醒道："咱们初中同学啊，好像是你们班的班长吧，我记得那段时间他追你来着？"

何冉没有说话。

"后来你们经常一起出现在饭堂和图书馆，大家都以为你们在一起了，所以他应该算是你的初恋情人吧？"

何冉依旧缄默不语。

韩屿又继续回忆道："后来发生什么呢？嗯，让我想想……好像是那个男的家里出了什么事，然后他就被迫休学了，所以你们最终还是没能在一起。"

不想再听他说这些无聊的回忆，何冉出声打断他的话："你提他干什么？"

韩屿嘴角一笑："因为我撞的是他的车啊。"

那瞬间何冉感觉到自己眉心间皱起了深深的褶子，她提高了音量说："你又去招惹他干吗？"

韩屿的笑容表达出他无所谓的态度："姐姐，这总不能怪我吧？路上那么多辆车，我怎么知道哪辆是他的车？况且，我也是这次意外事故的受害者好不好？没看到我的腿都肿成什么样子了吗？你也不关心关心我？"

何冉深吸了口气，复又平静下来，问："卢京白他伤势怎么样？"

韩屿耸了耸肩，事不关己道："谁知道呢，谁叫他开着那台垃圾破面包车，不堪一击，一撞过去就成一团废铁了，估计人也好不到哪里去。"

何冉觉得自己的心理承受能力又被韩屿锻炼到了一个新的高度。离开病房时她的脚步是匀速且较为安静的，她甚至还能好声好气地跟韩屿说："好好休息。"

杨文萍在医院楼下等她，何冉走到她身旁，问："被韩屿撞到的那辆车的车主现在怎么样了？"

杨文萍说："听韩太太说应该没事了，已经脱离生命危险。"她以为何冉是担心韩屿的处境，便又补充一句，"你放心，虽然肇事者是韩屿，不过韩叔叔给了对方很多钱想要私下解决，对方也答应了。"何冉听罢，淡淡地哦了一声。

两人走到停车场附近，杨文萍停下来说："你今晚回家吃饭不？好久没回来了。"

何冉摇头："不了，晚上画室有课。"

杨文萍皱着眉头，叹气道："别老惦记着你那什么画室，那东西没前途！"

何冉心不在焉地应付着："知道了。"

杨文萍又叮嘱："对了，我跟薛院长约好了，星期天带你去复查，别忘了时间。"

"嗯。"何冉点头，说完冲她摆了摆手，"我先走了。"

韩屿喜欢过自己，何冉其实是知道的，但她也无法确定，那里面究竟是喜欢的成分多一些，还是讨厌的成分多一些。

在年龄很小的时候，他们之间还是可以和平相处的。对于这个小自己几个月的弟弟，何冉并没有太多的感觉，既不排斥也不喜爱。韩屿对她也一直若即若离，交流甚少。

后来不知从什么时候开始，韩屿变得非常叛逆，这股叛逆劲远比所有处于青春期的少男少女都来得更猛烈。打架、旷课、考试作弊等恶习屡屡出现在他的档案记录册上，他与何冉的相处模式也越来越倾向于恶作剧和整蛊。

鸡汤文里说如果一个男孩子频繁地扯一个女孩子的头发，那么肯定是对她有意思。何冉起初不相信，即使她的橡皮筋被韩屿扯坏了一条又一条。

直到有一回，她跟韩屿一起回家。两人坐在轿车后座，一个靠左一个靠右。韩屿突然扑过来的时候，何冉正望着窗外一排排倒退的法国梧桐发呆。反应过来后她急急忙忙推开他，慌张地擦掉右边脸颊上的口水印子，然后快速瞄了一眼倒车镜，也不知道司机有没有看到刚才那一幕。也许是那个动作刺伤了韩屿的自尊心，从那天起他的报复就不仅仅停留在恶作剧的程度了。

何冉每次推开教室门都要防备头顶掉落的黑板擦，每次将手伸进课桌里都要小心里面突然爬出来的不明昆虫。后来甚至于韩屿交的那些乱七八糟的女朋友们，也把欺负何冉当成了一件理所当然的事情。

何冉起初完全不把韩屿这种小打小闹的幼稚行为放在眼里，直到卢京白出事。

卢京白是个很斯文的男生，人长得不是很帅，但身上一股子儒雅的书卷气却挺招人喜欢的。

何冉跟他相处不过十天的时间，连手都没牵过他就被学校劝退了。那段时间他经常鼻青脸肿地出现在她面前，问他怎么回事，他只心虚地说是不小心摔的。何冉一开始没有往韩屿那个方向想。

卢京白离开学校的消息来得非常突然，何冉甚至没来得及再见他一面。据说是因为盗窃。卢京白的室友在他的衣柜里发现了自己丢失的五百块钱，虽然数目不大，但学校最忌讳的就是盗窃，一旦触碰到这条高压线就没有挽回的余地，毫不留情地劝退。

事后，韩屿趾高气扬地来到何冉面前。他抬着下巴对她说："何冉，追你的男生都没好下场。"

何冉是从那个时候开始才觉得韩屿很讨厌的。

再次见到萧寒却是在偶然的情况下。那天何冉突然想吃水果，便去菜市场走了一趟。

准备回画室的时候，余光突然瞥见不远处的小摊前站着一个熟悉的人影。目光先是触及那人的后脑勺，然后才注意到他身旁牵了个小男孩。

何冉迟疑片刻，最后还是迈开步伐跟了上去，走到那人背后。

"萧寒。"她不高不低地叫了一声。男人转过身来，看到她后眨了下眼睛："嗯。"

何冉视线往下，落在刚刚看见的那个小男孩身上。这是萧寒的儿子么？

小男孩怯生生的，一遇见陌生人就如临大敌地躲到萧寒背后去了，却又按捺不住好奇，探出脑袋来偷偷地打量着何冉。何冉也不动声色盯着他看。也许是她的表情不够和善，吓得那小男孩又往后缩了几步，小嘴巴嗫嚅着说："叔叔……我怕。"

叔叔？何冉因为这个称呼顿了顿，抬起头看萧寒："这不是你儿子？"

萧寒反问："我什么时候说过我有儿子？"

何冉说："上次我问你是不是有小孩，你说有。"

萧寒解释道："这是我哥家的小孩，现在由我抚养。"

"噢。"何冉点了点头，"挺可爱的，几岁了？"

"十岁。"萧寒安抚地拍拍那小男孩的手，将他拖出来，"泉泉，叫姐姐好。"小男孩小心翼翼地抱着萧寒大腿，半晌才从嘴巴里钻出三个字："姐姐好。"他声音比蚊子还低，快速说完后又躲到萧寒身后去了。

萧寒说："他胆子比较小，别介意。"

何冉笑了笑："没事。"

之后，何冉找了个理由去他们家坐一坐。问萧寒什么时候回来的，他说昨天中午的火车，今天早上刚到。

两人还没来得及吃东西，到家后萧寒直接进厨房做菜。何冉则在一楼带着泉泉玩，说是带着玩，其实也就帮忙看一下别让他到处乱跑。

何冉是独生子女，家里同辈的亲戚中她是最年幼的，从来没跟小孩相处过，也不太喜欢小孩子。泉泉怕生，何冉也不主动套近乎，两人隔着两三米的距离无言相望，一楼安静得好像没人存在。房子的隔音效果不太好，偶尔能听到二楼传来的切菜声。

何冉发现泉泉盯着看的并不是自己，而是她手里提着的一袋苹果。她想了想，开口问："要吃吗？"就这么小的声音居然也能把他吓到，小身子明显地怔了一下，然后抬起头惊慌失措地看着她。

何冉又问了一遍："要吃吗？"小脑袋缓慢地摇了摇，可那双跟萧寒有三分相似的眼睛仍旧死死地盯着苹果。何冉站起身，走过他身旁时感觉到他紧张地绷直了身子。她没说话，径直走上二楼问萧寒要了把水果刀，然后回一楼给他削苹果。

何冉之前没干过这活，技术自然蹩脚得很。苹果在她刀下被削得棱角分明，圆形变成了正方形。不知不觉间泉泉向她靠近了一些，兴致勃勃地盯着她手里的苹果。

第一回小试牛刀失败后，何冉把那惨不忍睹、小了一倍的方苹果丢进垃圾桶里，开始削第二个。她十分专注，可还是无法将苹果皮连在一起，忍不住轻轻叹了口气。

何冉抬起头擦汗，才发现萧寒不知什么时候下了一楼。他正站在泉泉身旁，一大一小两人的视线都聚集在她手上。见她抬起头，那视线便从苹果转移到她脸上了。

何冉分明从萧寒的眼神里读出一条信息：怎么连苹果也不会削。她有些尴尬，干咳一声，说："你怎么下来了？"

萧寒回答："在等水开，还有一阵子。"何冉便顺势将苹果和小刀都递给他："那你来削吧，我实在搞不定。"

萧寒笑了笑，朝她走过来。

他的动作非常熟练，一边削还能一边游刃有余地教她："手应该这么握刀柄，顺着苹果的结构走。这不是你削铅笔，下手别那么狠。"何冉像个学生一样，低低地噢了一声。

边削边聊，萧寒问起："成绩下来了吧，你考得怎么样？"他居然还记得她是高考生，看来这真是每年全国人民都要关注的一件大事。

何冉说："不好不坏。"

"填了志愿了吗？"

"还没。"

"将来打算在哪里读大学？"

"应该是北京吧。"

萧寒点头："哦，北京挺好的。"

就是离广州太远。

对话结束时苹果也削好了，一个完好无缺的形状。萧寒提着梗将它切成两半，一半给泉泉，一半给何冉。

何冉摆摆手："不用了，都给他吃吧。"

萧寒说："他吃不下那么多，待会儿还要吃饭。"何冉这才接过。

吃完苹果何冉就离开了。她已经在画室吃过午饭，就不留下来打扰他们了。

也许是何冉离开后萧寒跟泉泉说了些什么，第二天她再去理发店的时候，感觉到泉泉对自己的态度发生了一些转变。虽然他还是躲得远远的不跟她说话，但何冉能从他的眼神里感受到，他其实挺想接近她，但是因为胆子太小了才不敢上前。

于是何冉主动问他："要吃苹果吗？"

泉泉小幅度地摇了摇头。

"那吃香蕉？"

还是摇头。小家伙犹豫了一阵子，终于鼓起勇气一小步一小步地朝她走过来。等走到足够近了，他才停下来小声地说："谢谢你。"

何冉愣了一下，问："谢什么？"

泉泉眼神四处躲闪，就是不敢看她，半晌才扭扭捏捏道："叔叔说……画是你送给我的，我很喜欢……谢谢你。"

何冉反应过来，微笑了一下："没关系，你喜欢就好。"

萧寒从楼上下来，何冉注意到他换了一身衣服，便问："你要去哪里么？"

萧寒回答得简单明了："干活。"

何冉看了泉泉一眼，"他也去？"

萧寒摇头："他在家里待着。"

"他一个人待着不安全吧。"何冉想了想，说，"要不我帮你看着？"

萧寒说："不用了，你下午不是要上课吗？"

"我的课以后都调到晚上了。"

何冉说完，看向泉泉，询问他的意见："想跟我去画室吗？"泉泉嘴巴嚅动了两下，没发出声音。

何冉又说："我可以教你画画。"泉泉犹豫不决了一阵子，抬起头拉了拉萧寒的裤子。他嘴巴里挤出几个字，声音低低的听起来很可怜："我想去。"萧寒轻轻地摸了摸他的头，然后看了何冉一眼，点了下头默许了。

在取得校长的同意后，何冉将泉泉带到画室。下午学生们在课室里上课，泉泉则乖巧地坐在角落里旁听。他很懂事，安安静静地待着，一点儿也不会打扰到别人。

何冉拿了几张画纸和一袋水彩笔给他，他自己画了一阵子后，抬起头叫了何冉一声。"姐姐……"他欲言又止。

何冉转过头看他，问："怎么了？"他胆子还是很小，说话时不敢看何冉的眼睛，吞吞吐吐道："你，你不是说……教我画画吗？"

何冉笑了笑："可以教你啊，不过有个条件。"

泉泉懵懵懂懂地睁着大眼睛："条件是什么意思？"

"就是你要答应我一件事情。"

"什么事？"

何冉说："以后你叫我阿姨，不要叫姐姐。"他叫萧寒叔叔，叫她姐姐，辈分不就乱了么。

泉泉似懂非懂地点点头："噢，阿姨。"

萧寒来接泉泉时是傍晚五六点，放学时间，学生们都出去吃晚饭了，画室里没有别人。他站在门口敲了几下，没听到动静，便直接推开门走了进去。

课室里空调已经关了，但冷气还未完全散去，萧寒干完活出了一身大汗，走进去觉得挺凉快的。视线转了一圈，随即在角落里找到那两个人。地上铺了一张一开大的画纸，泉泉直接趴在那上面画画，何冉坐在旁边指点一二，两人都很投入，没有发现他的到来。他之前叫她小孩，直到一个小小孩坐在她身边，才发觉她身形已经隐约可见女人的曲线了。

萧寒静悄悄走到他们身后，何冉察觉到什么，转过头来："你来了。"泉泉闻声也回过头来，他看起来很开心，语调是上扬的："叔叔。"

萧寒点了点头，问："你画得怎么样？"

泉泉将画提起来向他展示自己的成果："我今天下午画了花和鸟。"那画纸上一摊黄的一摊红的糊在一起，真看不出来是花和鸟。即使如此萧寒还是给予了夸奖："不错。"泉泉腼腆地笑了笑。

萧寒又说："不早了，我们该回去了。"

泉泉嘴角立马耷拉下来，不舍地说："等一下嘛，等我画完这张再走。"

萧寒看了眼时间，片刻后妥协道："好，我们六点半再走。"

何冉找了张凳子给萧寒，她也挨着他身旁坐下。从萧寒身上散发出来的淡淡的汗味提醒着他们之间的距离有多近，何冉不由自主地回想起那天下午，逼仄的空间里，阴暗的光线布在萧寒的脸上。她不着痕迹地将自己的小腿往旁边挪了一点，两人坐在一起时他的裤脚总是似有若无地擦过她的小腿，这种微妙的感觉令人十分在意。

距离六点半还有二十分钟，这么一直静坐着不是办法。何冉随意找了个话题："泉泉性格随谁？这么胆小。"

萧寒说："随他爸吧。"

之前何冉一直忘了问，听萧寒提起才注意到："为什么是你养他？他爸呢？"

"他爸去世了，他妈跟了别的男人，现在也在广州，但是不肯带他走。"

何冉听后不禁沉默，又转过头去望了一眼那个小小的身影。

"那他以后都跟你住这边？"

"只是来玩一阵子，下个月就送回去。"

"不考虑让他来城里读书吗？这边环境好一些。"

萧寒抿着唇，沉默了一会儿："已经准备转学了，我在筹钱。"

到点了，萧寒带着泉泉离开画室。泉泉站在门口依依不舍地转过身，问何冉："我明天还可以来么？"

何冉点头笑："当然可以。"

萧寒拍拍泉泉的肩膀："跟姐姐说再见。"

"姐……"泉泉一张嘴，又马上改口，"阿姨再见。"

何冉朝他们挥挥手："明天见。"

萧寒异样地看了他们一眼，但什么也没问。

第二天中午，何冉去理发店接泉泉时，萧寒正准备带他出门。何冉堵在门口问："你们要去哪？"

萧寒说："泉泉生病了，我带他去趟医院。"何冉低头去看泉泉那张小脸，才发现他脸色苍白，非常虚弱。

"他怎么了？"

"不知道，昨天半夜咳嗽，今天早上起床又吐又拉的，估计是水土不服。"

何冉牵起他冰凉的小手，想了想说："我带他去医院吧，你下午还要干活吧？"

萧寒说："没事，我先把他送过去再看情况。"

到医院，医生给泉泉量了体温。有低烧，建议打吊针。泉泉平常胆子小，这个时候倒是勇敢得很，不哭也不闹。只不过在护士姐姐给他扎针的时候，他忍不住把脸埋进萧寒怀里，默默地抽噎了几声。打吊针可不是一时半会儿就能解决的事，何冉让萧寒先去忙自己的，她来照顾泉泉。

那之后的几天，萧寒要出去工作的话则把泉泉放到何冉画室，拜托她帮忙照看。一回生二回熟，泉泉跟何冉说话时胆子也大了许多。

这天画画时，他居然主动八卦问："阿姨，你是不是喜欢我叔叔啊？"

何冉不动声色，暗暗嘀咕自己这司马昭之心有这么明显吗，居然连小孩都看出来了。她不答反问："你知道什么是喜欢呀？"

"嗯……喜欢就是……"泉泉支支吾吾半天，小脑袋里的词汇量有限，只能想出来词不达意的形容，"喜欢就是两个人吃饭睡觉都待在一起。"

何冉噗嗤一声被他逗笑了："吃饭睡觉都一起，我倒是愿意啊，但你叔叔不带我玩。"泉泉好奇："叔叔为什么不带你？"

何冉半开玩笑："我也想知道，要不你去帮我问问？"泉泉郑重其事地点点头，答应帮她的忙。

何冉又问："那平常你跟你叔叔在一起都做些什么？"泉泉沉思了一会儿，说："其实叔叔也不带我玩，他一直很忙，说要早点送我去更好的学校读书。"

何冉沉默一阵子，又问："那叔叔在你面前提过我没有？"

"有啊。"泉泉点点头。

何冉顿时来了兴致："他说我什么了？"

泉泉从书包里翻出那张美猴王画作，不吝赞美："叔叔说你画画很厉害！"

"还有呢？"

"嗯……"泉泉陷入了思考。何冉说："好好想，想到了等你病好之后带你去吃冰激凌。"即使有美食利诱，泉泉绞尽脑汁还是诚实地摇了摇头："没说别的了。"

何冉失落地撇撇嘴，转而又问："那他提过其他阿姨没有？"泉泉斩钉截铁："没有！就你一个。"何冉笑了笑，这还差不多。

泉泉不知怎么就替萧寒做了主："阿姨，如果你跟我叔叔在一起，他会对你很好的，他对我和奶奶都可好了，绝对不会让你吃苦！"

何冉摸摸他的脑袋："小傻瓜。"

看出来何冉心情不错，泉泉察言观色："阿姨，那我还能吃冰激凌吗？"

何冉豪爽道："买！"

周末，萧寒难得休息一日，泉泉的病也康复了。在泉泉的多次央求下，萧寒终于同意带他到游乐场玩一次。

何冉事先并没有收到消息，出发的那天早上她还在宿舍睡懒觉，正准备起床时，萧寒的电话突然打过来了。他简明扼要地说明了来意，问她现在能不能到楼下来见一面。何冉迅速洗脸刷牙，换了身衣服后就匆匆下了楼。

推开铁门，一大一小牵着手站在门外等她。泉泉手里提着一袋包子和豆浆，咧开嘴对她腼腆地笑了笑，露出两颗可爱的虎牙："阿姨，你要不要跟我们一起出去玩？"何冉尚未反应过来发生了什么，她眯着眼看看泉泉，再看看萧寒，片刻后点了点头说："好啊。"

公交车在宽敞的大道上匀速行驶着，由南向北一路开进市区里。三个人坐在最后排的位置，何冉靠窗，萧寒坐她旁边，泉泉坐在萧寒的大腿上。

何冉吃完叔侄俩给她带的包子后又开始昏昏欲睡，脑袋像钓鱼似的一点一点，有几次磕在车窗上，有几次撞到萧寒的肩膀上。

几乎绕了大半个广州，他们才到达目的地，彼时何冉已经睡饱一觉了。自从考完试在画室扎根之后，何冉就没怎么出过远门，这一趟对她来说可以算是长途跋涉。

下了车之后，又跟在萧寒身后走了一段路，何冉才知道原来泉泉说的"出去玩"指的是儿童乐园。

何冉兴致缺缺地跟在叔侄二人身后，心不在焉地思考着把她叫出来到底是泉泉的主意，还是萧寒的主意。多半是泉泉从中助攻，她没白疼这个小家伙。

泉泉很少有机会去儿童乐园玩，坐了好几个来回的旋转木马，终于因为觉得头晕而罢休。还没歇上多久，泉泉不知又看见了什么，突然指着远处兴奋地大叫道："我想坐那个大大的圆圆的！"何冉循着他手指的方向望去，泉泉口中"又大又圆"的东西其实就是常见的摩天轮。

在售票处排队时，萧寒突然说："你们俩坐吧，我就不上去了。"

何冉不解："为什么？"

萧寒含糊其辞："没什么。"

何冉看了一眼价格，并不算贵。她回头看萧寒，又劝说："好不容易来一次，上去看看吧，风景应该不错。"萧寒摇摇头："你们上去就行了。"

泉泉也拽着他的袖子，极力拉拢："叔叔你陪我们嘛，一起坐嘛。"到底还是小孩子撒娇有用，磨了半晌后萧寒终于答应下来。

陆续在入口处排队检完票，他们进了一间红色的轿厢。起初是三人坐在同一排，后来随着摩天轮慢慢地上升；泉泉兴奋极了，自己一个人跑到对面座位上，小脸和双手都紧紧趴在窗户上，望着下边的风景发出一声声惊叹。

今天是阴天，暗沉的天色仿佛预示着要下雨，但这并不影响游客们欣赏羊城全景的好心情。在缓慢的、宁静的一节节升高中，摩天轮来到了最高点。从夹缝里钻进的微风捎来些许凉意，何冉侧过头，静静地打量着身旁的男人。

即使萧寒没有表现出来任何动静，何冉还是从他脸上的一些蛛丝马迹发觉了不对劲之处。脸绷得太紧太严肃了，这样的镇定像是刻意为之。观察片刻，她小声地说出自己的猜想："你畏高？"萧寒身子没动，只是微微转动眼睛看向她，并不否认："每个人都会有自己害怕的事情。"

看着他坐得一副端正规矩的模样，何冉忍不住在心里笑了几声。他这么小心翼翼，如果在这里对他做些什么逾越的举动，他一定不会反抗。念头浮起时她果断地握住了他的手，在他掌心轻飘飘地挠了挠，萧寒没有躲开。他侧过头，无声地看着她，眼底漆黑。

乘人之危得逞了。

考虑到轿厢里还坐着个小孩子，何冉犹豫了一会儿要不要进行下一步，眼睛又往泉泉的方向瞟了一眼，确定他正专注于窗外的风景，无暇顾及其他。

何冉的手才慢慢地从萧寒掌心里抽离，往他身上其他地方探去。萧寒起初纵容了一阵子，何冉没有见好就收的迹象，萧寒抓住她的手，制止住。

"你做什么。"他呵斥她，可语气一点儿也不凶，没有威慑作用。

何冉脸不红心不跳："逗你玩。"

萧寒皱起眉头："有小孩在，别胡来。"

何冉哼哼道："谁让你一声不吭地回老家了，我找你几次都不在，这是惩罚。"

"好了，别闹。"

"那你说要怎么补偿我？"

萧寒无奈道："回家再说。"

何冉这才放过他。

摩天轮转了一周，回到原点，萧寒如释重负。从轿厢里出来，已经是午饭时间。

他们找到一个超市，萧寒带泉泉进去买吃的，何冉坐在店外的一排太阳伞下等候。背后突然有人拍了一下自己的肩膀，何冉回过头，一张熟悉的旧面孔映入眼帘。那是个四十来岁的妇人，她们家标志性的大眼睛令何冉印象深刻。

何冉注意到她身旁牵着个三四岁的小女孩，之前并没有见过，或许是后来才生的吧。妇人笑了笑说："真的是你啊，好久不见。"

何冉也客气地笑笑："好久不见。"

妇人回想了一阵子，说："让我想想……你是叫何冉对吧？"

何冉点头："对的。"

妇人又问："你现在身体怎么样啊？"

何冉答："挺好的。"

妇人由衷祝福："那就好，很为你开心。"

何冉转而问道："圆圆她怎么样？"

妇人神情黯淡，过了一会儿才低落道："她……没撑过去。"

随着"没撑过去"这几个字，脑海里霎然闯进来好几幅画面。冷冰冰的手推车和白床单，深夜回荡在长廊里的哭泣声。令人不寒而栗。何冉语塞了几秒钟，低声说："抱歉。"

妇人乐观地笑了笑："没事，都过去那么久了。"

萧寒端着几份炒面回来时，妇人正好牵着她的小女儿离开。

他在何冉身旁坐下，瞥了一眼妇人的背影，收回视线，随口问："那是谁？"

何冉避重就轻地答："认识的一个朋友的妈妈。"

萧寒没有多问，将一份炒面推到何冉面前，又递给她一双筷子："吃点东西吧。"

这餐饭何冉吃得快快不乐，时不时侧过头来看萧寒一眼。

萧寒问她："怎么了？"

何冉只是摇头："没什么。"

过了很久，萧寒又开口叫她："何冉，那天……"

他话只说了一半，何冉却心照不宣地领会到了他说的是哪天。她朝他笑笑："怎么，你改变主意了吗？"

"…………"

下午在游乐场里陪泉泉玩了一些其他项目，三人在外面吃过晚饭后才回小洲村。

从公交车站到牌坊的这段路上不期然下起毛毛细雨。雨不是很大，丝丝缕缕如迷雾般在小巷间飘洒着。他们加快了脚步回到理发店，发梢和衣服上都不可避免地沾染了细细密密的雨珠。

进了屋里，萧寒先胡乱用手抹了把脸，再帮泉泉擦掉脸上的水珠。做完这些，他回头看着站在一旁整理头发的何冉。小雨虽然不碍事，但对戴着眼镜的人来说就受罪了。雨点密密麻麻挡在镜片上面特别难受。

萧寒走到何冉身前，伸手摘下她的眼镜。他掀起自己衣摆一角，隐约露出T恤下面精壮实在的腰部。手隔着布料，顺着镜片的弧度仔细地擦拭了几圈，伸到嘴边哈了口气，再重新擦一遍。如此反复几次后，萧寒将擦拭得干净明亮的眼镜还给她。

何冉伸手接过，抬起头看他。深度近视的视野里那张脸是模糊不清的，她朝他笑了笑，然后戴上眼镜。

一场小雨带来丝丝寒意，为了防止泉泉再次受凉感冒，萧寒马上领着他上二楼洗热水澡。何冉则隔着一层帘子坐在外面床上等待。

泉泉洗澡时也很配合，不哭不闹，十分钟后就完成了。

萧寒掀开帘子，泉泉换上干净温暖的睡衣走出来。那是一件儿童款的小熊睡衣，配着泉泉那张尚未褪去婴儿肥的嘟嘟脸，看起来十分可爱，何冉不由自主想捏捏他的脸。她刚站起身，大脑有一刹那的晕眩，身形不稳，软绵绵地向一旁栽去。

幸好这里地方小，萧寒反应很快，立马伸出手扶她一把。何冉勉勉强强稳住身子，神情恍惚。

萧寒问："你怎么了？"

等那阵晕眩感渐渐退下去，何冉才说："没事，头有点晕。"

他眉头微微皱了一下："发烧了吗？"说着便伸出手，撩开她额前刘海，粗厚的掌心贴在她光洁的额头上。不同的肤质触感产生异样的摩擦，他感受了片刻后才收回手，说："体温正常。"

何冉摇摇头："没发烧，只是有点贫血。"

萧寒说："你也淋了雨，小心感冒，快洗个热水澡吧。"

何冉拍拍他微湿的肩头："你淋的不比我少，你就不怕感冒？"

"我体质还可以，很少生病。"

"别这么说，就怕万一。"

萧寒不紧不慢地说："你先洗完我再洗。"

"我还得洗头，耽误了你怎么办？"

萧寒没接话了。

何冉嘴角带笑："不如一起洗吧？"

泉泉站在一旁听着大人们的争论不休，满头雾水地眨着大眼睛。

萧寒低头看他，说："你先去把你的头发吹干，电吹风在一楼靠左的桌子的第一层抽屉里，我教过你的，还记得吗？"

"嗯！"收到指令后泉泉郑重其事地点点头，踩着那双对他来说大得过分的拖鞋，踢踢踏踏地跑下楼去了。

小小的人影消失在楼梯尽头，二楼安静下来。

何冉就着她与萧寒之间相隔不过一尺的距离，稍稍踮起脚尖，她的脸便凑到了他的鼻梁跟前。一时间彼此呼吸的声音都能感受得到。

这样长久地站着对何冉来说有些吃力，她不得不将两条胳膊抬起来，吊在萧寒的脖颈后边以此借力。她眼睛一眨不眨地看着他："你让泉泉一个人吹头发，会不会危险？"

萧寒低声说："没事，他现在连煮饭都会了。"

何冉嘴角微微往上抿："那你现在可以检验一下我到底小不小了？"

"……"没等萧寒回答，她已经将嘴唇贴了上去。

这个季节并不干燥，萧寒的唇却被风吹得干裂了几处，触碰到的地方带着一些微硬的质感，她轻轻地、慢慢地用自己的温度将它们一点点软化。比起第一次的生涩，这一次她明显熟练了许多，不急不躁地辗转、绸缪，彼此的呼吸在这种交缠中传递延续着，渐渐加重。不知是她包含住他，还是他包含住她。

何冉的眼镜被萧寒取掉，她闭上双眼，感官更加清晰。变换着角度试图让自己更加深入，探寻那道每晚出现在她梦中的声音的发源之处。

很久以后，她稍稍离开他的双唇，额头相抵，余温还在。她看着他的眼睛低声说："你起反应了。"

萧寒也定定地看着她，他眉眼深沉。

沉默了许久，他终于说："何冉，你还太小了。"

眉头皱了一下，何冉不满道："你又说我哪里小？"

这次萧寒倒是直接告诉了她："年龄。"

何冉说："那又怎么样？"

萧寒微微低下头："你太小了，我给不了你什么。"

"你怎么知道我要的是什么？"何冉一动不动地回视着他，"我想要的只是你。"

手悄然覆上他脸庞，她轻声叹息："萧寒，还有一个月我就离开这里了，我们时间不多。"

萧寒没有说话。过了一阵子，他问："你是第一次？"

她知道他问这个没有别的意思，她诚实地告诉他："嗯。"

萧寒又说："你确定跟我？不后悔？"

何冉毫不犹豫地说："我为什么要后悔？"她稍稍退后一步，用异样的眼光打量他，"难道……你活不好？"

萧寒额头上青筋跳了跳，抓着她的手，用了点力将她拖进浴室里。

萧寒很节省，给泉泉洗完澡后他就把浴室灯关了。狭窄的空间里一片漆黑，在这样的环境中，他一双眸子显得更加黑白分明、暗光慑人。

何冉的手轻轻摩挲着他嘴唇周围冒出来的胡子茬儿，那双手柔软而娇嫩，一看就是没怎么做过粗活的。黑暗中她像盲人一般将他的五官全部仔细地摸过一遍，之后下了结论："萧寒，你很性感。"

萧寒低低地笑，那笑声又打乱了她的心绪："你知道什么是性感吗？"

何冉哼了一声，说："我马上就知道了。"

他们本来是贴着墙站的，不知不觉身子就慢慢地滑落。他背靠着墙坐在地上，她坐在他对面。

衣衫凌乱，雨水带来的微微湿意已经被他们身上温热的气息烘干。因为长期的体力劳作，萧寒还算有点肌肉，臂膀和肩胛骨处尤其明显。何冉画画的时候曾经认真观察过，那个部位结实而健硕，肌肉贲张，是她认为男性身上最有魅力的一片领域。她轻轻嗅他身上的味道，淡淡的烟草味、一点点汗味，还有一丝他自己身上带着的粗犷的味道。这些气味所组成的气息散发出能够吸引她的荷尔蒙。

最终，萧寒又制止住了她。

何冉皱眉说："你一个男人怎么这么磨叽。"

萧寒轻轻捏她的手掌心："泉泉还在一楼，等我把他哄睡着。"

何冉抿着唇，终于答应下来："好。"

跟所有小孩一样，泉泉睡觉前要听童话故事才能入眠。讲故事的人自然是萧寒，何冉也站在一旁听了一会儿。或许是她心里有鬼，总觉得从他那把低沉的嗓音里念出来的儿童读本，充满了诱惑她的味道。最终她还是先下楼去了，在小房间里等他。

泉泉睡得很快，十分钟之后萧寒得以抽身。他下楼时怀里抱了一床薄被子，以免何冉夜里着凉。

在里间那张小小的沙发床上，两个人影相叠。考虑到何冉初次，疼痛与不适凌驾了其他感官，萧寒只好强忍克制，第一次没有坚持太久，草草结束。怕这个时候上楼洗澡会吵醒泉泉，他们直接拿纸巾擦擦就算了。

何冉有些困，两人一人一边侧躺在沙发床上。萧寒一条胳膊勾在何冉背后，将她抱在怀里，免得她一不留神掉下床去。

何冉额头上渗出一层细密的汗珠，萧寒也出了不少汗，湿湿热热的黏在肌肤上。黑暗中只能看到对方的眼睛，他们安静了很久，谁都没有睡着。

萧寒的嘴唇在她额头上轻轻碰了碰，何冉回之一笑，她终于得到了自己想要的，心里头却没来由地空落落的。

何冉突然问："这张床你跟别人睡过吗？"

萧寒说："没有。"

何冉又指指头顶："那楼上那张床呢？"

萧寒没答话，过了好几秒后才说："你问这个干吗？"

"好奇而已。"何冉说，"放心，我不会翻你旧账的。"

萧寒还是没告诉她，他换了一种说法："反正以后是你的。"

何冉笑笑，这个回答也还不错，算他过关。

萧寒说："明天我去外面开个房间吧，两个人睡这里太挤了。"

之前每次泉泉来小洲村玩，萧寒都是睡沙发过夜的，他自己将就一下倒没什么，但不能委屈了何冉。

何冉不在意地笑道："没关系，我就喜欢挤一点的。"

第二天何冉醒得很早，没等萧寒叫她起床，她自己先离开了。中午在快餐店里遇到，萧寒拦住她问："怎么走得那么早？"

何冉俏皮地眨眨眼睛："早上空气好，我想出去转一转，看你和泉泉睡得熟就没叫你们。"

萧寒若有所思："哦。"

何冉察言观色，忍不住逗起他来："怎么了，表情这么紧张，难道怕我会对你不负责呀？"

萧寒被呛到，干咳了几声，似乎碍于公共场合难以启齿，他声音很轻地纠正何冉："这种事情，吃亏的是女孩子。"

何冉故意装作言行轻佻："谁说的，我一点儿也没觉得自己被占便宜，你身材这么好，是我赚了才对。"

萧寒脸色怪异，怕是难为情了，不再搭理她，兀自先行去打饭。

何冉后知后觉地发现萧寒身旁少了一个人，跟上去问："泉泉怎么没来？"

萧寒说："他在家里收拾东西，我待会儿打几个菜带给他吃。"

"收拾东西？"何冉面露疑色，"他要走了么？"

"嗯。"萧寒点头，"奶奶说想他了，我今晚就送他回老家。"

"噢。"何冉声音慢了下来，"可惜了，我想教他画的东西还没教完。"

萧寒安慰："没事，以后还有机会。"

萧寒和泉泉坐当晚的火车离开广州，晚上何冉与他们一起吃了晚饭，她还要上课便没去车站送行。

韩屿出院了。收到消息的那天杨文萍打电话给何冉，让何冉陪她一起去接他出院。何冉一想到卢京白的事就心烦，十二分的不愿意见到韩屿，于是找了个理由说自己没时间。

谁想到还是没能躲掉，第二天韩大少爷就亲自找上门来了。即使拄着个拐杖，他的气势仍旧不输于人。教室里正在上速写课，鸦雀无声，韩屿一脚将门踢开时发出了很大的噪音，吓得好几个学生的炭笔都掉在了地上。

也许是何冉眼神中表达出来的谴责有太多威慑，韩屿那副嚣张的面孔渐渐挂不住了，最后他有些尴尬地说："你先上课，我在外面等你。"

何冉抬了抬下巴，示意他把门关上。

说来也奇怪，萧寒来画室找过何冉好几次，从来没有人怀疑过他和何冉的关系。而韩屿只出现了一次，底下就有人窃窃私语地猜测起来，这位染着黄头发看起来很不良的少年是不是何老师的男朋友。何冉大力地敲了敲画板，高声说："安静画画！"

何冉平常不苟言笑，在学生中还算有威信，一群人顿时不敢再造次。

她带着韩屿到食堂说话，这里没人。

何冉开口第一句就是："你来这干吗？"

韩屿一副玩世不恭的态度，抖着腿说："就来参观参观呗。"

"参观？"何冉不可见地皱了皱眉，"你学音乐的，跑来参观画室干什么，两个专业八竿子打不着。"

韩屿说："音乐班的老师说我可能不太适合走这条路，所以我现在正在考虑要不要转美术。"

何冉避之唯恐不及，违心劝阻："那不一定，我觉得你的嗓音条件挺好的，胜在有特色，坚持下去也许能走出自己的一条路子。"

"是么？"听她这么说，韩大少爷果然开心了，他思考了几秒钟，说，"那我再跟我爸商量一段时间吧。"

何冉点头赞成："很好。"

谁想韩屿又突然变脸，冷冰冰道："好什么好！你以为我不知道你心里打的什么算盘么，巴不得我离你远远的是吧？！"

何冉也不想跟他拐弯抹角，摊牌直说道："你既然知道还来干什么？"

韩屿气得把拐杖甩到一边去，上前来捏住她的下巴，愤愤道："何冉，你妈可是一门心思想要把你嫁到我们家来，你这个表现会不会太让她失望了？"

何冉甩开他的手："你别拿这种话来激我，反正你也不待见我，何必恶心自己。"

"我不待见你？那可不一定。"他跷起二郎腿，吊儿郎当地说，"真是奇怪，我最近居然有点想你。"

何冉被他一句话整得头皮发麻。

正要还嘴时，一个学生跑了进来，对她说："何老师，外面有人找你。"

何冉点了点头，说："知道了。"

她懒得再搭理韩屿，径直绕过他就朝画室外走去。

铁门外，一个修长的身影伫立在夜风中。深灰色T恤和洗得发白的牛仔裤，路灯下的那张脸被一层橘光笼罩着。

萧寒风尘仆仆，身后还背着个鼓鼓的包，看起来是刚从火车上下来。

何冉走到他跟前，站定。隔着一个门槛的距离，他看着她说："我到了，来跟你说一声。"

何冉淡淡地点了下头："嗯。"她想伸手帮他理一理被风吹得凌乱的头发，但想到身后有很多双眼睛在看，还是作罢了。

顿了一会儿，萧寒接着说："你晚上过来吗？"

何冉想了想，说："好，我十点下课。"

萧寒拿出手机看了眼时间，说："快了，那我到礼堂前等你。"

何冉露出微笑，还是点头："好。"

正说着话，韩屿一瘸一拐地跟了出来，看见萧寒，用不怎么善意的眼光将他打量了一遍，努了努嘴问："这谁？"

何冉犹豫片刻，说："朋友。"她说完，又给萧寒介绍韩屿，斟酌了几秒用词，"我同学。"

空气在安静地读秒，何冉的"朋友"和"同学"显然并没有要寒暄的意思，看来两个男人都对自己的身份介绍不太满意。然而由于年纪差距太大，彼此都没有把对方往情敌的方向猜测。

萧寒拿出成熟男人的度量，先行避让："你先忙，我晚点再找你。"

何冉："好的。"萧寒走后，何冉将视线重新放回到韩屿身上，"说吧，到底找我什么事，我还要上课。"

韩屿身上的火药味也消散了一些，想起自己此行的主要目的不是为了吵架，他有些别扭地说："今年生日你想好怎么过了没有？"

何冉没接话，他又继续道："给你两个方案，去看演唱会，或者办游艇party，我包场。"

何冉无意与他纠缠，假意顺从："怎么都行，按你的主意来办吧。"

韩少爷露出稍显满意的神情，风风火火地走了，走之前还留下一句狠话："这次你要是再敢放鸽子就死定了。"

费尽口舌打发走韩屿这个烦人精，何冉终于在晚上十点半之前赶到礼堂和萧寒见面。

萧寒果然又问起刚刚跟她交谈的男生是谁，何冉依然简略地用"同学"概括，连朋友也算不上。萧寒听后点了点头，没再多问什么。仿佛达成了某种共识，他们对于彼此的身世和背景一直都没有太多的过问。

二楼那张单人床也不比一楼的沙发床宽敞到哪里去，床上凌乱地堆积着两人的衣物。这其中就包括了何冉的眼镜，萧寒将它拿下来的时候，何冉交代他放在远一点的位置，免得压到。

萧寒一开始将它放在他们的衣服上面，可随着他们的挪动，它已经不知道被带到哪里去了。

何冉被他的动作一点点逼到床头，后脑勺枕在棉芯已经被压得凹陷下去的枕头上。她抬起手接住一滴从他额角滑落下来的汗珠，却未能防住第二滴。那滴汗水掉落在她的嘴角，余热比她的体温还灼人。

萧寒在这个过程中眼神总是格外分明、真挚，一眨不眨地盯在她的脸上，不像大多数被欲念冲昏了头的男人，何冉能感受得到他的认真对待。

他的目光不偏不倚地落进何冉的心里，令她回忆起自己这一路从市区追到小洲村来，近似疯狂地多次站在他家门前。最初的最初，一切冲动不过是因为一道魂牵梦绕的声音。而现在，梦境终于成为现实。

结束之后，他们聊了一会儿。一张枕头上躺着两个脑袋，可想而知挨得有多近。

何冉忽然问："你跟阿曼是什么关系？"

萧寒说："她是这家理发店主人的外孙女，老人家过世后理发店就留给她了，她又不会干活，就让我帮忙看店，赚的钱和我分成。"

何冉听明白了，原来这理发店不是萧寒开的啊。也对，他来广州不过十年，这理发店里的每一样摆设看着岁数都比他还大。

"那你跟阿曼认识多长时间了？"

"差不多十年。"

"这么说她应该知道很多你的事咯？"

"嗯。"

何冉眼睛滴溜溜转："你说，阿曼要是知道你跟我好了，会不会不高兴把理发店收回了呀？"

萧寒听出她旁敲侧击的猜疑，正儿八经地说："别瞎想，我跟她只是朋友，没有那些乌七八糟的事。"

"是吗？"何冉不依不饶，"可是我听阿曼说，你当年是因为心里有别人才拒绝她的。"

这个小狐狸，原来话里有话，在这下套等着他中计呢。萧寒思路清晰，避重就轻："我心里有没有别人都跟她没关系。"

何冉听出他不愿意回忆这位故人，便也不再追问，她扫兴地背过身去，睡觉。

第二天清晨，何冉先醒过来。她想下床洗漱，第一件事就是找自己的眼镜。手在床上迷迷糊糊摸索了一阵子，眼睛看不清，何冉心情变得急躁起来，忍不住伸手推了推床上还在熟睡的人："萧寒。"

她叫了好几声，萧寒终于有些动静，他翻了个身，睡眼惺忪地看着她："怎么了？"

何冉说："我看不清楚，你帮我找找眼镜。"

萧寒胡乱抹了把脸，试图让自己精神点。他坐起身，感觉到屁股底下有什么硬硬的东西硌着，伸手拿出来一看。

是何冉的眼镜，但是镜腿折断了。

萧寒有些无措地看着何冉："这……"

萧寒擅长手工活，修个眼镜不在话下，但一时半会儿也找不到适配的零件，只好先带何冉去附近的眼镜店看看。

萧寒认识一个开眼镜店的朋友，没准能帮上忙。这个朋友何冉之前也见过，上回吃自助餐的时候有过一面之缘。

萧寒把折断的眼镜拿给老板，让他帮忙挑一个差不多的。老板拿着镜框左右端详了一阵子，爱莫能助道："这牌子是思柏的吧，至少得一两千起步，我这没有卖呀。"

萧寒转头看了何冉一眼，何冉解释道："我打折买的，正好碰上厂家搞活动促销。"她不愿意过多纠结这个问题，赶忙对老板说，"老板，不一定非要一样的，麻烦您帮我挑个差不多形状的，能把镜片安上就行。"

老板点点头："成，我再帮你找找看。"

新眼镜要第二天才能取，因为这段小插曲，两人出门时都还空着肚子，离开眼镜店后时间不早了，萧寒提议就在附近吃点东西。他们随便找了家沙县小吃坐下来，点了两碗拌面、一份蒸饺。

何冉早上没什么胃口，吃了几口就饱了，放下筷子不动。

萧寒侧过头撇了她一眼，不满道："再吃一点。"

何冉摇摇头："吃不下了。"

又劝了几句她还是不肯吃，萧寒只好将她的面捞到自己碗里，又把剩下的两个蒸饺夹进她碗里，说："那你把这两个吃了。"

何冉也退让一步："好吧。"

吃完两个饺子后，何冉发现萧寒正若有所思地望着桌子下面。她顺着他望下去，判断出他的视线停留在她的脚上。因为长久地穿着那双磨脚布鞋，何冉的脚后跟已经磨出了厚厚的茧，以前总要贴着创可贴止痛，现在倒也习惯了。

旁边那一桌上坐着的几个女生，穿着打扮不像是画室里的学生，看样子应该是来小洲村旅游的。

萧寒正专心吃着面条，突然感觉到桌子底下何冉用脚踢了踢他，他从碗里抬起头来，问："干吗？"

何冉朝旁边那桌努了努嘴，说："那边有个小美女一直在偷瞄你。"

萧寒朝何冉说的方向望了一眼，低下头继续吸面条，不在意地说："你看错了吧。"

"我不可能看错。"

"你今天没戴眼镜，看不清楚，别胡思乱想。"

"这种事情跟近视没有关系，全凭女人的直觉！"

"…………"

何冉说："真的在看你。"

萧寒囫囵吞枣地将嘴里面条咽下去，说："我有什么好看的？"

何冉撇撇嘴："对啊，确实没什么好看的，一个灰头土脸的打工仔，可能跟我一样看走眼了吧。"

"………"

何冉又问："你看看那个女的漂亮不？"

萧寒没什么兴趣地说："不看。"

何冉又用脚蹭他："看看嘛。"

萧寒慢吞吞抬起头，漫不经心地朝那边看了一眼，说："漂亮。"

何冉又问："我漂亮还是她漂亮？"

"她比你漂亮。"

何冉皱了皱细眉，似是不满意，又说："那阿曼跟我比呢？"

"阿曼比你漂亮。"

何冉气结："谁都比我漂亮，那你还跟我在一起干吗？"

这个问题有些难度，萧寒沉默了一小会儿，最后说："你就当我也看走眼了吧。"

"………"

"两个眼神不好的凑成一对不是挺好的。"

何冉又气又笑地在他胳膊上拧了一下。

在无聊的你问我答中，萧寒把最后一口面汤喝完，抽张纸巾擦了擦嘴，站起身去结账。何冉跟在他身后，路过那桌时隐隐约约听到女孩们的谈话。

她告密似的凑到萧寒耳边低声说："那个女的还在偷瞄你，她们说想找你要电话号码。"

萧寒从口袋里掏钱，一边找零钱一边说："她没看到你站在我旁边吗？"

何冉撇撇嘴："谁知道呢，或许是把我当成你妹妹了吧。"

萧寒将一张十块递给老板娘，回头看她："你怎么这么爱吃醋。"

何冉转头先朝店外走，说："我可没吃醋。"

萧寒找了零钱后也跟上去，他步伐迈得大，没几步就追上她，一把拉过她带进怀里。

何冉怔住了："你干什么？"

萧寒握住她的手，十指紧扣，很自然地牵着她往外走："替你宣示主权。"

何冉忍不住窃笑："这样不够啊，你应该亲我一下才对。"

萧寒敲敲她的脑袋："别得寸进尺。"

吃完早餐后，他们步行到附近的公交车站。路过一家鞋店时，萧寒驻足几秒，转头对何冉说："进去看看吧。"

何冉不知道他打的什么主意，起初以为是他自己要买鞋，却见他在店里走了一圈后，从鞋架上拿下来一双粉白色的女式运动鞋，转头对她说："你穿几码的？"

何冉："36码。"

萧寒手上拿的那双正好是36的，他让何冉坐下来试穿。店里的售货员走过来问是否需要帮忙，萧寒说不用，他自己来就行。将何冉的两只小脚分别塞进鞋筒里，穿上鞋带，系一个标准的蝴蝶结，萧寒抬头询问她："合适吗？"

何冉活动了一下脚踝，再站起来走几步，说："还行。"

萧寒又问："你喜欢吗？"

何冉还是说："还行。"

萧寒转过身对售货员说："那就要这双了。"

"等等。"何冉叫住他，注意到萧寒脚上那双休闲鞋也开胶了，她提议，"给你自己也挑一双吧。"

萧寒低头看了眼自己，摇头："不用，能穿。"

以为是萧寒节俭惯了，何冉说："就当我送你的！"

"那更不用了。"

何冉撅着嘴，指向货架上一双同款运动鞋，坚持道："就那双吧，你穿上试试，跟我同款的。"

销售员为难地左看右看，一时不知该听谁的。

何冉："我还没有穿过情侣款运动鞋呢，你能不能陪我啊？"

萧寒无奈地看着她，抿起唇不说话。

何冉使性子："你不穿的话那我也不穿了。"

萧寒拿她没办法，只好妥协，冲销售员点点头："麻烦你了，谢谢。"

坐公交车回去的路上，何冉和萧寒并肩坐在后排的双人座位上。两人脚上是同款的情侣鞋，何冉脚边是她今天大袋小袋的战利品。她将头斜靠在萧寒肩膀，笑盈盈地问："交女朋友是不是很花钱啊？"

萧寒语气淡淡："这不是你操心的问题。"

何冉说："那我今天花的钱会不会顶你一个星期工资了？"

萧寒没正面回答："没事，不心疼。"

何冉笑了笑，把手搭在他膝盖上，过了会儿说："回去之后我把钱还你。"

"不用。"

"我说认真的，明年泉泉不是要过来读书吗？"

"对。"

"他的学费是头等大事，以后我不会像今天这样大手大脚了，回去之后我把钱还你。"

萧寒微微皱了下眉，第一次打断她的话："何冉。"

"嗯？"

他看着她的双眼，语气格外认真："对我来说，你今天有没有吃好穿好，脚上的鞋子舒不舒服，也是同样重要的事情，所以，没什么先后顺序，你明白了吗？"

何冉一时哑然，不知该怎么接话，她若有所思，缓缓将手从萧寒腿上抽回来。萧寒却又伸出手牵住她的，牢牢握住。

这几天晚上，何冉都到萧寒的理发店来跟他一起挤那张小床。8月是最热的时候，床头那小电风扇电力太小，根本不顶用。何冉每天夜里都被热醒好几次，身上出了一层黏糊糊的汗，即使如此她还是乐意来找萧寒。

次数多了，何冉发现那只猫看自己的眼神越来越充满敌意，大概是因为何冉霸占了原本属于它的位置。后来它甚至还离家出走了一段日子，不过没几天又自己回来了。

眼镜和鞋的钱何冉后来有找机会还给萧寒，但萧寒一直不肯收，何冉只好想点其他法子帮他的忙。

这天晚上，萧寒和泉泉通电话聊家常，何冉则在一旁专注画画。泉泉快过生日了，知道他很喜欢西游记里的人物，何冉打算送他一本自己画的画册。孙悟空、白龙马、葫芦娃、哪吒……这些人物她都已经画过了，接下来轮到了三打白骨精的篇幅。画得太认真，以至于没发现萧寒是什么时候结束通话的，感觉到自己身旁的床位微微凹陷下去，何冉转过头，拿起画展示，对他笑了笑，问："画得怎么样？"

如果说眼前的这个女孩身上最令人挪不开眼球的一点，那一定是她画画的时候，那种入神和忘我是她对待其他事物都不曾流露的。

何冉画画的时候有个坏习惯，每次停下来构思，笔头一定是咬在嘴里的，并且微微皱着细眉，沉浸在自己的世界里。

萧寒提醒了她很多次，她嘴上说"好好好"，可是没过一会儿又忘记了。然而不得不说，她斜咬着笔头沉思时，神情糅合了纯真与野性两种矛盾元素的美，那副压在鼻梁上的黑框眼镜，透出些许文艺气质，又把她眉宇之间这股叛逆不羁收敛中和了。

盯着何冉看了几秒，萧寒的视线从她的脸上转到她的画上。

何冉问："你猜我画的是什么？"

萧寒说："西游记。"

"没错，哪一话？"

萧寒仔细观察了一阵子，继续猜测："女儿国？"

何冉汗颜："这是三打白骨精！"

萧寒皱了皱眉："白骨精有你画的那么漂亮吗？看起来不像坏人。"

"这你就不懂了吧，妖精都长得很漂亮的，纯情的外表下藏着一堆坏心思。"

萧寒不理解："为什么？"

"想吃唐僧肉没点本事怎么行。"

萧寒话音一转："那你也藏着什么坏心思吗？"

何冉笑意更甚，她竖起笔尖，在他胸膛轻轻地戳了一下，勾起嘴角："对呀，我可多坏心思了，你怕不怕？"

萧寒一动不动地看着她："我不是唐僧。"

何冉的视线在他眉眼和双唇间流转，凑近吐气如兰道："那当然啊，你不是唐僧，所以你被我勾引到了。"她低下头，打算把这幅画最后几笔完善一下，一只手却突然伸到她面前，把她的眼镜摘下来。

何冉被轻轻地翻了个身，萧寒的脸缓慢地压了下来。何冉有一秒钟的愣神，因为前几次亲吻都不是他主动的。

萧寒吻的方式与何冉不同，他的吻充满了力道，这种力道指的并不是蛮横和侵略性，而是非常用心的态度。何冉深刻地感觉到男人和女人之间力量的悬殊，她几乎全程都被他带着走，双手无力地依附在他身上。过了很长一段时间后，萧寒放开她。

何冉调整自己呼吸的频率，用带着一丝抱怨的语气说："你干吗那么大力，我舌头都麻了。"

萧寒的胸膛也在起伏着，他说："下次轻点。"

晚上睡觉时，何冉把头埋在萧寒的臂弯里，她想起来一件事，抬起头叫了他一声："萧寒。"

萧寒半眯着眼睛："嗯？"

"跟你说个事。"

"嗯。"

"我把画室工作辞了。"

萧寒缓慢地睁开眼睛，看着她："为什么？"

何冉随口胡诌："累了，不想干了，等你养我。"

她当然不会告诉他，之所以会来小洲村就是为了方便接近他，现在目的达到了，她又何必再在画室待下去。

没想到萧寒当真了，略微思索后回答："也可以。"

何冉接着说："那你明天上工能不能带我一起？"

萧寒眼中有一丝不解："你跟着干什么？"

何冉声音轻了些，说："我想多一点时间跟你在一起。"

这句话从她口中说出来，语调平平，不像是女孩子撒娇，也不像是说情话，只是平铺直叙地表达出心中所想，萧寒听了却意外的舒服。

萧寒还在考虑，何冉着急了，催问："你到底同不同意？我保证不捣乱。"

萧寒点头说："那你明天不许赖床。"

第二天何冉是在睡梦中被萧寒抱上车的，叫她不赖床，那是不可能的。醒来时他们正在开车去公园的路上，何冉迷迷糊糊地睁开眼睛，最先进入眼帘的是萧寒高低起伏的鼻梁和棱角分明的侧脸。不得不说，早上醒来第一眼看到这样一张脸，是令人心情很愉悦的事。

感觉到一旁灼热的视线，萧寒转过头来看她，声音轻柔："醒了？"

"嗯。"

"饿吗？要不要吃点东西？"

"不饿，想喝水。"

萧寒递给她一瓶水，何冉喝完又继续盯着他的脸看。

萧寒被她盯得招架不住，忍不住摸了把脸："我脸上有东西？"

"没有。"

"那干吗一直盯着我？"

何冉笑："因为你好看啊。"

萧寒将她的脸转到另一边，有些难为情："没什么好看的，不许看了。"

"我就看。"

"…………"

"其实是因为想亲你了。"

萧寒眉毛一抽，语气里加入了严厉："我在开车，别胡思乱想。"

何冉乖巧道："我不胡思乱想，我实际行动行吗？"

"何冉！"

何冉露出得逞的笑，她打了个哈欠，转过头看向外面。

早上落了一场雨，凉风袭人，何冉将窗户摇到最低，风徐徐地拂在脸上，抚摸着脖颈，不急不躁。她惬意地眯上眼睛，挪动脖子摆了个舒服的姿势。

见何冉半晌没动，萧寒以为她又睡着了。冷不丁她又开口问："萧寒，你大拇指上的疤是怎么来的？"

很早之前，在萧寒给她理发时她就注意到了，他的大拇指上有一道很深的伤疤，只是一直找不到合适的机会问他。刚刚看着他开车，手握方向盘这个姿势就更显眼了。

仿佛没有听到何冉的问题，萧寒目视前方，既不吭声也不看她，但那一瞬间仍然被何冉捕捉到他脸上细微的表情变化。

过了许久，何冉故意伸出手，挡在他眼前晃了两下。萧寒堪堪躲开："搞什么，在开车呢。"

何冉说："把车停下。"

"干什么？"

"叫你把车停下。"

萧寒望了她一眼，最后缓缓降低车速，停在一个隐蔽的位置。何冉将车窗摇起来，确定整个空间都是封闭的，随即她解开安全带，猫着腰朝萧寒身上爬过去，坐稳了。方向盘抵在她的背后，有些挤。

似乎察觉到她的意图，萧寒皱眉说："别胡闹。"

何冉笑了笑："我不做过分的，就问你几个问题。"

萧寒思考了几秒，大概是默许了，他将座位往后调一些，空间变得稍微宽敞点。

何冉双手圈住他的脖子，在问问题之前，她先吻了他。她想自己现在已经发疯般地恋上了这种滋味，就像染上某种戒不掉的瘾，只有眼前这个男人才是她的解药。

何冉的头频频碰到车顶，后来萧寒的手悄悄地覆到了她的脑勺后面。也许是阻隔了空气流通，车内的温度渐渐上升，他们的呼吸逐渐变得困难。

在动真格之前，萧寒离开她的唇。他将主驾的车窗摇下来，凉凉的风灌进来，能够让人清醒一些。

萧寒问："你刚刚想问什么？"

何冉直切主题地问："你之前有过多少个女人？"

萧寒眼神平淡无波，答："没几个。"

"没几个是有几个？"

"就是没几个。"

"……好吧，那都有什么性格的？"

萧寒依旧含糊地答："普通人的性格。"

"长得漂亮吗？"

"普通人的长相。"

何冉气结，他明显是不想跟她多聊这个话题。

她又问他："那你觉得我是什么性格的？"

萧寒思考了几秒，说："你很乖。"

听到这个形容词何冉下意识皱了皱眉，在她的认知里，"乖"这个词是用在比自己小一辈的孩子身上的，代表着不平等。何冉有些不悦，低下头继续吻他，报复性地加大了力道。萧寒十指穿过她的黑发，发出一声声轻叹。

最后，她坏心眼地轻咬了他一口，差点把他嘴唇咬出血了，疼得萧寒眉心皱起。何冉却得逞地笑，眼里跳跃着狡黠的光芒："以后你还说我乖么？"

因为何冉的这个"小惩罚"，萧寒足足迟到了十分钟。对于职业操守强的人来说，这使他陷入很深的自责中，可能是这个原因，干活时他都没怎么理何冉。何冉一个人坐着乘凉，倒也乐得自在。

晨光熹微，疏疏落落。早上空气新鲜，公园里有不少晨练的老人，在何冉几米之外的一棵香樟树下，一个年轻人捧着本书站在树荫下背诵古诗，他抑扬顿挫的腔调听起来十分有趣。如果忽略掉炎热的天气，这一刻其实是十分安逸的。

何冉站在墨绿色的柳枝下，望着不远处被花团拥簇着的那个男人，鼻尖可以隐约嗅到袅袅清香。这周围的两亩地就是萧寒今天早上需要完成的工作量，任务很繁重。他弯着腰修剪花枝，时不时停下来直起身眯着眼睛擦头顶的汗。阳光照在他黝黑的肌肤上，有几处被汗水覆盖的地方，反射出来的光非常刺眼。

何冉想萧寒应该是热爱这份工作的，否则他也不会在理发店的门前种那么多株植物了。

偶尔萧寒会转过头来，看一眼何冉的方向。何冉便回之一笑。时光静好，有你有我，大概没有什么是比这一刻更惬意的了。

中途休息，萧寒走到何冉身边坐下，跟她分享一件有趣的事："你有没有听到刚才那个学生背的古诗？"

"没太留意，怎么了吗？"

萧寒回想了一下："其中一句是：柔条纷冉冉，叶落何翩翩。"

何冉过了好几秒还是没有反应，萧寒认真解释道："这句诗里有你的名字，何冉。"

何冉后知后觉，嘴角慢慢勾勒出一个笑，一时间有种奇异的感觉充斥在心间。很多时候一些微不足道的小事，连自己都不会发现，唯独有心之人才能留意到。何冉转而想到什么，声音低了下去，像是自言自语道："萧寒，你这么好，我会贪心的。"

"你还不够贪心吗？"

"当然了，以后我会更贪心的，只想你对我好，不舍得把你让给别人了。"

萧寒捏捏她的脸："那就别让。"不想这个动作引发何冉捂住腮帮子，露出痛苦的表情。萧寒连忙松手："对不起，我弄疼你了？"

何冉摇摇头："没事，最近有点牙疼，可能是发炎了。"

第四章　揭露

　　19岁生日的这一天，何冉谁也没有告诉，只跟在萧寒身后做了一整天的跟屁虫。他们像普通情侣一样吃饭逛街看电影，何冉没有收到昂贵的礼物，可她觉得这比过去十八年的任何一个生日都过得更开心。然而一整天关机拒接电话的代价是沉重的，最不好应付的是韩屿那边。一想到他暴跳如雷的样子何冉就心烦，所以干脆一不做二不休，之后接连几天都把手机关了。

　　韩屿找不到何冉，自然又去杨文萍处告状。

　　杨文萍每天晚上跑到何冉床前，苦口婆心地当说客："你说你，忙忙忙，天天忙个什么劲！好不容易放个暑假，你和小屿也没出去玩过几次！再过不久你就要去北京了，以后见面的机会更少，现在不把握机会怎么行？"

　　何冉怀里抱着个枕头，麻木地说："过几天再说吧，刚考完试我没心情。"

　　杨文萍有一会儿没出声，半晌语重心长地说了一句："你以后可别像你二堂姐那样，误入歧途。"一句话扰得何冉心绪更加杂乱，之后无论杨文萍说什么她都不再回应。

毕业典礼那天，学校允许毕业生们自由着装参加典礼，展露个性。何冉本想走个流程这场就早早离开，不巧还是被韩屿逮个正着。

何冉走到一半就被韩屿怒气冲冲地拉进了车里。他腿伤还没完全好，小瘸腿追起她来竟然也非常快。

何冉坐在封闭的车后座上，面无表情。她早知道躲得过初一躲不过十五，也认了。韩屿恶狠狠地看着她："躲躲躲，我看你能躲到天涯海角去！"

司机将他们送到一家高级会所正门前，韩屿的乐队朋友们已经在台球室里等候多时了，这其中多了一位新面孔。当韩屿在沙发上坐下来，将一个漂亮女生搂进怀里时，何冉明白过来那是他的新女友。韩屿的女朋友换过不少，清纯的妖媚的都见过，但一个个都不是善类，且没有眼力见，经常学着韩屿一样把何冉当服务员使唤来使唤去，却不知韩屿与她究竟是什么关系。

年轻人的聚会自然少不了酒精的助兴。当然，在这种地方，他们不会喝啤酒。韩大少爷请客，出手阔绰，直接上了两瓶法国干邑特产的白兰地。几个乐队成员兴奋地拍了拍手，双眼发光："今天可以一饱口福了。"

台球室里灯光隐晦，泛着幽幽的蓝，台球碰撞的声音格外清脆响亮。每个人身边都跟着一个美女，何冉成了多出来的那一个。

韩屿坐在整个房间里光线最暗的沙发处观战，何冉坐在他和他的女伴旁边。身旁两人的动静时有时无，何冉低低打了个哈欠，不想却被韩屿注意到了。

"这么困？喝点酒提提神吧。"韩屿一边说着，一边将自己喝过的高脚杯端起来，递到她面前。

那位女生明显不满了，用自己的娇咛声抱怨着他的不专心。

韩屿显然不是会放低身段去哄女生的人，他直接皱着眉头将她打发走。那位女生也明显不了解韩大少爷的脾气，她一把将韩屿推开，骂了句脏话就黑着脸踩着高跟鞋噔噔噔地走了。

韩屿把怨气撒在何冉身上，那杯泛着透明的光泽的白兰地仍旧保持原来的位置，停留在她面前。

韩屿简明扼要地说："喝。"

何冉一动不动。

韩屿挑了挑眼皮，几乎咬牙切齿地说："我忍了你很久了，你不会以为今天来这么轻易就过关吧？"

何冉平静地陈述："我不能喝酒。"

韩屿一声冷笑："呵，那你想喝什么？"

何冉说："喝你上次调的那个稀奇古怪的东西也没有关系。"

韩屿依旧皮笑肉不笑："抱歉，今天我没有心情调了。"

何冉嘴唇微微抿紧，半晌没有说话。

韩屿视线下移，何冉今天穿了一条庄重的黑色长裙，裙下的半截小腿被深黑色的丝袜包裹着，脚上那双皮鞋也是黑色无花样的。她一张脸上清秀素雅，没有什么表情，配上这样的服装，倒像个神圣的修女。越是神圣，越是让人想要亵渎。

韩屿将那一杯昂贵的白兰地缓缓浇在她的裙子上："你一个罪人，不配穿这样的衣服。"

何冉不解地看着他。

韩屿目光狭促："难道我说的不对吗？你身上可担负着半条人命。"

何冉的眼神沉下来："韩屿，话不要乱说。"

这样的眼神反而引发韩屿一阵轻笑，他语气里尽是嘲讽："你想解释什么？我可都亲眼看见了，在那个楼梯口……"

何冉站起身，打断他的话，尽量保持冷静地说："我去换衣服。"

何冉走后，一个小学弟端着酒杯挤到韩屿身旁坐下，端着笑脸奉承道："屿哥，我敬你一杯。"

韩屿懒得掀起眼皮看他："你谁啊？"

"嘿嘿，我也是咱们学校音乐社的，你可能没见过，我叫丁乐，以后你就是我大哥了。对了，刚刚看到你和那个小妞交谈不是很愉快啊。"

"怎么，你有意见？"

"不敢不敢，哥们给你支个招，对付这种看似清冷的小妞我经验多，你就得把她们从高岭上拉下来。"

韩屿喝了口闷酒，示意他继续说。

"随便找个哥们，先把她灌醉了，玩两天，先把她的心理防线击溃了，这时候你再出现，不计前嫌地关心体贴，这一套下来我保证她马上就投怀送抱……唉哟！"学弟话没说完，被一记重拳打在脸上。

他捂住脸想要叫冤，但韩屿没给他机会，紧接着是一连串雨点似的拳头落在身上，一时间桌上的酒杯果盘都被牵连摔碎在地面。

周围的人先是吓了一跳，反应过来后连忙上来拉住怒发冲冠的韩屿，小学弟借机爬了出来，仓皇逃走。

韩屿指着他大骂："滚！下次别让我再见到你！"他抖抖肩膀，挣脱开众人，"都放开我。"

不久后，何冉换完衣服回来了，望着遍地狼藉，面露不解："发生什么了？"包间里气氛怪异，没有人敢接话。

韩屿这个时候看见她只觉更加心烦气躁，没好气地说："你也出去！"何冉求之不得，没有丝毫犹豫就调头走了。

见何冉步伐迈得比下班还快，韩屿气急反笑，忽然后悔不该这么轻易放过她。回想自己刚才怒气冲天大打出手，韩屿也觉得奇怪。虽然他一直希望有一天何冉能对自己刮目相看，但他好像从来没想过要用强迫她的方式，更别说要是有别的男人敢玷污她一根手指头，他可能真的会发疯杀人。

何冉从那家高级会所里走出来，身心疲惫不足以形容她此时的状态，酒精令她头晕目眩，血糖似乎也在下降，她感觉到呼吸有些困难，站在无人的街头，靠着电线杆勉强站稳，何冉从手包里拿出手机，看了一眼时间。

8月31日。不知不觉，原来已经到了8月的最后一天。再过不久她就要去北京了。

另一条车道上，一辆出租车拐了个弯，朝这边开过来。何冉伸手招了招："师傅，去不去小洲村？"

车在小洲村十字路口停下时，何冉已经睡过一觉，终于恢复了一些力气。付钱给司机并道了声谢，她走下车。

走到理发店门前，何冉拿萧寒给她的备份钥匙开了门。她上楼的动作很轻，床上的人睡得也沉，丝毫不受影响。萧寒这个单身汉，平常就不拘小节，夏天洗完澡穿条内裤就出来了。自己一个人在家更加随意，什么都没穿就躺在床上，也不盖被子，图个凉快。

此时正是半夜。

何冉走到床前，弯下腰凑近他身边，冲着他耳朵轻轻吹口气。

床上的人身子抖了一下，随即缓缓睁开眼睛。

何冉拍拍他身子，说："睡进去点，给我挪个位置。"下一秒她躺在床上，被他牢牢压着。

何冉耷拉着眼皮，无精打采地说："别弄，我一宿没睡，困死了。"

萧寒盯着她看了一会儿，作出判断："你喝酒了。"

何冉没接话。

萧寒的视线又转移到她身上的奇装异服，微微皱眉，问："你怎么穿这样的衣服？"

何冉还是闭着嘴不理他。

身旁动静停了一阵子，之后一双手开始脱她的衣服，何冉半推半拒，绵软无力。感觉到身上衣物被一件件除去，肌肤接触到空气带来一丝凉意，何冉困倦极了，毫无兴致。她试图用力推开萧寒，语气又凶又娇："我要睡觉！"

萧寒不容拒绝的，一只大手就禁锢住她纤细的双腕，男女之间的力量悬殊令何冉动弹不得。然而预想中的事情并没有发生，萧寒将她扒得一干二净后，只是帮她换了一身舒服的睡衣。

那套衣服上有别的女人的脂粉味，他不喜欢。

看着床上酣然入梦的何冉，她摆出的大字形几乎霸占了整张单人床，萧寒无声地叹了口气，心想自己今晚还是去沙发上解决吧。

他弯腰捡起地上何冉零散的衣服，一旁还有她随意扔下的背包。包的拉链没拉紧，萧寒提起时哗啦一下散落出来好多东西，他拾起其中一本质感精致的小蓝本，上面赫然写着录取通知书。

萧寒看向何冉静谧的睡颜，犹豫片刻后才缓慢翻开。

次日，萧寒干完活回到家后，迎接他的是一个活蹦乱跳的何冉，和昨晚蔫蔫的状态判若两人。

萧寒风尘仆仆，将身上的道具卸下来，转身问她："你牙疼好了没？"

何冉没想到他还记挂着这件事，说："前几天找医生开了点消炎药，现在不那么疼了。"

萧寒点头说："嗯，最近多吃点清淡的。"

何冉走到他身前，眨了下眼睛发出暗示："昨晚欠你的，来吧。"

萧寒却像没听见似的，径直走进厨房，开始张罗食材："你早上到现在还没吃东西吧，我煮面条，你吃一点。"

何冉跟上前圈住他的腰："我不饿，不想吃。"

"那你想吃什么？"

何冉气得瞪眼睛："都说了现在不想吃，你怎么这么不解风情呀。"

她的小打小闹完全限制不了萧寒的动作，他起锅热油一系列动作娴熟自如。何冉见自己一直被无视，干脆直接拧关了煤气，让萧寒无火可生。

巧妇难为无米之炊，萧寒只好放下锅铲。

何冉抓住萧寒的双臂，迫使他低下头与自己对视，也方便自己观察他的表情。

她试探着问："你在生气？"

"没有。"

何冉十分肯定："就有。"

萧寒闭上嘴不吭声，扭头看向窗外。

好一阵子他才开口："你昨天为什么不接电话？"

何冉满脸诚恳："毕业聚会，老师也在，人太多了我不方便讲电话。"

“那你的裙子……”言下之意，太短了。

“当时坐我旁边那个同学喝醉了，吐我一身，我找其他女同学借的衣服换的，那是她参加文艺表演时的服装，风格有点夸张，你别想多。”

何冉的解释条条在理，天衣无缝，总算缓解了萧寒的疑虑。她以为自己过关了，刚要松一口气，没想到萧寒冷不丁又问：“何冉，你还有没有什么要对我说的？”

何冉不解：“说什么？”

萧寒不讲话，等着她说。何冉也睁大眼睛，装无辜。

萧寒低咳了一声，先开口：“你高考志愿填了吗？”

何冉没想到他会突然问这个，卡壳了一秒才答话：“嗯，填了。”

“填的哪所学校？”

何冉不自觉地松开了萧寒的手，漫不经心地说：“随便填了一所本地的大学，但不知道考不考得上，怎么了？”

萧寒抿起唇，欲言又止：“没什么。”

这时，屋外适时传来一阵手机铃声。何冉故作镇定，心里却暗道这解救来得太及时了。她按兵不动，看起来并不着急的样子，耐心站定耗着。最后还是萧寒朝屋外抬了抬下巴，示意她：“你先去接电话吧。”

何冉点头微笑：“好。”

电话是杨文萍打来的，她给何冉传达一个消息，二堂姐要订婚了。何冉没想到这通解救电话会给自己带来更大的麻烦。

二堂姐订婚了。对方是一位赫赫有名的房地产大腕的儿子，与二堂姐算是门当户对。两人上个月经由媒人介绍见面，这个月便正式订婚了。订婚仪式举办的地点在一栋私人豪宅里，没有对媒体外界开放。

何冉作为女方旁系亲属，自然不能缺席。离开小洲村时，她只跟萧寒说家里有点事，要回去一两天，萧寒不疑有他，便没多问。

当天晚上，何冉回家里睡，第二天一早便同何劲和杨文萍一起出发。

参加订婚仪式的多是男女双方的近亲，彼此都熟悉。这其中有些人对于前些日子二堂姐与雇佣司机的丑闻有所耳闻，有些人则还蒙在鼓里，但此时此刻，大家都选择闭口不谈。

司仪讲完几句主持词，准新娘和准新郎便从舞台后面走了出来。两人牵着手，登对成双，但彼此脸上却都没有笑容。二堂姐的精神状态显然不太好，浓重的妆容也掩饰不住面色惨白。

这是何冉第一次见到自己未来的姐夫，与她见过的大多数有钱人家的子女一样，这位准姐夫仪表堂堂，俊杰出众。当然，在这副皮囊之下的另一面就不知道是什么样子的了。

何冉的母亲生性虚荣，这个时候又免不了暗暗攀比一番。她附在何冉耳旁不停地低声唠叨："韩屿家境比那男的更好，以后你们订婚一定要比你几个姐姐都风光才行。

"那颗钻石是多少克拉的？看着也不是很大啊。

"待会儿你去跟你未来姐夫聊一聊，我看他亲戚里那几个兄弟长得也都挺一表人才的。"

何冉始终意兴阑珊，有一搭没一搭地应付着杨文萍的话。没等仪式结束，她就借口要去洗手间先离席了。

别墅正门外面是一块平坦的大草坪，庭院清幽，郁郁葱葱。阳光普照，碧空如洗，宁静的午后。何冉深吸一口气，这才该是人待的地方。

　　远处有两三个园丁正推着割草机在草坪上缓慢地行走着，他们勤勤恳恳的身影与脑海里萧寒的模样如出一辙，何冉忍不住笑了笑。

　　前天这个时候，她正和萧寒坐在从公园回小洲村的公交车上。她身上还穿着颜料没洗干净的宽松T恤和牛仔短裤，还有她自己买的一双跟萧寒是情侣款的人字拖。而现在，她身上穿的是今年夏季的高定新款，一条简洁的米白色小礼裙，脚上也是一双名牌高跟鞋，很中规中矩的上流社会名媛的打扮。何冉想，如果自己现在以这副模样出现在萧寒面前，他一定无法认出她。

　　考虑到自己在外面待的时间有些长，也该回大厅里去了。何冉转过身正要往里走，视线却突然捕捉到几十米外的侧门方向，有几个人影纠缠扭打在一起。她眯了眯眼，定睛看了一会儿，抬脚朝那边走过去。

　　铁门之外，几个保全人员将一个男人制伏在地上，男人脸上青紫了好几处，看来已经挨过一顿揍了。男人精神似乎不太正常了，被打成这样仍旧不死心，不停地哀嚎着："放我进去！我要见她！"

　　何冉与男人有过一面之缘，辨认几眼之后，确认他就是二堂姐的司机。这次看却觉得他格外面熟，一时想不起来跟谁有几分相似。

　　何冉低头看着男人，轻声说："不要闹了，她不会见你的。"

　　男人恍若未闻，仍旧重复着那句话："我要见她，放我进去！我一定要见她！"

　　何冉转过头对几个保全说："把他带走吧，别让客人见到。"

　　这句话令男人抓狂起来，他一下子扑过来抱住何冉的腿，又哭又喊："你是朵朵的妹妹对不对？我求求你，让他们放我进去吧，我想见她一面，我有很重要的话对她说！"

何冉垂眸看着他，目光平静而怜悯："你见了她又能怎么样，你能带她走么？事情已成定局，你就不要再让她动摇了。"

一盆冷水浇下来，男人瞬间没了力气。他缓慢松开何冉的腿，眼神空洞地坐在地上，呆呆望向接待贵宾大厅的方向。

片刻，何冉轻声说："你回去吧，以后不要再找来了。"话说完，才发现他身上有多处伤口，那几个保全下手太重了。何冉思考了几秒，说："打个电话让你家人来接你吧，医疗费我们会替你承担的。"

男人失魂落魄地点了点头。

半个小时后，何冉见证了这个世界有多小。来接男人的正是他的表哥，而这位表哥何冉居然也认识，就是胖子。何冉在那一瞬间恍悟，怪不得这两人都曾经令自己觉得面熟。

令她更在意的事还在后面。胖子慌慌张张地从一辆破旧的面包车上下来，而开车送他来的人何冉就更熟悉了，是萧寒。

胖子直直冲这边跑过来，他起初并没看见何冉，先扶起地上瘫软的人，哎哟一声道："你怎么又出来闯祸了，我的老弟啊，你就安分一点待着不行么！"男人本来还半死不活地坐着，见亲人来了又闹起来，流着眼泪说："哥，你帮帮我，让我进去见她一面吧，求求你了。"

何冉站在一旁不说话，袖手旁观。直到一个人走到她的跟前，将她笼罩在他所带来的影子里。

半个小时前，何冉还在猜想萧寒会不会认不出她现在这副打扮，半个小时后，老天爷就迫不及待地创造了这场意外来认证她的猜想。属于萧寒的视线平平淡淡、不温不火地落在她的脸上，他就那么盯着她，仿佛感觉不到周遭的混乱。显然她已经被认出来了，何冉不知道自己应该说些什么，难道她应该开口问他："我漂亮吗？"

这个时候胖子也抬起头看到了她，他的弟弟仍旧死缠烂打着不肯离开，胖子被缠得脱不了身，看到何冉时表情怔了一下，不解道："小何？你怎么在这里？"过了一秒，又问，"你……怎么穿成这样？"

何冉云淡风轻地说："我来参加婚礼。"

胖子愣愣地哦了一声，此时也顾不了那么多了，他看看何冉，又看看她身旁那几个铁面无情的保全，做了个"拜托"的手势，说："你认识这家的主人吗？能不能帮个忙，让我弟进去看一眼吧，他不看一眼不肯死心啊。"

何冉摇头，声音里有一种近似冷酷的距离："不行，绝对不行。"

"这……"胖子为难地望向萧寒，似乎想让他替自己出出主意。而萧寒只是安静地盯着何冉，眼神里交织着太多复杂的内容，都被他平淡无波的表情掩藏在暗里。

"萧寒……"何冉本想开口叫他，萧寒却先一步扶起瘫坐在地上的人，转过身语气淡淡道："我们走吧。"

他不想让何冉难做，也不想让场面难堪，所以什么都没说。看着三人搀扶着离开的背影，何冉心底很不是滋味地咬了咬唇。

两天后的晚上，何冉陪萧寒和他的几个朋友，在胖子的档口吃消夜。胖子心宽，发生那件事后并没有因此跟何冉产生隔阂，倒是另外几个朋友听说了之后，一个劲儿地拿何冉起哄。

其中一人说："小何啊，真看不出来，平常安安静静一声不吭，还跟着萧哥后头一起勤俭节约，原来是真人不露相啊。"另一个人附和道："就是啊，你家庭条件那么好，父母怎么舍得让你跑到这种地方来受苦啊。"

小丁拍拍萧寒的肩膀，调侃道："还是萧哥慧眼识珠啊，找个好老婆，后半辈子都不用愁了，以后飞黄腾达了可别忘了我们啊，哈哈哈哈。"

他们的玩笑并没有得到回应，何冉用眼角悄悄打量萧寒，后者喝着酒缄默不语，他面前的菜自从上桌后一口都没动过，连平常爱吃的那几道也受到了冷落。

最后胖子出来挥挥手打破冷场："好了好了，开玩笑也要有个度，萧哥能是那种吃软饭的人么！爱情里双方是平等的，这句至理名言听过没有，你们这些单身的懂个屁。"

夜宵结束后，何冉和萧寒先行离开。今夜月亮被乌云掩盖，灰雾中一切都是朦朦胧胧的。走过一条狭窄的小巷时目不能视，萧寒走在前面，何冉循着他脚步踩在泥沙子上细碎的声音辨别出方向。

萧寒的脚步声沉稳，很有规律，一顿一挫的音律直到家里。路上两人都没说话，回到家后，萧寒直接上二楼进了厨房。刚刚何冉没怎么吃东西，啤酒和烧烤她都不能吃，这会儿肚子还是空的，萧寒给她下了一碗面条。萧寒自己也没吃多少东西，于是下了两人份的。

二楼空间太挤，他们在一楼吃。面条刚出锅，有些烫手，萧寒不怕，但考虑到何冉细皮嫩肉的，他在桌上垫了一张旧报纸，让她把碗放在桌子上吃。

萧寒在做这些事情的时候，何冉的视线一直追寻着他。

小楼里安静得没有一丝声响，此刻气氛沉重得像是一些压抑晦涩的老电影里的画面。

何冉先开口打破沉默："萧寒，对不起，我的确隐瞒了很多事情，也没什么要为自己辩解的，如果你生气的话就骂出来吧，我全盘接受。"

"我没有生气。"萧寒顿了顿，"没有这个必要。"

何冉思虑良久，还是想让他知道："我接近你，确实是因为喜欢你，会隐瞒很多事情也是因为担心你知道了从一开始就不会接受我。当初你问我是不是认真的，我的回答是真心的。"

萧寒耐心听她讲完才说："何冉，对你来说，什么叫认真？"

何冉没有接话。

萧寒继续说："你的认真只针对当下你想得到的东西，不把将来也考虑在内，对吗？"

何冉并不否认。萧寒说得没错，她明白他想要的是长远的安定，而她也清醒地知道自己没办法陪他双宿双栖。

萧寒中途离开了一小会儿，回来时将两个物件放在桌上，归还给何冉。其中一个是何冉的眼镜，萧寒已经修好，完好无损。另外是一个精美的信封，央美的录取通知书。

何冉怔了怔，没想到自己遗失了两天的物件会在这找到。

萧寒淡淡道："上次从你包里掉出来的，落在这里了，一直没找到机会还给你。"谈话间面快凉了，萧寒一如寻常地，拾起筷子吃面，又示意何冉，"先吃吧，吃完再说。"

萧寒厨艺很好，清汤挂面做得很合何冉口味，可这一餐她吃得心不在焉，筷子没动几次。

萧寒随意问起："所以……你决定要去北京了吗？"

"嗯。"

萧寒勾了勾嘴角，似笑非笑，笑里有一丝苦涩："如果我不主动问你的话，你是不是打算一直都不告诉我？"

何冉："我……只是找不到合适的机会开口，对不起。"

萧寒放下筷子，沉默片刻后释然一笑："算了，跟你一个小孩较什么真。……你什么时候出发？"

"就明天。"

萧寒哑然了两秒。她还真是，一点心理准备的时间也没给他预留。

何冉郑重其事地说："萧寒，其实我今天来就是想跟你说，以后我都不会来打扰你了。"她顿了顿，声音里除了歉意还有某种疏离感，"我的意思，你应该明白吧。"

萧寒不接话，只淡淡道："你过得好就好，我怎么样都行。"

话已说尽，两人低头无声吃面。

萧寒吃得快，他站起身准备离开，想了想又交代道："你吃完之后碗放着就行，晚点我来收拾。"

何冉却突然叫住他："萧寒。"

萧寒定住脚步，没回头。

何冉接着说："能让我最后再留宿一次吗？太晚了不方便回去，明天天亮我就走。"

萧寒考虑良久后答应："你睡二楼，我去沙发。"

今晚注定是个不眠之夜。辗转反侧的不止何冉一个人，半夜她想到露台透透风，发现早已有人占据此处。

萧寒正靠在栏杆边喝酒边看星星。漆黑的环境中只有星点灯火，将他轮廓衬托得忽明忽暗，看不真切。

何冉悄然走到他身旁，轻声问："在想什么？"

萧寒侧脸看她："怎么还不睡？"

"你不也没睡吗。"

萧寒不答话，只闷声喝酒，在他脚边已经横七竖八倒了好几个空酒瓶。何冉见他一个人喝酒，觉得缺了点什么。她接过萧寒手里那瓶，作势要喝。

半途被萧寒拦下："你不是不能喝吗？"

"就喝两口。"

萧寒握着酒瓶的手没松。何冉悠悠叹了口气："最后一晚了，明天我就走了，还不能陪你喝点吗？"萧寒缓慢松开手，他也没有立场再约束管制她。

何冉说："想跟我聊聊吗？"

"有什么好聊的。"

"看你一副心事重重的样子。"

"没有。"

气氛略显压抑，何冉试图活跃一下："有什么心事讲给陌生人听最合适了，这叫树洞你懂吗？反正过了今晚，我们可能就不会再见面了，还有什么不能说的？"

是啊，还有什么不能说的。

萧寒沉默片刻后开口："你有什么想问的就直说吧。"

"真的？你都愿意告诉我吗？"

"嗯。"

"那我想知道你十年前的事。"何冉直奔主题，"你是不是曾经有一个深爱过的女人？"

何冉感觉到他的呼吸微微停滞了几秒钟。

"很久之前的事了。"

她的手浅浅覆盖在萧寒的左手上，轻轻抚过那道伤疤："你大拇指上的伤是因为她吗？"

那声"嗯"答得慢慢的，低低的，恍若隔世。

何冉说："跟我说说你们的事。"

萧寒点了一根烟，许是酒意上头，他思考了很久，最终还是打开了话匣子。那其实是个有些俗气的故事，但也确确实实发生在许多人身边。

二十岁的萧寒通过家里人介绍认识了隔壁村的一个姑娘，姑娘长得非常漂亮，方圆几里的小伙都爱慕她，偏偏她就只搭理萧寒一个人，两人慢慢培养出感情，后来顺理成章私订了终生。

姑娘家里比萧寒稍微富裕些，自身条件好而且有个明星梦，大学考进了省城里的电影学院，萧寒则留在县里打工。后来萧寒赚够了钱，去城里找那姑娘。小别胜新婚，两人的感情并没有因此而冲淡，他们时常挤在一张小床上憧憬着未来的生活。

萧寒本打算用多年攒下来的积蓄娶她，连买房子的定金都交好了，家中却突然传来噩耗，哥哥得了重病。人命关天，耽搁不得，萧寒只好暂时把房子退了，先回老家照顾哥哥，陪伴他度过人生的最后年头。

突变就发生在那一年里。

萧寒掏空了家底给哥哥治病，哥哥过世后大嫂也远走他乡，当他抱着个刚满月的小奶娃回城里寻姑娘时，已然物是人非，那姑娘拍了部电影后小有名气，摇身一变嫁进豪门做了富太太。

萧寒不死心地去找她，姑娘性格优柔寡断，一直跟他藕断丝连。后来这事被富商发现了，大发雷霆，那姑娘怕引火上身，终于狠下心撇清关系，和萧寒一刀两断。富商找人把萧寒狠狠修理了一顿，萧寒在医院躺了半个月，之后没再去找过她，两人相隔十年杳无音信。

萧寒不愿意回忆得太深，许多细节都是三言两语带过，其中苦难挫折也只有他一人知晓。何冉听完之后忍不住泼冷水："你脑袋缺根筋吧，人家都给你戴绿帽子了，你还去找她干吗？"

萧寒没吭声，或许他在心里也默认了她的评价。

过了许久，何冉才问："那你现在还爱她吗？"

一根烟抽完，萧寒云淡风轻道："没有什么爱不爱的，就是一次经历。"

这句话反而令何冉感到苦涩。她轻声感慨："萧寒，你会遇到更好的女人的，你值得。"虽然以何冉的立场说这些话略显奇怪，但这确实是她心里所想。

萧寒又陷入了沉默。

第二天一早，何冉本想静悄悄地离开，奈何萧寒比她起得还早。她穿好衣服走下楼时，萧寒已经给她准备好了一大碗热乎乎的面条。早餐很丰盛，除了面条外，还有几道现炒的配菜。

何冉早上一般都没胃口，相对无言地吃了半碗，她放下筷子："时候不早，我该走了。"

萧寒："好，我送你。"

两人一起吃过早餐后，萧寒送她一程。他们肩并肩以散步的速度走到路口的公交车站，何冉停下脚步，说："送到这里就可以了。"

"嗯。"萧寒将她的包拿下来，递给她。

一辆公交车朝这边缓缓开了过来，停在站牌前面，几个人排着队上车。

何冉转头对他笑了笑，说："我走了。"

萧寒嘴唇嚅动了几下。

事后回想起来，何冉总觉得当时他想说什么，但是她抢在他前面先开口："再见。"

那两个字将萧寒一些没说出口的话封在嘴里，最后他也朝她挥了挥手："再见。"

那个时候何冉回想起《海上钢琴师》里的场景——我们笑着说再见，却深知再见已遥遥无期。他不会再犯一次当年的错误，她也不是那个会跟他藕断丝连的姑娘。

何冉上了车，坐在靠窗的位置。阳光将萧寒的身影无限拉长，他就那样站在原地不动，即使不回头也能看到。

车子往前驶去，漫天风沙里，那道影子也渐渐离她远去。如果时间能够停在这一秒就好了，这会是最好的结局。

第五章

幺儿

到北京的第二个月，何冉的牙疼又开始犯了。晚上，她躺在自己的床上，捂着时不时抽痛的腮帮子，彻夜难眠。

这一个月里，先是开学报到，接着新生军训，然后忙着找房子。繁忙的9月一天天过去，生活渐渐恢复平静。

何冉现在住在学校附近租的房子里，她不喜欢宿舍蜗居，太吵闹，一个人更清静些。房间环境还不错，一室一厅一卫，四千块钱一个月，坐北朝南，冬暖夏凉。

房东是重庆人，一对中年夫妻，年纪不小，精力却很旺盛，每天晚上都要吵架，到了第二天早上又和好如初。他们就住在何冉对面，中间隔了一堵墙，隔音效果聊胜于无。

何冉本来牙疼就不好受，又要夜夜听别人的吵架声，几乎整晚睡不着觉。好几次后悔搬到这里来，但念在那对夫妻为人还不错，况且自己已经交了三个月的房租，还是先住完这段日子再说吧。

月底，何冉又去医院复查了一次。虽然独自身在外省，但杨文萍已经帮她在这边联系好了资历深厚的中医专家。她每个月都要复查，身体稍有异常就得吃大量药物调理。所幸病情一直很稳定，除了偶尔夜里会腰痛腿痛，其余都无大碍。

10月，国庆期间，韩屿来北京旅游。

在机场等候他的大驾时，何冉收到杨文萍发来的短信：这次好好带着小屿玩一圈，不要再惹他发脾气了！

何冉漫不经心地回复一条：知道了。她将手机放回包里，抬头便见韩大少爷穿戴着一副酷酷的行头，拖个大行李箱从大厅尽头朝这边走来。

何冉有气无力地挥了挥手里写着"韩屿"两个字的牌子。等他走到面前，她露出个敷衍的微笑："北京欢迎你。"

其实杨文萍说的话并不是全无道理，何冉也觉得或许该缓和一下她跟韩屿之间的关系了，总是与他作对对自己没有好处。所以这一次她拿出了东道主的态度，友善地接待他。她向班里几个土生土长的北京人打听了哪里比较好玩，制订了一份旅游行程。

第一天，他们去参观了一遍故宫和颐和园。

第二天，他们去鸟巢和水立方周围逛一逛。

第三天，他们去看了一出京剧表演。

…………

假期最后一天，何冉带着韩屿爬上了八达岭长城。在这里带团的导游们之间流行着一句话："不到长城非好汉，爬得越远越傻蛋。"

何冉和韩屿就属于他们口中的"傻蛋"。

艳阳高照，天气炎热，一层层石梯的表面仿佛升腾着烧焦的白烟。两人凭着一股倔强劲儿不停地往上爬，背后早被汗水浸透，衣服呈半透明的状态黏在身上。到后来何冉实在体力不支，爬不动了，他们才选择坐缆车回到平地上。

从出口出来，何冉走到小摊边买了一杯雪糕，韩屿累得半死不活地跟在她的身后。付完钱，何冉拿塑料勺子舀了一口雪糕自己吃，又舀了一口递给韩屿，问："吃么？"她这个动作，带着一丝试探的意味。

韩屿见鬼似地盯着她。从他来北京的第一天，这个女人就很反常，无论他怎么找茬，她都不计较。他简直要怀疑她是不是变了个人。

见韩屿没反应，何冉又问了句："不吃么？"

"…………"

尽管满腹狐疑，最终韩屿还是张嘴把那口快要融化的雪糕吞了下去，即使这个挑剔的小少爷从来不吃别人的口水碰过的东西。何冉几不可见地勾了勾嘴角，看来初中时候他对她的那句短暂的告白还算数。

韩屿，你可真是一点长进都没有。

韩屿明天早上要坐九点的航班离开北京，晚上结束一天的行程后，他提议到何冉的住处看一看。何冉犹豫片刻，答应了。

两人从电梯里走出来，正好遇上准备出门散步的房东夫妻。之前何冉从来没有带过男生回家，两夫妻都有些惊讶，上下打量了韩屿两眼，笑眯眯地问："同学吗？"

何冉客气笑笑，回答道："朋友。"

两夫妻心照不宣地点点头，一般男朋友也都叫朋友。

何冉掏钥匙开门，领韩屿进屋，给他倒了杯热水。韩屿四周看看，说："这里太小了。"

何冉不以为意地撇撇嘴角："当然不能跟你家比。"如果他到她的大学宿舍去看看，就会觉得这里已经很宽敞了。

韩屿又问："今晚我睡哪里？"

何冉抬起眼皮："我有说要留你过夜吗？"

韩屿噎了一下，脸色不太好看，他说："既然刚刚我说来你家你没有拒绝，这个时候还装什么矫情？"

何冉面无表情地说："我让你进来只能说明我没那么讨厌你了。"

韩屿站起身正要发火，又听何冉无比平静地说："韩屿，心急吃不了热豆腐。"她抬起头看着他，不紧不慢道："你对卢京白做的那些事，你对我做的那些事，还有你的女朋友们对我做的那些事，你觉得我能那么善良地不计前嫌吗？……如果我能，那我肯定是图谋不轨。"

"……"半晌，韩屿没脾气地在沙发上坐下来，闷闷道："知道了。"

其实何冉心里早有觉悟，只要有一天韩屿仍旧对自己纠缠不休，只要杨文萍还不死心，她跟韩屿在一起只是时间早晚的事情。但她也需要更多的时间来说服自己，至少不是现在。

第二天一早，何冉送走了脸色很差的韩屿，这是韩大少爷打出生以来第一次睡地铺，想必深切地体验了一回生活艰辛。

11月，院校里举行了一次绘画比赛，不限形式。参加此类活动可以获得学分，何冉就顺手把自己最近完成的一幅油画交了上去。繁花似锦的夏天，一望无际的花海，蜂蝶起舞。拿着长剪的男人站在画中，低着头只露出了半边模糊的侧脸，捋起的衣袖下流走着匀称的肌肉，他与自然融为一体。那幅画被何冉命名为《他站在夏花绚烂里》。

参赛结果迟迟没有公布，反倒是一位画廊老板不知通过什么渠道联系到何冉，希望能买下这幅画放到他的画廊展出，甚至可以长期合作。对方开的价格很高，这对于一个初出茅庐的学生来说是非常难得的机会。何冉却慎重三思，最后谦虚婉拒。

这幅画是她不愿意与别人分享的秘密，她只想一个人珍藏。画廊老板十分惋惜，却也只能无奈放弃。

绘画比赛告一段落，12月悄然来临。何冉难得用电脑上一次网，在一名初中同学的相册里发现了几张最新上传的照片。初中同学聚会，除了何冉之外全员到齐。

来北京之后，何冉换了一台新手机和新号码，之前的手机则长期处于关机状态，很多人都联系不上她。视线在几张照片上停留了几秒，她在人群中发现了卢京白的身影，他看起来安好无恙，何冉微微松了一口气。

1月。北京最寒冷的时节到来，也陆续有院校开始放寒假了。

清晨，何冉被羽绒服包裹成一个笨重的粽子，戴着口罩从家出发去学校，路上时不时咳嗽几声。这几天雾霾严重，整个城市被笼罩在一片灰暗当中，何冉平常能不出门就尽量不出门，今天也是没办法，要去学校考试。

到达考场后，找到自己的座位坐下。何冉竟发现桌面上放着一张鸡蛋灌饼和一杯豆浆，她疑惑地抬起头，正好看到前排一个男生回头朝自己笑。

何冉没有什么表示，默默收回了视线。

考试结束后，何冉订了当天中午的飞机票回广州。她倒不是念家，只是迫不及待地想要快一点摆脱这个糟糕的天气。

两个半小时的飞行旅程后，何冉从机场出来，脱掉身上的羽绒服，换上一件长款风衣。里面是一件黑色的高领毛衣，薄厚适中。她脖子长又纤细，穿这种款式显得气质非常优雅。

何冉抬头望向瓦蓝的天空，长吁了一口气。

广州的冬天啊，还是这么热。

除夕的前一天，何冉在一家大排档里偶遇了卢京白。那天晚上韩屿和他的乐队在练歌房排练新歌，把何冉也叫了过来旁听。他们一唱就是好几个小时，嘶吼，狂野，依旧是何冉不能理解的音乐风格，她不冷不淡地坐在角落里发呆。

结束之后，大家在练歌房门口一一道别，韩屿送何冉回家。

司机坐在前面，两人坐在后排，一左一右。半路何冉突然说："我饿了。"

韩屿转头朝她望过来："我也有点饿，要去吃点什么？"

何冉没答话，她对司机说："去小洲村。"

下了车后，何冉带着韩屿径直往前走，在第二个路口右拐。等红灯变成绿灯，他们过了马路，对面是一条灯火通明的美食街。

周围的景象变得陌生，韩屿心生怯意，跟在后头问："这是要去哪？"何冉没说话，继续往前走。

再过不久，他们在一家做烧烤的大排档前停下。这附近烟熏火燎，几个男人使劲挥着蒲扇，烧烤架上摆着一排排肉串，味道有些呛鼻。

韩屿皱着眉头，满脸嫌弃，几乎是立刻就要转身走。

何冉拉住他，说："先试试再说。"

韩屿回头又望了一眼烧烤摊，眉心拧起，表达出深深的不解："你怎么会喜欢吃这种东西？"

何冉没有回话，抬起腿就往店里走去。

十分钟后，各式各样的烤串端上桌。韩屿不得已在何冉对面坐下，脏乱差的用餐环境让他浑身不自在。

何冉拿起一双一次性筷子，正要掰开，韩屿再次伸手拦住她：

"你不是不能吃这些东西吗？对身体伤害太大。"

何冉半笑不笑："现在倒是晓得关心起我来了，那个时候怎么还灌我喝酒？"

韩屿哑巴了，悻悻地把手收回来。

何冉用筷子将烤茄子上的蒜蓉和葱轻轻拨到一边，夹起一块放进嘴里，细嚼慢咽。

坐在对面的韩屿不知看见了什么，嘴角突然浮现出一抹不明意味的笑，何冉正疑惑，就见他用下巴指了指某个方向："看看那是谁。"

何冉回过头，目光微怔。片刻后，她若无其事地收回视线，又喝了口水，说："怎么了？"

韩屿饶有兴味地勾起嘴角："老同学啊，不上去打声招呼？"

何冉淡淡道："不用了。"

"为什么不去？你们很久没见了吧。"韩屿想了一会儿，装作恍然的样子，"噢，怕我刁难他吗？放心吧，我什么都不会做的。"

何冉目光带考究地盯着他，搞不懂这个人葫芦里卖的什么药。

韩屿摊了摊手，再表诚意："我真的不介意的，你去跟他说说话吧，我在这等你。"

半晌，何冉才缓缓地站起身，朝着收银台的方向走去。一个人站在那，低着头，一边按计算器一边做账。

何冉无声地打量他。当年他明明是班里个子最高的男生，现在却过早地被生活的压力压弯了腰杆。

"卢京白。"

被叫到名字的人大概也听出了她的声音，过了三秒才慢慢地抬起头。那瞬间在他眼睛里闪过的东西太多，先是惊讶，然后是躲避、不安……

何冉微抿嘴角："还记得我吗？"

他小幅度地点头："嗯，怎么会不记得。"

何冉问："你在这里打工吗？"

卢京白迟疑了一阵子，说："不……我爸最近在这块摆摊，我偶尔来帮下忙。"说话的时候他甚至不敢看何冉的眼睛，一直下意识地往她身后瞄，后来他不知看见什么，立马把头低下。

何冉突然明白过来他在怕什么了，却也不挑破。

卢京白仓促地收拾好桌上几本账单，塞进柜子里锁好，一边往外走一边对何冉说："我去送几份外卖，你有什么想吃的就跟我爸说吧，让他给你打折。"很显然，这位老同学并没有要与她叙叙旧的心情。

卢京白走后，何冉独自回到座位上，刚坐下来就听到韩屿的嘲笑声："看到没，你的初恋这么懦弱怕事，一点用处都没有。"他不屑一顾地撇撇嘴角，"你眼光真不好。"

何冉没来由的心烦气躁，她不接话，只端起茶杯喝了口水。她知道韩屿是故意的。也不知道她的尴尬究竟能够给他带来哪一种心理满足，使得他非要这么做。

唯一让何冉更加肯定的是，无论她怎么努力尝试，都永远不可能对韩屿产生半分好感。

除夕将至，家家户户都沉浸在辞旧迎新的喜悦中。

这次何冉回来，本想找许久未见的二堂姐叙叙旧，可没想到在见面之前，先传来噩耗。

二堂姐自杀了。

何冉得知的第一反应是震惊与不可置信，在她的印象里二堂姐不像是会自暴自弃的人。

二堂姐跳楼的地点在一家医院楼顶。二十层楼的高度，一跃而下，因抢救无效而身亡。随后的尸检结果显示她肚子里怀着个三个月大的胎儿，这也解释了案发时她为什么会出现在这家医院——二堂姐的父母发现了她怀孕的事情，逼她去医院做手术，二堂姐抵死不从。

何冉赶到时现场的血迹早已被清理干净，围观的群众也已散开。虽看不到血，却仿佛能闻到那股铺天盖地的浓重的味道。何冉止不住地按着胸口一阵干呕，陪她一起来的韩屿早已抱着一旁的垃圾桶狂吐不止了。

好不容易缓过来，何冉对他说："上去看看吧。"

医院的长廊里看不见半个人影，依旧维持着死一般的肃静，明明是白天里才发生的事，现在却好像已经被众人遗忘。空气中充斥着消毒水的味道，这个味道曾经陪伴何冉度过一段没有阳光的日子，既熟悉又令人感到恐惧。

他们乘电梯直接上顶楼，随即爬了几层阶梯到达天台。天台的栏杆设得很低，何冉不知不觉已走到边缘，停下脚步。低头往下看，繁华的城市已经休眠，奢靡和喧嚣的景象最终都回归平静。从这个高度俯瞰，一切事物都显得格外渺小，天地间仿佛只剩自己孑然一身。不知当时二堂姐从这一跃而下时，是否获得了短暂的自由。

何冉脑海里闪过很多回忆的画面，儿童时期她常和二堂姐一起嬉笑打闹，少女时期她们会像闺蜜一般彻夜促膝长谈，还有订婚仪式上二堂姐消瘦的脸庞和她的强颜欢笑。

或许对二堂姐来说，这是一种解脱。

何冉陷入回忆中，单薄的身影在风中显得摇摇欲坠，直到身后一声叫喊将她唤醒。

韩屿颤颤巍巍地想伸手把她拉回来："何冉，你别再往前走了！"

何冉回过神来，对着风中喃喃道："安息吧，朵朵。"她转身朝韩屿走去："回去吧。"

除夕夜，何冉的牙疼再次发作，年夜饭没吃几口就忍不住离席上楼休息。这个时候缺了谁都不够团圆，见何冉半晌还没从楼上下来，杨文萍坐不住了，放下筷子说："我上去叫她。"

韩屿比她早一步站起身来："阿姨，我去吧。"

杨文萍与韩太太对视一眼，后者和蔼地笑了笑，说："让小屿去吧。"

二楼卧室里，何冉坐在地板上专心地画着速涂，韩屿没敲门就直接走了进来。他言简意明："下去吃饭。"

何冉沉浸在自己的世界里，没搭理。

韩屿抓住她的手臂，强行将她拽起来。

何冉皱了皱眉："我牙疼，不想吃。"

韩屿说："不想吃你也下去坐着。"

何冉执拗道："说了不去就不去。"

韩屿今天也出奇地有耐心，何冉不肯走，他就在旁边定定地站着，大有要与她一起耗下去的意思。

半晌，何冉叹了口气，无奈地说："我真的牙痛，今晚就让我一个人安静一下，算我求你了好不好？"

韩屿沉默地看着她，几分钟后他总算是转身走了出去，把门轻轻带上。

过了一阵子，何冉隐约听到他的声音从楼下传来："阿姨，小冉头晕不舒服，让她睡会儿吧。"

韩屿一家不知是何时离开的，杨文萍上楼来叫何冉去送一送。那时候她背对着门躺在床上，装作听不见，便没下去。

夜深人静的时候，何冉还是睡不着，牙疼难耐。她头枕在天鹅绒毛的枕头上，怔怔地望着窗外。

风吹动着缥缈的薄纱，银色的月光如白霜洒在地面上。何冉睁着眼睛，凝望那一枚遥不可及的明月。脑海里不禁又哼起了那首歌。

"白月光，照天涯的两端。在心上，却不在身旁。"

床边的位置总是空缺的，任何东西都弥补不了。

黑夜里，何冉突然翻了个身，从床头柜里找出那台尘封已久的手机。月光太暗，她摸索了挺久才将充电器的插头对接上，然后按下开机键。虽然不再使用这部手机，但何冉仍旧保持着每个月往里面充30块话费的习惯，至少没有让它停机。收件箱里有成堆的短信，许多不知道她换了号码的人仍旧往这个手机发祝福短信。

何冉不停地往下翻，像是抱有某种期待。一个熟悉的名字跃进了她的眼睛。她的手指在屏幕上停顿了很久，光是点开这条短信都花了很多时间。

点开，里面只有简短的四个字："新年快乐。"

发送时间是12点整，一秒不多，一秒不少。来自萧寒。

何冉拿着手机，这个动作不知凝固了多久。手指在屏幕上缓慢地移动着，打出"同乐"两个字，过了一会儿又退回去删掉。

她愤愤地坐起身来。何冉，你什么时候变成这么婆婆妈妈的人了。做还是不做，不就一句话的事。何冉迅速把短信删掉，直接给萧寒打了电话。没一会儿电话就接通了。

"你现在在哪？"何冉语气非常平淡，仿佛两人前一天才见了面。

萧寒说："在家。"

"知道了。"

何冉挂了电话，随便换了件衣服便出门了。一切宛如又回到六个月前，她因为一念之间的冲动而决定去找他，不想考虑也不去在意后果。这个点肯开车到小洲村的司机并不多，何冉费了会儿功夫才拦到车。司机将何冉送到牌坊前的路口处，剩下的路她自己走。

也就半个月没见，礼堂外面的广场上又新开了几家小吃店，巷子里面一些熟悉的店铺也换了招牌，在朦胧的夜色下并不能看清全貌。小洲村里似乎一直在做建设，无论哪个季节来，都能看见阻碍在道路两边的沙堆。脚小心翼翼地踩在铺满泥沙的青石板上，那种粗粝磨耳的声音在寂静的深夜里显得格外突兀。

按照记忆中的路线走，何冉好不容易找到理发店门前，屋里居然没人，灯火是熄灭的。她伸手拍了拍门："萧寒。"

半晌没人回应，四周又黑又静。心想他或许是出去买烟了，何冉便在门口坐下来等。可转念一想又觉得不对劲，这个点了，哪还有超市开门？

怕是出了什么事，何冉立马拿出手机给他打电话，问："你不是说你在家吗？怎么没人？"

萧寒说："我在老家。"

"……"何冉原地站了很久，长到足以消化这句话，挂断电话之前她说："等我。"

天还没亮何冉就在白云机场里等着了。登机后，从广州到重庆的这两个小时里，飞机持续平稳地飞行，她竟一点睡意都没有，白白浪费了这么舒适的睡眠环境。

萧寒的家在涪陵附近的一个山区里，从机场坐大巴过去又得好几个小时。这会儿何冉倒是困起来了，奈何山路十八弯，绕来绕去头都晕了。再加上山间的石子路凹凸不平，颠得很，她根本难以入眠。

从车上下来时，何冉一张脸被折腾得惨白。

站在路边，放眼望去。这里可真够偏远的，周围全是辽阔的山脉。青山环绕着好几个村落，一户户人家的房子都依傍在山腰上。那些房子看上去也历经沧桑，厚厚的土墙筑成，裂开许多道大缝，屋顶上铺着青瓦的人家已经算条件不错的了，更艰苦的则只能靠秸秆和谷物遮风挡雨。

站了一会儿，就看见萧寒从旁边一个山坡上走下来。阳光正盛，何冉不得不眯着眼睛抬头望。

他好像黑了一些，头发剪短了点，其他则没怎么变。依旧是高高的个子，宽阔的肩，手里夹着一根烟。

萧寒走得不算快，步伐却大，很快就到她跟前，将烟头掐灭。

他第一句话问的是："冷吗？"

何冉毫不犹豫地点头，当然冷了。重庆温度可比广州低多了，况且这里是山区，风一直冷飕飕地吹。何冉从家里出来时只穿了一件毛衣，这会儿已经冻得手跟脚都没有知觉了。

萧寒将外套脱下来给她，他穿得也少，黑色夹克里只有一件薄薄的保暖棉衣。

"吃东西了吗？"萧寒又问。

何冉摇摇头说："没。"

萧寒从口袋里拿出一个小包装的红心萝卜给她："先吃一点。"

何冉伸手接过，好奇地打量几眼，这个她之前从来没吃过。

萧寒往她身后望了一眼，大概是在找她的行李。何冉说："我直接过来的，什么都没带。"

萧寒"哦"了一声，没有多问，点了点头，说："那走吧，带你去我家。"

何冉问："你家在哪？"

萧寒往山上指了个方向："那里。"

何冉抬起头，顺着他的手指望去……可真远。

他们这个村子并不算最贫瘠的，年前修了公路，时有旅游的大巴经过，交通还算方便。然而再往深处走，可就没有好路可走了。正是应了那句老话"路都是人走出来的"。土路高低不平、坑坑洼洼，低头还能看到一排排或浅或深的脚印。偶尔会遇见几个围着头巾的农村妇女，手里挽着菜篮子不知要上哪去，她们脸上的皮肤都被风吹得干燥粗糙，泛着深深的酡红，在何冉眼里具有一种别样的淳朴的美。

好不容易走到萧寒家门口，何冉直起腰，睁大了眼睛仔细观察周围环境。这座土房子与刚刚一路走来见到的同样简陋，门高高的，两边贴着一副新对联，横批下面六条红纸被风吹得胡乱飞舞。窗户是田字的，锈迹斑驳，门口挂着一堆谷物、红辣椒，还有几条咸鱼，旁边的笼圈里养了一些家禽。屋里似乎正在生火做饭，烟囱上升起一缕白白的炊烟。

一个老太太坐在门口，正在剥玉米。萧寒走上前去，那老太太抬起头看了他一眼，又看看身后的何冉。老太太跟萧寒说了句方言，何冉虽然听不懂内容，但能猜到应该是在问她是谁。

萧寒也回了一句方言，之后便带着何冉走进屋去了。

这屋里房间虽大，堆的东西却十分杂乱，角落里放着一架蒙了灰的老式缝纫机，耕田用的锄头和铲子斜靠在墙上，几张低低的小条凳随意摆在地上。

何冉觉得这里面任意拿出来一样物品，年纪都比她大。

屋中央倒是整洁点，正方形木桌擦得干净反光，旁边四把长板凳围成一圈。

萧寒让何冉到板凳上坐一会儿："饭已经在做了，再等会儿吧。"

何冉舟车劳顿，又跟着萧寒爬了这么久的山路，这会儿并没什么胃口："不想吃饭，只想睡觉。"

萧寒低头看她，她一宿没睡，脸确实要比他家糊窗户的纸还白了。他点点头说："那你先睡，等吃饭了我叫你。"

萧寒领着她走进一个房间，屋里的摆设看上去像是他的卧室。何冉也顾不上那张绣着龙凤和大花的粉红色床单有多么俗气了，她身子一黏上去，将脸埋进枕头里就沉沉睡去。床褥虽然款式老土，但却洗得很干净，有股淡淡的皂香。

萧寒在旁边看了一会儿，说："别趴着睡觉，对心脏不好。"

何冉双眼紧闭，不做理睬。他兀自站了一阵子，见说不动，就先走出去了。

何冉一觉睡到天黑才起来，吃晚饭的时候萧寒来叫过她一次，她有点印象，但就是睁不开眼睛，所以没吃上。

起床后，萧寒把给她留的饭菜热了一下，端上桌。何冉这会儿才觉得饿，几分钟就把那碗米饭吃干净了。

山里一天结束得早，这才七八点就陆陆续续有人家歇息了。何冉吃饭的时候，萧寒在隔壁屋里不知乒乒乓乓捣鼓着什么。她将碗筷放在桌上，站起身走进屋里看。

这是个比较大的杂物间，有一股尘封的旧味。靠右一侧是张报废的破床，从左往右拉了条绳子，上面挂着几件晒干的衣服。萧寒正着力于收拾破床上堆放着的乱七八糟的东西，大概是要腾个位置出来。

何冉问："你在干什么？"

萧寒说："铺床。"

何冉想了几秒，说："给谁铺？"

萧寒："我。"

给她准备的床那么干净，自己的就这么随便应付。

何冉走到他身后，靠着那辆三轮车坐下来，问："你不跟我一起睡么？"

萧寒扭头看了她一眼，没有说话，又低下头继续收拾东西。

她绕到他身前，语气悠然道："我跋山涉水来看你，你都不感动，没点表示吗？"

萧寒停下手里动作，沉默了许久。屋里母鸡咯咯哒叫了好几声，天黑了仍不安宁。他转过身来看着何冉，那一眼意味深长："你不是说不联系我吗？"

被这话噎了一秒，何冉立马顶回去："是你先联系我的。"像是为了证明自己的话，她还特地拿出手机在他面前晃了两下，"需要我翻出来你发的那条短信吗？"

萧寒解释道："那个是新年问候的。"

"新年问候就不算了？"何冉把嘴一扬，"你可别跟我说你是群发的，我才不信那一套。"

"…………"

"况且……我只说了我不联系你，又没说你不要联系我。"她站起身，一步步朝他走得更近，抬头看着他，"你为什么不找我？"

萧寒长久地凝视她，隐藏在黑夜里的那一双眸子发亮。沉默了一段时间后，他声音低低的："我想看看我不找你，你会不会来找我。"

何冉轻哼一声:"你真沉得住气。"

"我沉得住气。"他倏地将她抱起来,用力放在床板上,"就不会来接你了。"

何冉不禁皱起眉头:"这床脏死了,快把我拿开。"

萧寒又将她抱起来,双手托住她的臀部。双眼紧紧地盯着她,眼神里裹挟了许多说不清的情绪。有情人间的对视,总是看不够的。她才十九岁,还是可以发育的年龄。这半年里她头发长了不少,已经快到胸口了,身形依旧娇小,却也逐渐显露出成熟女人的韵味。

何冉双手吊在他的脖子上,媚眼如丝地催促道:"快点啊,让我看看你的待客之道。"

萧寒眼底暗光照人,声音发狠:"是你来找我的,你可别后悔。"

何冉语气笃定:"我要是后悔,早坐飞机回去了,用得着在这深山老林里受罪吗?"

萧寒没接话,只是用力将她抱得更紧些,二话不说托着她往房间外走。

这土房子的墙壁别说是隔音了,这屋稍微有一点风吹草动,那屋就能一清二楚地听见。何冉和萧寒还没怎么着,床吱呀叫了几声,隔壁就传来老太太的问话声。两人立马停下动作,萧寒回了那屋一句。

何冉问:"你们在说什么?"

萧寒说:"她问我在干什么。"

"那你怎么回的?"

"我说打苍蝇。"

"……"何冉憋了几秒,问:"那还做不做了?"

"等一等吧。"萧寒说。

"等到什么时候？"

"半夜。"

何冉只好乖乖躺下，心里十分郁闷。过了一会儿，她提议："要不我们出去随便找块地吧？"

萧寒吓唬她："这月黑风高的，小心滚到山下去。"

"……"何冉闭上嘴不吭声了。

那之后她将头埋在萧寒怀里，周围十分静谧，近处是他的心跳声，远处偶尔传来几声狗吠。这样的环境竟也催生出几分安眠的意味，何冉明明不困，却也缓缓闭上眼睛。

等她一觉睡过，已经是凌晨之后了，萧寒拍了拍肩膀将她唤醒。不多时，床板吱呀吱呀的晃动声便又在那小屋子里响了起来。

萧寒挨在她身后，脸贴着脸，他低低的闷哼声就在她最敏感的耳边此起彼伏。

何冉从以前就一直觉得萧寒的声音很好听，是那种建立在低沉的嗓音上，不刻意拿捏造作，完全自然流露的好听。特别是情动的时候，让人有一种醉死方休的冲动。能让她从千里迢迢的地方赶过来，也不是没有原因的。

这一回他很投入，她也很享受。后半夜还很长，她感受到他一遍又一遍的渴望，不由笑了笑："你没找别的女人纾解一下？"

萧寒反问："我找谁？"

"唔……比如说，阿曼啊。"

"我跟她压根没有。"

"你们这山里的姑娘也不错啊，一个个看着身段挺到位的。"

萧寒皱了皱眉头："别乱说。"

何冉也就无聊调侃几句，见萧寒这么较真便闭上嘴巴。

不知道多少次结束后，何冉四仰八叉躺着呼吸，半条手臂和大腿都架在萧寒身上。他们都没穿衣服，一起挤在厚厚的棉被里，身贴着身取暖。

何冉的习惯是冬天将被子盖过头顶，萧寒只好迁就着她。农村夜里漆黑得伸手不见五指，被窝里更是如此。两个人相偎而睡，不时有丝丝寒气从被子拱起的缝隙里钻进来。

虽然偶尔会打个冷战，但比起一个人在宽敞的大床上开着暖气睡觉，何冉觉得这样更踏实。

她不由往萧寒怀里更靠拢些，轻声感叹了句："真舒服。"萧寒低下头，略微干涸的唇在她额头上轻轻吻了一下。

乡村生活是枯燥乏味的，早上吃过饭后，萧寒从外面挑了几担水回来，然后就开始了漫长的劈柴工程。

何冉百无聊赖地坐在庭院里，在距离萧寒不远的地方晒太阳，偶尔还逗逗鸡，赶赶鸭。

萧寒时不时回头看她一眼，好像要确定她还在不在。

何冉发现他干活的时候眼睛总爱找她，之前在广州做园艺的时候他也有这个习惯。她都这么大个人了，还能走丢么。

何冉忠告他说："你专心一点，小心劈到手。"

没多久，老太太从屋里端了张条凳出来，坐在门口剥玉米。何冉其实是想与她打一声招呼的，奈何实在语言不通。

她有些好奇老太太与萧寒的关系，便问萧寒："这是你哪个亲戚啊？"

萧寒说："我妈。"

何冉着实愣了一下，这老太太头发都白了，少说也有六七十岁了。按理说萧寒才三十三，他妈年纪不应该这么大吧？

萧寒解释道："她跟我爸是二婚，比我爸大几岁。"

何冉噢了一声，这样就能说得通了。

随后萧寒又跟她大致地讲了一下他家里的情况。萧寒的亲妈去世后，爸爸娶了现在这个后妈，后妈也是二婚，当时带了一个女儿过来，年纪比萧寒两兄弟大。萧寒在这个新组成的家里排行老三，后来两夫妻又生了个女儿，可惜还没满五岁就掉进塘里淹死了。现在萧寒的爸爸、哥哥也相继去世了，家里只剩下他和大姐两个子嗣，人丁稀少。

大姐前些年嫁进县城里了，现在一直在那边生活，逢年过节会回来看看。今年过节泉泉就被她带到城里去玩了，过几天萧寒还得去把他接回来。

萧寒说他爸死得也早，后妈一个女人把三个孩子拉扯到这么大，着实不容易。何冉听到这里，不禁又回头望了一眼那个默默剥玉米的老太太。

萧寒劈完一堆柴，将它们抱进厨房里，又开始劈另一堆。母子俩各司其职，唯独何冉一人无所事事。偏偏她也懒，什么都不想干。萧寒看她无精打采的，安抚了一句："下午我们去集市逛逛吧。"

何冉一听，终于来了点兴趣："这里有集市？"

萧寒点头："嗯，不过很远。"

"有多远？"何冉问。

萧寒说："十几公里的样子，要翻几座山。"

何冉又问："那要怎么去？"

"坐三轮车。"

何冉笑着点点头："那还好啊，不走路就行，我们去吧！"

中午吃过饭后，萧寒跟老太太交代了几句话就带着何冉出门了。

萧寒开着一辆电动三轮车，何冉坐在后面载货的车斗里，屁股底下垫了一个麻袋。

山间路窄，路也铺得不平整，车轮碾过泥土和碎石块，何冉坐在后边颠簸，身子也跟着摇摇摆摆。

她不太适应这里的天气，为了避免自己的脸跟这里的妇女一样被吹得干裂通红，何冉在脸上蒙了一块厚厚的布巾挡风。

路上萧寒偶尔会遇到几个认识的老乡，停下来打声招呼。车渐渐开得远了，遇到的人也就越来越少。他们慢慢爬到高处，视野也变得开阔起来。这里风景非常秀丽壮观，远处山脉连绵起伏，云雾缭绕，老木苍波映衬着蔚蓝的天空，令人心旷神怡。

萧寒从小在这长大，并没有因为风景而分神，而是专心开着三轮车。何冉感叹完了，也收回视线看着路下漫无尽头的黄土和飞沙，似乎已经开始习惯车身晃动的频率了。

这里的一切人和事物对她来说都是陌生的，他们过日子的方式平平淡淡，没有什么大喜大悲和大起大落，远离了城市和喧嚣，却莫名让她产生了一种归属感。或许这便是所谓的"此心安处是吾乡"吧。

翻了几座山后，他们终于到达集市的地方。这集市比何冉想象中要大，一条街望不到尽头，卖什么东西的都有。

萧寒问何冉有没有什么要买的，何冉想了会儿，问："有药店吗？我牙疼，想买点消炎药。"

萧寒点头："有的。"说着就领着何冉往前走。

他们走了一段路，快要到药店门口时，萧寒突然停住脚步不动了。他在原地愣了一会儿，然后拉着何冉快步往相反的方向走，像撞见鬼似的。

何冉不明所以地问："干什么啊？"

萧寒不回话，只是加快步伐，直到拉着何冉走进一个无人的角落里他才停下来，说："遇到个熟人了。"

何冉更加不解："那又怎么了？"

萧寒看着她的眼睛，犹豫了半晌，最后才告诉她："今天我本来是要去相亲的，刚刚遇见的那个人是说媒的。"

何冉深吸了一口气，语气变得有些怪："你还会相亲呢。"

"……"萧寒闷不吭声。

"那是不是要怪我，突然上门打扰，阻碍你相亲了？"何冉说着，伸手在他大腿上狠狠拧了一把，萧寒往旁边躲闪了一下，也没解释什么。

他今年三十三岁了，村子里像他这个年纪的哪个不是已经成家当爹了的，就他还打着光棍，家里人不急才怪。

萧寒老老实实地说："别生气，你来了我就不会去了。"

道理何冉明白，不过她也知道如果今天她没来，没准萧寒就跑去跟人家姑娘相亲了，想到这，她心里就莫名发堵。他们都站在原地，望着对方不说话。

半晌，何冉等得有些不耐烦了，催问道："你看看你那媒人走了没？"

萧寒往那个方向看了一眼，说："没走。"

何冉嗤道："买个药怎么能买这么久？"

萧寒说："好像跟药店老板聊起来了。"

"……"何冉等急了，索性说："你不去我去，反正她不认识我。"

萧寒轻轻吁了口气，像是没事人一样牵过她的手，说道："还是一起去吧。"

他们闹着别扭走到药店门口，推门进去。

何冉看了一眼站在收银台前的大婶，四五十岁左右的样子，圆润的脸蛋和身材，看起来是个热心肠的。

大婶一看见萧寒就挥手打招呼："哎呀，三子，你怎么在这，不是说去接泉泉了吗？"虽然她说的也是方言，但没有老太太口音那么浓重，何冉勉强能听得懂。

萧寒回话说："本来是要去的，泉泉说他想在那边多玩几天，就没去了。"

两人寒暄了几句，大婶才注意到与他一道进来的何冉，她神情里露出一丝疑惑："……这个是？"

萧寒将何冉往身边拉了点，说："我幺儿。"

何冉不可见地皱了皱眉，使劲想把手从他掌心里抽出来，奈何萧寒握得太紧，她动不得。

等那大婶走后，何冉费解地问："你怎么跟她说我是你女儿？"

萧寒说："这边的'幺儿'不是那个意思。"

何冉问："那是什么意思？"

萧寒拉着她往药店里面走，就是不肯告诉她。

离开药店后，他们又在其他地方买了一些杂七杂八的特产，最后赶在天黑前回到了村子里。

吃过晚饭，何冉久违地打开手机想给家里回个电话，却发现手机一格信号都没有。她绕着房子周围转了一圈，仍旧搜不到信号，只好跑去厨房找萧寒问。

萧寒说："山顶才有信号，我洗完碗后带你上去。"

等萧寒忙完，何冉早就在门口候着了，她还是懒，出门时想叫萧寒骑车载她，却被萧寒拒绝。他说："没多远的路，走过去就行了，你要锻炼锻炼身体。"

这一点萧寒在理，何冉只好听他的。

二十分钟的脚程他们就爬上了山顶，随便找了一块大石头背靠着背坐下来。

何冉的手机总算接收到一些信号，但仍旧是断断续续的。她抓紧时间给杨文萍打了通电话，说自己跟同学在外面旅游，过几天才回去。

杨文萍之前没有收到任何消息，自然把她大骂了一顿。何冉不想听她絮絮叨叨，以信号差为理由挂断了电话。

萧寒始终在旁边安静地听她打电话，一声不吭地抽着烟。

今晚天气不错，能看见星星，密密匝匝地铺满了整个夜空。这种景象在城市里是难得一见的，何冉抬头望着繁星，不知不觉就入神了。

背后的人轻微地挪动了一下，这个动作将何冉断了线的思绪收回来。虽说她跟萧寒是背靠着背相互支撑的，但萧寒当然没怎么敢用力，不然就把何冉那小身板压垮了。

何冉忽然察觉到一个疑点，她坐直身子，转过头来看着萧寒，问："山里不是没信号么，大年三十那天我给你打电话，你怎么马上就接到了？"

萧寒看向一边，没对上她的视线，状似不经意地说："我上山顶散步。"

何冉嗤笑："你可真闲啊，没事跑到山顶散步，蚊子全家都要感谢你。"

萧寒正儿八经地说："冬天没蚊子。"

"……别给我转移话题！"

何冉一眨不眨地盯着他看，在那种固执的审视之下，萧寒的眼神开始躲闪。何冉转过身子，猛地将脸凑上前去，几乎撞到他的下巴。

她得意地嘿嘿笑，笑完又问："你在等我电话？"

萧寒没回话。

她目光灼灼地盯着他，问："是不是？"

过了很久，他终于低低应了一声："嗯。"

何冉又笑了笑，问："你怎么知道我会给你打电话？"

萧寒抿了抿唇，说："就是……感觉会。"

"因为你给我发了短信么？"

"嗯。"

何冉耸耸肩说："看，所以是你先联系我的，不是我主动联系你的。"

"…………"

"但最后还是我大老远地跑过来找你，你达到目的了。"何冉半笑不笑，顺手挽住他的胳膊，"看不出来你还挺有心机。"

"…………"

石头坐久了难受，何冉充分利用身边条件，坐到萧寒腿上去。面对着面，她柔软的指尖轻抚他坚毅的下颚，说："你该刮胡子了。"

萧寒没接话，他定定地望着她，自说自话地叫了一声："幺儿。"

何冉不理解地皱了皱眉："到底什么意思？"

萧寒闭着嘴，又不说话了。他不肯说就算了，大不了她回去问问别人。

四目相对，静谧无言。何冉在他漆黑的眼睛里看见繁星点点，还有一抹最深刻的身影。她双手按在他肩膀上，仰着脖子，对上他的双眸："想亲我吗？"

萧寒沉声："嗯。"

何冉微微张开双唇，无声邀请。萧寒慢慢低下头，舌头探了进来，试探，寻找，触碰。

与他交接的那一下，难以言喻。仿佛是从蛮古洪荒、宇宙彼端传来的牵引，只为相遇这一刻。

何冉开始回应，若即若离，到如胶似漆。有些话无需多言，只要从舌吻时的深度、拥抱时的力度，就能感受得到。

下山的路何冉没有力气，是萧寒背着她回去的。回到家后，夜已深，怕打扰到老太太歇息，他们轻手轻脚地进了屋，锁好门，爬上床睡觉。

被窝里一点温度都没有，何冉冻得直打哆嗦，忙不迭把两只凉冰冰的脚丫子塞进萧寒大腿里蹭一蹭。萧寒一边给她焐热，一边用手帮她按压小腿上酸胀的肌肉。直到被窝里渐渐暖和起来，何冉才慢慢睡过去。

第二天，萧寒要进县城里把泉泉接回来，顺便走下亲戚，问何冉要不要跟他一起去。何冉问："得去多久啊？"

萧寒想了想说："可能要住一个晚上吧。"

何冉一听就有些不乐意了，这一趟免不了要见什么七大姑八大婆的，何冉最头疼的就是这些事。况且，他的那些亲戚要是问起来她是谁，还不知道要怎么介绍才好。思考了一番，最后何冉说："我在家待着就行了，你早去早回吧。"

从萧寒脸上的表情来看，他应该是想让何冉跟自己一起去的，不过他也没勉强她。

萧寒离开后，这土房子里就只剩何冉和老太太俩人了。吃过早饭后，她们俩各自拿了一张条凳坐在庭院中央烤火，因为语言不通，还是没有交流。老太太埋头剥着晒干的玉米，何冉依旧无所事事。

　　接近中午，何冉懒洋洋地打了个哈欠，侧头看，老太太还在剥她的玉米。过了半小时，接近十二点了，何冉感到腹饥，再扭头看，老太太仍旧在剥玉米，半点没有要去做午饭的意思。

　　何冉不禁疑惑，难道平常萧寒不在家时她中午都不吃饭？

　　等到一点，老太太终于放下手里的活儿，转过头来不知对何冉说了句什么。

　　何冉听不懂，只能木讷地看着她。

　　老太太又说了一句方言，边说边指了指何冉，又指指厨房的方向。这回何冉明白她的意思了，是在叫她去做饭呢……

　　何冉本来就不会下厨，更何况这山村里的厨房没有天然气，还得自己生火，实在叫她一个头两个大。她坐在灶台后边捣鼓了半天也没生着火，一筹莫展，最后寻思着干脆做几道凉拌的菜蒙混过关算了。

　　那天中午她们的下饭菜是醋拍黄瓜和凉拌皮蛋海带丝。味道不是很好，但所幸老太太不挑剔，照样吃个精光。

　　不过何冉没能得意太久，洗碗时她不慎摔碎了人家一个盘子。这下可把老太太心疼坏了，逮着她喋喋不休地唠叨了好长时间。

　　何冉听不懂，倒也不觉得烦，后来她拿扫帚将地上的碎片收拾干净，这段小插曲也就过去了。

　　萧寒本是打算在县城里住一夜的，但到底放心不下家里两个人，接到泉泉后在县城里吃了顿午饭就匆匆赶回来了。

　　何冉看着他从三轮车上下来，露出一个由衷的微笑，至少萧寒在晚上就不用饿肚子了，她的厨艺实在连自己都无法恭维。

泉泉见着何冉，惊喜得哇哇直叫，冲过来抓住她的手就不肯松开了。他拉着何冉进屋，迫不及待地拿出自己最近的画给何冉看。这小孩确实对画画有着很大的热情，捧在何冉手里的画至少有一百多幅。

连何冉也不禁惊叹："你哪来的时间画这么多？"

泉泉有些不好意思地说："无聊就画一画嘛。"

"无聊？"何冉笑了笑，"过年最热闹了，你怎么会无聊？"

他神情低落下来："没人陪我玩……"

"没人陪你？"何冉说，"村里不是有很多小朋友么？"

泉泉撅了撅小嘴，看着怪可怜的："可是他们都不跟我玩。"

何冉不解："为什么？"

"他们说我没爹没娘。"

这一句话让何冉沉默起来。没想到淳朴的大山里头也会有一些坏心眼的小孩，她五味杂陈地摸了摸泉泉的头，一时不知道说什么好。

泉泉倒反过来拍拍何冉的背，乐观地说："阿姨不要难过，我能画画就很开心了。"

何冉更加百感交集，抿了抿嘴说："加油，以后当个小画家。"

晚上是萧寒做饭，他的厨艺自是不用说了，山里人自己种的蔬菜没打农药，有股说不出的甘甜的味道，养的鱼也肥美可口，何冉吃得很香。

他们这儿的人从小被"粒粒皆辛苦"的理念熏陶长大，吃多少就做多少，每餐饭都不能有剩菜剩饭。入乡随俗，何冉虽然吃饱了，但见别人碗里都干干净净，便又用筷子将碗底的几粒米夹起来吃掉。

饭后，依旧是萧寒收拾碗筷。何冉将吃得一粒米都不剩的空碗递给他，后者欣慰地对她笑了笑。

始终没说话的老太太突然指了指何冉，不知说了句什么。

何冉又没听懂，茫然地坐着。倒是萧寒停下了手里的动作，看看老太太，又若有所思地看着何冉。

泉泉在旁边小声提醒道："我奶奶叫你洗碗。"

何冉愣了几秒："哦……"她随即站起身，朝萧寒伸出双手，"给我吧。"

萧寒却摇摇头说："不用。"

何冉的手还伸在那里："让我试试吧。"

萧寒坚持道："我洗就行。"

一直看着的老太太明显不悦了，撂下一句话将萧寒叫到房里训话。

虽然他们在别屋里说话，但是这土墙根本不隔音，还是能听见。何冉转头问泉泉："他们在说什么，给我翻译下。"

泉泉眼观鼻、鼻观心，说："你真想知道呀？"

何冉点头："嗯。"

泉泉迟疑了一会儿才说："我奶奶说，女人要会干活，不能娶这样的媳妇，好吃懒做……"他说到最后，声音越来越小，又下意识去看何冉脸色。后者倒是表情淡淡的，不怎么放在心上的样子。

晚上回到屋里，老太太和泉泉已经早早睡下了。何冉眯着眼睛先打了个盹，不知过了多久，被萧寒的动静弄醒。

装死任他摆布了一阵子后，何冉睁开眼问他："你刚刚跟你妈说了些什么？"

萧寒说："没说什么。"

何冉问："那怎么说了那么长时间？"

萧寒没吭声。

何冉将他的头搬开，撇了撇嘴说："我知道你妈肯定说我不好，虽然听不懂，但是看眼神能猜到。"

萧寒依旧不接话。

何冉问他："是不是？"

萧寒说："没有。"

何冉似有若无轻哼了一声："不喜欢我也没关系，反正我又不给你家做儿媳妇。"

这句话倒是让萧寒眼神一暗，他双手按住她胳膊，突然加重了一下力道。

何冉皱着眉头捶他一下："你干吗，疼啊！"

他置若罔闻，伏低身子更加用力地抱紧了她。

何冉手抵在他胸口，试图推开："你干什么，轻一点！"

萧寒并没有理睬，何冉又不停地拍打他的后背："萧寒！"

她声音太大，恐吵醒别屋的两人，萧寒直接拿舌头堵住她的嘴。

推搡了半晌，何冉才意识到原来以前都是萧寒在让着她，他动起真格来，她根本就撼动不了他半分。结束之后，她又跟昨晚一个状态，瘫着一张脸动都不想动。

萧寒伸手去掏床头的纸巾筒，拿过来之后才发现里面空空如也，他下床去拆一包新的。

何冉指着身上青紫色的痕迹，忍不住骂了句脏话："真当我是大老远跑来给你睡的是吧？力气全撒我身上了！"

萧寒看着憋了一肚子气的何冉，垂下眼帘，声音淡淡的："对不起。"

何冉转过身去，不想理会他。

几分钟后，萧寒将灯拉灭，也爬上床来。

何冉感觉到他从背后贴了上来，她还在气头上，想要离他远一点，但或许是天气太冷了，身体总不自觉地贪恋那一抹温度。

萧寒的手臂伸过来将她搂在怀里，手掌轻轻地放在她的小腹上。从他掌心里散发出来的温度令何冉的身子渐渐暖和起来，人的心也不自觉地软化。

夜，安静温暖。

从重庆开往广州的一趟红皮火车上。近22个小时的漫长旅程，对何冉来说是非常难熬的。萧寒给她买的是硬卧，自己则买的站票。他们没有太多行李，带上车的全是何冉买的特产。

何冉的手机早就没电了，在火车上买了个充电器才充上电。为了打发时间，她随便找了部电影跟萧寒一起看，手机网络不太好，视频每隔几分钟就要缓冲一下，看得很没劲。

中午何冉没吃东西，就喝了几口水。水也不敢喝多，尽量减少上厕所的次数。春运期间，车厢里人太多，洗手间已经堵塞了，气味难闻，她去过第一次就不想再去第二次。

晚上十点之后，车厢里统一关了灯，周围的人都陆续歇下了。何冉这才拿着牙刷和牙膏出动，刷完牙后又将头发扎起来盘得高高的，洗了把脸。她回到床位上，换萧寒去洗漱。

萧寒站起来，看着她笑了笑。

何冉问："笑什么？"

萧寒说："很久没看到你扎头发了。"

何冉将橡皮筋解下来，甩甩头发说："养长了还是不方便，回去后你再帮我剪短吧。"

萧寒点头说："好。"

他没过多久就洗漱完回来了，何冉已经在床位上躺下。萧寒看了她一眼，然后将靠窗的座位放下来，今晚打算坐着睡。

何冉往床里边挤一挤，给他挪出半个位置来："你来这边睡吧。"

萧寒又朝那边望了一眼，那位置还不够他放半条大腿的，他摇头说："不用了，我坐着就行。"

何冉也不强求，她兀自躺了一会儿，闭上眼，渐渐酝酿出些睡意来。正快要睡着时，上铺的人开始打呼噜了。

与她住同一个隔间的是一家三口，应该也是过完年回家的。丈夫是个中年男人，在何冉进车厢后脱衣服的时候一直盯着她看，想必也不是什么安分的家伙。

那男人的呼噜声越来越大，无孔不入地钻进何冉的耳朵里。何冉被吵醒就再也睡不着，她忍了又忍，终于忍不住坐起身，对坐在那头的萧寒说："你过来陪我睡。"

萧寒也没睡着，被她一叫就站起身走过来了，低声问："怎么了？"

何冉皱着眉头说："上铺那人打呼声比你妈还大，怎么睡得着？"

萧寒无奈笑笑，在床边坐下，脱了鞋。何冉侧躺着，给他让出些位置。何冉很瘦，饶是如此，两个人挤一张床位也不免局促。萧寒半个身子露在外边，稍不留神就会掉下去。

他们贴得很紧，萧寒伸出双手捂住她的耳朵。他掌心宽厚，完全将何冉的两瓣耳朵包裹起来，隔绝了外界。

虽然听不见噪音了，但是耳朵痒。何冉说："怎么办，我又不想睡了。"

萧寒问："那你想干什么？"

何冉没急着回话，先仔细地思考了一番。萧寒说："车上这么多人，别乱来。"

何冉翻白眼："我还什么都没说，你想到哪里去了？"

"…………"

"唱首歌吧。"她突然说。

"嗯？"

"想听你唱歌了。"

萧寒笑："还说你不是小孩，睡觉还要人唱歌哄。"

何冉嗔怪："那你是唱还是不唱嘛？"

"你想听什么？"

"都可以。"

萧寒手掌拍打着她的后背，开始低低地哼唱，还是那首《生如夏花》。他的声线朴实无华，浑厚低沉。没有任何技巧的歌声进入何冉耳里却是最真实舒服的。

何冉问："你为什么每次都唱这个？"

萧寒答得简单："只会唱这个。"

何冉笑，还真被胖子猜中了。她说："我想听你唱点别的。"

"什么歌？"

何冉想了想，问："你会唱粤语歌吗？"

萧寒说："会一点。"

"那就随便来一首吧。"

萧寒思考片刻，再开口时旋律变成了另外一首老歌。

"拥着你当初温馨再涌现/心里边童年稚气梦未污染/今日我与你又试肩并肩/当年情此刻是添上新鲜……"

何冉没想到他会唱张国荣的歌，温情脉脉的调子。曾经她也一度很喜欢这首《当年情》，此刻窝在萧寒的怀里听着却是另一番味道。

相同的旋律无限地重复，舒缓而绵长。何冉的眼皮渐渐变得沉重，思绪放空，沉入他的声音里。

陌生的环境里睡得不是很踏实，何冉半夜醒来好几次。每一次睁开眼睛，躺在对面床位上的那张脸都换了个人，单从这点来说还是有些恐怖的。何冉以前从来没有坐过火车，这回对她来说也算是一次难得的经历了。

第二天十点，火车准时到达终点站。虽然刚刚睡过一觉，何冉和萧寒的脸上仍旧显露出长途之后的疲惫。想到自己回到家后即将面对的，何冉突然就想赖在火车上不走了。等车厢里的人都走了之后，他们才出来。

两个人的家在相反的方向。接下来，萧寒要继续坐地铁回小洲村，何冉则是乘出租车朝另一个方向去。

他们在出站口分别，只互相说了一句"路上注意安全"。

仿佛半年前的情景重现，萧寒一动不动地站在原地，目送何冉离开。他是一个定点，而她是一条拥有无限可能的直线，一旦放手就不知所终。

时间好像过去了很久，可何冉明明只往前走了几步。这个时候，她突然刹住车，又转身朝他走了回来。她快得几乎要小跑起来，裤腿间甚至生起了一股风，最后双脚在他跟前停下。

萧寒没来得及伸手抱她，她已经踮起脚尖在他脸边亲了一口，然后轻声说："回头联系。"

萧寒嘴角带笑，也轻轻地点了点头："好的。"

第六章 变故

　　何冉原以为回家后会遭到杨文萍一顿恶骂，但实际上并没有。最近公司经营不容乐观，杨文萍正为了这事焦头烂额，也没有多余的心思管教何冉了。

　　两天后的晚上，何冉被韩屿约了出来。没有从杨文萍那里受到的审问，倒是从他这儿先开始了。

　　台球室里，韩屿走到何冉身边坐下，一张真皮沙发微微凹陷，他的脸在幽暗的灯光下显得阴晴不定。

　　"这么多天跑哪去旅游了？"

　　"重庆。"

　　"手机也打不通。"

　　"山里没信号。"

　　"跟谁去的？"

　　"同学。"

　　"哪个同学？"

　　"北京的，你不认识。"

　　韩屿冷笑一声："照片给我看看。"

何冉不动声色地将手机递给他。相册里近期拍的照片的确是些山山水水，何冉自己偶尔也会入镜几张。不过她拍照跟别人不一样，不摆姿势，也不爱笑，这便使得这些照片看起来像是抓拍的。

韩屿将相册翻了一圈，目光带探究地问："你同学呢？"

何冉说："她帮我拍照啊。"

"没有合照？"

"她脸上过敏了，不肯照。"

"……"韩屿终于将手机还给她，又问："为什么不叫我去？"

何冉说："我跟别人约好的。"

"那以后先约我。"

"我去的那个地方环境很艰苦的，你一个大少爷能受得了吗？"

韩屿说："那是你没找对地方，只要肯花钱，环境再苦的地方也能吃好住好。"

何冉漫不经心地撇开话题："有机会再说吧。"

坐了一会儿，韩屿又开始疑神疑鬼："你那同学叫什么名字？"

"说了你也不认识。"

"跟你一个班的？"

何冉终于开始不耐烦，蹙了蹙眉说："有完没完？韩屿，你现在还不是我的谁，我没必要把我做的所有事情都向你汇报一遍吧？"

也许是因为最近韩屿对她的态度逐渐改善，反而使得何冉变得有恃无恐起来。要在以前，她是不敢用这种语气反驳韩屿的。

话刚说完，何冉的手机突然震动了两下。她看一眼来电显示，站起身说："我出去接个电话。"未等韩屿反应，她直接站起来走了。

台球室外，手机仍在手心持续震动，何冉不紧不慢地按下接听键。手机里传来萧寒的声音，低缓而沉闷的："你什么时候才过来？"

何冉无声地笑了笑："怎么，想我了？"

萧寒没有接话。何冉已经摸清楚他的习惯了，这种问题如果他不回答，那就是默认。

沉默了一阵子后，他说："我现在在你家附近，你出来领一下特产吧。"

何冉微怔片刻："你怎么知道我家在哪？"

萧寒说："上次你说过。"

何冉回想了一下。那还是他们第一次见面的时候，她的手机丢在他的理发店里，回去找的时候他的确问过她家的住址。

何冉说："那个地址是我随便报的，我不住在那，而且我现在也不在家。"

说完这句话后她一直没等到萧寒的回应，但是能感受到那边的呼吸声似乎变得沉重了些。

何冉接着说："不过我现在也在附近，你有空就过来一趟吧。"

半晌，萧寒低低地"嗯"了一声，说完就把电话挂了。

手机第二次响起时，何冉从会所侧门出来，又往前走了一段路。萧寒就站在路边上，他身后背了一个双肩包，里面装的全是何冉买的特产。

何冉走上前去拍拍他的肩膀，萧寒回过头来看着她。会所里开着充足的暖气，何冉出来时身上只穿了一件单薄的衬衫，站在寒风凛冽的大街上显得格格不入。

萧寒把背包脱下来给她，随即将自己身上的外套也脱下来，搭在她肩膀上。

这包塞得鼓鼓的，何冉个头小，再加上萧寒这件长外套，一转眼就被打扮成了小学生。她抿着唇，对他挥挥手说："我先走了，朋友还在等。"

萧寒点点头，一言不发地看着她走。也不知道在想些什么，从何冉出来到离开，他自始至终没说一个字。

回到会所里，何冉往台球室最深处望去，韩屿仍旧坐在沙发里，她若无其事地走到他身边的位置坐下。

相安无事不过几秒钟。韩屿突然开口问："那个男的是谁？"

何冉眼皮都不抬一下，说："哪个男的？"

韩屿高挑眉梢："还用我说吗，你身上披着的是谁的衣服？"

何冉慢悠悠道："你既然都看到了还问我？"

韩屿窒了一下，咬牙切齿道："何冉！"

何冉云淡风轻地说："之前在画室认识的，你也见过。"

韩屿说："我是问他来找你干什么？"

"送这个啊。"何冉拍拍腿上的包，"他也是重庆人，在车站里遇到的，就一起回来了。"她边说边拉开拉链，从中取出一包红心萝卜，其余的则全部交给韩屿，"给你带的特产，不过应该不合你的口味。"

做完这些何冉就不再关心其他，她双腿交叠，视线专注地看着台球桌那边的局势。

韩屿的视线钉在那张不起波澜的脸上，半晌才幽幽地说："我警告你最好别玩什么花样。"

何冉笑了："怎么？你又要用对卢京白的那招？"她不怎么在意地说，"如果那样能让你安心的话，你就去做吧，反正他只是个打工的，对你来说不用花费多少力气。"

韩屿不动声色，谁知道她这话里有几分真几分假。

"其实我跟卢京白连手都没牵过。"何冉转过头来看着他，"韩屿，你要么改改你的臭脾气，要么最好把我身边所有的异性都赶尽杀绝。"

每次与韩屿争完口舌之后何冉都无比疲惫，她也不知道自己最近是怎么了，总控制不住自己的情绪。对付韩屿时以静制动才是最明智的选择，或许她不该这么咄咄逼人。

后半场，韩屿搂着一个打扮妖娆的女孩离开，台球室里只剩下何冉和他的几个朋友。韩屿不在，何冉也就没有必要再在这里待下去。穿上自己的风衣，她从房间里出来，如释重负地舒了口气。

走在长廊上，何冉给萧寒打了个电话。

"你回去了吗？"

"没有。"

"在哪？"

"你楼下。"

何冉从会所侧门出来，果然看见萧寒站在路边的灯柱下。她快步朝他走过去，把他的外套递给他："快穿上。"

夜里降温了，何冉光说一句话嘴边就冒出大团白雾。看着萧寒穿好衣服，她伸手碰了碰他的手背，奇了怪，他在外边站了那么久，手居然还是暖和的。

"今晚去你那吧？"何冉问。

萧寒点头："好。"

"等会儿再走，我现在有点累。"何冉叹了口气，身子向前倾，轻轻靠进他怀里，"借我靠一下。"

萧寒站在那儿不动，何冉又说："你低一点。"

萧寒依言弯下身子，这个高度刚好合适，何冉将下巴搭在他肩膀上，眯了会儿眼。

他没有问她在这里做什么，她也没有问他为什么一直在这里等。

时间放慢了脚步，萧寒高大的身子包围住何冉，从这条街的尽头远远看过去，那两道人影完全重叠成一个人，如此和谐。

何冉喜欢这一刻的安宁，无论是身外还是心里。

逼仄的二楼，两具身躯裹在厚实的被窝里面。何冉舍弃了枕头，将脸侧趴在萧寒胸前。室外气温只有五六度，而她身上竟被被窝里不断升高的温度焐出一层薄薄的汗珠。

望着窗户上凝结的水雾发了会儿呆，何冉突然支起下巴，问："萧寒，你有多少钱？"

"什么？"

"我问你有多少积蓄。"

萧寒顿了顿："你要用钱么？"

"不啊。"

萧寒不解地看着她："那问这个干吗？"

"就问问啊，怎么，不能说？"

"不是。"萧寒估算了一下，许久才说，"大概几万块。"

"只有几万？"何冉问。

"嗯。"

"这么多钱够不够你养活自己？"

"够。"

"那泉泉呢？你不是说要把他接到广州读书吗？"

"他现在还太小，体质差，每次到这边不适应环境都要感冒发烧，"萧寒停下，说，"等他读完小学再把他接过来。"

何冉又问："那你现在攒的是他初中的学费？"

"初中的没问题了，在准备高中的。"

"钱够吗？"

"够的。"

顿了一会儿，何冉冷不丁说："那如果还要养我呢？"

萧寒愣了一下："什么？"

"我说，"何冉重复了一遍，"你的钱如果养我够不够用？"

萧寒反应有些慢，盯着她看了几秒钟，然后才点了点头："够的。"

何冉不由得笑了，不敢苟同："你才几万块，又要养自己，又要给泉泉交学费，还要养我，怎么够用？"

萧寒迟疑了一阵子，说："我还有一笔钱，在胖子那。"

何冉不解道："什么意思？"

萧寒说："胖子开快餐店的时候找我借了钱，他说每年都给我分红。"

"噢，这样啊。"何冉若有所思地点了下头。

那快餐店地方虽小，生意却相当火爆，分红得来的钱肯定比萧寒自己做园艺和理发的工资多。"那你为什么不拿？"何冉问。

萧寒说："我自己挣的钱也够用，拿了还不知道做什么，就先放在他那存着。"

"你的意思是……"何冉嘴角带笑，"如果要养我，就得提前动用你那笔隐性财富了？"

萧寒慎重思考了一阵子，说："我可以叫胖子把钱还给我，我想开个店卖花，然后我们好好过日子。"

最后那半句话令何冉恍惚了一阵子，她回过神来，笑了笑说："开花店挺好的。"她接着说，"不过我不用你养，你的钱还是先存着吧。"

黑夜里看不清萧寒脸上是什么表情，只知道他把头转到一边去，不说话了。

何冉凑上去，轻抚他脸颊："怎么，不开心了？"

萧寒闷声说："没有。"

何冉的手覆在他的手背上，整个身子都贴了上去，带着笑说："有就有嘛，装什么。"

萧寒没有回答，他声音低低的："你跟别的男人说话也是这个态度吗？"

"什么态度？"

萧寒上下瞄了她一眼，不言而喻。

何冉抿唇，几秒后才说："我一般不会主动跟别的男人说话。"

"为什么？"

"没有什么好谈的。"她答得简单，又朝他眨眨眼睛，"我只喜欢跟你说话。"

"…………"

萧寒突然回想起自己第一次见到何冉时的画面，她站在台阶下面看着他的那种眼神，超出了她这个年纪的沉静内敛，又带着一种不易察觉的目的性。这么一想，她当初的确是有备而来，已经洗过头了还专门找他再洗一次。

"现在的女孩都这么早熟吗？"萧寒说出了自己的想法。

何冉莞尔一笑："你才发现啊。"

夜已深，寒冷的季节里万籁俱静，何冉不经意打了个呵欠，开始犯困了。她从萧寒身上下来，躺回到自己位置上，喃喃道："你要是真的开了花店的话，等我毕业之后记得来给我送花。"

萧寒侧过头看她。等她毕业之后……那是多少年之后了？

"好。"

第二天清晨，萧寒在厨房准备早饭，何冉被床头的一阵手机震动给吵醒。她睡眼惺忪地拿着手机下了床，朝厨房里走去："你的电话。"

何冉回到床边找到眼镜戴上，之后便靠在墙上一边刷牙一边听萧寒讲电话。萧寒说的方言，她听得似懂非懂。五分钟后，萧寒挂了电话。

何冉随口问："家里来的电话？"

萧寒似乎还在沉思刚刚那通电话里的内容，脸上表情显得凝重。

何冉见他这副表情，便问："怎么了？"

萧寒收起思绪，说："我嫂子打来的。"

何冉愣了一下："泉泉的妈妈？"

"嗯。"

"她突然打电话给你干什么？"

萧寒说："她后悔了，说想拿回泉泉的抚养权。"

何冉短促地皱了下眉："之前不是不肯带泉泉走吗，怎么突然反悔了？"

萧寒缓慢地告诉她详情："之前是她丈夫的女儿坚决不答应，现在听说那个女儿出了点意外，所以他们打算再领养一个男孩，就想到泉泉了。"

何冉问："那你的意思呢？"

萧寒沉吟了一会儿，说："她约我今天下午见面聊，我还要再考虑一段时间。"

何冉说："泉泉还小，你要替他多把把关。"

萧寒点头："嗯。"

到了下午，萧寒问何冉要不要跟他一起去。何冉本是最不愿意处理这种事情的，但想到自己一个人在家待着太无聊，况且事关泉泉的未来不可马虎大意，最后还是决定与萧寒一起去看看。

见面地点约在萧寒的嫂子家里，住址在荔湾区一个环境还不错的小区里，四室两厅，有露台，也算是个小康家庭。萧寒和何冉一进屋就被他嫂子领进客厅里坐下。他嫂子热情地端上茶水，先是好奇地盯着何冉打量了一会儿，不太确定地说："……这位是？"

萧寒言简意赅地介绍道："女朋友。"

他嫂子后知后觉，长长地"噢"了一声，又笑道："终于有女朋友了啊，是好事。"又转过头来对何冉说，"妹妹看起来好小，今年多少岁了？"

何冉也朝她客气笑笑，说："二十三了。"

他嫂子点点头，萧寒目光异样地看了何冉一眼，没说什么。

"就你一个人在家吗？"萧寒问。

他嫂子说："是啊，菲菲说想透透气，她爸就推着她出去散散步。"

两人唠了一圈无关紧要的，终于开始讨论起关于泉泉的事，他们讲的是重庆话，何冉便又成了摆设，只安静地观察着四周。

沙发对面是一堵米黄色的背景墙，中间悬挂着尺寸适中的液晶屏幕，黑色的屏幕里隐约映出一幅全家福的一角。何冉转过身，抬头望着装裱在墙上的全家福。相框很大，长宽至少各一米，非常抢眼。照片里三个人相依而坐，面带微笑。这个家的男主人长得还算端正，戴着副金边眼镜，女儿的长相也随父亲，五官看着和善。

全家福应该是在女孩出意外前拍的，照片里的她看起来还十分康健。何冉的视线在女孩脸上停留了许久，几不可见地皱了一下双眉。

萧寒嫂子注意到何冉的目光，笑着介绍道："这位是我先生，这位是他的女儿菲菲，唉……"她停顿了一下，语气里不无遗憾，"菲菲前几年不小心摔伤了腿，后来又感染了眼睛，不然现在也该上大学了。"

话音刚落，就听到门锁转动的声音，话里的那两人回来了。

叫菲菲的女孩目不能视，腿上的伤也落下了病根，不得不由她父亲搀扶着小心翼翼地走进来。萧寒跟着他嫂子上前去打招呼，何冉则坐在原位上，没有动。

那个女孩显然对于自己即将多出一个弟弟的事非常反感，没有给萧寒好脸色看，回到自己房间后就气冲冲地把门锁上，以示抗议。

何冉远远看着萧寒吃闭门羹的表情，忍不住笑了笑。

离晚饭还有一段时间，他们只在萧寒嫂子家里喝完下午茶就离开了。

乘车回去的路上，萧寒问何冉："你觉得那家人怎么样？"

何冉思考了一阵子，说："你嫂子看着还可以，那个男人没说上几句话，不知道为人怎么样，他女儿……"说到这里，何冉停顿了很久，再开口时直接下了结论，"还是别让泉泉去了，那个女生脾气不好，以后关系不好处。"

萧寒说："独生家庭里的女孩都会有点任性。"

"不是有点任性的问题。"何冉语气不自觉重了些，"她比泉泉大那么多，泉泉要是受她欺负了哭都没地方哭。"

萧寒没接话，静静地盯着她看了一会儿："你今天有点反常。"

何冉默不吭声，转过头对着窗外，她自己也发现了。透明的车窗玻璃映出一张没有多余表情的脸，她眼神失焦，半晌才缓缓地说：

"我跟那个女生认识，她是我高中同学。萧寒。"她轻轻地吸了口气，接着后面的话，"是我把她推下楼的。"

她转过头来对上萧寒的眼睛，她又重复了一遍刚才的话，声音平平淡淡："是我把徐娅菲推下楼的。"

接收到这样恶劣的话语，对面那双眼睛却只是安静地看着她，不浮不躁，也不带苛责。萧寒似乎在等待她说出合理的解释。

可是没有解释。

那个时候，一念之间的报复心理占据了何冉的大脑，她想看着徐娅菲滚下楼梯，于是就伸手用力地推了她一把。没有什么可以开脱的。

韩屿的众多女朋友里，徐娅菲是唯一一个何冉还过手的。

何冉仍旧记得那个晚上，她被锁在体育馆的器材室里，关了一整夜。周围阴冷潮湿，黑漆漆一片。角落里有老鼠吱吱叫的声音，时不时有蟑螂从她的脚背上一窜而过，一切都令人发恶。

何冉对于这些害虫只能说是厌恶，还谈不上害怕，类似的遭遇她已经经历过许多次了，早就见惯不怪。

但是那天情况特殊。姑姑病危，何冉本打算放学后去医院看望她，这一见或许就是最后一面。

放学前的最后一节课是体育课，何冉值日，负责收拾器材。吃力地将装满了篮球的箩筐搬进器材室后，她刚直起腰，身后的铁门就毫无预兆嘭的一声关上了，一道传来的还有门外徐娅菲得意的笑声。

那时候何冉真的着急了，她第一次开口求徐娅菲放她出去。后者却笑得花枝抖颤地说："你居然求我了？真是太好玩了！何冉你把刚刚的话再说一遍，我要录下来放给韩屿听！"

何冉没有再开口。

第二天早晨，学校的体育老师发现了她，将她放了出去。

她双腿不停歇地跑去医院，喘着粗气走进那间熟悉的病房，可是病床上已经换了一个陌生人。

何冉没有见到姑姑最后一面。

徐娅菲不是什么好东西，何冉也不是。

虽然知道一切的孽根源于韩屿，但何冉不能拿他怎么办，所以把气全撒在了徐娅菲身上，只是没有想到事态会发展到令她双目失明这么严重。

这些详细经过何冉没有告诉萧寒，她只告诉了他结果。

时间仿佛停驻了，车轮经过一个大坑，剧烈颠簸了一下。

何冉扭了扭有些酸痛的脖子，说："你会觉得我很坏吗？"

萧寒仍旧在盯着她看，目光沉静。

等了半晌，他的回答耐人寻味："你本来就有点坏。"

何冉不予置评，也不愿与他深究这件事，过了一会儿她说："反正我不赞成把泉泉送到他们家，徐娅菲会欺负他。"

萧寒点了点头，说："知道了。"

车子到了小洲村口，他们站起身来陆续下车。萧寒走在前面，他有些口渴，下了车后就径直走进对面一家超市里。他拿了一瓶矿泉水，又拿了两瓶酸奶给何冉。

付账之后，何冉只拿了一瓶，说："我喝一杯就够了，那杯你喝。"她说着，兀自将杯盖撕下来，慢条斯理地舔干净上面的一层奶昔，然后才喝杯子里的酸奶。

萧寒在旁边看着她，想要伸手摸一摸她的头，最后还是把手缩了回来。有的时候她确实有点坏，可大部分时间里，她给人的感觉却是安静乖巧的，让人想要轻轻地抱进怀里保护着的。

假期转眼已经过去了一半，何冉的寒假作业还没开始动手做，这段时间不能再整天跟萧寒窝在一起了。她本打算晚上在他这吃过饭后就回家，然而刚走到理发店门前，就接到韩屿打来的电话——"晚上出来吃饭。"

挂了电话，何冉抬头看向站在台阶前边的萧寒，轻叹了口气："今晚不跟你一起吃饭了。"

萧寒低声问："怎么了？"

何冉说："没怎么，就是朋友找。"

萧寒想了想，淡淡地点头说："那你去吧。"

何冉微笑了一下："嗯，回见。"

何冉一个人沿着来时的路走回去，十几分钟就到了路口。等出租车的时候，一个女人牵着小孩过来向她问路。

"你好，请问小洲村怎么走？"问话的是个长得挺漂亮的女人，带些川蜀口音。她大概三十出头，打扮得也十分时髦，站在这野草丛生的荒凉地里显得很不协调。

何冉不太喜欢这种长得好看但是脑子不太好使的女人，她指指地下，说："这里就是。"

"噢！"女人恍然大悟，有些不好意思地冲她笑笑，"谢谢你啊。"

何冉意思地抿了下嘴角："不用。"

那女人道过谢后便牵着小孩朝小洲村里走去，临走时，何冉鬼使神差地回头多看了一眼她的侧脸。是她的错觉吗？总觉得似乎在哪里见到过。

这个问题困扰了何冉整整一路，甚至见到韩屿后她仍旧频频走神。心不在焉地跟着韩屿走到吃饭的包间门口，何冉才后知后觉地发现今晚的饭局原来是韩屿他们班的初中同学聚会。

韩屿的同学聚会，何冉不知道他把她叫过来干什么，她跟他们班的人并不熟。

韩屿到底是当年学校里的小霸王，他一推开门走进包间里，即刻掀起了现场的一股小热潮。其实韩屿人缘挺不错的，他与一帮兄弟打交道时比谁都讲义气，唯独对着何冉时喜怒无常，还像个牛皮糖一样甩都甩不开。

一开始并没有人认出何冉，韩屿也没有要把她拉到众人面前介绍一番的意思。何冉默默无闻地坐了一会儿，随后一个人悄然离开了房间，去大厅里拿点自助餐吃。

排队等生鱼片的时候，不知是谁走到她身后拍了拍她的肩膀，用不太确定的语气问："你是……何冉吗？"

何冉还沉浸在下午的那场偶遇里，听到有人叫自己的名字缓了两秒才回过头。跟她说话的是韩屿的初中同学之一，一个头发微卷的女生，何冉隐约有些印象，她点了下头说："嗯，我是。"

女生见她承认，笑得颇有点激动，又自我介绍说："我叫周甜，你还记得我吗？"

目光在她脸上多停留了几秒钟，何冉摇了摇头说："抱歉，不记得了。"

"嘿嘿，你不记得我也正常，我变化蛮大的。"叫周甜的女生倒挺健谈，丝毫不介意何冉的冷淡，很快开始了新的话题，"你的病好了吗？"似乎意识到自己的措辞不够准确，她又指了指何冉的头发，说，"我的意思是，你的头发已经这么长了，是化疗结束了吗？"

何冉没有回答这个问题，她有些诧异地反问："你那个时候见过我吗？"

"是啊。"周甜点点头，说，"那一次我陪韩屿去医院看你，不过他没让我进病房，我就只在门外瞄了几眼。"

大概是回想起什么好玩的事情，周甜又笑了起来："那个时候傻傻的什么都不懂，看到你的时候还被吓了一跳，以为是哪座山上跑下来的尼姑。"

何冉却没有笑。

周甜自己笑了一会儿才觉得尴尬，拍拍脑袋说："对不起，我只是开个玩笑，你不会生气吧？"

何冉表情淡淡的，摇头说："没事，我也觉得自己像尼姑。"

周甜这才松了口气，脸上又恢复了笑意，说了句奉承的话："那也是很漂亮的尼姑。"

两人端着盘子一起回到包间里，韩屿被美女们包围着，这个时候才想起何冉的存在，走到她跟前拿了一块寿司吃。他顺势在她身边坐下来，皱着眉头说："你怎么这么闷，别老一个人待着，也唱首歌啊。"

何冉若有所思地看了他一眼，没有搭理，脑子里正在想别的事情。

韩屿自娱自乐地坐了一会儿，又说："唱完歌之后我们去看电影吧，你有什么想看的？"

电影……电影。

何冉倏地站起身，她终于记起来了。在小洲村口遇到的那个女人，她以前确实见到过——原来是那张电影海报！

有一次跟萧寒一起去看电影，路过某张海报前时萧寒曾驻足看了很久。何冉对图像的记忆能力很好，那个女人的五官此时跟海报里的一张脸完全对上号了。虽然她演的只是一个很不起眼的小角色，占的版面还没有何冉的一个巴掌大，但何冉无比确信那个人就是她。

…………

十分钟前，何冉往萧寒的手机里打了一通电话，是个女人接的。女人的声音算得上温柔："你好，萧寒正在洗澡，不方便接电话，有什么事情需要我帮忙转告的吗？"

何冉明知故问："你是谁？"

女人没有说关系，而是报了名字："我是秦早。"

何冉随意打了声招呼，说："噢，你好。"

女人又问："你找萧寒有什么事吗？"

何冉说："也没什么事，你叫他帮我把内衣洗了，我明天过去拿。"

女人声音慢了下来，若有所思地说："……噢，好的。"

"那就这样了，谢谢你，我先挂了。"

"等等。"女人叫住何冉，这次轮到她来问，"那个……请问你是？"

"我是何冉。"

"嗯，我的意思是，你跟萧寒……"女人欲言又止。

你跟萧寒是什么关系，何冉明白她的意思。她淡淡地说："你看他的手机备注不就知道了。"

女人愣了一下，像是受到何冉提醒，将手机从耳朵边上拿下来，看了一眼屏幕上的名字。

幺儿。

何冉至今还不知道这个词究竟是什么意思，但同样身为重庆人的秦早则不可能不知道。那边迟迟没有回音，这也使得何冉更加好奇这个词的含义。她好整以暇地说："知道我是谁了，现在有兴趣跟我见一面吗？"

放下手机后，何冉开始画画。这个寒假一共要完成十幅色彩作业，她才刚刚开始。粗略地画完一幅草稿后，她站起身准备去洗澡，手机却在这时响起。

何冉迟疑了一会儿，又坐下，拿起手机。按下接听键，她懒洋洋地"喂"了一声。

萧寒那边听起来挺安静的，他的声音平稳地传过来："小孩，秦早说你刚刚打我电话了。"

何冉"嗯"了一声。

萧寒停顿了几秒钟，接着说："秦早是……"

何冉打断他的话："不用说了，我知道。"

萧寒愣了下："你怎么知道的？"

何冉说："我聪明啊。"

"……"萧寒没声了。

过了会儿，他又问："你明天什么时候过来？"

何冉拿起铅笔，习惯性地转了两下，说："我明天没时间。"

萧寒声音顿了一下："那你怎么说要过来？"

铅笔头在画板上轻轻地敲了敲，何冉漫不经心道："我说给她听的而已。"

"……"一时无语，两人在电话里聆听了一阵子彼此的呼吸声。

不知过了多久，何冉准备挂断的时候，萧寒又开口了："小孩。"

"嗯？"

"你别多想，我和她已经是很久之前的事了。"

何冉笑了笑："那倒不至于，我们不是正打得火热么。"

"……"萧寒再次无言以对。

磨磨蹭蹭打了五分钟，通话结束，何冉进浴室洗澡。晚上何冉做了个梦，有关于萧寒的。以往她每次梦到他，内容都离不开一张床，这回倒是破天荒地梦到了他年轻的时候。

站在旁观者的角度再次阅读一遍他与秦早的故事，不无感慨。如果当年不是萧寒的大哥突发意外，他们现在已成眷属，只可惜世事难料，就连何冉也不敢保证她和萧寒就一定能走到最后。

第二天何冉起得比较早，站在衣柜前仔细地搭配了一番，最后还是决定穿得素雅一些。黑色的高领毛衣勾勒出凹凸有致的身形，下身的深灰色百褶裙有收有放，同样是素色的高跟鞋弥补了身高上的缺陷。镜子里的女孩已慢慢蜕变成女人，简练的短发盖在精致的小脸上，美丽不失风情。

何冉以为自己到得很早，不想秦早也特地早来了，几乎踩着她的后脚到的。

坐在环境清雅的咖啡厅里，何冉安静地打量着对面的女人。她浓眉大眼，五官丽质，但长相并不像是个精明人。实际年龄应该与萧寒差不多，但保养得当，看起来像是仅二十岁出头的姑娘。

这一桌的两个女人，一个试图更成熟，一个试图更年轻。

秦早润了润唇，先开口："你就是……何小姐吧？"

何冉淡淡地"嗯"了一声。

秦早又试探性地说："何小姐看着……年纪很小。"

何冉抿了一口咖啡，微笑道："今年十九。"

秦早声音低了下去："噢……是很小。"

"何小姐找我有什么事吗？"她总算是进入了主题。

何冉说："叫我何冉就行。"

秦早点点头："好的……我叫你妹儿可以吗？我们那边称呼比自己年纪小的都这么叫。"

"可以。"何冉将咖啡杯放回桌面，缓缓说，"萧寒跟我说过你们的事。"

秦早微愣："嗯……他怎么说的？"

"能怎么说。"何冉笑笑，"平铺直叙呗。"

这个答案或许不是秦早想要的，她表情和语气里都写满了失落："……噢。"

何冉接着问："昨天看你在车站牵着的是你女儿？"

"嗯。"

"怎么没带出来？"

"她在家睡觉。"

何冉状似无意地问："是萧寒的吗？"

秦早冷不丁被惊到，无声地张了张嘴巴："当然不是。"

"那你还来找他干吗？"

"我……"秦早一下子哑住，过了几秒才说，"我就是想看看他过得怎么样。"

何冉却没有收敛的意思，一个问题比一个问题更咄咄逼人："这么多年都不闻不问，怎么突然想起他了？"

"……"似乎有难言之隐，秦早咬着嘴唇，久久不语。半晌，她说："妹儿，你放心，你跟他处得好好的，我不会做什么的。"

何冉似笑非笑："你的意思是，假如没有我，你就会做点什么了？"

"……"秦早再次被她堵得没话说。

何冉目光含带讥诮，果决地结束了这场对话："你已经背弃过他一次，以后不要再来找他了。"

一杯咖啡喝完，何冉叫来服务生买单。

她站起身准备离开，又垂下眼帘看着秦早，声音微微发冷："他因为你差点断了一根手指，我要是你，就没脸来见他。"

从咖啡厅出来，时间尚早。今天天气不错，外头骄阳暖暖，风轻云净。何冉站在路边伸手拦了辆车，开到小洲村去。

萧寒不在家，应该是出去干活了。何冉拿钥匙开门，视线扫了一圈，在桌上发现三个杯子。

她走过去拿起其中一个看，杯底内壁上留着一层泛黄的茶垢。想必是昨晚招待完客人之后，还没来得及清洗。

何冉把茶杯放下，低低打了个呵欠，上二楼休息。

小洲村里的路最折磨穿高跟鞋的人，何冉走到床边，胡乱两下把鞋蹬了。屁股刚坐下来，就听见一声哀嚎，有什么东西从旁边一窜而过。

何冉定睛望去，是萧寒养的那只猫，她刚刚那一下压到它的尾巴了。何冉没管它，兀自揉了揉酸痛的脚踝，然后张开四肢躺倒在床上。

那只猫站在原处，弓着背盯紧她，一动不动，充满敌意。枣枣比何冉先来，但何冉现在才是这里的女主人，一时也不知究竟是谁鸠占鹊巢。

萧寒傍晚才到家，看到何冉坐在床上，怔了一下："不是说今天不来吗？"

何冉坐在床上，冲他弯了弯嘴角，说："我善变又不是一两天的事。"

萧寒又问："什么时候来的？"

"中午。"

"吃饭了没？"

何冉摇头："还没。"

萧寒转身走进厨房里，洗了把手再走出来："我煮锅面条，你先吃点吧。"

何冉从床上站起来，她的确有些饿了。

吃饭地点依旧是在一楼，萧寒从门后拖出一张折叠小桌子。他们两人各坐在两头，一人一大碗面条。

萧寒做的清汤面，什么东西都没加，味道不咸不淡，何冉很快就吃完了。这几天天气逐渐回温，何冉伸手摸了摸桌上一层薄薄的水珠，不经意地说："开始返潮了。"

"嗯。"萧寒点了下头，说，"已经二月份了，差不多要到回南天了。"

被他一提，何冉想起什么，低头轻轻一笑："快一年了。"

萧寒不解："什么一年？"

女人总要有自己的小秘密，何冉吐了吐舌头不愿意告诉他："没什么。"

吃完面后，萧寒要收拾碗筷，何冉按住他的手，迫不及待地拉着他上楼。她在床边坐下，开始解自己外套上的扣子。

萧寒也把衣服脱了，却没直奔主题，而是说："我先去洗个澡，今天流了挺多汗。"

何冉寸步不离地跟着他，笑道："那就一起洗啊。"

萧寒闻言回头看了她一眼，没拒绝也没答应。

浴室里太挤，他们面对面站着，可以感觉到彼此身上冒出来的热气。沐浴露用完了，只剩下一块香皂，萧寒递给何冉，何冉没有伸手接，眯了眯眼说："你帮我洗啊。"

萧寒看着她，一动不动。

何冉嘴角带笑，眼里充满了狡黠："总是倚老卖老叫我小孩，你还没帮我洗过澡吧？"

萧寒想了一会儿，点头说："行。"

他让她转过身去，拿着香皂从她背后开始抹，另一只手则拿着搓澡巾。他是真的专心给她洗澡，用的力道自然也大，差点没把何冉一层皮给搓下来。

何冉吃痛地皱起脸，不由大叫："那么大力干吗，你当擀面吗？！"

萧寒被她逗笑："不用点力怎么洗得干净。"

何冉低哼："那也轻点。"

洗完背后，何冉被他转了个身，开始洗前面。香皂从她胸前滑落，萧寒反应很快地接住，重新覆了上来，这回力道倒是放轻了不少。

"差别待遇。"何冉撇着嘴控诉道，"胸前的肉是肉，背后的肉就不是肉啊。"

已经习惯她的没事找茬，萧寒闷声干活，也不还嘴。

在那之后，他们相拥而站，身叠着身，任由头顶花洒喷出来的水冲走身上的泡沫。

那股水流沿着相贴的身躯一直流淌到双腿间，又顺着他们的毛发汇聚成一道水流，源源不断地滴落在地上。

何冉的胳膊搭在萧寒的肩膀上，脑袋也被他扣住，他低沉的叹息一声声拂在耳边。

一个漫长的吻过后，她不得不费力地张开嘴大口喘息，有水呛进来，她难受地咳嗽几声。

萧寒停了下来，问她："怎么了？"

何冉摇摇头说没事，他便又再次倾身将她笼罩住。

头发早已被全部打湿，一丝一缕搭在眼前，像缠人的水草，何冉索性将它们全推到额头后面。

头顶的天花板仍在不停地晃动着，天旋地转，头晕目眩。就像她的人一样，不知身在何方，不知心系何处。

最后的最后，声音和身子都发出颤抖的悲鸣。何冉四肢无力地滑落，布满在她脸上的不知是水是汗，还是受刺激溢出的眼泪。

浴室里的动静终于平复下来，萧寒将她抱出浴室，身子躺平放在床上。她身上水珠已被他擦干，夜风有点凉，乍接触到寒冷的空气何冉不禁打了个抖，萧寒用被子把她裹住。

他俯下身，一寸寸亲吻她的眉心、眼眸，还有嘴唇。

何冉一眨不眨地看着他，眼角湿润，残留着还没消散的余温。萧寒变了角度，吻得更深。

半晌，他起身离开，气息微乱。

何冉嘴角带着笑："你还要不够？"

萧寒没回答，只是轻轻摸她的鬓发："你睡吧。"

何冉的确很累，她体力太差。放纵过后的困倦，使得她不禁缓慢闭上双眼，脑海里却回忆起刚才那一刻要死要活的感受。

何冉忍不住说："怪不得秦早对你念念不忘啊，都过去十年了还要回来找你。"放在她脸边的手停顿了一下。她闭着眼，所以看不见萧寒是什么表情。

第二天何冉醒得比较晚，睁开眼时床边的人已经不在了。她下意识去看厨房的方向，也没看见萧寒的身影。她坐起身，穿上鞋走到一楼。脚还没着地，却赫然发现秦早和她的女儿坐在一张理发椅上。

何冉在原地站了一会儿，抓抓头发，有种错乱感。

四周看看，萧寒人并不在，她冲秦早抬了抬下巴，问："你怎么在这？"

秦早也看见何冉了，微愣了片刻，"我……"

她还没来得及回答，何冉又问："萧寒呢？"

这回秦早答上话了："他出去买早餐了。"

何冉噢了一声，从楼梯上走下来。走到近处她才发现秦早脸上带着伤，颧骨边上破了个口子。再侧头去看她的女儿，也是头发乱糟糟的，一副遭了罪的样子。

何冉皱眉问："你们怎么了？"

秦早声音低低的，"有人找我麻烦。"

"谁？"何冉问。

秦早眼神躲闪，不肯往下说。

何冉不慌不忙地等着，又换了个法子套她的话："你昨天还跟我保证不会打扰萧寒，今天一大早就找上门来，让我怎么相信你？"

何冉眯了眯眼，"就算真的有人找你麻烦，难道你男人不管吗？来找萧寒有什么用？"

"我男人，他……做生意失败了，公司亏了很大一笔钱，他跑了。"秦早吞吐了半天，终于肯说出来，"催债的人找不到他，就来找我们娘俩。"

秦早之前的事情，何冉听萧寒说过一遍，也记得七七八八。

她在秦早对面坐下，不疾不徐道："你跟了他这么多年，只有这么点情分，跑路都不带你，果真是应了那句老话，夫妻本是同林鸟，大难临头各自飞。"

秦早话音顿住，低下头，眼眶渐渐泛红，她哽咽着说："我知道他不是个好东西，这么多年早就看清了他的为人，当初要不是他用前途要挟我，不然我不会离开萧寒……"

何冉举起手："哎打住，我没兴趣听你们之间的陈年破事。"

和萧寒有关的事，她只想从萧寒口中听说。

何冉沉吟半晌，冷静地做着判断："既然你老公跑了，那你也跑啊。带着你女儿离开广州，远走高飞，去国外避一避。"

"我……"秦早欲言又止，停顿片刻后才说："我没钱。"

何冉不敢置信，"你跟了那个男人这么久，自己就没存点钱？"

秦早有气无力地说："本来是有的，全帮他还债了。"

何冉又说："你不是演过电影吗，自己不能赚？"

秦早缓慢地摇摇头，说："都是他帮我安排的小角色，没什么片酬的，现在就更没人找我演了……"

何冉微微皱起眉头，她这是一点后路都没给自己留。

"那你现在是什么打算？"何冉看着她，语气冷硬起来，"萧寒给不了你钱。"

"不，我不是来要钱的。"秦早慌忙摆手解释，"我只是……每天夜里都有人来家里砸东西，我……我实在是太害怕了，我在这里又没什么朋友，所以才想来找他说说话。"

何冉一语中的："找个男人陪着就安心了是吗？"

秦早被她说的满脸难堪，不停摆手道："不是，我不是那个意思……"

正说着话，萧寒从外头回来了，手里提着几份买好的早餐。跟在他身后一起回来的还有那只大花猫。

那只叫枣枣的母猫，以往对何冉爱理不理，见到秦早却很是亲昵。它跳到秦早腿上，眯着眼睛十分乖巧地坐着，俨然一副见到了女主人的样子。

何冉突然明白过来这只猫的名字是由何而来的了。枣枣，不就是早的谐音吗。

萧寒招呼她们几个过来吃早饭，他的到来总算是让秦早逃离了何冉的盘问，她如释重负地松了口气，先带着女儿上楼洗手。

萧寒侧目看了何冉一眼，他还没来得及解释什么，何冉就先开口："我已经听她说过了。"

萧寒只好闭上嘴巴，听听看她的意见。

何冉接着说："你待会儿先带她去附近找个旅馆住下来吧，总是被人上门骚扰，别得精神病了。"

萧寒一声不吭，黑漆漆的双眼一眨不眨地盯着她。

何冉摸了把脸，问："看着我干吗？"

萧寒说："你没闹情绪？"

何冉回望他，"我闹什么情绪？"

萧寒依旧半信半疑地看着她。何冉觉得好笑，她云淡风轻地说："萧寒，每个人都有过去，我不会否定你们曾经的那一段，你要是对她太冷漠那才有问题。"

"而且，"何冉伸手摸摸他的脸，接着说："她把你调教好了，再让我捡个大便宜，这是好事。"

萧寒哑然，抓住放在脸边的手，语气里有几分无奈："真没遇到过你这样的。"

何冉嘴角含笑："那你现在遇到了。"

吃完早饭后萧寒就把秦早母女俩送走了，也不知做什么耽搁了那么久时间，直到中午才回来。他给何冉带了快餐，在胖子的店里打包的。

吃完之后，店里来了几位客人，也是住在附近的老爷爷老奶奶，找萧寒剪头的。何冉拿出素描本，用炭笔将这一幕记录下来。

白天的小插曲很快被遗忘，午后的时间散漫而惬意。萧寒今天没出去干活，但也没闲下来，拿着把剪刀和喷壶开始照料起店门外的盆栽。

何冉跟在他身后，说："萧寒，你教我养点植物吧。"

萧寒回头看她，像是发现了什么新鲜事，问："怎么突然对这个感兴趣了？"

何冉说："北京空气太差了，想在家里养点能净化空气的植物。"

"那挺好啊。"他点头，说完蹲下身，拍拍一旁的虎尾兰，"现在天气暖和了，养这个挺合适的，一般的花鸟市场里就能买到。"

何冉打量几秒，皱起鼻子，不是很满意，"这个太丑了，有没有适合观赏一点的？"

萧寒想了想，说："那就养花吧，月季和非洲菊也不错……但是月季不太好养活。"

他看着何冉，似乎在思考什么，最后替她做了决定："就养非洲菊吧。"

何冉问："为什么？"

萧寒抿着唇，说："菊花挺适合你的。"

何冉沉下脸，以为他在跟自己开玩笑，拿眼瞪他。

萧寒倒是正儿八经地说："之前在公园里听那个学生念了句诗。"

"嗯？"何冉等着他往下说。

"我花开后百花杀。"萧寒念完，眼睛定定地看着她。

他表情很认真，何冉安静等待后文，结果他却没再吭声。

何冉过了很久才领悟过来。

她不由笑了笑，问："你是想说，菊花开了之后别的花就凋零了，所以，我是你最后一个女人？"

萧寒抿着唇，微不可察地点了点头，脸上罕见地露出一丝羞涩，像是刚表达完爱意的年轻男孩，在等待着情人的回应。

"这句诗不是这么用的。"

何冉却说了这么一句不解风情的话，语气也听不出冷热。

萧寒眼神微微暗淡，很低地哦了一声，然后背过身去说："那算了。"

何冉弯起嘴角，上前去牵住他的手，"不过就按你理解的来吧，我很喜欢。"她说完，抬起头，迎着阳光对他微笑："就养非洲菊吧。"

非洲菊，别名太阳花，开在春秋，却充满了夏日的色彩，也有"勇敢追求自己喜欢的人生"的寓意。

那之后的两天，何冉安安分分待在家里画画。人一旦忙碌起来，就没有空暇的时间想多余的事情，但她这两天的睡眠状态一直很糟糕，夜长梦多。

最终，何冉还是决定给韩屿打这通电话："不是要看电影吗？现在出来吧。"

韩屿小题大做地包了全场，他们并排坐在电影院观影感受最佳的位置。何冉怀里捧着一大桶爆米花，韩屿时不时伸手抓一把塞进嘴里。

何冉保持耐心陪着他看完整场电影，从电影院出来时，太阳当空高照，她突然感到一阵头晕眼花，也许是因为最近睡眠时间太短了，便没多想。随后，她跟着韩屿去订好的餐厅用午饭，偌大的餐厅里面依旧只有他们两个人。

何冉坐在桌前，双手握着刀叉，奋力地切着牛扒。她每切一会儿便要因为头晕而停下来歇息一阵，越发感觉到身体不适。

停下动作，何冉抬起头看了一眼对面的韩屿，他脸上的表情算得上是愉悦。心里想着今天不能扫他的兴，她还是坚持把餐盘里的食物都吃完了。

用完餐，韩屿好整以暇地擦了擦嘴，问："接下来我们去哪里？"

何冉面无表情的脸上扯出一个微笑，"你定吧。"

最近何冉很少有这么百依百顺的时候，连韩屿也感受到了，从她主动约他这一点来看就十分反常。他探究地盯着她看了一会儿，开口问："你这是打算接受我了？"

何冉目光平静，没有回话。

韩屿接着说："那么看来不是。"

"你之前也说过，如果哪一天你突然对我变得殷勤起来，一定是图谋不轨。"韩屿倒是变聪明了，继续打量着何冉，"说吧，你想要什么？"

何冉喝了一口水，缓慢放下水杯。她也不卖关子了，直接开口："韩屿，借我点钱。"

韩屿眉毛挑了一下，似乎是诧异。

何冉很少开口跟他要钱，不，应该说从来没有。

不过对韩大少爷来说，能用钱解决的事都不算事，所以他并没有把何冉说的话太放在心里，爽快地问："你要多少？"

"一百万。"没想到何冉却报了个令人咋舌的数目。

连韩屿都被这个数字吓了一跳，他皱起眉头问："你要那么多钱干吗？"

何冉说："你别问用处，以后我会还给你的。"

韩屿说："一百万不是小钱，你摊上什么麻烦了吗？"

"没有，我只是急需一笔钱。"

韩屿追问："你不告诉我你要做什么，我不能借给你。"

何冉双手握着玻璃杯，短暂的沉默过后才说："我现在不能说，以后再告诉你。"

她补充道："反正不是打砸抢烧的事。"

韩屿没有应允。

何冉抬起眼皮，直视韩屿的双眼。她不卑不亢："你帮不帮我？"

韩屿与她对视很长一阵子，而后气急败坏地把头扭向窗外。

"唉。"自暴自弃了，他从钱包里掏出一张卡，拍在桌子上，"拿去。"

韩屿脸色阴郁："这是老头子给我的成人礼物，你欠我一辆跑车，这几天最好别惹我生气！"

目光移向桌上那张卡，最终何冉淡淡抿起唇，"好的，谢谢。"

还是在上次见面的那家咖啡厅里。

何冉昨晚依旧没睡好，头越来越晕，她猜测自己可能是发烧了。现在她只想要尽快地结束这场谈话，然后回家休息。

何冉将手里的银行卡朝秦早面前推过去，有话直讲："这里面有一百万，密码是034923，你拿着。"

秦早低头看了一眼，面色顿住，"你……什么意思？"

何冉打开天窗说亮话："我给你钱，你离开广州，以后不要再来找萧寒。"

"……"秦早微张着嘴，欲言又止。

何冉接着说："你应该知道这笔钱对你来说是什么概念，萧寒一辈子都不可能给你这么多。"

"你……哪来的这么多钱？"秦早一时还没反应过来，又慌神了，"不行，这是你的钱，我不能要。"

"你不用管我的钱是从哪来的，也别不好意思拿。"何冉话音微顿，"如果你真的是因为害怕才来找萧寒，现在就应该收下这笔钱然后离开这里，否则我不得不怀疑你说的话的真实性。"

秦早没有回话，她摇摆不定许久，又用余光瞥了瞥静静躺在桌面上的卡，半晌才小声说："我……让我多考虑几天可以吗？"

"可以。"何冉颔首，立马又问："三天够吗？"

"够的。"

何冉想起什么，又交代道："这件事不要告诉萧寒。"

秦早迟疑片刻，点了点头，"好的。"

办完事，何冉站起身准备离开，秦早却将她叫住。

她微微垂下头，犹豫了一会儿才低声说："妹儿，谢谢你……以后我会想办法把钱还给你的。"

何冉看着她，淡淡地说："不用道谢，我不是为了帮你，只是不想让萧寒为难。"

回家途中路过一家药店，何冉下车买药，顺便量一量体温。39℃，她果然发烧了。

何冉买了几盒退烧药就回家休息，何劲和杨文萍这个星期都不在家里，她兀自爬上二楼，吃完药后又喝了几杯温水，就昏昏沉沉地在床上躺下。她闭上眼睛，心里莫名生出一股悲悯感，希望这次只是普通的发烧……

何冉是被电话声音给吵醒的。她不知道自己这一觉居然睡了这么久，醒来时已经是第二天下午了。睁开眼睛只觉头痛欲裂，她晃晃悠悠地走下床，摸索着走到书桌边，拿起手机看见联系人是萧寒，便接了电话。

"你在哪里？"萧寒问。

何冉有气无力地说："在家。"

"上午怎么没接电话？"

"睡着了。"

顿了一会儿，他接着问："晚上过来吗？"

何冉扶着额头，说："我不太舒服，不想出门。"

萧寒没再吭声。

过了几秒，何冉说："你来找我吧，我家没人。"

声音顿了顿，萧寒说："好。"

准备挂电话时，何冉叫住他："对了。"

"嗯？"

"来的时候随便带个包裹。"

萧寒不解："为什么？"

"叫你带就是了。"

"好。"

通话结束后，何冉看一眼时间，又服用了一次药。她脑子依旧犯晕，所幸体温是降下来了，还得继续不停地多喝热水，以免复发。

萧寒一个小时后到，何冉在监控里看见他拿着个包裹在铁门外等候。她给他开了门，用对讲机说："进来吧，走花园右边那条小路，我在别墅里。"

监控里的人影消失了一阵子，五分钟后，楼下的门铃声响起。

何冉穿着睡衣下楼，打开门，外面一阵寒气灌进来。

昨夜下了一场雨，今天又降温了。何冉将萧寒拉进来，迅速关上门。

萧寒把怀里的包裹拿出来，里面装的是一袋塑料泡沫，他不解地问："你要这个做什么？"

"没什么用。"何冉边说边往回走，许是高烧之下头脑不太清醒，她不小心讲了实话："就是让你打扮成送快递的。"

走到楼梯口，她回过头才发现萧寒站在原地没动，那双眼睛定定地看着她的时候总是格外慑人。

何冉意识到自己讲了错话，她低下声来："对不起，我只是暂时不想让我妈发现我们俩的事情。"

萧寒闭着嘴不说话。

半晌，他才迈起双腿朝她走过来，从裤袋里掏出一个东西递给她，"还你。"

何冉低下头，目光触及他手里的银行卡，眉梢不可见地往上挑了挑。

"秦早给你的？"

萧寒不置可否。

何冉努了努嘴，扯出一个带有讽意的笑："看来她反悔了。"

她不在意地收回视线，转身往楼梯上走，"那你先拿着吧，等她想要的时候再给她。"

萧寒皱了皱眉，几步追上何冉，一把抓住她的手，把卡硬塞进她手掌心里。

何冉见状，也不跟他犟，顺势把银行卡放回睡衣口袋里。

她继续往上走，萧寒却突然从背后抱住她。他用得很大力，双臂箍得何冉有点疼。

有些东西总是捉摸不定，非要紧紧抱在怀里才安心，譬如眼前的这个人。

何冉任他抱着，也没喊痛，过了好长一阵子萧寒才松开手。他把她身子转过来，虽然何冉比他站的高一个台阶，但萧寒还是得低下头来。

察觉到他的意图，何冉往后退，"我生病呢。"

萧寒不管。

何冉依旧躲避，"别传染给你了。"

萧寒搂住她的腰，"没事。"

嘴唇被他逮个正着，舌头撬开钻进来，之后的事就顺其自然了。

萧寒抱着她爬上二楼，在楼梯口看看左，看看右，问："你房间是哪个？"

何冉指着尽头说："那边。"

走进房间，何冉的卧室比萧寒整个家还大，他转了一圈才找到床在哪。

到了床边，何冉的身子被轻轻放下，随即萧寒覆了上来。两个人的重量压得这张进口乳胶床垫凹陷下去，弹力很好。

他们的脸贴得近在咫尺，何冉微笑地看着萧寒长长的眼睫毛和滚动的喉结，不言不语。

他埋下头，渐渐找到感觉，吻得更深，又低声唤她的名字："何冉。"

"嗯。"她眯着眼，声音比平常媚。

"你要是不喜欢她就直说，我可以不见。"萧寒专注的眼神就像黑夜与晨曦交接时，那最初的一道光，"但你以后不要做那种事。"

何冉没回话。

萧寒嘴唇触碰到她耳畔，身躯比她的体温更灼人，他加重了口气说："听到没有？"

何冉全身颤了颤，声音随之溢出来，终于服从道："听到了。"

出了一身热汗之后头似乎不那么晕了，何冉被萧寒搂在怀里，她抬起他带有旧伤的左掌，送到眼前仔细打量。

萧寒任她把玩，问："看什么呢？"

何冉没说话，张嘴含住他大拇指前段，齿间带了一点力道咬下去。

"痛吗？"

萧寒摇头说："不痛。"

"那当时痛吗？"

萧寒回想了一下，"痛。"

"有多痛？"

"很痛。"

何冉放开他的手，不知在想什么。

半晌。

她说："萧寒，我快开学了。"

"嗯。"萧寒低低应了一声，不无感慨："一个月过得真快。"

他转头看她，又问："北京怎么样？"

"还行。"何冉轻描淡写地说，"有机会你可以去看看。"

许久，萧寒问："你毕业之后要待在哪边？"

"北京吧。"

"为什么？"

"离家远。"

萧寒笑了笑，"真是女大不中留。"

何冉不接话，他又说："那以后我也去北京。"

何冉支起身子，不解地盯着他看，"你去干什么？"

萧寒言简意赅："工作，找你。"

一个觉得诧异，一个理所当然。

何冉躺回床上，语气淡淡："随便你。"

萧寒似有不满，拧起眉头看她："你总是一副无所谓的态度。"

何冉不以为意："我本来就是无所谓的人。"

"不说了，睡觉吧。"她调整个舒服的睡姿，率先结束了这个话题。

半夜何冉被萧寒给叫醒，他摸着她的额头，语气很着急："你身上怎么这么烫？"

何冉勉强眯开半边眼睛，不知道发生了什么。

萧寒问："发烧了？"

何冉迷迷糊糊嗯一声。

"有药没？"

何冉伸出手，指了指书桌的方向。

萧寒走过去把药拿过来，杯子里还有点水，他喂她吃下去。

吃完药后他又伸手探了探她的额头，严肃地叹气道："不行，太烫了，我送你去医院。"

说完他就当机立断地将何冉从被窝里拽出来，捡起地下的衣服帮她穿上。何冉身子软得好似没骨头，好几次栽倒在床上，又被萧寒扶起来。

费了好大劲才帮她穿好衣服，萧寒直接将她打横抱起来，快步走出门。

深更半夜，医院急诊不需要排队。何冉坐在凳子上，头靠在萧寒身上，有气无力地回答着医生的提问。

"有感冒咳嗽吗？"

"没有。"

"烧多少天了？"

"两三天吧。"

"之前有吃药吗？"

"今天吃了几粒。"

医生边在病历本上快速地记录着什么，边说："扎手指吧，验下血。"

何冉不可见地敛了下眉，说："不用。"

医生侧目看她，说："还是验一下吧，知道根源我才好对症下药。"

何冉坚持道："不用了，开点退烧药就行。"

五分钟到了，何冉将体温计从腋下拿出来，医生接过仔细看了一眼，说："41℃。"

她把体温计放下，耐心地劝何冉："这个体温挺危险的，还是建议验下血吧，看看是因为什么原因引起的发烧。"

何冉脸色越来越苍白，却依旧摇头："不用了，开点药就行。"

怎么说都说不通，医生为难地看向萧寒，"你劝劝你女朋友吧。"

萧寒低头看何冉，眉心间起了褶子，说："小孩，听话。"

何冉坚持己见，语气强硬："萧寒，我自己的身体我知道，不用验血，吃点退烧和消炎药就行。"

他听出她声音里的倔强，无奈地叹了口气，只好转过头对医生说："医生，那就麻烦您先开点药吧。"

回去的路上，何冉坐在车后座里，身子摇摇晃晃。萧寒握住她的手，眉心的结久久解不开，"干吗不听医生的话？验个血打个针不是好得快么。"

何冉虚弱地咳嗽几声，不说话。

"41℃。"萧寒心有余悸，"幸好我发现得早，不然你脑子就烧坏了。"

何冉咧开嘴笑，伸手抱住他的腰，满不在乎地说："烧坏脑子也挺好啊，以后不记得别人了，只跟在你后头。"

萧寒定睛看了她几眼，将她抱得紧紧的，"小孩，你别吓我。"

二月末，风轻云淡，天气在悄悄地变暖。

何冉在这栋公寓楼下站了有一会儿了，不知第几次低头看腕表。

指针停在九点半的时候，她终于等到了要找的人。

秦早提着两袋菜从小区侧门走进来，低着头不知在想什么事情，何冉走到她身前，高跟鞋点了点地，"嗨。"

秦早抬起头看到她，愣住。

何冉努了努嘴，说："这么早就去买菜啊？"

"嗯……"秦早还没回过神，木讷地点头。

何冉嘴角勾起轻笑，"不请我上去坐坐吗？"

在沙发前坐下，何冉仔细打量着这套复式公寓。

房子很宽敞，配有露台，光线也算明亮，装修豪华，家具看得出都是名牌。但这些只是表象。

墙上的液晶电视砸裂了，沙发刮开了皮，阳台外的盆栽东倒西歪，泥土洒得一片狼藉，角落里堆满了玻璃窗户的碎渣。

看来这点秦早没撒谎，她的确惹上麻烦了。

打量一圈完毕，何冉收回视线。这时秦早从厨房里缓缓走出来，端着两杯白开水，放在茶几上，"请喝吧。"

何冉也不客气，端起杯子慢悠悠地吹着气，过了会儿才问："你女儿呢？"

秦早回答："她还在睡觉。"

何冉抿了口水，状似无意地说："昨晚又有人来砸东西了？小孩子吓到了吧？"

秦早闻之色变，紧紧咬着下唇没说话。

何冉将她的表情收于眼底，也没多说什么。她从手包里拿出一张卡，缓缓放在桌面上，"能跟我解释一下原因吗？"

秦早视线定了一下，随后头埋得更低，一声不吭。

"你要是不愿意接受这笔钱，直接还给我就好。"何冉语气仍旧平静，却隔着一段疏远的距离，"为什么要把事情捅到萧寒那里去？"

她一针见血："还是忘不了他吗？"

秦早始终不回话，短暂的沉默过后，她开口："妹儿，我觉得你和萧寒之间，存在一些问题。你一个小女孩，哪里来的那么多钱？"

何冉觉得好笑："自身难保了还有闲工夫过问别人的家事？"

秦早闷闷道："我没有别的意思，只是……"

"多谢，但我们的事用不着你操心。"何冉打断她，慢条斯理地说："我现在再问你最后一遍，你到底肯不肯离开这里？"

秦早僵硬地张了张嘴，半个字音都没发出来。她的表情已经说明一切，何冉明白了。

何冉将卡收回包里，站起身离开，敬告她："你不肯走我也不会强迫你，你以后好自为之吧。"

何冉步伐利落地走到玄关处，转过身还想再交代什么，却突然在那一瞬间感到四肢乏力，腿脚一软。没来得及做出任何反应，身体在下一秒倾斜着倒下去，眼前的世界瞬间被黑暗吞没。闭上眼睛前，她看见秦早惊叫着朝自己跑来的画面。

再次睁开眼时，面对的是惨白的天花板。挥发在空气中的消毒水味道提醒着何冉这是哪里。她眼球缓慢地移向另一边，看见韩屿站在病床旁。

韩屿眉毛很粗，拧起来时格外明显，他着急地问："你怎么样，感觉好点了吗？"

何冉没答话，眯了眯眼适应眼前明亮的光线。

她反问他："你怎么在这？"

韩屿解释道："有人给你妈打电话，说你在她家晕倒了，你妈出差不在广州，又联系了我，我送你来的医院。"

何冉轻轻地哦了一声，逐渐将断线了的记忆找回来，对的，她刚刚的确是在秦早家里晕过去的。

何冉四周望了望，问："给你打电话的那个女人呢？"

韩屿说："在病房外面，我没让她进来。"

何冉抿着唇，静静想着什么。韩屿还是不放心，一脸危机感地问："到底怎么回事啊，你之前不是一直好好的吗，怎么突然又发作了？"

何冉瞥了他一眼，倒是很从容地说："别一惊一乍的，我只是发个烧而已。"

韩屿还是不敢侥幸，说："待会儿叫薛医生再给你检查一下。"

何冉不置可否，她起身下床，穿上病患专用的拖鞋走到门口。

韩屿不放心地跟上，"你去哪儿啊？"

"厕所。"何冉回过头，交代一句，"你别跟来。"

何冉打开病房门，秦早就站在门外，不知跟几个护士聊着什么，见何冉出来就打住了话音。

等护士走后，秦早偷偷摸摸地望着何冉，眼神踌躇不定。

何冉面无表情，目不斜视："想问什么就问。"

秦早吞吐片刻才开口："妹儿，我听她们说……你，你有……白血病？"

何冉垂着眼皮，不咸不淡地嗯了一声。

秦早一时张大了嘴，不知该说什么。

何冉靠着墙壁的凳子坐下来，轻描淡写地说："以前有，治好了。"

闻言，秦早似乎松了口气，可没过两秒又听何冉接着说："但不排除复发的可能。"

秦早一口气顿时又吊了上来，两只眼睛睁得很大。

何冉不由笑了，"你那是什么反应？"

秦早垂下眉眼，神色耐人寻味："我……我还是希望，你能好好的。"

何冉看了她一眼，随即勾起嘴角，"谢谢。"

秦早沉声不语，许久后问："萧寒……知道这个事吗？"

何冉说："不知道。"

"你不打算告诉他吗？"秦早诧异地看着她。

"他不了解这个病，知道了徒增担忧。"何冉揉了揉眉心，面带倦意："如果真的确诊复发了再告诉他，也不迟。"

秦早大概想说什么，但看了何冉好几眼，还是把那些话咽回肚子里去了。

"能替我保密吗？"

秦早考虑良久，叹了口气："好。"

何冉轻笑，怀疑道："不会又像银行卡那次出尔反尔吧？"

秦早摇摇头，坚定地说："我既然答应你了就不会。"

何冉的烧退下去之后，第二天才被允许出院。那之后的几天，她身子始终虚弱，安心待在家里养病。

韩屿雇了一个保姆日日夜夜守在她身边，与其说是照顾，更不如说是监视，何冉半步家门都出不去。

周末，杨文萍和何劲从外地回来了。

当晚，何冉没什么胃口，晚饭没吃就回二楼休息了。

临睡前，杨文萍推开她房门，走进来探望。何冉感觉到她在自己床边坐下来，稍稍屏起呼吸，背对着她。

杨文萍说："我知道你没睡，不用装了。"姜还是老的辣，她毕竟是何冉的妈。

何冉索性睁开眼睛，问："什么事？"

杨文萍在她床边坐下来，语调放柔，莫名其妙地跟何冉聊起一些看似无关紧要的事："这几天公司遇到很多麻烦，我和你爸已经好多天没睡过安稳觉了，也没多余的时间关心你，是爸爸妈妈亏欠你的。"

"不过还好有韩屿父亲的帮忙，解决了很多棘手的事情，应该很快就能渡过这个难关。"说到这里，杨文萍声音忽而冷厉起来，"前提是，你不能犯傻。"

"男人在外面花天酒地是为了应酬，但女人绝对不能给男人戴绿帽子，如果你没有实力就只能依附别人，明白吗？"这番话一语双关，杨文萍的眼神更是别有深意。

何冉却只是心如止水地应一声："哦。"

"别总是一副敷衍的态度。"杨文萍止不住地皱起眉头，"你耍的那些小聪明我不是不知道，只是不戳破罢了。"

何冉面不改色地说："我没耍什么小聪明。"

杨文萍哼了一声，问："你隔三差五往外跑，到底去找谁了？"

何冉答："朋友。"

见她扯谎不认，杨文萍干脆把话挑明了："监控录像里那个男人是谁？要不要我去查一下？"

"我知道从小到大你脾气都倔，但这件事没有商量的余地，如果你不想让那个男人失去工作的话就适可而止。"

何冉深吸了一口气，声音终于有了起伏，"够了，别说了。"

"好，我不多说，但你自己要拎得清孰轻孰重。"杨文萍替她掖好被角，站起身来，轻声说，"马上就要开学了，你这几天在家里好好休息，哪也别去。"

她往外走几步，又回过头来看着何冉，最后一句："控制不住自己的时候，就想想你二堂姐的下场。"

门轻轻掩上，屋里又安静下来。没有开灯，何冉扭头望向窗外的白月光，长吁了口气。她从来没有这么疲惫过，双眼闭上就恨不得从此一睡不起。

何冉翻过身，被褥和床单间好像还残留着些许萧寒身上的味道。她将鼻尖、发丝全埋进去，深深地嗅，恋恋不舍。

萧寒……萧寒。

回到北京的第二个月，何冉买回来的那株非洲菊终于开花了。原本只是冒了个花骨朵，过几天再去看时，不知怎么就开成一簇簇的了。

如此一来，它终于受到何冉的重视。何冉将它搬到书桌上，靠在窗前养着，画画的时候一抬头就能看见。

午后，清风微微，花瓣的投影在画纸上袅袅摇曳，若即若离，看起来就像一对缠绵的人儿。

何冉不知怎的想起某人那句词不达意的"我花开后百花杀"，笔尖微顿，忍不住勾唇笑了笑。在那之后却频频走神，再也静不下心来。画不出满意的作品，她恼怒地将草稿一张张撕下来，全部揉成纸团丢进垃圾桶里。

距离跟医生预约的时间还有两个小时，何冉决定提早出发。她拿上一件外套往门外走，心烦气躁中不慎将一个垃圾桶踢翻，里面的废纸、果皮一涌而出，何冉懒得收拾，视若无睹。

在等电梯的时候何冉恰巧遇上那对房东夫妻，男人不知做错什么事情惹着女人了，女人臭着一张脸不肯搭理他。男人不停地求饶："哎呀幺儿，你莫生气了嘛！"

女人怪嗔："哼，哪个是你幺儿！滚滚滚，给老子滚！"

何冉站在一侧看着他们旁若无人地打情骂俏，想笑却笑不出来。

此刻，她终于领会到萧寒说的"幺儿"是什么意思了，可惜时机有点晚。

在医院等了半个小时后，何冉的血项检查结果出来了，白细胞略有回升，这不是个好现象。所幸其他指标都还正常，医生建议何冉继续服用中药，再多观察一些日子。

离开医院后，何冉直接开车回家。

北京是出了名的"堵城"，更何况碰上下班高峰期。何冉在内环路上缓慢地行驶着，踩刹车已踩得右脚麻木。她十分后悔自己开车出来，要是坐出租车的话还能在后座睡一觉。

到达某个红绿灯时，放在副驾驶上的手机响了起来。何冉侧头看，是她闲置了许久的广州号码。

到北京之后，萧寒每个星期都会给她打一次电话。何冉不曾接过，但也不会挂断。只静静地听着铃声响起，播完四十秒，然后任由它自动挂断。

今天的红灯时间格外漫长，何冉趴在方向盘上，低低叹了口气。到家后她整个人疲惫不堪，推开门看见屋里满地垃圾，更是一点收拾的心情都没有。索性放任自己，一头倒进沙发里先睡上一觉。

醒过来后已经是晚上了，何冉决定找个临时工帮自己打扫房间。她在一个家政网上下了单，十几分钟后人就到了。

帮她做卫生的是个五十岁大妈，人看着挺老实的。何冉把家务交给她之后，就拿上衣服进浴室洗澡了。

澡洗到一半的时候，外头突然有人敲门。何冉把水关小，提高了音量问："什么事？"

大妈在门外说："何小姐，你电话响了。"

何冉说："没事，放着吧，我待会儿接。"

大妈热心道："电话一直响，我担心有什么急事，先帮你接了。"

何冉心情难免郁闷，她披上浴巾，将门稍稍打开一条缝，大妈把手机从外面递进来。何冉说了声谢谢，伸手接过。

目光触及联系人姓名，何冉微微一怔。

除了最开始失联的那一个星期，萧寒会不停地给她打电话，之后从不曾一天之内打两次。

除非，他真的着急了。

手机屏幕上显示的通话时长正在慢慢流逝，何冉不自主地轻咳一声。大脑还没反应过来应该说些什么，那边的人突然开口，"你在吗？"

低沉的嗓音，还有说话时的语速，都是何冉所熟悉的。一时间，有些说不清道不明的情愫从心底被勾起。

粗糙而温柔的手指，萦绕于耳的歌声，还有夜夜抵死的缠绵。

不知过了多久，她才低低地回应一声："嗯。"

"为什么不接电话？"萧寒的提问来得直白而突兀。

就像彼时他们站在小洲村礼堂前的路灯下，他问她："为什么要隐瞒？"

何冉能回答他的只有沉默，长久的沉默。

在这种沉默中，萧寒的声音变得冷硬："何冉，你又要反悔吗？"

何冉没有说话，她抬头望着镜子里的那张脸，苍白，空洞，没有情感。最近她的视力又开始下降了，隔着一团浓雾看不清楚自己。

萧寒的问题越来越逼人："你从一开始就没打算对这段感情负责是不是？"

"所以年龄也是假的，住址也是假的，是不是？"他语气急切，固执地想要一个答案，"是不是？"

何冉还是不接话。朦朦胧胧中，她逐渐听不清手机里的那个人在说什么。

不知恍惚了多久，她才回过神来。准备挂断电话时，才发现萧寒早就已经那么做了。

何冉将手机放在一旁，继续洗澡。能回答他的只有一句他已经听不到的话："曾经是，后来不是，现在不得不是……"

从那天开始，萧寒没有再往这部手机打过电话。何冉也开始置之不理，不给它充电，也不充话费。几天后，手机自动关机。一个月后，这个号码过期了。这样也好。始于一场梦，放纵了太久，就该回归现实了。

第七章

飞蛾扑火

七月，各大院校开始放暑假。央美送走一批毕业生，也即将迎来一批新面孔。

这个暑假何冉没有回广州，而是安心地在北京待着。月初丁小煦来找过她，据说是为了参加男友的毕业典礼，顺道来看看她，结果校方出了一些意外，毕业典礼不得不推迟到下半年举行。丁小煦白跑一趟，在北京玩了大半个月后就回去了。

何冉刚送走丁小煦，月末时韩屿就来了。他已经拿到中传的录取书，提早来学校考察。何冉又带着他到北京周边游览了一圈。

这个暑假，何冉让韩屿亲了自己的嘴。

韩屿交过很多女朋友，但依旧不懂吻技，只会横冲直撞。他的吻里没有什么味道，至少何冉没有感觉到。她全程麻木、僵硬，被韩大少爷狠狠嫌弃了一番。

韩屿依旧改不了浪子本性，喜新厌旧，寻花问柳。何冉在他手机里看见不少充满暧昧的短信，每次都是不同人发来的。

他有他的自由，何冉选择睁一只眼闭一只眼。

开学前一天，韩屿让何冉陪自己去美发店做新造型。他是臭美的典型代表，跟造型师讨论了半天也没讨论出个结果，何冉在旁边听得昏昏欲睡，后来实在等得不耐烦了，她决定先上二楼洗个头。

二楼人少，安静许多，灯光偏暗。楼梯口摆放了一个高高的青瓷花瓶，大厅里流淌着古琴伴奏，所有器具都是深褐色的香椿木，古韵味十足。

何冉想到这家店的名字，才后知后觉地发现它跟她第一次遇见萧寒时的那家美发店是连锁的，怪不得连装修都是同一种风格。

她被领路的人带进走廊深处，韩屿有VIP卡，所以她进的是贵宾房。

房间里只有两张洗发床，紧紧挨在一起，据说这是情侣包间。桌面上摆了几盘水果，都是新鲜的。何冉随手叉了块火龙果放进嘴里，就近选了张洗发床躺下。

洗头的人两分钟后才到，彼时何冉已经有了浅浅的睡意。她眯起眼睛，感觉到有人刻意放轻脚步走进来，她心头略微疑惑，但仍旧静静地躺着。

那人进房间后什么话都没说，径直走到何冉身后坐下。他将毛巾塞进何冉衣领里，一手握拢她的头发，一手打开花洒开关。水温一开始有些凉，他在慢慢调节。

"这个温度可以吗？"

听到这个声音，何冉猛地睁开眼睛，对上头顶那双黑白分明的眸子。

她微张嘴，正想说些什么，韩屿就走进来了。

何冉若无其事地闭上眼睛，连带嘴巴也一起闭上。

韩屿坐在她身旁，兴致冲冲地说着造型师给他设计的新发型，即使何冉一直装睡也丝毫没有影响到他高亢的心情。

过了几分钟，何冉突然说："我想上洗手间。"

韩屿侧过头问："你们这里有洗手间吧？"

帮韩屿洗头的是个年纪很小的女孩，羞答答地点头说："有的。"

一直沉默着的男人倒是接过话："我带你去吧。"

何冉客气道："好，麻烦你了。"

男人将她头发上的泡沫冲掉，拿毛巾简单包扎一下，扶着何冉坐起身。何冉戴上眼镜，跟在他身后走出房间。

洗手间在这条走廊的尽头，另一个方向。男人脚步迈得很快，双腿生风，这种脚速是注入了某些情绪的。何冉则是不紧不慢地跟着，男人走到一半，不得不停下来等她。他周围看看，见没人，干脆抓起她的手往前走，何冉被迫加快了步伐。

两人走到洗手间门口，男人并没有就此止步，而是拉着何冉走进一个隔间里，锁上门。随即他将口罩扯下一边，露出整张脸。其实他没必要做这个动作，何冉知道是他。那双比别人都黑的眼睛，何冉不会忘掉。不只是眼睛，就连他走路的脚步声，说话的语速，她都记得一清二楚。

何冉背靠着门板，萧寒紧紧贴着，低头凝视她。身子靠得太近，何冉感觉到他腰间冰凉硬质的皮带扣硌着自己了。

在这里工作，必须要穿白衬衫和黑西裤。何冉不是没幻想过萧寒穿正装的样子，当时只觉得难以想象，现在看来却是非常合适的。想着这些不着边际的事的时候，对面那双漆黑的双眼只是一直盯着她，一眨不眨，像极了隐藏在暗处的老鹰。

萧寒突然俯下身来。察觉到他的意图，何冉抬起脚，高跟鞋的尖端碾在他脚尖上。萧寒眉头紧皱，却也一声不吭。

何冉开口说："解释一下。"

萧寒顺着她的话："解释什么？"

何冉说："你为什么会出现在这里？"

萧寒张嘴，说的是跟半年前相似却截然不同的话："你不找我，所以我来找你了。"

半年前他说的是："我想看看，我不找你，你会不会来找我。"

之间的心态变化，也只有萧寒自己知道。

何冉没吭声，萧寒重复了一遍，语气笃定："我说过我会来北京找你的，所以我来了。"

何冉依旧静默不动，萧寒的脸又缓缓埋了下来。靠得近了，呼吸交错，他微热的气息拂过她的肌肤和毛孔，带着一些试探性。四片唇瓣快要吻合在一起时，何冉小声说："我有男朋友了。"

萧寒动作微顿，停了下来。

他问："跟你一起来的那个男生？"

"嗯。"

萧寒说："他之前来过这里，跟别的女孩子。"

"我知道。"

"知道你还……！"

何冉垂下眼皮，轻声说，"萧寒，他跟你不一样。"

他撤回身子，定定地看着她，眼睛里一层沉重的雾气化不开。

"有什么不一样？"

何冉没有答话。

萧寒试图从她的眼睛里分辨出一丝讯号，可漫长的等待始终得不到回视。

"你跟我说过你不会后悔的，你明明说过。"萧寒往后退了一步，话里含着太多复杂的情绪。

何冉仍旧不看他，只是神情淡漠："我是不后悔跟你在一起过，但是不代表我们以后还会在一起。"

萧寒握紧了她的手腕，几乎咬牙切齿地说："那你一开始就不应该来招惹我！"

萧寒走了，走的时候他一拳砸在何冉脑袋后面的门板上，这还是她第一次见到他如此明显的情绪外露。

何冉一个人坐在马桶上，发了很久的呆才起身离开。

那之后的几个月，萧寒都没有在何冉面前出现过。确切地来说，是何冉不曾打探过萧寒的消息，所以才不知道他现在在做什么，是仍旧留在北京，还是已经放弃回了广州。

十月份，国庆期间丁小煦又来了北京一趟，还是为了参加她男友的毕业典礼。为了在拍毕业照那天留下美好的回忆，丁小煦多次请求何冉陪她逛街，想买几件新衣服拍照。

偏巧何冉最近因为社团的事情焦头烂额，每天为了多节省点时间，她从校外的房子搬回了学生宿舍，只为少走几步路，更没有空闲时间出去逛街。

即使被婉拒多次，丁小煦仍不放弃，最后何冉被磨得不好意思，只好答应陪她一个下午的时间。

她们在国贸附近逛了几个小时，丁小煦心满意足地买到了一条适合自己的裙子。何冉作为东道主，帮她付了裙子的钱。

正准备打道回府，丁小煦突然又想起一茬，"哎呀，差点忘记买花了！花不能少！"她转头问何冉："这附近有没有花鸟市场啊？"

何冉说有，她带她去了自己买非洲菊的那一家店，在十里河。

这里的花鸟市场其实就是一条大型步行街，范围很广，什么杂七杂八的东西都有卖。大到批发档口，小到路边小贩，形形色色，一应俱全。虽说是花鸟市场，但也有不少出售古玩字画的店铺，何冉和丁小煦一路走来，看得眼花缭乱。即使过了早市时间，街上人仍旧很多，挨肩擦背在所难免。路边有人在派传单，何冉接过之后随手丢进一旁的垃圾桶里。

丁小煦倒是拿在手里认认真真看了一遍，她兴奋地拍着何冉肩膀，"哎哎！我们去这家吧，新开张有优惠活动，买花送宠物呢！"

何冉不置可否，"你要怎么把宠物带回广州？"

丁小煦语塞了一阵子，说："可以送给我男朋友养嘛！"

何冉想了想，说："那就去看看吧。"

他们按照宣传单上画的小地图找到那家花店，远看起来与其他花店没什么两样，但仔细看第二眼，就会发现不同。

花店门口被一盆盆花簇包围着，花儿经过主人的悉心照料，淋浴着晶莹水珠，争相斗妍。招牌却简单得令人发笑，就只有方方正正两个字，花店。

吸引何冉注意的是摆在门外的几个铁笼子，里面关了几只小猫小狗，叫得正欢。铁笼子前面挂了一排用透明袋包扎起来的观赏鱼，色彩艳丽。不仅如此，地面上还摆了几个泡沫箱，有的装乌龟，有的装仓鼠，还有刚出生的小鸡仔和小鸭子。

这到底是卖花的还是卖宠物的?

何冉顿生出几分好奇，推开门往里走，"进去看看吧。"然而脚刚迈进去半步，她就猝不及防地看见了站在柜台后面的人——正专注地给一个中年男人剃头发的萧寒。那时候她脑子里不合时宜地冒出一句话，不卖鸭子的园丁不是好理发师。

"哎哟！"陈亮痛嚎一声，捂着后颈肉瞪萧寒，"老萧，你悠着点啊！"

萧寒出神地盯着前方，看了好几秒钟才反应过来，缓缓地将剃刀拿开，"噢。"

丁小煦走上前，看看陈亮，又看看萧寒，问："你们哪个是老板啊？"

萧寒说："我是。"

丁小煦礼貌地问："请问有没有什么适合送毕业生的花啊？"

"有的。"萧寒点头，言简意赅地给她介绍，"百合。"

丁小煦犹豫道："呃……我是送给男朋友的，百合不太合适吧。"

萧寒改口说："那就送扶郎。"

丁小煦又问："扶郎是什么花？"

萧寒几步走到花架前，指着一盆大红色的花说："就是这个，学名叫非洲菊，也叫太阳花。"

闻言，站在一旁的何冉不禁移过视线多看了几眼，的确跟她养在家里的那盆非洲菊一模一样。

丁小煦好奇地询问："这花有什么特殊寓意吗？"

萧寒说："代表着毅力和不畏艰巨，前阵子很多毕业生都来买这个花。"

丁小煦一听，挺满意的，立马决定下来："那就要这个了，你能帮我做成花束吗？装饰得漂亮一点，我明天下午来拿。"

萧寒点头说："没问题。"

丁小煦走到柜台前付了定金，萧寒递出一张名片，"有什么问题就联系我。"说话时，名片递出的方向十分微妙，不知是朝着何冉还是丁小煦。

丁小煦觉得有些怪异，但也没往心里去，她主动伸手接过，笑了一声说："谢谢你啦，老板。"

萧寒语气淡淡的："没事。"

离开时，何冉忍不住回头多望了一眼。在她回头之前，萧寒已经收回了视线，继续帮坐在座位上的男人剃头。

从花鸟市场出来后，丁小煦回酒店，何冉回宿舍。她在学校门口偶遇了同班同学，不是很熟的关系，原本没有开口打招呼的打算，那个男生倒是挥着手很热络地走了过来，与她说长问短。

何冉对于这个男生唯一的印象就是期末考试时放在她桌上的鸡蛋灌饼和热豆浆。因为他长相比较白净，大家都叫他小白。

上个学期何冉很少在学校露面，男生们想接近她都有难度，最近她经常回宿舍住，许多人就开始活跃起来了，小白就是其一。

何冉对小白没意思，但也没有表现出不耐烦。她站在原地，礼貌地听着他把话说完。直到小白再也找不到话题，她才转身告别。

那天在花鸟市场的见面仿佛只是过眼云烟，没有对何冉的生活造成任何影响。

日子悄然流逝，一个月转眼过去。广州的秋天往往还没来得及细细品味就已经结束，北京的秋天却不同，这是何冉最喜欢的季节，天气不冷不热，温度宜人。

黄昏落叶，层林尽染，叠翠流金，形成了这个季节最美丽的一道风光。

自从何冉搬回学校住后，宿舍里就发生了一件怪事，频繁失窃。起初是黄晓丽的珍藏书不见了，接着张阿敏的裤子失踪了，后来刘蕊也发现自己新买的鞋不见了下落。

虽然丢的都不是什么太值钱的东西，但是这样的事情接二连三地发生，难免叫人害怕。

几个室友一开始不是没有怀疑过何冉，但见她一身名牌，还自己开车，似乎不需要做这种小偷小摸的事情，自然也就打消了疑心。

几个女生在宿管那里报了案，但也一直没有结果，此事只能暂且搁置。

何冉最近习惯了每天清晨起床练气功，这是老中医给她的建议，对于改善她的病情有很大的帮助。

蓝天白云下，她一边打着拳一边回想昨晚发生的事情——夜雨声烦，难以入眠的时候，耳边突然传来一声动静。她微微睁开眼睛，目光所及之处，一双粉色棉拖鞋站在自己床前。从不断发出的窸窣声响可以确定那人正在翻找着什么东西，何冉没有出声，大概几分钟后那人就离开了。

今早何冉打开衣柜检查时，发现自己的MP4不翼而飞了。

视线里突然出现一双男士运动鞋，打断了何冉的思绪。她抬起头，动作微怔。

萧寒背对着晨曦的阳光，叫出她的名字，"何冉。"

两人走到操场周围的看台坐下休息，何冉拿出保温杯喝了口水。等嘴唇湿润之后，她才开口问："你怎么找到这里来的？"

萧寒不咸不淡地说："你们学校有人订了花，我来送。"

何冉了然地颔了颔首。也对，今天十一月十一号，应该有不少人告白。

这段对话之后就没有了下文。

他们坐了挺长一段时间，望着不远处的高楼，各怀所思。

萧寒身上隐隐约约传来一股食物的辛辣酸味，不知是被什么东西泼在衣服上了。

何冉问：“你不打算回广州了吗？”

萧寒说：“我在这里开了花店。”

何冉说：“花店在哪里都可以开。”

萧寒沉默几秒才说，“我以后都在这里。”

何冉似有若无地叹了口气，“你不该来的。”

萧寒不接话。

何冉接着说：“以后你就会知道这个决定是错误的。”

萧寒缄默不语，过了一阵子，他手机响了。

放下电话后，萧寒站起身说：“我还要去送花，先走了。”

何冉点了点头，朝他挥手：“好，再见。”

把一套气功打完，何冉出了一身汗，准备回宿舍洗澡，还没到宿舍门口就听到里面激动的说话声。

“我跟你们说，今天我遇到我的真命天子了！这次绝对是真的！”

说话的人是宿舍里性格最奔放的一个女生，叫张阿敏。她每个星期更换一次真命天子，大家都习以为常了。

何冉安静地推开门，走到自己床位边上，拿毛巾擦汗。

张阿敏继续大肆宣扬：“我刚刚走得太快没看路，不小心撞到他，酸辣粉全泼他身上了。他真是老好人啊，不仅没骂我，还问我有没有烫到呢。”

黄晓丽不屑一顾：“你是泡沫剧看多了吧，随便撞个人都能看上人家。”

刘蕊倒是挺感兴趣，凑过来问：“那人长得帅吗？”

张阿敏仔细回想了一阵子，“帅，但也不能说很帅，就是有种特别的感觉，我也说不清楚。”

她越说越兴奋，"最重要的是声音好听啊，我是不折不扣的声控啊，一下子就击中我了！"

刘蕊顿时被勾起了兴趣，追问："是我们学校的学生吗？"

张阿敏想了会儿，说："不是吧，我看他手里拿着一叠传单，应该是来发广告的。"说到这里，她突然猛地拍了下手，"对了，他还给我发了张传单，不知道是不是他自己开的店！"

何冉拿上毛巾和衣服，关上衣柜，走到张阿敏面前。她视线微垂，看见张阿敏穿的是一双粉红色的棉拖鞋。

何冉抬起头，若无其事地说："借过一下。"

"哦，好的。"张阿敏耳朵夹着手机，悻悻然让开道。

何冉面无表情地走进浴室。

每天六七点左右的早市是花鸟市场一日中最忙碌的时候，萧寒和陈亮在店里店外来回跑，分身乏术。

何冉在门口站了有一阵子了，因为人太多，萧寒并未发现她的存在。

萧寒这间花店自开张以来生意一直很好，价格比别家便宜，花草照料得更加精心，消费达到一定总额还能送小宠物，因此回头客也多。但也并不是所有人都买他的账，比如说现在站在何冉面前的这对母子。

妈妈想进店逛逛，小男孩却被萧寒的手指吓到，不肯进去，抱着女人的大腿号啕大哭。萧寒站在一米外，想要上前安慰，却惹得那小男孩哭得更加撕心裂肺。最终女人迫于无奈，只好带着那小男孩离开。

萧寒脸色稍显黯淡，但也没说什么，回店里继续去招呼其他客人了。

过了几分钟，何冉也走进店里。萧寒见到她并没有表现出多惊讶，只是忍不住多看了几眼，然后问她想买什么。

何冉说："之前养的非洲菊死了，再买一盆，事实证明菊花也不是最后一种花。"

这人一大早就跟吃了炮仗似的，话里不知因何而起的火药味。萧寒并不搭腔，只是给出专业的建议："马上要入冬了，不适合养非洲菊。"

何冉问："那适合养什么？"

萧寒正要答话，门口又走进来一个熟人。张阿敏最先看见何冉，很诧异地打了声招呼："咦，何冉？你怎么也在这？"

何冉却很平静，她知道张阿敏经常光顾这里，从这段时间宿舍阳台上不断增多的盆栽数量就能看出来。

"我也来买花。"何冉态度很随和地问，"你呢？"

张阿敏嘿嘿笑起来，"萧哥说今天进新品种，我就来看看，顺便帮帮忙。"

正说着话，萧寒从屋里搬过来一盆枝条，来到何冉身旁，说："你可以养这个。"

何冉侧过头，"这是什么？"

萧寒说："山茶花，再过一两个月就能开花。"

"噢。"何冉点点头，"看着还行。"

萧寒又说："山茶只能观赏，你再养个净化空气的，虎尾兰。"

何冉皱眉："怎么又是虎尾兰？不要，好丑。"

萧寒耐心教诲："你别总是只看外表，丑一点没关系，能吸尘才是最重要的，对你身体好。"

何冉说："不行，我就要好看的，长得丑的我连浇水的欲望都没有。"

萧寒被她堵了好一阵子，说："那就养常春藤吧，挂在墙上的也挺好看。"

两人你一句我一句，半天也没完没了。张阿敏好奇地瞄来瞄去，终于忍不住插话："你们认识呀？"

萧寒正滔滔不绝，被突兀地打断。他闭上嘴，看了何冉一眼，然后含糊其辞地嗯了一声。

何冉也停下来，多解释了一句："我们是朋友，之前在广州认识的。"

"噢。"张阿敏慢吞吞点头，笑开颜说："那真是好巧。"

之后，萧寒一板一眼地教何冉这两种盆栽的种植方法，张阿敏则帮忙跑了几次腿，出去送花。

到了九点左右，店里终于不那么忙了，几个人渐渐闲下来。

陈亮才记起来还没吃早饭，拍拍肚皮催促道："老萧快去买早饭！我饿得不行了！"

萧寒看向正准备离开的张阿敏和何冉，问："你们吃过了没？"

张阿敏摇摇头说："还没呢。"

萧寒便邀请道："那留下来一起吃吧。"

张阿敏忙不迭点头，"好啊好啊！"

萧寒又看向一旁的何冉。何冉不置可否地耸了耸肩。

萧寒一一询问每个人的喜好，打电话叫了外卖。张阿敏和陈亮都要了酸辣粉，何冉还是没说话，萧寒帮她点了一份白粥，他自己也是。

店里没有桌子，两个女生坐在塑胶椅上，两个男人就只能手捧着饭盒，站着吃。

张阿敏吃饭时仍不忘跟萧寒搭话："萧哥，光喝粥会不会太淡啊？这家店也真是的，也不配点榨菜。"

萧寒摇头："还好，不会。"

张阿敏很好奇，"你们重庆人不是都爱吃辣吗，怎么你口味这么清淡呀？"

萧寒目光似有若无扫向何冉这一边，说："被其他人带的。"

过了一会儿，张阿敏又问："萧哥，你店里最近这么忙，考不考虑招兼职呀，你看我怎么样？"

萧寒放下碗，抿着唇说："你还在读书，时间上或许会有冲突。"

张阿敏说："我可以周末来啊，你不算我工钱也行的，送我几盆花就好。"

萧寒考虑片刻，说："再看看吧。"

饭后，张阿敏主动承担了收拾残局的任务。她手脚麻利地将几个塑料饭盒打包收拾好，跑出去倒垃圾。看着她那股殷勤劲，何冉不禁回头问萧寒："她在追你？"

萧寒弯腰将几个塑胶椅子叠在一起，答得模棱两可："不知道。"

"不知道还是装不知道？"

萧寒瞥她一眼："阿敏热心肠爱帮忙而已，你别瞎猜，而且我对年龄太小的也不感兴趣。"

"你当初对我也是这么说的。"

"那是因为某人刻意伪装。"

"那你怎么知道其他人的热心肠不是伪装的，知人知面不知心。"

"知人知面不知心，总比有人翻脸薄情不认人的好。"

"……"何冉冷哼一声，没接话。

她蹲下身抱起自己的两盆花，扭头就走。

"你还没给钱。"萧寒在身后幽幽道。

何冉装作没听到，径直走出店里。

走到路口时她正好遇上倒完垃圾回来的张阿敏，萧寒口中"热心的小姑娘"在见到何冉的第一秒时，没来得及收起脸上复杂的表情。

随即，她笑着朝何冉走过来，问："你跟萧哥好像挺熟的，怎么认识的啊？"善于伪装的人往往拥有敏锐的观察能力，张阿敏一定是察觉到了什么。

何冉偏不告诉她，她面不改色地胡诌："他来我家收废纸，一回生二回熟。"

张阿敏的笑瞬间僵住，脸皮抽搐了一下。

送走了两个大姑娘，店里顿时冷清下来。陈亮凑近萧寒身旁，很不是滋味地说："嗳，你这家伙女人缘怎么这么好！为什么就没有漂亮的小妹妹来找我啊？"

见萧寒不做声，他想起一事，又撞撞萧寒的胳膊，打听道："对了，刚刚那两个，到底哪个是你说的老相好啊？"

萧寒目光不知看着何处，指指门外，"刚走的那一个。"

"什么刚走的那一个？"陈亮瞪目结舌，"两个都走了啊！"

"噢。"萧寒这才回过神来，又说："穿黑色衣服的那个。"

陈亮有些意外，"黑色衣服的看起来很冷淡啊，我还以为是长头发的那一个。"

萧寒心不在焉地嗯一声，转身去柜台后面整理账单。有一句话没说出来。在别人看不见的地方可一点都不冷淡。

整个星期，宿舍里无处不充斥着张阿敏的声音。萧寒昨天怎么样，萧寒今天怎么样，萧寒明天将要怎么样。值得一提的是，这回她的"真命天子"已经远远地超出了一个月还没更换。

忙完社团的事后，何冉就搬回在学校外面租的房子去了，还是一个人住更清净些。

正如萧寒所说，一个月后，窗台上的山茶花开了。花瓣层层叠叠，鲜艳欲滴，这次何冉悉心照料，觉得远比那什么破非洲菊好看多了。

圣诞节前夕，张阿敏给何冉打电话，说宿舍四个人约了去看电影，问她去不去。

何冉不爱凑热闹，本要婉拒，张阿敏却说："你平常不愿意跟我们一起玩就算了，后天是刘蕊的生日啊，你要是把我们当朋友的话就给个面子来吧。"

她话说到这个份上，何冉思考了很久，终于改口说："行，你们定时间吧。"

平安夜那天，何冉提早了半个小时到约定见面的电影院门口。下午三点，电影院的生意很火爆，购票处排成了几条长龙。她有早到的习惯，另一个人也有。

何冉看着不远处、站在广告灯箱前边的萧寒。黑色的亮面羽绒服，深蓝色的牛仔裤，一双不知什么牌子的运动鞋，鞋底已经快被磨平。很普通的打扮，如果不是那张引人注目的脸庞，稍不留意就会融入人群里。

萧寒也看见了何冉，当何冉的目光转向他时，他下意识地把视线挪开，但这种掩耳盗铃的行为显然不能奏效。

何冉抬脚朝他走过去，很快她就站立在他跟前，开门见山地问：

"你为什么会在这里？"

萧寒终于收回视线，停留在近处的她身上，说："阿敏叫我来的。"

何冉不露痕迹地皱了皱眉。

萧寒这种一年到头都不来几次电影院的人，居然会答应张阿敏的邀请。而且还是在这种容易令人遐想的节日，未免太过刻意。

何冉抬头看他，直截了当地说："萧寒，你没必要故意刺激我。"

萧寒语气如常："我没有要刺激你。"

"不是刺激我？"何冉哼笑一声，"那难不成你真的喜欢她？"

"不喜欢。"

何冉又说："张阿敏喜欢你，你不知道？"

萧寒想了想，说："知道。"

"知道你还来？"

萧寒抿着唇，他不会撒谎，就这么平铺直叙地说了："她们说你来，我就来了。"

何冉转过身，将刘海全推到脑后，长吁了一口气。

她不想在大庭广众之下跟萧寒拉拉扯扯，对萧寒用下巴指了指电梯的方向，"去那边说。"

电梯慢慢下降，何冉和萧寒在负一层走出来。这里是个地下停车场，除了偶尔驶过的几部车，人影稀少。

何冉踩着高跟鞋走在前面，萧寒隔了几步跟在后面。

他们走进一个隐蔽的洗手间里，何冉利落地把门关上，转过身目光直直地看着他。她换上一副劝告的语气，"萧寒，你这是在浪费时间。"

萧寒同样面孔严肃："我不觉得。"

何冉干脆把话说明了："你在北京留再久也没有用，我不会跟你走的。"

萧寒毫不退缩，见招拆招："你不用跟我走，你到哪我就去哪。"

讲理讲不通，只能动之以情。

"你听听我的行吗？"何冉伸出双手，帮他理了理衣领，语气舒缓下来，"以后不要来找我，对我们彼此都有好处，我真的……给不了你什么。"

将他衣服上的褶皱完全抚平后，她收回手，不急不躁地说："拿得起，放得下，才是男人。"

手来不及放回口袋里，就被萧寒在半空中紧紧攥住，他的话意味深长："就算我放不下又怎么样。"

他目光如炬地盯着她："你既然敢来小洲村找我，敢来涪陵找我，还给秦早钱让她走，不就是为了跟我在一起吗？现在我来找你，为什么你又反悔？"

何冉闭着嘴，不动声色。

萧寒上前一步靠近她的身体，肌肤相贴，"何冉，你必须给我一个准确的答复。"

何冉躲避开这个带着入侵意味的动作，垂下视线看着地面。

"在一起不行。"许久，她叹了一口气，"除此之外，你想要什么？"

萧寒双手把在她腰上，微微用力往自己这边带，将她抱进怀里。

"你觉得呢？"他贴在她耳边，刻意压低了声音，"除此之外我什么都不想要。"

靠得近了，能闻到他身上带着的淡淡的烟草味道，似乎比以前更重了些。

何冉一晃神，萧寒的脸已来到跟前。她眼睑微垂，视线停留在他唇瓣上隐隐约约的纹路上，那每一道纹路都让人想伸手触碰。

她做事虽然我行我素，但从不亏欠任何一个人，可唯独对着眼前这个男人，是没有办法问心无愧的。

沉默了半晌，何冉开口轻唤他的名字："萧寒。"

"嗯。"

她声音有些发哑，很缓慢地说："我可以给你。"

"但仅限于身体。"她话音微顿，"其他的我没法负责。"

萧寒置之不理，先下手为强。"我不相信。"他果断地俯身吻住她的双唇，"你总是口是心非。"

天气太冷，他们相互拥抱着取暖。何冉将十指覆在萧寒的脑勺后面，仿佛找了一个发泄口，指甲深深嵌进他的头皮里，这也使得萧寒的脸更贴近她，舌尖深入。他总是有办法让她丢弃理智，在忍耐与压制中，一步步走向爆发。

他倒是依旧不急不慢地叫着她的名字，"何冉。"

"嗯。"

"何冉。"

"嗯。"

"何冉。"

"…………"

她渐渐意识到那不过是他轻叹的另一种方式，便任由他放声叫，没再搭理。他的声音配上她的名字，就是最动听的情话。愉悦的音调断断续续地交织在逼仄狭隘的角落里，整个天地里只剩下他与她。

何冉头发凌乱地从洗手间里走出来，泛着酡红的两腮很容易让人看出端倪。她走到洗手池前，从手包里拿出粉底和口红，仔细地补妆。

萧寒站在她身后等，何冉冲镜子里说，"你先上去，我待会儿到。"

萧寒想了想，说："好。"

萧寒走后，何冉看着镜子里那张粉饰得过于浓厚的脸，很虚假，但正因为如此才找不到一丝破绽。她满意地将粉底和口红丢进手包里，转身走出去。

电影播了一大半，萧寒和何冉才一前一后地给张阿敏打电话，拿票进场。张阿敏问起原因，两人都不约而同地以"堵车"为理由。张阿敏脸色有些古怪，倒也没说什么。

看完电影后，一行人原本的打算是一起去吃晚饭，中途却发生了一个小意外。电影结束后，他们坐在最后一排，也是最后离场的。过道很窄，五人排着队下去。张阿敏走在最前面，何冉在第二个，后面依次是萧寒和另外两个室友。

最近何冉常常贫血，没走几步，她大脑毫无征兆地晕眩起来。身子在空中摇晃了一下，她条件反射地伸出手，想扶一下前面人的肩膀。

何冉只是虚扶，没使什么劲，张阿敏却像被人推了一把一样，倒在地上。

她身材微胖，顿时像个皮球似的顺着台阶滚了下去。

所幸楼梯不是很陡，她滚了几圈之后就自己停下来了。刘蕊和黄晓丽连忙冲上去，将她搀扶起来，紧张地查看伤势。

张阿敏膝盖上磕破了一层皮，隐隐渗出些血丝来，脚也崴到了，暂时站不起来，其他地方倒是没什么大碍。

刘蕊回过头来，焦急地问："你们谁有带创可贴？"

"我有。"何冉答道，扶着墙壁缓慢地走下去。

将创可贴递给刘蕊，她多看了张阿敏两眼，低声说："对不起，你没事吧？"

张阿敏不在意地摇摇头，笑容开朗，"没事，我知道你不是故意的。"

何冉又说："还是去医院看看吧，免得有什么隐患。"

张阿敏看向一旁沉默的萧寒，迟疑了几秒，才点点头说："好吧。"

她完全走不动路，两个女生扶着也吃力，萧寒一个大男人袖手旁观不好意思，不得不走上前说："我抱你吧。"

张阿敏羞怯地低下头，小声说："那麻烦你了。"

到医院检查一遍后，张阿敏的脚只是轻微扭伤，医生给她涂完药又按摩了一阵子，就可以离开了。从医院出来时，早已过了与餐厅预约的时间，美味的大餐是吃不成了。几个人随便在医院附近找了家快餐店，填饱肚子就行。

天色已黑，萧寒负责将几个女孩子送到宿舍楼下，然后再送何冉回家。

两个人并肩走在人行道上，一场初雪不知不觉地落下。雪并不大，安静的，轻轻的，在枯树枝杈间悄然飘舞着。

何冉感觉到鼻尖一点微凉，抬起头。看见半空中纷纷扬扬的洁白，才知道是下雪了。她紧了紧身上的衣服，后悔今天出门时没带件围巾，寒风飕飕地往衣领里灌。

萧寒注意到何冉穿得少，便脱下自己的手套，帮她一根根手指戴进去。何冉低头看着他忙活，不说话，任由萧寒摆布。

萧寒这手套……有点搞笑，毛线织的，没什么花样，食指那儿还起球脱线了。节省到这个程度，也不知道该说他抠门还是什么好。

不过也不碍事，何冉的手比他小多了。她将那长出来的半截折起来，握在手心里，不会漏风。

戴好手套，何冉毫不掩饰地评价："好丑。"

萧寒说："我自己织的。"

"自己织的那还不错，帮我也织一副吧。"

"好。"

何冉是暖和了，又看看萧寒暴露在外面的十指，问："你不冷吗？"

萧寒摇头说："还好。"

何冉半笑不笑："也对，你的名字里本来就有个寒字，应该是很耐寒的。"

萧寒并没能领悟到她的幽默感，几秒钟之后才僵硬地咧了咧嘴角。

何冉无趣地哼了一声，继续往前走。

萧寒并不费力地跟上她，状似无意地问起："刚刚在电影院的时候你怎么了？"

何冉说："头有点晕，就借张阿敏肩膀扶了一把。"

萧寒若有所思地哦了一声。

何冉扭头看他，"怎么，你怀疑我故意推她？"

萧寒说："没有。"

何冉耸耸肩，说："你怀疑我也是正常的，毕竟我是有前科的人嘛。"

萧寒皱眉，重复了一遍："没有。"这一次加重了语气。

何冉抿唇笑，"知道你没有，跟你开玩笑的，别那么较真。"

不知不觉，他们来到了何冉家楼下。

站在小区门口，何冉把萧寒的手套脱下来，还给他，"你自己戴，回去路上别冻着。"

萧寒揣进口袋里，并没急着戴上，他转而问："下次什么时候见面？"

何冉站立不动，过了一会儿才说："我有个要求。"

"什么要求？"萧寒问。

"要见面只能我去找你，你不能来找我。"

也许是天气太冷才使得萧寒脸色僵硬，而何冉更是言如刀锋："你要是做不到就算了，就当今天什么都没发生过。"

良久的沉默之后，萧寒的声音里带着一种落败的意味："好。"

何冉的话还没说完，她接着道："我说的不要找我，也包括电话和短信，你都不能主动联络我。"

这次萧寒倒是妥协得很快，他的语气与其说是平淡，更不如说是麻木："知道了。"

意见达成一致当然是最好的结果，何冉满意地勾起嘴角，冲他挥手："那就这样，我先上楼了，回见。"

萧寒却突然抓住她的手腕，没让她走，他稍一用力就将她带进怀里。下一秒，他双手捧住她的头，不由分说就重重地吻下去。

何冉没推开。

这种感觉很奇怪，明明都是力气很大的两个人，韩屿会令她觉得粗暴，萧寒却不会。或许这就是所谓的"一眼定生死"，只有这个男人的吻才能勾起她内心更多的渴望。

路灯下两个人影紧紧相拥。飘絮一般的雪花多么浪漫，它落在她的发梢，又融化在他的掌心。美好事物的消逝，总是如惊鸿一般短暂。

　　他离开她的唇，牵扯出一条细细的涎水。何冉并不满足，又追了上去，纠缠不休。时间过得太漫长，仿佛一闭眼就能到天荒地老。她从来没有吻得这么疯狂过，牙齿和鼻尖一路磕磕绊绊，热情来不及消磨或沉淀，只是不停地碰撞与升温，即使到最后呼吸困难了她也仍旧撑着一口气不肯放手。

　　他与她就如同一场飞蛾扑火，抱着自取灭亡的决心相拥，又企图在绝路上找到一线生机。

　　在快要窒息之前，何冉终于松开了嘴。她仰头望着天，大口大口地呼吸，萧寒按下她的脖子，与她额头抵着额头，传递彼此的温度。

　　他一边喘息一边说："别不让我找你，我受不了你又突然消失。"

　　缺氧使得何冉心跳飞快，她望着地面，喘息很重："我真的不知道我们以后会怎么样，但是现在，先听我的。"

　　"你能不能别这样对我……"萧寒的呼吸声比她更急促，求饶的话到一半又止住了。他双眼充血地说："何冉你快把我搞疯了。"

　　圣诞节之夜，何冉的时间毫无意外是属于韩屿的。

　　夜幕降临时，他们在地处最繁华的CBD的一家高级餐厅里享用双人晚餐。这是北京首屈一指的法式餐厅，氛围浪漫奢华，放眼望去，大厅里坐满了慕名而来的甜蜜情侣。

　　长桌上放着韩屿送给何冉的一大捧玫瑰花束，那香味太浓，熏得她有些吃不下饭。韩屿却非常享受此刻光景，他轻轻摇晃手里的红酒杯，带着似有若无的笑意说："何冉，你猜我今天遇到谁了？"

何冉抬起眼睛，搭腔式地回了一句："谁？"

韩屿冲摆在她座位边上的花束努了努嘴，说："这家花店老板，你也认识。"

何冉眼皮跳了一下，隐约感觉到他要说什么了，仍旧按兵不动。

韩屿接着说："今天那老板来送花，我一开始觉得有点眼熟，后来多看几眼才发现，不就是当时我在小洲村里见到过的那个男人吗？你说是你的朋友。"

他的话令何冉心惊肉跳。

韩屿有轻微的脸盲症，这算不上是什么病，一般狂妄自大的人都免不了这个毛病。可隔了这么久，他居然还能记得住萧寒这个人，甚至是他的长相，这显然不是什么好事。

何冉面上毫无波澜，表情淡淡地装作不在意的样子，"你说的是萧寒吧。"

"他来北京了吗？我还没听说。"她切下一块龙虾，漫不经心地塞进嘴里，"下次有机会去看看他。"

韩屿不明意味地笑了起来，"行啊，下次我陪你一起去。"

何冉没有接话，韩屿继续自顾自地讲："不过也奇怪啊，一个开花店的朋友，你是怎么认识的？"

何冉顺着他的话说："自然就是买花认识的。"

韩屿哼哼两声，将信将疑。

晚餐进行到一半，何冉的手机突兀地响了起来。她侧头看，是个眼熟的未知号码。

一般除了往来非常密切的人，她很少会把别人的号码加入通讯录。打电话来的人是小白，何冉当着韩屿的面接了这通电话。

她以往对待追求者的态度一直比较冷淡，这回倒是破天荒地聊了挺长时间。

十分钟后，何冉结束通话。韩屿被破坏了兴致，脸色阴晴不定地盯着她。

料想中的盘问如期而至。

"谁打的电话？"

"同学。"

"男的女的？"

"男的。"

"在追你？"

"是。"

三个问题，全部一针见血，问到点上去了。

韩屿咧开嘴，表情耐人寻味："挺好啊，胆子挺大。"

何冉没接话，继续从容地切着盘中的虾肉。

朔冬之际，持续了多日的雾霾天气之后，天空终于难得放晴。趁着早晨空气好，何冉在操场上慢跑。

今天的风很轻，除去了以往的凛冽之势，淡淡地扫过地面。几片干枯的落叶被风带着卷了过来，铺在跑道上，萧寒鞋底碾过去，发出清脆的响声。他略微加快步伐，追上前方不远处跑得慢吞吞的何冉。

这是他的第四圈，她的第二圈。

萧寒在何冉身边停下，发现自己仅是保持快走的速度就能与她齐驱并进。他扭过头，再一次尝试与她搭话："你怎么突然开始锻炼身体了？"得不到回应，他只好一唱一和："这个习惯挺好的，你要坚持下去。"

何冉半晌没说话，萧寒依旧自言自语："你的鞋带要松了，先停下来绑一下。"

何冉继续匀速地向前跑，完全视他为空气。

萧寒知道她是铁了心的不会搭理自己了。他叹了口气，收回视线，再次加快步伐，开始跑第五圈。

何冉跑完第二圈就再也跑不动了，她气喘吁吁地走到看台边坐下。萧寒见状也停了下来，将一瓶矿泉水递上前，说："喝点水吧。"

何冉避开，"不用，我自己有。"

萧寒说："你终于肯理我了。"

何冉拧开自己的保温杯，仰头喝了几小口。她不紧不慢地擦干嘴角，冷着脸说："我记得我分明说过只能我找你，你不能来找我。"

"为什么我不能找你？"萧寒皱了皱眉头，"你找我，或者我找你，这有什么区别？"

"怎么没有区别？"何冉也睁大了眼睛，"要是被……"

她话到一半，戛然而止，索性扭过头去不看他，"算了。"

他们的确是约定过这件事，萧寒僵持了一阵子，自知理亏，不得不退让一步。他从口袋里拿出一副淡粉色的手套，解释道："我是来给你送手套的。"

何冉板着面孔："那也一样。"

萧寒语塞了一阵子，声音低下来："可是你这半个月都没有找我。"

何冉不以为然："半个月又怎么了？"

萧寒哑口无言。

两人沉默着坐了几分钟，时间到八点半，何冉该回去洗澡换衣服了。她站起身，慢悠悠地说："这个周末我去找你。"

萧寒没什么反应，不喜不悲地嗯了一声。

何冉走出几步，又回过头来对他说："手套挺好看的，谢谢。"她嘴角带着浅笑，"你要是不忙的话，再帮我织一条围巾吧。"

说到这里，萧寒的脸上才终于出现了一丝表情，点头答应："好。"

放学后，何冉收拾好画架准备离开课室，在门口突然被一个人拦住。她抬头看向来人，问："有什么事吗？"

小白站在她跟前，挠着头皮有些腼腆地说："那个……何冉，我想请你看一次电影，可以吗？"

何冉思考片刻，说："我不太想看电影。"

没想到这么轻易就被拒绝了，小白悻悻然地捏了捏鼻子，"那好吧……你当我没说。"

何冉转而又说："不过我们可以去看画展。"

对面那张脸愣了一下，随即笑得如沐春风，"画展？你说的是傅大师的画展吗？我这几天也准备去看呢！"

何冉点了下头："是的。"

"那太好了！"小白乐不可支，却又压抑着兴奋小心翼翼地问，"你什么时候去？我们一起吧。"

何冉说："我随便，你来定时间吧。"

"好好好。"小白一连点了好几下头，接着问："你明天有时间吗？要不然我们明天去吧。"

何冉微笑着说："可以，那就明天下午见。"

第二天放学后，何冉与小白一起从学校出发，路上甚至还引来了一帮同学的围观。何冉大大方方地与他们打招呼，小白不知是紧张还是害羞，一句话都说不出来。

到了美术馆，何冉收起玩笑态度，认认真真观赏每一幅画。

傅燵是业界公认的天才画家，年轻有为，只可惜负面新闻一直不断，前不久更是传出了婚内出轨的消息。不知是不是受舆论影响，这次画展举办得比以往冷清许多，来看展的只有寥寥几人。

何冉对绯闻不感兴趣，她只专心赏画。传闻总会有假，才华却是能透过画面真切切地表现出来的，傅大师不愧为国内油画第一人。

看完画展已接近六点，小白顺理成章地邀请何冉一起吃晚饭，何冉没有拒绝。

吃完饭后，小白绕了段远路才把何冉送到家。他一路上欲言又止好几次，何冉知道他的那些心思，也不戳破。

一直到了她家楼下，准备告别时，小白才终于鼓起勇气开口："何冉！我，我……我喜欢你。第一次见到你时我就觉得你很特别，可能你没印象了，校考的时候我就坐在你旁边，那天我太紧张忘记带画笔，是你替我解围的，刚开始是觉得你的画特别有灵气，后来能跟你考进同一所大学，我觉得这就是缘分吧。第一次跟你搭讪时特别忐忑，担心你会以为我是个很随便的人，今天能约你一起看画展我到现在都觉得不可思议，心一直怦怦跳个不停，这就是喜欢一个人的感受吧。"他越说越紧张，到了后面已经咬字不清，"虽然知道这么说太突然了，但我还是想问，你愿意……跟我交往吗？"

何冉沉默了几秒，郑重其事地回答："谢谢你，但是对不起。"

她只说了短短几个字，足以让对面那张脸黯然失色。小白憨笑着搔搔头，强颜欢笑，"嘿嘿，没事，我知道你应该看不上我的。"

何冉没有接话。

小白又试探着问："那我们以后还可以做朋友吧？"

何冉若有所思地点了点头，低声说："只要你愿意。"

小白的脸重新被笑容点亮："那太好了。"

他看了眼时间，说："我妈还在等我，那我先回家了，明天学校见！"

小白走了，看着他离去时的背影，何冉又在心里无声地说了一遍对不起。

她说的对不起，指的是另外一个对不起。

周五晚上，一场大雪覆盖了整个北京城。何冉伫立在窗前，看着外面白雪茫茫的世界，给萧寒打了个电话。

"雪太大了，你来不了就算了。"

萧寒那头的声音在呼啸的朔风中被掩盖了分贝，"没事，我已经快到你小区了。"

挂了电话几分钟后，门铃声就响了，何冉快步走去开门。

萧寒站在门外，头顶、睫毛上、肩膀上全是雪花，一股寒气逼进来。何冉赶紧将他拉进来，把门关上。

快一个月没见，萧寒想给何冉做点好吃的，他刚刚去了超市一趟，手里提着几袋菜，全是晚餐食材。何冉领着他走进厨房，将袋子放下来。

萧寒双手粗糙，被风吹得干裂，硬邦邦的。何冉抓住他的手，放在脸边帮他焐热，皱着眉头说："冬天就别干那么多活了，小心长冻疮。"

萧寒笑了笑，说："我干活时有戴手套的。"

"那还冻成这样？"

"给你织围巾时冻的。"

何冉忍不住瞪他："家里没装暖气吗？"

"没装。"萧寒实话实说。

何冉嗤一声，"真亏你能活得下去。"

萧寒将双手抽回来，从购物袋里逐一拿出食材，开始做晚饭。

何冉把暖气温度调得更高些，萧寒没一会儿就觉得热，他把衣服脱得只剩一件长袖，头顶还在冒汗。

何冉家的厨房只是摆设，她从来没开过天然气灶，锅碗瓢盆也都还维持着刚搬进来时的样子。萧寒将厨具全清洗了一遍，才开始切菜做饭。

何冉将食材看了一遍，问："今晚吃什么？"

萧寒回答："萝卜炖羊肉、清蒸生蚝，再炒一盘青菜。"

何冉听了后兴致缺缺，"这几个我都不怎么喜欢吃。"

萧寒说："冬天吃点温补的好。"

何冉不以为然，"生蚝这种东西也补？"

萧寒瞥她一眼，"你别小看它，冬天多吃点挺好的。"

何冉笑了，"怎么好法？"

萧寒一一列举："壮骨、缓解失眠、补肾益精。"

何冉拍拍他屁股，"那你多吃点。"

晚饭很快做好了，何冉没动生蚝，羊肉倒是多吃了几块。

"是不是因为太久没吃你做的菜了，怎么觉得这么好吃？"她一边夸奖，一边往碗里盛第二碗饭。

萧寒笑着说："想吃了就叫我来给你做。"

何冉也笑，笑完却没接话。

饭后，萧寒在厨房刷锅洗碗，何冉拿上睡衣进浴室洗澡。

她洗了二十分钟，出来后又招呼萧寒进去洗。萧寒起初不肯，说："天这么冷不用洗了。"

何冉威胁道："不洗就别上我床了。"

萧寒听罢，只好转身走进浴室里。

男人洗澡不讲究，才过短短五分钟他就出来了。何冉换了件薄纱睡裙，正坐在床上调整肩带。见萧寒出来，她松开手，朝他笑了笑。

何冉身上穿的是维多利亚的最新款内衣，黑色透明的蕾丝包裹着姣好的身躯，神秘的地方被掩盖，美好的曲线显露无遗。她走下床，摇曳生姿地走到他跟前，萧寒目不转睛地看着。

他的小孩确实已经长成大姑娘了。

何冉将双手覆在他臂腕上，抬头问："喜欢吗？"

萧寒低低地发出个鼻音："嗯。"

何冉在他面前转了个圈，"好不好看？"

萧寒不解风情地来了一句："你冷不冷？"

何冉脸拉下来，不悦道："我特地买了穿给你看的，你问我冷不冷？"

萧寒及时矫正自己的话："你穿什么都好看。"

女孩子都喜欢听这种话，何冉也不免俗，她蹲下身，眼角含着娇媚地笑："给你点小奖励。"

醒来时已经天光大亮，何冉感觉到有轻微的呼吸拂在自己脸上，微微刺痒，才睁开眼睛。

她摸了摸湿润的嘴角，轻笑起来，"偷亲我。"

萧寒供认不讳，他专注地盯着何冉看，突然说："你长得像只猫。"

何冉眨眼问："为什么？"

"身子小，脸小，鼻子小，嘴巴小，眼睛大。"

她轻哼一声，伸手拔他下巴上新冒出来的胡子茬儿，"那你就是公猫"。

萧寒握住她的手，完全包裹在掌心里，又问："你早餐想吃什么？"

何冉沉吟片刻，正要说话，对面萧寒的瞳孔突然放大了一下，怔怔地盯着她，"你流鼻血了。"

何冉还没反应过来，萧寒已经跳下床，将她扶起身，"坐直了，别仰头。"

这回何冉也看到了，鲜红色的液体悬挂在她的鼻尖，垂垂欲坠，最后滴落在掌心里。

萧寒赶紧抽了几张纸巾回来，帮她堵进右边的鼻孔里。她血流得很多，没过多久那张纸就被染红了，萧寒干脆把整筒卷纸都抱过来。

何冉倒是十分镇定，边用手按压着自己的鼻翼，边对萧寒使了个"别担心"的眼神。十多分钟后，血终于止住。床头柜上数不清有多少张血迹斑驳的纸团，叫人触目惊心。

萧寒皱着眉头问："你这是从什么时候开始的？"

"老毛病了。"何冉平静如初，过了一会儿她才开口，"萧寒，有件事我一直没跟你说。"

萧寒问："什么事？"

"你先做好心理准备。"

萧寒没应声，屏住呼吸。

何冉轻描淡写地说："我是白血病患者。"

小区突然停电，萧寒和何冉不得不在摸黑中走下楼梯。中途何冉不慎绊了一跤，怕她再出什么意外，剩下的路萧寒坚持背着她走。

何冉觉得他太大惊小怪了，她有些无奈地说："我只是生病，还没到不能走路的地步，你把我放下来吧。"

萧寒置若罔闻，一步一步地背着她往下走。

何冉说了好几次他都不理，索性就闭嘴了。爱背就让他背吧，反正他体力好。好不容易到了一楼，何冉的双脚终于回归到平面上，她将车钥匙丢给萧寒，说："我车停在路边上，待会儿你开。"

萧寒说："行。"

雪天路滑，马路上所有车辆都行驶得很缓慢。在一个红绿灯前，萧寒踩下刹车。等着倒计时，他的视线漫无目的地移向窗外，发现对面那辆车的车主正古怪地盯着自己看。

一个大老爷们儿开着辆小巧玲珑的粉红色保时捷，这画面确实比较罕见。萧寒浑然不觉，等红灯变成绿灯，他踩下油门往前开，朝着医院的方向。

半个小时前，何冉和萧寒因为要不要去医院这个问题争执了很久。何冉自己的身体自己最清楚不过，可萧寒仍旧坚持要看到检查报告才肯相信。最终何冉妥协了。

到了医院，他们按部就班地把整个血检流程走了一遍。结果出来时，并没有多太出乎意料。

何冉的白细胞升高到15.9，如果这个情况维持不变，只能说明是复发了。听着医生详细的解析，萧寒陷入了沉默中。

回家的路上，车厢里的气氛十分凝重。

路面结冰，造成了不少起交通事故，整条内环路几乎陷入瘫痪状态。何冉和萧寒被困在路中间，堵了一小时还没走十公里。

何冉百无聊赖地敲着车窗玻璃，叹了口气抱怨道，"我都说不要出来了，在家里待着多好。"

萧寒转过头来，严肃地说："小孩，你应该住院。"

何冉毫不犹豫地否决，"不住。"

"为什么不住？"萧寒蹙眉，"医生都建议你住院观察。"

何冉云淡风轻地说："现在还不到那个地步，医生总喜欢把病情说得多严重，治好了显得他多神通广大，治不好了他也有理由可以开脱。"

萧寒耐心劝解："至少医生不会害你，你不要总是一副无关痛痒的态度。"

"我自己的病我心里清楚，这个时候化疗对我没好处。"何再打住，开始有些不耐烦，"你不了解这个病，跟你说再多也是浪费口舌。"

"我怎么不了解！"萧寒突然一声急吼，"我哥就是因为这个病……"他说到一半，猛地把头扭到一边，剩余的话全部咽进嘴里。

何再怔了一下，也故作从容地扭头看向窗外，心口发堵。

他们从来没有这么针锋相对的时候，谁都不肯先退让一步。

不知过了多久，萧寒才转过头来，看着何再，"那你现在打算怎么办？"

何再说："我在吃中药，练气功。"

萧寒问："有用吗？"

"你觉得呢？"她似笑非笑，冲他挑了挑眉。身体冲破安全带的束缚，凑到他脸边吐气如兰："我昨晚表现还可以吧。"

萧寒不苟言笑，将她按回座位上，"你太不让人省心了。"

难以想象，塞车居然塞了一整个下午，他们在太阳落山之前才回到家。晚上萧寒给何再做了蛋炒饭，他情绪仍旧不太对劲，饭桌上一声不吭。

等何再吃好，萧寒洗完碗，又将厨房清理一遍，就准备离开了。

何再将他送到玄关处，看着他低头系鞋带。

"你今晚不留下来吗？"她低声询问。

"不了，"萧寒穿好鞋子，站起身说，"明天要赶早市，我四点钟就要起床。"

何冉笑笑，"你很努力嘛。"

"还不够。"他低头凝望着她，态度郑重地说，"我想跟你好好过日子，还要加倍努力。"

"又说这种话了。"何冉不可见地皱了皱眉，"我说过我不用你来养。"

萧寒坚持道："你用不用是一回儿事，我做不做是另一回事。"

"你已经违背我们的约法三章了。"何冉脸拉下来，转过身背对着他，"要么就别见面了。"

"你别说这种话来激我。"萧寒绕个圈，走到她跟前，"我知道你也离不开我。"

何冉哼笑一声，冷着脸说："你从哪里看出来了？"

萧寒双手扶在她腰两侧，双眼也紧盯着她："从你的眼睛里。"

他不疾不徐地说："从第一次帮你剪刘海，你睁开眼睛的时候。"

萧寒语气笃定："何冉，你需要我。"他帮她理了理有些凌乱的衣衫，陈述道："如果不是，你不会来找我。"

双目对视半晌，萧寒黑湛湛的眼里有某种浓烈的情愫喷薄而出。那种真挚的眼神推心置腹，同时也期盼着得到她的回应。仿佛被人捏住了命门，全身的力气都骤然从何冉的躯壳里抽离。她败下阵来，垂着眼皮说："萧寒，你是个疯子。"

"十年前你就犯过同样的错误了，现在还一点长进都没有。"

"不是错误。"萧寒说。

"那是什么？"

"你跟秦早不一样。"

"能有什么不一样？"何冉笑得浅淡，声音无力，"殊途同归。"

萧寒皱起眉头，谈起过去他已经相当坦然，"你比她更矛盾，明明离不开我，又一次次推开我。"

何冉轻声说："你觉得被我玩弄了吗？"

萧寒语气平静："不，我知道你一直都想跟我在一起，只不过你不肯说真话。"

何冉沉默许久，说："好了，以前的事就不提了。"

事已至此，她的确需要和萧寒坦诚、毫无保留地谈一谈。何冉无声地叹了口气，"你说得对，我的确离不开你，以前是，以后更是了……"

"阻止我们在一起的因素有很多，但最困扰我的不是外界，而是你。" 何冉伸手，帮他抚平眉宇间深深的沟壑，轻声呢喃，"你总是说我反悔，其实我最担心的是你反悔。"

萧寒眉头皱得更紧，一把抓住她的手："我永远不会反悔。"

何冉调整了语气，严词厉色："多余的话先不说了，我就问你一个问题，你怕不怕？"

萧寒问："怕什么？"

何冉说："以后要面对的一切。"

萧寒斩钉截铁："不怕。"

何冉慎重道："别说得那么轻巧，你仔细思考一下。"

萧寒还是毫不犹豫，"不怕。"

"即使看不清未来？"

"能在一起一天就是一天。"

"即使你可能真的会再断一根手指？"何冉捞起他的左手，轻轻揉捏着他的大拇指，"韩屿的报复手段我是领教过的。"

萧寒坚决道："我要是怕就不会站在这里了。"

何冉沉默了好一阵子，再次开口："我不喜欢别人轻易承诺，但是现在我要听你发誓。"

她定定地看着他，"你发誓，说你永远不会放弃我。"

萧寒一时没说话，他回望她："那你呢？"

何冉微笑："你不用担心我，我既然这么要求你，那我只会比你更坚定。"

"好。"萧寒沉下声，每一个字都充满了决然："我发誓，至死方休。"

何冉浅笑，另一只手沿着他下颚的轮廓向上抚摸，"这一次倒是用对成语了。"她将头靠近他怀里，下决定般深吸一口气，"萧寒，你说的话我记住了，你可别食言。"

萧寒说："我从来没有食言过。"

何冉握紧他的手，闭上了眼："那好，我陪你一起疯。"

初动凡心是因为他，摇摆不定也是因为他。只有那个人毅然不动的目光，才能给予她放手一搏的勇气。现在她已经准备好倾尽所有去爱他，在这条充满荆棘的路上，无论谁先退缩一步，他们都将玉石俱焚。

第八章

自私

　　何冉跟男同学一起去看画展的事不知怎么被添油加醋一番传到了韩屿耳朵里。按照这位大少爷一贯的暴脾气，当天下午就风风火火地杀到了何冉家里来，找她兴师问罪。

　　何冉不慌不忙，细心地泡好符合韩屿口味的咖啡，在他对面坐下。对于韩屿的质问，她也大大方方承认了："我是跟别人出去玩了，那又怎么样？"

　　"那又怎么样？"韩屿气极反笑，"何冉，你别忘了现在谁是你的男朋友，洁身自爱你懂不懂？"

　　何冉微微抿唇，浅笑中流露出一丝不易察觉的不屑："看场画展怎么了，你不也整天左拥右抱吗？"

　　似乎没想到她会这样忤逆，韩屿一时气得胸口剧烈起伏。韩大少爷从小思考任何事情的逻辑都是以自我为中心的，他可以到处拈花惹草、风流快活，却决不允许别人给他戴绿帽子。

　　空气中的火药味开始蔓延攀升，但何冉并没打算就此停止，她站起身说："既然你今天来了，我就跟你把话说清楚。"

　　"韩屿，我们分手。"

在她平平淡淡、毫无征兆地说出那两个字的时候，韩屿瞪圆了眼睛，额头上青筋暴起。他不可置信地瞪着她："分手？"

"是的。"

"你有种再说一遍！"

何冉面不改色地重复一遍："韩屿，我不想陪你玩了。"

韩屿咬牙切齿，深喘了好几口气，目露凶光地说："是不是因为跟你一起看画展的那个兔崽子？"

何冉低下头摸着自己的指甲，"随便你怎么理解。"

韩屿大声吼："你以为甩了我，你们就能安心地在一起吗？！"

何冉不以为意，"这好像跟你无关吧？"

这句话无异于火上浇油，韩屿被激得怒不可遏。

"何冉你这个……"最后两个字没有骂出来，取而代之的是愤怒的一巴掌。

韩屿的手挥过来的时候，何冉没来得及躲开。

那一巴掌力气可真大，何冉甚至感觉到脸颊边扇起的掌风，她的身子被那股狠劲所撼动，重重倒向一边，栽进沙发里。

何冉缓了一阵子才坐起身来，左手捂着脸，面无表情。不出片刻，口腔里就被一股腥热感所笼罩。

她从容不迫地抽了几张纸巾，张开嘴，吐出一口血。

韩屿怔了怔，方才的怒气在这一刻全然不见。

何冉吐出第二口血的时候，他声音里出现了一丝慌乱，"你……没事吧？"

何冉眼皮也不抬一下，指着门口下了逐客令："你马上离开这里，我就没事。"

韩屿欲言又止，他在原地站了很久，最后还是愤怒地甩门走了。

何冉的牙龈出血从来没有这么严重过，韩屿那一巴掌威力不小。晚上萧寒来找她时，那半边脸已经肿成了个桃子。

萧寒吓了一跳，问她怎么回事，何冉只解释说是牙齿又发炎了。

这个答案并不能说服萧寒，他在原地站了一会儿，闷声说："我刚刚在你门口看到烟头了。"

言外之意，"今天谁来过？"

何冉笑了笑，"原来你这么聪明。"

她走到他身旁坐下，索性也不瞒了，告诉他："今天我跟韩屿提分手，他打了我一巴掌。"

萧寒闻言，深深皱起了眉头，有那么一瞬间何冉觉得他要回去找韩屿算账。

何冉赶紧拉住他，云淡风轻道："不是什么大事，消肿了就好，不用担心。"

萧寒思考一阵子，严肃道："下次他再找你麻烦，你就给我打电话。"

何冉看着他，点头答应下来，"好。"

饭后，何冉去洗澡。她从浴室里出来时，萧寒正埋头坐在沙发前，专注地计算今天的收入。

何冉脚步很轻地走到他身边，低头多看了几眼。萧寒做账有一套自己的方式，别人看着觉得乱七八糟，他自己倒是理得清晰明了。

他捏着个烂笔头在草稿纸上划来划去，何冉看不下去了，找一个计算器给他，"你用这个快一点吧。"

萧寒不要，摇头说："我习惯在纸上算。"

他这人怪癖多，何冉也不勉强，"好吧。"

结算完毕，萧寒将他那本皱皱巴巴的小册子收起来。

何冉努了努嘴，问："算得怎么样？"

萧寒语气还算愉悦："这几个月节日多，生意还不错，能回本，还能再赚一点。"

何冉笑笑，"那就恭喜你啦。"

萧寒将她抱起来，往卧室里走。何冉顺势吊在他身上，延续刚才的话题："赚够钱以后打算干什么？"

萧寒毫不犹豫："娶你。"

何冉怔了怔，嘴角带笑地问："然后呢？"

那几个字脱口而出："生孩子。"

她冷淡地哦一声，揶揄道："娶我就是为了生孩子啊。"

萧寒斜眼瞅着她，"你就喜欢扭曲我的意思。"

何冉冲他龇牙，又问："那生完孩子以后呢？"

"好好过日子。"萧寒说。

"你就只会说好好过日子。"何冉对这个答案并不满意，"就没点长远些的打算啊？"

萧寒抿着唇，思考了良久，说："我还没想好，等我想好了再告诉你。"

何冉笑了笑，"好啊。"

翌日早上，何冉在课室画画的时候并没有看见小白的身影，整个上午的课他全部缺席。中午和宿舍一行人去饭堂吃饭时，才听刘蕊说起，小白昨晚在回宿舍的路上被一伙人打劫，还被揍了一顿，现在正躺在医院里。

黄晓丽听得忧心难安，紧张兮兮道："现在坏人太多了，这么嚣张，咱们以后走夜路一定得结伴同行。"她说完，又转过头来对着何冉，叮嘱道："特别是你啊何冉，一个人住在校外，更加要注意安全。"

何冉安静地听着，不予置评。

在座的同样心不在焉的还有另外一个人，张阿敏正为了萧寒的事而闷闷不乐，这几天不知道是不是她做错了什么，萧寒一直对她避而不见。张阿敏好不容易才跟他混熟了些，现在又无从下手了。

下午小白回到学校上课了，谣言总有夸大的成分，他受的伤并不严重，不过脸上挂了几处彩，还不至于要住院。

课间休息时，何冉去医务室买了一瓶药膏回来。这个时间大部分人都去小卖部买饮料了，课室里只有三两个人影。

小白低头想着什么事情，一只拿着药瓶的手突然出现在他面前。他顺着那只漂亮修长的手缓缓抬起头，看见何冉后下意识地张了张嘴。

"这个你拿着，避免伤口感染的。"何冉轻声说。

小白低声说了谢谢，接过药瓶。

他看着何冉，几番欲言又止。

何冉说："你想问什么就问吧。"

小白抿着唇，思忖了很久才开口问："何冉，你是不是得罪了什么人啊？"

何冉说："为什么这么说？"

小白："昨天那些人……警告我离你远一点。"

何冉点了点头，告诉他："那些人应该是我朋友叫来的。"

小白吃惊地张大嘴巴，"你朋友？你朋友为什么要警告我。"

何冉轻描淡写地说："应该算是前男友吧。"

小白恍悟，低下头来，慢慢地噢了一声。

"对不起，我没想到会把你牵累到这样的事情里。"何冉诚挚地道歉。

小白善意地笑笑，摆手说："我没事的。"又为何冉担心起来："你没事吧？他有没有找你的麻烦？"

何冉摇摇头："我没事。"

上课后，张阿敏坐在何冉后面。她凑上前去，用笔帽戳了戳何冉的背，小声打听："你跟你男朋友分手了？"

看来刚刚他们的那段对话被她听到了，何冉点头说："是的。"

张阿敏若有所思了几秒钟，赞同道："你那个男朋友对你态度那么差，分了也好，女人就应该被疼。"

何冉耸了耸肩，并不表态。

张阿敏的注意力随即转移到她脖子上的围巾，伸手上去摸了几下，好奇道："这条围巾好漂亮啊，你在哪里买的？"

何冉不露痕迹地避开她的手，说："不是买的，萧寒帮我织的。"

"噢。"张阿敏不无失落，"真是可惜了，我还想买条同款的呢……"她转而一想，"要不我也找萧哥帮忙织一条。"

"他不会帮你织的。"

没想到何冉直接泼冷水，张阿敏愣了一下，"为什么？"

何冉淡淡道："不信的话你去问他试试。"

对话告一段落，老师回到课室里，大家都不敢再七嘴八舌，专心画自己的。

张阿敏坐回自己座位上，有些不甘心地喃喃道："试试就试试，有什么好稀罕的。"

最近夜里总是因为腿部肿痛而醒来，何冉开始尝试逐渐加长练气功的时间，希望能通过这种方式压抑住疼痛。她每天六点起床，练两个小时，然后回家洗澡，再去学校上课。有的时候遇上体育课自由休息，何冉也会在操场上练会儿功，引来几个室友的围观。

刘蕊和黄晓丽吵闹着要跟在她后头学几招，张阿敏则坐在一边帮她们看着衣服和水壶。下课之后，几个人出了一身大汗，赶忙回看台边上把衣服穿好，以免着凉。

何冉将自己的大衣披在身上，再低头找围巾时，却发现不见了踪影。

她询问张阿敏："看见我围巾了吗？"

"围巾？"张阿敏一脸茫然，"你有给我吗？我没看见啊。"

何冉说："我刚刚脱下来给你了。"

"有吗？"张阿敏仔细回想了一阵子，说："我真记不起来了。"

她又转头问另外两人，刘蕊和黄晓丽也都摇头说没印象。

何冉低下头沉吟，没再说什么。

下课后，三个人结伴去饭堂吃饭，刘蕊和黄晓丽兴致冲冲地走在最前边，张阿敏垫后。何冉走近她身边，压低声音说："小偷小摸也是种病，要想人不知，除非己莫为。"

张阿敏脸色顿时凝滞住，转过头不可思议地瞪着她。

何冉却已经加快脚步，走到了她的前面。

晚上，何冉依偎在萧寒怀中，临睡前与他讲了这件事。

"萧寒，我围巾被人偷了，你再帮我织一条吧。"

萧寒面露不解："怎么会有人偷围巾？"

何冉忍住不翻白眼，"我怎么知道？大概有病吧。"

萧寒啼笑皆非，又问："你想要什么色的？"

"跟上次的一样就行。"何冉补充道，"织长一点，我怕冷。"

他点头："好，我尽快。"

"对了。"何冉翻了个身，状似无意地问起："最近张阿敏还有去你店里找你吗？"

萧寒没看她，过了会儿才回答："有，我没怎么理她。"

何冉说："我的围巾就是她拿走的。"

她忍不住幽怨地叹了口气："我真搞不懂了，你说你一个老男人，没房没车，怎么那么多年轻小姑娘喜欢你？"

萧寒闭着嘴，盯着她，一声不吭。

何冉接着说："还好我把你收服了，以后别再祸害其他小妹妹了。"

萧寒笑了笑，依旧不说话，只低头亲了亲她。

几天后，萧寒在花店里打扫卫生时，遇见了仍不死心来找他的张阿敏。

萧寒将扫把放到一边，走到里间拿出一箩筐五颜六色的毛线球。

递到张阿敏面前，说："你选个喜欢的颜色吧。"

张阿敏不明所以地看着他："这是干什么？"

萧寒说："织围巾的。"

张阿敏愣了愣，脸上绽放出光彩，"你要送围巾给我吗？"

"嗯。"

"你，我……为什么？"张阿敏一时惊喜得话都说不全，"为什么突然要送我围巾？"

萧寒语气平平："我找别人帮你织一条，你以后就别拿何冉的了。"为了避嫌，又补上一句："不用给钱了。"

张阿敏一时间怔在原地，睁大了眼睛，脸上火辣辣地疼。

萧寒表情沉静冷淡，丝毫没有苛责她的意思，甚至是相当宽容的。但他的不在意，给她带来的羞耻感比直接揭穿她还更强烈。窘迫、难堪、无地自容，种种驱逐她的情绪从四面袭来，张阿敏不可置信地说："你和何冉……你们在一起了？"

"嗯。"萧寒坦然道："我是因为她才来北京的。"

这一句话足以证明何冉的分量，张阿敏愤愤不平，"萧哥，你知不知道何冉他有男朋友的，叫韩屿！她还跟我们学校里另外一个男生暧昧不清，她根本不是你想象中的那种好女孩！"

萧寒眉头紧皱，眼神里的温和不复存在，"或许你对何冉有什么误会，但请你不要在我面前说她的不是，还有，以后如果你没有别的事就不要来花店找我了。"

女孩子到底脸皮薄，萧寒话说到这个份上，已然下了逐客令，张阿敏再也站不住脚，心灰意冷地逃离了。

何冉原本以为有小白掩人耳目一段时间，韩屿不会那么快发现端倪。但事实并非如此，一个星期后，他又再次回来找她了。

何冉正在房间收拾寒假带回广州的行李时，门铃响了。透过猫眼往外看，那张最不想看到的面孔还是出现了。是祸躲不掉，何冉慢悠悠地把门打开了。

韩屿浑身戾气地站在她面前，气得当场大吼："何冉，你真是胆子越来越大了，把我耍得团团转！"

何冉说话也不留情面："不是我胆子大，是你太笨了。"

"对，是我太笨了！"韩屿嗤笑一声，面容更加扭曲起来："早在广州的时候我就该看出来了，我真是被门夹坏脑子了才相信了你一次又一次的谎话！"

何冉冷静地看着他，"那这次你是怎么发现的？有人跟你说了？"

"你别管有没有人跟我说了！"韩屿随手抓起门口一个花瓶砸在地上，他目眦尽裂地说："我问你，当初你向我借的一百万，是不是拿去给那个男人了！"

"钱我会还给你的。"何冉避重就轻地答，"但是用处你就别多问了。"

韩屿一脚蹬在门板上，气到了极点。

何冉转身好整以暇地往屋里走去，韩屿一把抓住她的手腕，力道很重。

何冉回过头，看着他攥得紧紧的另一只手，抬了下眉毛，"怎么，你又要给我一巴掌吗？"

怒火不停往外窜，韩屿松开她的手，"我不会动你。"他恶狠狠地接着说："但是那个男人，我不会放过他的！"

"我已经调查过他了，三十多岁的人了，没钱没势，真不知道你看上他哪一点！"韩屿无情嘲笑，"何冉，我看你不是疯了就是傻了，还是你天真地以为你妈会同意你们？"

何冉站在原地，皱起眉头，"我说过我的事不需要你多管。"

韩屿冷笑须臾，走到她身后。他低下头，脸贴着她耳朵，"要不要来打个赌，看他能坚持多久？"韩屿刻意压低了声音，阴沉沉地说："你信不信，他比卢京白还窝囊废，我只要吓一吓他，他就落荒而逃了。"

"你尽管去。"何冉对他的威胁不以为意，"他不是卢京白。"

"是不是有什么所谓？我会让你知道的，穷人骨子里都是一样的！"韩屿话音微顿，眼神冷冷地看着她，"你们家也是一样，听说你爸最近欠了很多债，说不定过不了几年你们家就会败落的，到时候千万别哭着来求我。"

"说够了没有？"何冉并不受他挑衅，她慢步走进自己房间里，"说够了就麻烦你快点离开，我还有很多事要做。"

　　韩屿也不再追上去，他重重哼一声，"何冉，我们走着瞧！"撂下一句狠话，他转身就走。

　　广州天气暖和，何冉不需要带太多衣服回去，只用一个小行李箱就足够了。收拾好行李后已经接近九点了，她肚子有点饿，按照前几天萧寒教她的办法自己熬了一碗鸡蛋粥喝。味道还算凑合，她吃完之后就早早上床休息了。

　　最近何冉一个人睡觉时总是辗转反侧，不得不借助安眠药。服用之后她很快入眠，却又莫名其妙在凌晨三四点时从梦中醒来。那之后就再也无法睡着，何冉心里一直惴惴不安，仿佛有什么事要发生。

　　想要做些什么来消除这种不安感，她给萧寒打了一个电话。第一次没有人接，过了几分钟后，萧寒给她打回来了。

　　何冉这厢失眠，萧寒那边倒是睡得香。乍被叫醒，他还稀里糊涂的，问她："你已经到电影院了吗？我马上起床。"

　　何冉失笑，"没，现在才三点呢，我还在家。"

　　萧寒松了口气，慢慢回过神来，问："怎么半夜给我打电话？"

　　何冉说："没什么，就想听听你的声音。"

　　"失眠了？"萧寒低声问。

　　"嗯。"

　　"要我给你讲故事吗？"

　　何冉忍俊不禁："不用了，又不是小孩子。"

　　知道他没事就好，她轻声细语地说："你睡吧，明天见。"

　　将手机放在一边，何冉闭上眼睛，放空思绪。一夜无眠，好不容易熬到早上七点，天边终于露出蒙蒙微光。她起床洗漱，一刻都不能多待，换上衣服就匆忙出门了。

今天早上何冉没有打拳，直接去花鸟市场找萧寒。这个时候是淡季，天太冷了，谁都不愿意这么早出门，市场的生意自然也萧条下来。

街上人不多，何冉一眼就瞧见了从路口走出来的一帮人。韩屿为首，他身后还跟着三两个男人。狭路相逢，韩屿也看见何冉了，领着一帮人气势汹汹地朝她走过来。

何冉从来没见过韩屿这么狼狈的样子，鼻青脸肿，头发上洒满了泥土，还夹着几根杂草。原来韩大少爷去掉光鲜亮丽的外表，也不过就是一介粗俗草民。不知是谁激怒了韩屿，他把火气全撒在何冉身上："你男人真有种！老子长这么大没被人打过！"

"这口气我咽不下去！"韩屿龇牙咧嘴地瞪着她，破口大骂："何冉，你给我等着！我不会就这么算了的！"

何冉加快了步伐赶到萧寒的店里，刚走到店门口就看到地上摔得四分五裂的花盆碎片。店里面更是犹如台风过境般杂乱无章，铁笼子东倒西歪，小猫小狗都跑出来四处撒野，有几只小鸡仔被踩死在地上，全身血淋淋的。

很显然，场子被砸，萧寒今天的生意是做不成了。

当事人背对着门口，正拿着扫把和抹布，一丝不苟地清洁地面。听见高跟鞋的声音，他转过身，正巧看见何冉从门口走进来。

萧寒抬头看了眼时间，他们约的是晚上七点见，现在才早上七点，"你怎么来这么早？"

何冉径直走到他跟前，将他上下扫视了一遍，见他没什么大碍，才松了口气。

"我刚刚在路口遇到韩屿了。"何冉说。

"嗯"。萧寒低低应道。

何冉不知该哭还是笑，"你真牛，你知不知道你打的是谁的儿子。"

"不知道。"萧寒的解释只有简单一句话，"反正他打了你。"

"嗯，你是帮我出了一口恶气。"何冉微微弯起嘴角，又说："但你不应该那么冲动的，韩屿的性格我太了解了，睚眦必报。"

萧寒紧抿着唇，"没事，我不怕。"

他说完，拿着扫帚绕过何冉，清扫她脚底下的一堆碎瓦块。何冉看着他往前走了几步，才发现他动作不是很利索。

她跟上前问："你腿怎么了？"

萧寒避重就轻地答："有点淤。"

何冉皱起眉头，"被什么东西打到了？"

萧寒说："棍子。"

她从他手中夺过扫把，眉头轻蹙道："先别弄了，我们去医院看看。"

萧寒站在原地不动，说："就是有点淤血而已，过几天就好了。"

何冉用力拉着他往外走，坚持道："不行，万一留下什么后患怎么办？"

萧寒犹豫了一会儿，说："好，我跟你去。"他又提条件："但是你也得做个检查给我看。"

何冉莫名其妙地瞅着他，"我好端端的，做什么检查？"

"检查一下血常规。"萧寒说。

何冉不情愿地敛起眉，"我明天就回广州了，现在还做什么血检，影响心情。"

萧寒说："就是因为你马上要走了，才要做检查给我看，不然我心里没底。"

她思考片刻，终于退让一步，"行行行，走吧。"

何冉的车就停在不远处，她搀扶着萧寒坐进副驾驶里，替他扣好安全带。

到医院后，何冉先陪他看完腿、上好药，然后两人再去二楼抽血。

等待结果的过程总是十分漫长，萧寒坐在椅子上，一眨不眨地盯着她，不知沉思着什么。

何冉垂下视线，下意识地不去看他那太过复杂的眼神。

八点钟，医院的人逐渐多起来，走廊上来来往往，越是嘈杂的环境越让人坐立不安。没过多久，医生眉头紧锁地拿着她的化验单出来了。白细胞还是老样子，不容乐观。医生一如既往地像个老妈子，跟在何冉身后不停地唠叨："你这个情况必须要化疗啊，不化疗太危险了啊。"

这句话早在何冉第一次病发的时候就听过不下一百次，恐怖程度不亚于紧箍咒。她不愿久留，拽着萧寒匆匆离开医院，谁都拉不住她。

开车回去的路上，萧寒忧心忡忡地望着她，态度相当严肃："你能不能多配合一下医生，别老让我担心。"

"我不是不配合。"何冉目不斜视，语气也罕见的认真，"只是不到万不得已的地步，我不想做化疗。"

萧寒皱着眉头说："那也别一个人单枪独斗，你要听取医生的建议。"他话音停下，过了几秒才说："就算是为了我。"

"你先别看我，好好开车。"何冉说。

萧寒不为所动："你先答应我。"

何冉抿着唇，半晌终于轻叹了口气，"……好，回广州之后我会看情况打针的。"

萧寒这才放心地收回视线，认真开车。

他们很快回到花鸟市场，随便吃了些东西填饱肚子。下午，何冉陪着萧寒一起打扫花店。店里的宠物都受到了惊吓，情绪很不稳定。打扫过程中有只猫狠狠地挠了何冉一下，她手臂上破了皮，但所幸没有出血。之后萧寒就不敢再让何冉靠近，他来做就行。

下午收工后，他们按照原计划去何冉喜欢的一家餐厅吃饭，晚上再去看电影。

排队买票时，有一对白发苍苍的老夫妻排在两人前面。老年人说的是重庆方言，听力又不太好，跟售票员沟通了半晌都没有任何进展。后面的人等得不耐烦了，多少开始抱怨起来。萧寒见状便走上前去帮忙翻译，老爷爷和老奶奶买完票后不停地感激他。

看着两个老人相互扶持着走远的背影，萧寒出了神，许久才收回视线。

何冉知道他在想什么，心有灵犀地冲他笑了笑，说："到了这个年纪还能这么浪漫，挺不容易的。"

萧寒也笑了，同意地点点头。

那天电影场次少，两人选择不多，最终看了一部科幻片，以多元宇宙为题材，诸多天文物理知识，晦涩难懂。

萧寒看得昏昏欲睡，何冉却入了神，喃喃自语。

"你说……如果真的有平行时空，那个世界的我们过得好不好？也许我们能一直在一起。"

萧寒听到这句话时醒来，他握住何冉纤细的手，轻声安抚："别乱想，我只想跟你过好这一世。"

他们看完电影出来，一天的行程就结束了，晚上九点半才到家。

何冉先洗完澡，放好暖气，在床上躺着看了会儿书。萧寒随后才从浴室出来，走到她身旁坐下。他一把将书抽走，严厉道："别躺着看书，伤眼睛。"

何冉有些不满，"我这不是为了等你嘛。"她伸出双臂环住他的腰，声音软下来："你今天怎么洗这么久？我们俩角色互换了么。"

萧寒没接话，反过来叮嘱她："行李都收拾好了吧？"

何冉点头："嗯。"

萧寒掀开被子，将她抱出来，打横放在自己大腿上。

他动作轻柔，一遍一遍不厌其烦地抚摸着她脸边的长发。

"你的头发很漂亮。"萧寒的语气更像是在自言自语。

何冉温顺地嗯了一声，侧过脸贴着他的手，令他的动作更加连贯。

"又黑，又直，又顺。"萧寒的鼻子贴过来，轻嗅片刻，"很香。"

何冉问："那你是喜欢我短发还是长发？"

萧寒说："都好。"

何冉无声地笑了笑。

又躺着休息了一会儿，萧寒突然开口："小孩。"

"嗯？"

"我想好了。"

何冉侧头看他，"想好什么了？"

萧寒说："之前说的长远的打算。"

何冉点了点头："说来听听。"

萧寒支起身子，目光灼灼地看着她。"其实很简单。"他温和而缓慢地说出心中所想："等以后我们都满头白发了，我还能牵着你的手，还能带你一起去看电影，这样就够了。"

萧寒说的其实不简单。"以后"，这个代表着一切遥远和未知的词才是最奢望的。

何冉弯起嘴角，笑容略显浅淡，"恐怕我不能陪你到那么久。"

"别说这种丧气的话。"萧寒伸手抚摸着她的眉梢和鬓发，他的目光深深地刻进她的心里："你能的。"

回到广州后，何冉在杨文萍的强制要求下住进了医院，负责她的主治医师还是原来那一位，姓薛。住院的当天，韩太太就带着果篮来看望何冉了。听韩太太说，韩屿到现在还没回广州，一直留在北京，韩太太也不知道他究竟待在那边做什么。

何冉放不下心，等晚上人都走了后，她给萧寒打了个电话，问起他这几天过得怎么样，萧寒只轻描淡写地说："挺好的。"

何冉半信半疑地问："韩屿没有去找你麻烦？"

萧寒说："没有。"

"真没有还是假没有？"

"真没有。"

何冉暂且先信他一回，转而又说："萧寒，我今天住院了。"

"嗯。"萧寒低低应了一声，叮嘱道，"好好听医生的话。"

"我还做了骨穿，等结果出来后就能确定我有没有复发了。"

"好，知道结果了记得告诉我。"

何冉接着问："你什么时候来看我？"

萧寒想了几秒，说："过年吧。"

"那你要记得想我。"

"嗯。"

正说着话，杨文萍推开房门走了进来，手里端着切好的水果盘。

何冉捂住手机，压低了声音："我妈回来了，明天再说吧。"她将电话挂掉，杨文萍走到她身边，抬眼问："跟谁打电话呢？"

何冉叉了一块苹果送进嘴里，不想答话。杨文萍一动不动地盯着她："问你话没听到？"

何冉还是不做声。

到底是母女，何冉每一个细微的表情都瞒不过她的眼睛。杨文萍开口了："今天人家韩太太来看你是客气，你跟那个男人的事韩屿都告诉我们了。"她边说边坐下来，严词厉色道："我最后再警告你一遍，在事情闹大之前赶紧断了，别给我丢人现眼。"

何冉不紧不慢地将苹果咽进喉咙里，吃完后回答两个字："不断。"

杨文萍一下子皱起眉心，紧紧地盯着她："你说什么？"

何冉平静地重复了一遍："我不会断的。"

"你知不知道你在做什么？！"杨文萍的声音顿时尖锐起来，"你还真要学你二堂姐一样发疯？！"

何冉轻巧地从床上跳下来，伸了个懒腰往门外走，拍拍手说："会跟韩屿在一起我才是疯了。"

杨文萍冲着她的背影大声喊："你要去哪里？你给我回来！"

何冉脚步不停，"去厕所。"

杨文萍脚步飞快地跟在她身后："我再问你一遍，你到底断不断？"

何冉头也不回地说："不断。"

"你是不是故意要气死我！"杨文萍喘着气，声音狠狠发抖，

"我告诉你，你要是不跟那个男人断了，我就不认你这个女儿！"

整条走廊里都回荡着她的尾音，严重影响了其他病人的休息，值班护士及时赶出来制止她。

何冉趁机逃脱，走进拐角处的洗手间里。她关上门将自己封锁起来，放下马桶盖，一屁股坐上去发了很久的呆。早就做好了这样的心理准备，面对杨文萍的气急败坏时她的心情倒是相当平静的。

经过为时两天的住院观察和专家会诊，何冉最终的病情判断出来了。她被确诊复发，混合型急性淋巴细胞白血病，神经浸润。薛医生郑重其事地通知："病情恶化了，必须要用化疗抑制。"

在这里拥有绝对话语权的人除了医生就是杨文萍，何冉的意见无效。签下化疗同意书的那天，何冉请求从单人病房搬进双人房。平常喜欢清静的人，到了医院这种最清静的地方，却莫名害怕起孤独来。

化疗的副作用很快就在何冉身上体现出来了。打完针的第二天，她就开始恶心头晕、食欲不振，早上逼迫自己喝下去的一碗粥到了中午就全吐出来了。与她住同一间病房的是个比她小两岁的女生，病得比她更严重，经过长时间的化疗，头发已经全部脱落，不得不戴着个毛绒帽子。

何冉抱着个垃圾桶坐在床边，呕吐不止。那个女生走过来安慰何冉："第一次打针都会这样的，慢慢就习惯了。"

何冉停下来，边擦嘴边说："我不是第一次了。"

女生愣了愣，说："我看你才搬进来，还以为你刚得这个病。"

何冉说："之前移植过，现在复发了。"

女生声音低下来，不知想着什么："噢……跟我一样。"

何冉扭过头看她，问："你叫什么名字？"

女生说："于珍，珍惜的珍。"

何冉了然地点了点头。

女生又问："你呢？"

"何冉。"

"哪个冉？"

何冉想了一会儿，莫名想起了萧寒的话，她微笑着说："柔条纷冉冉，叶落何翩翩。"

女生哇了一声，说："好诗意哦。"

今天杨文萍没来医院监视，晚间，何冉安心地与萧寒煲了两个小时的电话粥。挂了电话，于珍在一旁十分好奇地打量着她。

何冉说："怎么了？"

于珍忍不住问："是你男朋友吗？"

何冉点头："是的。"

"真好。"于珍腼腆的表情里含着些失落，她低下头声音极小地说："我还没有谈过恋爱。"

何冉一时不语。从旁人的角度看，年纪轻轻就得了这个病，许多事还没来得及尝试，实在可怜。转念一想，自己也不过就比人家大两岁。可何冉从不觉得自己可怜，或许是因为遇见了萧寒吧。许多东西是可遇不可求的，遇见了就是缘分。

"你以后会遇到的。"何冉安慰她，"说不定他就在不远处等着你，所以你要赶快把病治好了，才能去找他。"

于珍点点头，笑得很甜，"嗯。"

住院的日子是枯燥无味的，每天唯一的乐趣就是在花园里散散步。何冉庆幸自己入住的这家医院规模很大，花园占地也广，多条林荫小道，中心还有一块很宽阔的草坪可以放风筝。

每天午后时光，何冉就在这里找个树荫坐下来，放松心情。拿出素描本和炭笔，随便涂抹一些花花草草，一下午的时间就这么悠闲地过去了。

于珍最近双腿肿痛越发严重，无法下床走路，只能坐着轮椅跟在何冉后头。何冉画画，她就在旁边看书、念诗。于珍是肯·威尔伯的忠实粉丝，最近她正在看他的《恩宠与勇气》，反复读了五六遍仍旧回味无穷。何冉恰巧也看过这本书，不过并没有她这么狂热。于珍很喜欢看何冉画画，她与何冉约定好了，如果自己有机会出院，等头发长出来了，就让何冉帮她画一张肖像，何冉说没问题。

太阳快要落山的时候，她们该回病房休息了。何冉和于珍从住院部的电梯里出来，一张手推床与她们擦肩而过。床上趟着个人，被白床单盖住了脸，只依稀看见一个身形轮廓。

在医院里住久了，这种情景自然见得不少。何冉通常让自己视而不见，以免乱想。

于珍却站在原地不动，怔怔地看着床上的人。她双眼失焦，像梦魇一般喃喃道：“我看到她手上戴的镯子了，那是我们隔壁病房的阿满，我昨天还跟她聊天了……”她一边说着，一边转过头来看向何冉，眼神空洞，“你说有一天，我会不会也躺在那张冷冰冰的床上？”

何冉没说话，她默默地走到于珍身后，推着她继续往前走。她不知道该怎么回答于珍的问题，还是那句话，好好治病，不要乱想。

不想那天夜里，于珍竟突发高烧，甚至心跳骤停了一次。何冉被一阵嘀嘀嘀的警报声惊醒，连忙下床叫了护士来。情况非常紧急，医生用了好几次电除颤才将她从鬼门关抢救回来。化疗过多引起的高血钾，导致心律失常，所幸已经脱离生命危险。看着仪器上逐渐趋于平稳的心电图，何冉也松了口气。

直到第二日早上，于珍仍旧处于高烧昏迷的状态。能不能撑过这一关，还得看她自己的意志力。

八点钟，何冉照常下床洗漱，站在镜子前梳理头发。望着手心里抓着的一小撮黑发，她才恍然反应过来，自己住院至今已经有半个月的时间了。

早餐依旧肠胃不适，吃了又吐。何冉休息了一会儿，给北京那位打电话。

她声音里带着忧虑："萧寒，我开始掉头发了。"那边没来得及开口，她接着说："你早点来看我吧，要是来得太晚就只能见到一个尼姑了。"

萧寒静默了一阵子，沉声道："好。"

何冉迟迟没盼来萧寒，倒是先等到了一个不速之客。秦早穿高跟鞋走路的频率与杨文萍如出一辙，那一连串清脆的脚步声在病房门口响起时，何冉还以为是杨文萍来了。她无动于衷，低头继续看书。

直到一捧蓝色的风信子花束出现在何冉眼前，她才意识到站在对面的人不可能是杨文萍。杨文萍对风信子的花粉过敏。

何冉抬起头，愣了愣："是你。"

秦早对她微笑了一下，"是我。"

何冉将书放在一边，问："你怎么找到这里来的？"

秦早说："向朋友打听的。"

何冉心想，不知道她口中的朋友指的是不是萧寒。她从秦早手里接过花束，低头嗅了嗅。蓝色风信子的花语是生命，秦早还算有心了。

"找我有什么事吗？"何冉问。

秦早张着嘴，还没出声，何冉先说："我坐久了腿有点麻，我们下楼散会儿步吧，边走边说。"

她们来到花园中央的那块草坪，许多小孩在这里嬉戏打闹，在他们的脸上看不到伤痛和病魔，只有欢声笑语。这也是为什么在许多难治的疾病中，儿童的存活率往往要比成人更高的原因。大人容易悲观，许多人本来命不该绝，都是被自己吓死的。

走了一段路后，何冉侧目看着秦早，问："你现在还定居在广州？"

"没有，我回重庆了。"秦早摇摇头说，"这次只是回来办点事，住不久。"

"那些催债的还在找你麻烦吗？"

"嗯。"秦早苦笑一下，"不过我会自己想办法还清的。"

"那我就想不到你来找我是为了什么了。"何冉沉思片刻，"那一百万我早就说过了，当时你不要，现在就没有机会了。"

秦早神色一黯，连忙解释道："我不是为了钱。"

说到这里，她顿住脚步，久久不语。何冉也停下来，安静地等着。

"何冉，我说这些话你可能会不开心……"等了很久，秦早终于开口："我查了很多资料，知道你这个病很危险。我也希望你能健康出院，但你有没有想过……"她声音顿了顿，"万一你出了什么事，萧寒怎么办？"

"你这个问题真好笑。"何冉弯起嘴角，回答得很轻松，"要是我死了，萧寒就继续活着呗，还能怎么样？"

"可是他已经快三十五了！上有老，下有小，耽搁不得。"

何冉转过身，继续往前走，"我乐意，他愿意，干你什么事？"

秦早跟了上去，焦急解释道："我只是以一个朋友的立场来劝告你，我没有恶意。"

"我知道。"何冉笑了笑，"不过你这个人真是有点意思啊，你耽搁了萧寒多少年？你有资格来劝告我吗？"

秦早一下子哑口无言。

她站在原地，神色稍显惘然，许久才说："正因为我是过来人，对萧寒有很多歉意无法弥补，所以才希望你能听劝。"

"你的好意我心领了，不过我是不会改变主意的。"

"你是下定决心要跟萧寒在一起了？"

何冉随手从地上捡起一片枯叶，"是的。"

秦早若有所思地说："可你们终究不是一个世界的人，你的家人……"

轻轻一用力，那片枯叶就在手中碾碎，何冉的声音轻如微风："我顾不上他们。"

秦早怔怔地看着她的背影，语速放缓，"你这不叫爱，是自私。"

"那你说什么才叫爱？"何冉似笑非笑，说，"如果我能放他走，从此以后各自海阔天空，那才不叫爱。"

她走上前几步，将枯叶的碎渣丢进垃圾桶里，拍了拍手说："我确实是挺自私的。"但有什么不对呢，爱本来就是自私的。当她确定要跟萧寒在一起的那一刻，天崩地裂就都与她无关了，她只要他在身旁就够了。

送走秦早后，何冉回到住院部。从电梯里出来时，一个护士推着张床从她身边走过。薄薄的白床单勾勒出一个纤细的身影，可以判断出睡在上面的是个小女生。

何冉心跳一窒，瞳孔放大。她加快了脚步朝病房走去，带起的疾风从她裤管两侧呼啸刮过。

她大力推开房门，呼吸微乱。看到仍旧闭着眼睛安然地躺在床上的于珍，何冉心里的一颗大石头才落下来。视线不经意移向一旁，看着插在床头花瓶里的风信子，窗外一阵风卷进来，有几片花瓣已经凋落到了地面上。

生命，真的很脆弱。

一星期后，萧寒还是没能回来广州看她。

何冉的头发脱落得越来越快，在医生的要求下，她得出院去剃头。

赶在理发师动剪刀之前，何冉先拿出手机自拍了一张。她觉得自己最近不如以前漂亮了，化疗之后整个人都虚弱无力，脸上没有血色，显露出病态。难以想象这张脸配上光头会是什么奇怪的造型。

何冉暗自叹了口气，随即给萧寒发短信，"你到底有多忙？"

萧寒始终没回。

何冉又把刚才自拍的那张照片给他发过去，"记住我现在的样子。"

几分钟后，萧寒发来回复，只有三个字："对不起。"

这莫名其妙的三个字令何冉在整个理发过程中都坐立难安。理发结束后，她立马给萧寒打电话。就像他回短信的时间一样漫长，铃声响了很久才被他接起。

何冉咄咄逼人地问："你什么意思？"

萧寒说："什么什么意思？"

"为什么说对不起？"

萧寒沉默了一会儿，说："太忙了，没能去看你。"

何冉闭着嘴，过了一阵子才问："你现在在做什么？"

萧寒说："在店里干活。"

现在是早上十点，花鸟市场生意应该正热闹才对。萧寒那边却很安静，异常地安静。

何冉的耳力很敏锐，她不出声，只是静静地听着。

半晌，她说："萧寒，你在医院吧？"

没给萧寒否认的机会，何冉先发制人："别说不是，我听到手推车的声音了。"

从广州飞往北京的航班上，何冉坐在头等舱靠窗的位置，全无心情地俯瞰着万里高空下的城市夜景。她刚刚勉强吃了一点乘务员发的面包，身体马上就起反应了。胃里翻江倒海，几番险些吐出来，又拼命忍耐住。以何冉现在的身体状态，是经不起这样的舟车劳顿的，可她还是来了。没有经过任何人的同意，从理发店出来后，她就毫不犹豫地拦了辆车，飞奔到机场。

不为什么，只为见萧寒一面。

飞机降落之前受到气流影响产生了连续的颠簸。何冉本就头晕乏力，被这么长时间的一震，更加不适。她看着玻璃里映出来的一张毫无生气的脸，真怕自己就这么交代在飞机上了。

用杨文萍的话来说，那就太丢人现眼了。

半个小时后，飞机逐渐在跑道上停稳。

何冉双手空空地从机舱里走出来，身体乍接触到强烈的冷空气，不禁打了个颤。她随波逐流走进接机大厅里，站在正中央四处张望。

人不算很多，但也熙熙攘攘。

何冉没看见萧寒，倒是萧寒先找到她了。她戴着顶毛线帽子，厚厚的口罩遮住了大半张脸，只有一双眼睛露在外面，也不知道萧寒是怎么认出她来的。

感觉到一件带着余温的大衣披在自己肩上，何冉回头往后看。萧寒就站在她身后，他依旧高高瘦瘦，左臂缠了一圈粗肿的绷带，吊挂在脖子上。

何冉的视线在他脸上停留了相当长的时间。他嘴巴附近长了一圈细碎的络腮胡，也不知多久没刮了，看起来落魄又邋遢。

何冉正要开口，萧寒在她之前严词厉色道："你太胡来了，这个关键时候怎么可以私自出院。"

何冉比他更凶地还嘴："我现在还在气头上，你别用这种语气跟我说话，我不想跟你吵架。"

萧寒紧抿着唇，不出声了。

何冉与他双目对峙，寸步不让。

半晌，他上前一步，牵起她的手，"回家再说。"

二月，北京的冬天还没结束。从机场出来后，更加感受到天寒地冻、朔风刺骨。何冉身子虚弱，最不能受凉。

萧寒大步流星走到路边，也顾不上排队了，打开一辆出租车的后门就直接把她塞了进去。何冉跟司机报了个地址，萧寒家里没暖气，他们去她在学校附近租的房子。

坐在后座上，两人继续刚才的话题。

何冉看着他的手臂问："你的伤什么情况？"

萧寒说："轻微骨折，下午在医院复查过了，已经没什么事了。"

何冉眯着眼睛说："是韩屿做的？"

萧寒没回答。

何冉紧紧盯着他，追问："你是因为这个才一直不肯来见我？"

萧寒仍是缄默不语。

何冉重重地冷哼一声："受伤了不告诉我，还一直躲着我，你知道我现在是什么心情吗？"

她睁大眼睛瞪着他："如果以后我病重了，直到死之前都藏起来不见你，看看你是什么滋味。"

"好了，不说了。"萧寒及时打断她的话，他缓慢将她揽进怀里，过了很久才说，"是我不应该。"

这个动作代表着认错，但何冉还是不解恨，在他大腿上狠狠掐了一把，听到他吸气的声音才好受一些。

回到家后，何冉第一件事就是把暖气打开。与萧寒相握的手并没有松开，她径直拉着他走到床边。

萧寒靠着床坐下来，何冉腿一跨，坐在他的身上。他们面对面，额头互相抵着，呼吸交错。

萧寒将她的口罩取下来，那张脸是他所熟悉的，可却比以前更加消瘦了。何冉的面相并不好，下巴尖，鼻子小，耳垂也单薄，看着却惹人怜爱。

何冉轻声问："想我没有？"

"想。"

何冉笑笑，"想哪里？"

"都想。"

"有多想？"

萧寒没答话，他干燥的嘴唇贴了上来。

他胡子拉碴的，蹭在脸上又刺又痒，何冉嫌弃地躲开，"不准亲我。"

萧寒停下动作，有些无措地看着她。

何冉双手按在他肩膀上，目光灼灼地盯着他，"萧寒，你看到没有？"

"我还打着针，即使走不动路，吃不下饭，我还是照样来找你了"。

"所以以后，当我想你的时候，你就算眼睛瞎了脚也断了，也要给我马不停蹄地赶过来。"

她言之凿凿："我做到的，你也能做到。"

沉默须臾，萧寒点了下头，"好，我答应你。"

何冉一眨不眨地看着他的双眼，做下约定："我不向你隐瞒我的病情，同样的，你遇到任何困难了也不准不告诉我。"

萧寒的手伸到她背后，盖在她光滑的后脑勺上，轻轻抚摸着没有头发阻挡的那层头皮。他依旧点头，"好的。"

何冉半边脸埋在他怀里，身子渐渐暖和起来。突然想起来个事，她转过身，从床头把自己的包拿过来，再从包里拿出一个锦囊，一把剪刀。

萧寒盯着她，不解地问："这是什么？"

"你不是说喜欢我的头发吗？"她把这些东西都递给他，萧寒疑惑地打开来看。里面确实放着一绺乌黑的短发，用红绳系了个小小的结。

何冉说："今天剃头的时候特地留了一小撮，做个纪念。"

萧寒双手捧着那一撮细细的头发，眼神突然黯淡下来。他想要说些什么，最终却只是默默地将它放到一边去，然后轻轻将她拥进怀里。

回到广州之后，何冉总算是见到韩屿了。一切又回到两年前的状态，何冉待他冷若冰霜，他对何冉嗤之以鼻，这一次无论杨文萍和韩太太怎么从中调解都无济于事。

韩太太倒是时常带着各种名贵药品来医院探望何冉，与她谈些交心的话。虽然都身为名门贵妇，她和杨文萍的性格却截然不同。杨文萍一贯的职场女强人，雷厉风行。韩太太则一心在家相夫教子，温柔和善。

在那个家里，韩屿才是众星环绕的小太阳，他的一切事情都是自己做主。之所以有今天的坏脾气，也都是被家里人纵容出来的。

何冉不止一次地想过，如果韩太太和杨文萍的脾气能调换一下，韩太太不会允许韩屿娶一个薄命的女人，杨文萍也不会再一味逼迫她嫁一个不爱的人，她与韩屿那则可笑的婚约早就不了了之了。偏偏天意弄人，在这样的环境铸就下，韩屿就是那块怎么甩都甩不掉的牛皮糖。

过年期间，薛医生特许何冉出院几天，放松心情。于珍却没那么幸运，她仍旧不能下床走路。

何冉出院当天，于珍充满羡慕的目光一度令她的步伐变得沉重。

看着于珍日益消瘦的面庞，何冉也不知应该做何安慰。

萧寒的住处还是在小洲村里，何冉只要有时间就会去找他。杨文萍问起来，何冉只说去跟同学见面。杨文萍略有察觉，却也拦不住她。

何冉还是爱美的，每次出门之前都要戴假发、化淡妆。或许是因为停了化疗，这几天她的胃口变好了，做事也有精神了。如果不是经常晕倒，她看起来就与正常人没什么两样。

情人节那天，何冉意外地收到了萧寒送她的玫瑰花。在她的印象中，他并不是会制造浪漫的人。萧寒对此的解释是，开了花店之后自然就懂一些了。

何冉踮起脚，回赠他一个蜻蜓点水的吻，"谢谢。"

之后，他们就像所有的普通情侣一样，并肩走在大街上，十指无时无刻不是相扣的，脖子上围着同一条围巾取暖。中午看完电影后，他们在商城五楼的一家茶餐厅吃饭。冤家路窄，竟然一进门就遇见韩屿和他的新女友。

萧寒看向何冉，用眼神询问她的意见。

何冉选择视而不见，拉着萧寒径直往里面的位置走去。

韩屿显然也看见他们了，他冷哼一声，毫不犹豫地跟在他们后面。

何冉入座之后，韩屿就坐在距离他们不远处的位置。

服务生过来给二人倒茶水，趁着这时机，何冉侧过头睨了韩屿一眼。她忍不住调侃道："真够阴魂不散的，你在北京，他就留北京，你回广州，他也回广州，我都要怀疑他是不是爱上你了。"

萧寒仍旧未能领会到她的幽默感，只闷声喝茶。

正如何冉所料，这餐饭吃得并不平静。即使她刻意不去理会韩屿频频的眼神挑衅，最终韩屿还是按捺不住，主动找上门来了。

彼时何冉正在喝汤，韩屿大摇大摆走到他们桌前，装腔作势地哟了一声。

"真没想到会在这里遇见你们。"韩屿假笑连连，望向何冉，"让我猜猜，这餐是请客还是AA啊？"

对于他的恶意挖苦，何冉和萧寒都不约而同地保持视若无睹。

何冉只看着萧寒，将切好的一块牛扒送到他盘子里，轻声说："你试试这个。"

韩屿目光移向放在桌旁的一捧玫瑰花，不明意味地扯了扯嘴角。他伸手拿起花束，指尖逗弄两下，无情地拔掉一片花瓣。"你不是花店老板吗，怎么这么小气啊，过节才送一捧花？要我说，应该送一车才对。”

对面两人还是无动于衷，旁若无人地共进午餐。

看着何冉坐在萧寒身旁小鸟依人的模样，韩屿前所未有地心烦气躁。他耐心终于耗尽，脸上的笑意再也装不下去，用力一掌拍向桌面，大声吼道：“跟你们说话呢，听不见是吧？！”

突然拔高的分贝吓了何冉一跳，她手没抓稳，调羹哐啷一声掉在地上。

韩屿变本加厉，双手在桌上一扫，所有东西都瞬间被打翻，地面上杯盘狼藉，滚烫的汤汁溅在何冉的脸颊和裙子上。

她冷静地拿起纸巾，一一擦干净。

桌布底下，萧寒暗暗握紧了拳头，正要站起身，何冉按住他的手，轻微地摇了摇头。一个巴掌拍不响，何冉深谙其道，韩屿一个人发疯就够了，他们不需要奉陪。

韩屿注意力转移到萧寒身上，悠然走到他旁边，斜着嘴笑：“那一次我失手伤了你，实在不好意思啊。”一边说一边伸手握住萧寒的左臂，韩屿面目狰狞，狠狠用力捏下去，“不知道你现在还痛不痛？”

萧寒不着痕迹地皱起眉头，一声不吭。

何冉站起身，招手叫来服务生。她简单说明了状况，几个保安立即将情绪失控的韩屿拖了出去。

随后，何冉横眉冷眼，出声呵斥站在她面前的女服务生：“你们餐厅什么水准？连这种打扰别人用餐的精神病患者也放进来？”

服务生一脸歉意，低着头说：“非常抱歉，是我们疏忽了，向您保证绝对不会再出现这种情况。”

最终他们把大堂经理叫了过来才解决问题。经理亲自给何冉赔礼道歉，让厨师立即为他们重做一份双人餐，并且免了这一餐的费用。

何冉对这个处理结果尚算满意，萧寒却抿着唇一语不发，眼底若有所思。

或许是受韩屿的影响，整个下午的时间何冉都感觉到身旁的人话变少了许多。她几次看向他，后者始终微微敛着眉头，心不在焉的模样。何冉也不多说，只是默默地牵紧他的手。

这几天杨文萍看得比较严，何冉不能夜不归宿，吃过晚饭后萧寒就送她回家。他们步行进别墅区，没有坐电瓶车，牵着手漫无目的地散着步，不知不觉就来到何冉家附近。

夜色下的林荫小道有种幽暗的美，一枚明月挂在交错的树杈之间。黑暗中隐约可见一点光亮，那是萧寒嘴边的烟。虽说月有阴晴圆缺，人有悲欢离合，然而此时此刻，应该是聚多离少吧。

不知不觉走到了一张石凳旁，何冉说停下来歇一会儿。

身上没带纸巾，萧寒胡乱用手在石凳上抹了几下，才让她坐下来。

寒风袭人，何冉嘴里呼出一口暖气，用力搓着双手。

萧寒说："外面太冷了，你早点回家吧。"

何冉靠在他怀里不动，说："没事，再坐坐。"

萧寒的衣服够大，他拉上拉链，将她整个人包围起来。

何冉的脸埋在他的衣领间，靠近他脖子上的动脉，从这个部位她可以深切地感受到他身上的味道，还有他每一次的心跳。

何冉轻声细语地说："萧寒，我明天要回医院了。"

"嗯。"

"你什么时候回北京？"

"月底吧。"

想了几秒，她要求道："那你回去之前至少要来看我一次。"

萧寒点头："好。"

何冉忽而感觉到脸上一阵刺痒，原来是萧寒正低头用下巴摩挲着她的脸颊。不过几天的时间，他的胡子又长出来了，细细碎碎地布满在下颚和鬓角旁，质感微硬。

何冉抬起头，在淡淡的月光中仔细地观察他。与第一次见到他时的印象一样，萧寒眉目深邃成熟，古铜肤色，这样的五官与络腮胡组合在一起，很容易联想到牵着骆驼走在茫茫大漠里的阿联酋男人。

何冉不由笑了笑，"你留胡子挺好看的。"

萧寒没回话，他向来宠辱不惊，没觉得自己哪一处长得好看。

又坐了一会儿，何冉轻唤："吻我吧。"

萧寒用手摸了摸胡子，略犹豫，"有点扎人。"

何冉微笑："没事。"

她闭上眼睛，等待他缓慢地埋下脸来。双唇相贴，身体的温度在拥抱与亲吻之间一节节传递、升高。被呵护，被环绕，即使萧寒不用任何的技巧，也能让她得到莫大的满足。灵魂之所以痴迷留恋人间，似乎只是为了这一刻的温存。就算有一天她终将离去，至少不虚此行。

萧寒一边缠着她的舌，一边紧紧焐着她的两只小手，可它们仍旧冷冰冰的。

何冉久久没有要结束的意思，萧寒不得不提前抽离。他直起身子，严肃地说："你现在身体不能受凉，快点回家。"

何冉盯着他，目光不舍，萧寒板着脸面不改色。她又轻轻蹭他的嘴角，他也不为所动。

何冉叹了口气，不得不站起身来，"好了，走吧。"

舒适的热水澡驱逐了身上的寒气，何冉从浴室里出来，下意识瞄了一眼墙上的摆钟。十一点。

距离萧寒离开已经过去一个小时。

以往这个时候，萧寒每隔一阵子就会发一条短信，告知自己到哪里了，今天何冉的手机却一点动静都没有。她放不下心，再一次给萧寒打电话。前几次都是响了一分钟没人接，这一次竟然直接关机了。

何冉不再犹豫，拿上一件大衣和背包便往外走去。

杨文萍在楼梯口将她拦住，皱着眉头问："这么晚了你还要去哪？"

何冉没心思解释，绕开她就径直走出大门。

夜更深，没有了房屋的阻挡，外边天寒地冻，狂风呼啸。

何冉一路走来，被逆行的风吹得面无血色。她不停地沿着来时的路往回找，试图发现一些蛛丝马迹，奈何夜色幽暗，目光无法穿透。

在刚刚与萧寒散步的那片树林尽头，何冉忽然听到一阵激烈的打斗声，人数应该不少。她心口一紧，下意识地往远处望。丛林深处间或传来男人怒气冲冲的吼声，何冉认出那是韩屿的声音。

"我跟你说了多少次叫你滚远点！"

"你不见棺材不落泪是不是！"

"给我狠狠记住这个教训！再让我看见你一次，我找人打残你！"

那愤怒的声音充满狠劲，在寂静漆黑的夜里显得格外凄厉。可最揪心的是，何冉一直没有听到萧寒的声音。心中的不安被放大到极点，她加快脚步朝那个方向跑去。最不想看到的那一幕，最终还是出现在她的眼前。

何冉无法分辨出那个被包围在中间的人是不是萧寒，但她认出了那台摔烂在地上的手机是她陪萧寒一起去买的，现在它已经四分五裂。

拳头像雨点一样落在萧寒的身上，他一声不吭，不知是没力气出声，还是已经晕过去了。

目光移向站在外圈的韩屿，何冉的声音比夜风更冷："叫他们住手。"

韩屿嘴角露出一抹残酷的笑，并不理会。

"听到了吗？"何冉几乎歇斯底里，"叫他们住手！"

韩屿不慌不忙道："你觉得有可能吗？我的何大小姐。"

"韩屿，你真是让我恶心透了！"喊出这句话后，何冉不屑再多看他一眼。

何冉朝人群里走去，试图拉架，以她瘦弱的身体自然无法撼动任何一个人。混乱中不知哪个人的拳头抡在她身上，力道很大。何冉往后一趔，摔倒在地，手心被一块凸起的石头磨破。

"都给我停手！"韩屿冲人群大喊一声。

那群人终于停下殴打的动作，韩屿疾步朝何冉走过来，伸手扶她。何冉无视他，双手撑在地上，靠自己的力量艰难地站起来。

勉强站稳之后，何冉毫不犹豫地朝另一边瘫倒在地上的人扑过去，"你怎么样？"，她着急地查看萧寒的伤势。

萧寒大半张脸上爬满了血痕和泥土，眉骨处破开一条长长的口子，鲜血淋漓。他身上同样也是伤痕累累，左臂无力地悬挂在肩头，何冉撸起衣袖看，那些青紫色的淤血令人触目惊心。

她无法想象如果自己晚来几分钟，看到的还会不会是一个完整的萧寒。所幸萧寒还有意识，他耷拉着脑袋，努力扯了扯嘴角，挤出两个字："没事。"

何冉将他一条胳膊架在自己肩膀上，尝试扶他起来，"我们去医院。"萧寒一半的体重都施加在她身上，堪堪站起身来。

韩屿挡在他们面前，"我有说放你们走吗？"

何冉皱着眉头，冷冷地瞪着他，"让开。"

韩屿嘴唇抿成一条直线，"我偏不让。"

何冉咬着牙齿，她从来不曾这么直接地显露出自己的厌恶。后患无穷，今天必须有个了断。

她将萧寒扶到一边，让他靠着树站着，"等我一下，很快解决。"

转过身大步走到韩屿面前，何冉毫不犹豫地从包里拿出她剃发时用的剪刀。猝不及防地，那把剪刀的尖端猛地戳向韩屿胸口，仅保留了不到一厘米的距离。

因为愤怒，何冉拳头握得很紧，目光如炬，语气却是平平的。

"你说你要打残他？在那之前我会先杀了你。"

韩屿愣了一下，随即大笑起来。"杀了我？"像是听到了什么有趣的事情，他肩头不停地抖动，"何冉，你会不会太夸张了。"

"一点都不夸张，你应该很了解我。"何冉声音冷彻入骨，眼神亦是如此，"如果你再来打扰萧寒，下一次这把剪刀就会果断地刺进你的心脏里，我说到做到。"

何冉眼底寒光涔涔，如利刃一样直直地钉在韩屿脸上，她每个字都铿锵有力，郑重得如同在宣誓。这不是在开玩笑，也绝不是在吓唬人。

"说得吓人，但是你敢吗？"韩屿仍旧坏坏笑着，不以为意。

他握住何冉的手，让她更加用力，往自己胸前带，"你现在就可以刺进来试试。"

"我为什么不敢？"何冉毫无畏惧地对上他的视线，"大不了就是坐牢，坐牢也没什么恐怖的，被你和我妈禁锢着，不比坐牢自由到哪里去！"

两人的视线在半空中对峙了良久，一场无声的激战。

何冉越发慑人，韩屿节节败退。

难以想象，一个看起来娇小柔弱的女人，可以拥有如此冷厉的眼神。这样的眼神，使得她瘦小的身躯看起来比巨人更无坚不摧。

韩屿脸色渐渐凝固住，惊惧交加，难以置信，他咬牙切齿地说："何冉，你是不是疯了！"

"我跟你从小就认识，你跟这个男人在一起才多长时间，你要为他跟我拼命？！"韩屿指着萧寒，越说越激动，"我到底哪里比不上他？他能给你的我都能给！你为什么就不肯跟我在一起！"

"我早就跟你说过，一眼定生死。"何冉心如止水，面上不起波澜。

她回头望向萧寒，眼里有万千语言，萧寒也拧着眉头看她，他辛苦地喘着气，似乎想张嘴，却说不出话来。

何冉转过头，继续对韩屿说："今天就算你把他打死了，我跟你也不可能，永远不可能。"

一条生死决判下来，终生无法翻身。韩屿缓慢地往后退了好几步，仿佛浑身失了力气，背靠在一棵树桩上站着。有人过来扶他，被他愤怒地一手推开。

韩屿站在原地，心里的悲凉蔓延至全身。他固执地瞪着何冉，这个看起来无害的女人，却总能出其不意地给他致命一刀。他平生第一次露出这种失魂落魄的表情，不用想都知道自己现在一定逊极了。

"何冉，算你狠。"韩屿的声音几乎是从牙缝间挤出来的，"趁我还没后悔之前，赶紧带着这个男人滚！"

何冉退后一步，松开手里的剪刀，任由它掉落在地上的枯叶堆里。她转身走到萧寒身旁，对他露出一个极浅的笑，然后扛上他的胳膊，一瘸一拐地往外走。

寒风刺骨，卷起枯草落叶，狂风从眼前刮过，如群魔乱舞。

"就算我放过你，你妈也不会放过你的。"韩屿没有温度的声音伴着凛冽的风从背后传来，"这就是你的命，你逃不掉的！"

何冉脚步顿了一下，没有停留，继续往前走。何冉将萧寒送到医院，做了一次全面检查。他头部遭到重物撞击，有轻微脑震荡，左臂的伤本就没有痊愈，这次又雪上加霜。其余部位则暂时没发现大问题，具体还得住院观察一段时间。

何冉被石头磨破的手仍旧血流不止，也劳烦医生一起处理了。上完药包扎好伤口后，萧寒被转移到普通病房里，何冉留下来陪护。

他们搬进去的是个多人病房，墙边摆放着五六张床，却没有人睡，偌大的房间里空旷而寂静。

萧寒躺在病床上，目光一动不动地定格在何冉脸上。

何冉坐在床边，凝视着他，也不说话。

萧寒额头和眉骨附近缝了好几针，黑色的细线横七竖八地交织着他的皮肉，光是看都觉得痛。知道那些伤是为她而受，何冉一句话都说不出来。

她知道只要有朝一日他们还在一起，他脸上、身上的伤，只会增添，不会减少。

何冉的耳边仍旧环绕着离开时韩屿说的那句话。

这是她的命，逃不掉？

她不信。

二堂姐选择终结生命，而她会用另一种方式反抗并改变。

脑海里突然催生出一个疯狂的念头，何冉急切地握住萧寒的手，"萧寒，你带我走吧。"

萧寒看着她，眼中透露出不解。

何冉加强了语气，坚定道："带我离开这里，去哪都行。"

——私奔。

这个大胆的念头来得汹涌而剧烈，无法压制。之前何冉从没有产生过这样的想法，可当它突然冒出来的时候，就像在困境中找到了唯一的出路，令她疯狂。

萧寒听懂了她的意思，却沉默不语。他抿着被风吹得干裂的嘴唇，嘴角的血迹已经结成一块硬硬的痂。

不知过了多久，萧寒才开口："不行。"

何冉哑然，睁着双眼看他。

萧寒继续说："你现在最重要的事情是把身体养好。"

千言万语被堵在喉咙眼里，何冉在那一瞬间强烈地想要倾诉些什么。许多复杂的思绪在心口里百转千回，可最终她还是忍住不与萧寒产生争执。

何冉紧闭着嘴不说话，病房里的气氛逐渐变得沉闷而僵硬。

半晌，她站起身疾步朝病房外走去，"我自己静一下。"

萧寒想要伸手拦她，何冉人影已经迅速消失在门外，他的手只来得及抓到一团空气。

霎时，空荡荡的病房里只剩下他一个人。视线漫无目的地看着四周，刷得苍白的墙壁显得太过清冷，就连身下一尘不染的白床单也没有生气，令人的心情也变得糟糕。

等了十分钟，何冉还没回来。萧寒开始担心，准备下床去找。他正要坐起身，走廊远处传来一阵高跟鞋的声音。

　　萧寒仔细聆听了几秒，辨别出那不是何冉的脚步声。自然也不是护士们，在医院这种安静的地方工作，不能穿会发出噪音的鞋子。脚步声越来越近，最终停在萧寒的病房前。

　　一个贵妇打扮的女人推开门走了进来，她面目冷艳，看起来与何冉有几分相像。女人直直地朝着萧寒走过来，站在病床前，居高临下地打量着他。她身上散发出来的盛气凌人的气息与韩屿如出一辙。

　　萧寒心里已经猜到个大概，就听那女人冷冰冰地说："我是何冉的母亲。"

第九章

心之所向

　　距离萧寒消失已经五天了，何冉终于停止了每天打无数个电话却都毫无例外地收到关机提示的行为。她隐约能猜到萧寒为什么离开。

　　那天晚上，何冉拿着热水壶回病房，快到门口时竟听到杨文萍咄咄逼人的声音从里面传来。

　　何冉不知道她是怎么找到这里来的，什么时候来的。杨文萍与萧寒的对话她也只听到了一小部分。

　　"情情爱爱暂且都不谈，我就只问你一句话，如果我把女儿交给你，你以后要怎么负担她的医疗费？别怪我说话不好听，就算你倾家荡产，也治不好她的病。"

　　何冉推开门进去，脚步声很轻，悄无声息地走到两人身后。

　　杨文萍转过身看着她，何冉将开水瓶放在桌面上，下了逐客令："他现在需要休息，请你先离开吧。"

　　杨文萍没有多说什么，她意味深长地看了何冉一眼，随后转身扬长而去。她的高跟鞋留下一连串的回音，在走廊里无限回荡着。

　　杨文萍走后，何冉若无其事地在萧寒旁坐下来，给他倒水喝。

　　萧寒躺在床上，脸上没有太多情绪，沉默不语。

"她说的那些我根本不在意。"何冉将一杯白开水递给他，表情淡淡的，"所以你也不要在意。"

当时萧寒只是安静地接过水，没有说话。

第二天醒来时，何冉发现自己睡在萧寒的病床上。而他已经不告而别，什么都没留下。

何冉回到医院后的治疗并不顺利，甚至一度陷入了瓶颈，其中药物过敏是最痛苦的。那天午后，她照常在病房里输液。半瓶药水打完后，身体突然感觉到强烈的排斥与不适。

那是一种真实的面临窒息的感觉，混沌中有人在用力掐自己的脖子，她却一点挣扎的力气都没有。呼吸变得越发困难，胸腔里膨胀得几乎要炸开，她仿佛能看见灵魂正在缓慢地抽离自己的身体。

不过几分钟的时间，身下的床单就被何冉的汗水浸透了。

终于有护士发现了她的异常，凌乱的脚步声和呼喊声从四面八方奔赴而来，那些声音太过嘈杂，践踏着她的每一条神经。迷迷糊糊中何冉感觉到有人将氧气罩戴在她的脸上，身子就像被从水底救起，她终于有了大口呼吸的力气。白花花的身影不停地从她费力睁开的一条眼缝前晃来晃去，带着强烈的催眠效果。

何冉想自己一定是产生幻觉了，不然怎么会看到萧寒站在磨砂窗户外焦急地看着她。她的视线模糊不清，眼前产生了好几个重影。凭着仅存的一丝力气，她颤颤巍巍地朝那些萧寒们伸出手，几秒后又颓然垂下，她晕了过去。

并没有过去太长的时间何冉就恢复了意识，睁开眼睛时氧气机已经被取下，她手背上扎的针换了另外一种药，身体的不适感也在慢慢消散。就跟经历了万种劫难的人一样，何冉从不曾像此刻这样憔悴过，脸色苍白得发青。守在一旁的护士告诉她这是药物过敏的正常反应，不需要太过担心。

从这位护士的口中何冉得知，萧寒刚刚确实来过，但在她情况稳定下来之后就离开了。

何冉麻烦护士帮她把桌子上的手机递过来，也许是因为浑身没有力气，她竟觉得手中这块几寸大的金属变得沉甸甸的。

毫无意外，萧寒还是处于关机状态。

何冉给他发了一条短信，即使知道他很有可能不会收到。

"我有话跟你说。"

薛医生将今天的突发状况汇报给杨文萍，吃过晚饭后，杨文萍来医院看何冉。知道萧寒的突然离开与她脱不了干系，何冉也没有多说什么，只是面对她的态度更加冷淡。

杨文萍倒是极有耐心地在她的床边坐了很久，或许是心怀愧疚，她始终一言不发，只是不停地给何冉倒水喝。

直到何冉准备休息了，杨文萍才不得不起身离开。走到病房门口，她驻足良久，几番犹豫后又折了回来。

何冉严严地盖好一层被子，背对着她。杨文萍盯着她的后脑勺，低声开口："你到底是我的女儿，我不能放任你不管。"

何冉一动不动，置若罔闻。

杨文萍继续说："你现在就好好配合治疗，别想其他事，趁这个机会彻底断了吧。"话说完之后半晌没有得到回应，杨文萍无声地叹了口气，转身走了出去。

两天后。何冉在草坪上散步时终于等到了姗姗来迟的萧寒。

下午三四点的阳光懒洋洋的，何冉坐在石凳上，正在画对面的一剪寒梅。她戴着口罩和帽子，全身上下都包裹得严严实实，只有抓着炭笔的手是暴露在空气中的。

萧寒默默地坐在何冉身旁，只安静地看着，不忍打扰她。如果他也有一双会画画的手，他最想定格在画面中的是她画画时的样子。

直到太阳快要落山，何冉才将素描本合上。她转过身看向萧寒，缓缓叹了口气，"你来之前为什么不说一声，我没戴假发。"

萧寒伸手帮她正了正头顶的帽子，"没必要，这样挺好。"

何冉摸了一把自己的脸，愁眉不解："我是不是变丑了？唉，人一生病，脸上的色素沉淀就都出来了。"

萧寒语气不变地说："没有，别瞎想。"

何冉抬起头，双眼盯着他的脸，不知想着什么。过了一会儿，她毫无预兆地问出："萧寒，你要放弃我了吗？"

萧寒微怔，然后视线不着痕迹地从她脸上移开。

何冉接着问："说得直接一点，你是不是要甩了我？"

萧寒皱着眉头，几秒钟后才说："没有。"

何冉轻笑："可你现在并不是像没有的样子啊。"

萧寒抿着唇，目光黯淡下来。他说不出话的时候总是这副模样。

何冉看似不经意地问："你什么时候回北京？"

萧寒答："一个星期后。"

话题又被她绕了回去："这会是我们最后一次见面吗？"

等了半晌都没有等到他的回答，何冉勾起嘴角，眼底却没有丝毫笑意，"所以，你被我妈说服了？"

"小孩……"萧寒艰难地开口，声音低哑："我们都希望你健康。"

"包括我健康以后要嫁给另外一个男人？"何冉不屑地笑笑，"萧寒，你不会天真地以为等我出院之后，我们还有机会在一起吧？"

萧寒再次陷入了沉默，只有眉宇间的沟壑挤压得更深。

"你真的做好这个思想准备了吗？"何冉凑近他脸边，声音放得很轻，"以后坐在我身边的会是另一个男人，他也可以像你一样抱着我，你真的舍得？"

"小孩……"萧寒的声音仿佛深陷进泥潭之中，每一个字都被束缚得无比沉重，"以前我的目标是给你更好的生活，可现在……我唯一的愿望是你健康平安。"停在这里，他用了极大的力气，才将后面的话说出来，"无论在谁身边。"

"你真是无私伟大。"何冉冷笑几声，坐回原位。她叹了口气，幽幽道："可是我做不到怎么办？"

萧寒迟滞了许久才说："你还年轻，以后会遇到比我好的。"

何冉浅薄一笑，"恐怕我遇不到了。"她抬起头望向苍穹，今天的天空颜色格外淡，没有一朵云，也没有一丝风。

长长叹了口气，何冉的声音仿佛从很远的地方飘过来，"知道我为什么早熟吗？"

"别人的二十岁，或许就是我的一生。"回想起往事，何冉不禁弯起嘴角，"所以我应该趁自己还活着，走更多的地方，尝试更多的事，以及……放纵自己去爱一个或许没有结果的人。"

"萧寒。"她转过头看着他，须臾浅笑，"就算知道会有比你好的，但我做不到。"

"我的一生太短，只够爱一个人。"

"那个人就是你，只有你，该说你幸运还是不幸好呢？"

说完的同时，何冉被拉进一个温暖的怀抱里，属于萧寒的味道充斥了她的整个鼻腔。他的双手紧紧地箍在她的腰间，因为太过用力，受了伤的手臂超负荷地发着抖。

萧寒身上的衣料质地低劣，何冉触碰到的地方坚硬又磨损，但她比任何一刻都更贪恋这个拥抱。许多想说的，还没说出口的话，她都能从这个微微发抖的拥抱里感受得到。

不知过了多久，萧寒压低声音说："听医生的话，你会好起来的。"

何冉的下巴搭在他的肩膀上，"萧寒，我想听的不是这一句。"

她轻吞慢吐，如同呓语："带我走。"

萧寒的手覆在她脑勺后，一遍又一遍地抚摸，"对不起。"

"也不是这一句。"

"…………"

"萧寒，带我走。"

"对不起。"

何冉无声冷笑，从他的怀抱中脱离出来，"我掏心掏肺说了这么多，你就只有这三个字？"

萧寒喉结滚动了一下，面色灰白。

一阵风卷走地上枯萎的落叶，萧萧索索，就连枝头那顶傲梅也在瑟瑟抖动。

何冉脸上的笑意不复存在，她站起身，用自己能使出的最大力气将手中的素描本砸在萧寒身上。

"萧寒，你是个懦夫！"

她不再犹豫，丢下这句话就决然地离开了。

黄昏的余晖将萧寒的影子拉得很长，他久久地站在原地，被刮骨的风吹成了一座雕像。

何冉双腿生风地走回住院部，自从病复发之后她还没有走得这么快过，全是被气的。推开病房门，于珍坐在床上，对着镜子搔首弄姿。她头上戴的那顶假发是何冉的，见正主回来了，连忙摘下来还给何冉。

于珍悻悻然地吐了吐舌头，"不好意思啊，我就想试试效果。"

何冉不以为意地说："没事，你喜欢就拿去。"

于珍推拒几番后收下了，又向何冉打听："你的假发是在哪买的啊？每一顶都那么好看，给我介绍一下吧。"

何冉拿出手机，分享了一个网址给她。这段对话从旁人的角度来看或许很滑稽，但对于她们这一层楼的女病患来说却再正常不过。

于珍对于何冉送给她的假发爱不释手，临睡前也一直带着。

何冉准备休息时，于珍叫住她，"何冉，你帮我画幅肖像吧。"

她坐直了身子，用手打理发梢，"就画我现在这个样子。"

何冉笑了笑，"不是说等你出院了长出头发再画吗？"

于珍不知想起什么，眉头间笼罩着一抹愁云，她声音低落下来，"我怕我等不到那一天了……"

何冉一时语塞，不知该说什么。她从桌上拿起一张白纸和炭笔，走到于珍床边，问："我的素描本弄丢了，用普通的纸帮你画可以吗？"

于珍笑着说："听你的。"

何冉坐下来，一边削铅笔一边仔细观察于珍的五官，在心中打好草稿。比画片刻后，她突然说："你跟我以前一个病友长得挺像的。"

于珍笑起来，"是吗？"

"嗯。"何冉轻轻地点了下头，"而且她也喜欢看威尔伯的书。"

"这么有缘啊！"于珍顿时来了兴致，追问道："那她现在怎么样了？”

“她……”何冉一下子顿口无言。

在何冉犹豫的几秒钟里，于珍很快就领会到她的意思，脸色渐渐惨淡下来。气氛变得尴尬不过是一瞬间的事，房间里只剩下锋利的刀片行走在笔头上的声音。那之后她们没有更多的交流，一个安静地坐着，一个安静地作画。

自从上次何冉药物过敏后就转用了腰穿的治疗方案，正常情况下是薛医生亲自操刀给她做，薛医生手法老练，很快就能结束，也毫无痛感。但如果碰到薛医生不在的时候，换其他医生来操刀，就有罪可受了。

何冉蜷缩成一团躺在病床上，背部弯曲成不自然的弓形。可以感受到冰冷彻骨的钢针挑破自己的皮肉，在筋骨里缓慢地深入着，那是一种无法形容的疼痛和恐惧，同时折磨着人的肉体和心灵。

即使腰部打了麻药，大脑仍旧非常清醒，在何冉的呻吟声中，每一分每一秒都变得刻骨铭心。

最长的一次持续了将近一个小时，总共换了三四位医生才帮她做完。结束之后，何冉精疲力竭地瘫在病床上。她克制不住地直冒冷汗，湿透的衣服像是刚从冰水里捞出来的。如果有那么一刻想要一死了之，也就只有这个时候了。腰穿后的六个小时必须平躺在床上，不能移动。没人陪她说话，何冉只好逼迫自己睡觉。

夜雨声烦。凌晨三点，何冉被扰醒之后，后半夜再不得安宁。那种深入骨髓的疼痛感又开始作祟了，由腿部一直向上蔓延。不知是不是因为最近腰穿次数过多，她的四肢感官逐渐变得迟钝，起初只是出现了一丝麻木。到了现在，连走路都是东倒西歪的。

她在床上辗转反侧了个把小时，仍无法入眠。忽闻身旁传来一阵低低的抽噎声，何冉侧耳倾听，确定那不是自己的错觉。那阵时有时无的抽泣声与潺潺雨声混淆，不易察觉。

何冉犹豫片刻，轻唤了一声："于珍？"

哭声戛然而止，几秒之后从床帘的另一边传来回应："嗯。"

"你怎么了？"

床那边很久才有回音："我没事。"

"真没事？"何冉不放心地问。

何冉吃力地挪动着麻木的双腿，掀开被子下了床。

她先把灯打开，然后缓慢地走到于珍床边。

视线接触到的是一双红通通的眼睛，泪光闪烁。连续的高烧已经将一个正值青春年华的女孩摧残得面黄肌瘦，眼窝深深凹陷进去，瘦得不成人样。

何冉坐下来，问："哪里不舒服吗，要不要帮你叫护士？"

"不用。"于珍摇头，声音低若蚊吟，"我只是害怕……"

"怕什么？"

她双手掩面，肩膀不停地哆嗦，实话实说道："怕死。"

何冉愣了一下，宛如某种伪装的平和，"死"这个字在她们这层楼是非常避讳的，从来没有人会这么直接地提及。

于珍带着哭腔说："我在网上查过了，很多得这个病的人都是因为复发才死的，我觉得我也快撑不过去了……"

何冉不知道该说什么好，只能安慰她道："别想那么多，大多数人都是自己被自己吓死的。"

于珍抽着鼻子说："我知道，可是我也控制不住自己，每次听到走廊里的脚步声我就会胡思乱想，是不是黑白无常来过？刚刚我还梦见他们站在窗户上阴笑，要来抓我……"

何冉努了努嘴，说："也许他们是来抓我的呢，你自作多情了。"

于珍破涕为笑，泪眼蒙眬地看着她，"你还挺幽默的。"

"是吗？"何冉淡淡地笑，"但是我男朋友从来没被我逗笑过。"

提到这个话题，于珍又沉默了。许久之后，她才缓慢地开口："其实我也有个喜欢的男生。"

"高考后他跟我告白了，在那之前的一个星期，我在家里突然晕倒，之后被送到医院查出复发……"

"然后呢？"何冉问。

于珍说："我没跟他在一起，现在他有女朋友了。"

"那他知道你的病吗？"

于珍摇头："不知道。"

何冉一时也语塞了。

过了一段时间，于珍才接着说："我好想在临走前见他一面，告诉他我的心意……可是我现在这个人不人鬼不鬼的样子，相见还不如怀念。"说到这里她又险些哭出来，将脸埋在双腿间，只留下一个单薄瘦削的肩膀，不停地发抖。

何冉轻轻将她抱住，不知过去多久，于珍才重新抬起头来，从枕头底下拿出一张画纸递给何冉，委托道："如果哪一天我不在了，你帮我把这两样东西交给他，好吗？"

何冉没有立马说好，而是伸手接过，打开来看。那是她帮于珍画的肖像，画纸对折的地方，夹着一撮用红绳系着的发丝。

从何冉嘴边泛起的笑，带着浓浓的苦涩味道，原来每一个女孩子心里都有同样的念想——千百年后，即使她们的骨灰已随大江东去，湮灭在风尘中，但这细细的发丝却仍旧坚韧长存，诉说着一段不为人知的感情。

也许那天于珍梦到的黑白无常并不只是假象，两天后的晚上，她在一场睡梦中永久地离去。因反复高烧不退而导致的器官衰竭，医生也无力回天。

翌日，于珍的母亲来病房收拾她的遗物。

令何冉感到意外的是，于珍居然留了一本书给她，是她最爱的《恩宠与勇气》。

何冉犹豫了很久才翻开来看，书页里夹着一张自制的书签，散发出淡淡的余香。书签上保留着娟秀雅致的字迹，记录的是书里非常有名的一段诗。

不要在我的墓前哭泣，
我不在那里，也未沉睡。
我是呼啸的狂风，
我是雪上闪耀的钻石。
我是麦田上的阳光，
我是温和的秋雨。
你在晨曦的寂静中醒来，
我已化成无语的鸟儿振翅疾飞……
我是温柔的星群，在暗夜中闪烁着微光。
不要在我的墓前哭泣，
我不在那里……

何冉缓慢地将书本合上，想起那个躲在夜里独自哭泣的女孩，心里掠过一阵悲凉。

在那之后，何冉又搬回了单人病房。没有聚，就没有散，她不想再经历一次这样短暂的离合。

杨文萍每天会来看她一次，何劲偶尔也会出现。何冉行动不便，他们请了专人保姆来照料她的衣食起居。保姆是个做惯了粗活的四十岁妇女，每次她帮何冉擦澡时，那粗糙的指腹所带来的不适感，总会令何冉回想起萧寒的温柔抚摸。

曾经是枕边人，如今却在天涯的两端，唯有叹息。

腰穿治疗仍在进行中，何冉下肢麻木的现象也趋于严重。她担心长久这样下去，双腿会一步步走向瘫痪。病患在化疗中表现出的后遗症是因人而异的，医生也无法给出准确判断。何冉不愿意铤而走险，更何况要以自己的双腿做赌注，她不得不中途喊停。然而中断了腰穿后，双腿的麻木现象并没有因此得到缓解。日夜开始颠倒，白天她受药物作用而昏昏欲睡，到了晚间，却又因为骨骼的阵痛而格外清醒。

正如于珍所说，深夜的医院是个充满死亡气息的地方。夜不能寐时，何冉睁大双眼看着漆黑的天花板，听见门外手推床渐行渐远的声音，一直到长长的走廊尽头仍旧传来回音。那凄厉的声音就像地狱打开了大门，百鬼在招魂，不绝于耳。

每每这个时候，何冉的心情总是格外凄冷。先是圆圆，然后到于珍，谁知道下一个躺在上面的人会不会就是她呢？即使不愿意承认，她现在就像是一个等死的人。

这里是个会使人意志崩溃的地方，没有人愿意久留。第二日，何冉申请回家休息几天，医生同意了。

出院那天正是二月的末尾，天气渐渐回温。空气里飘散着细细雨丝，以及枝头冒出来的绿芽，无不昭示着早春的到来。这样富有生命力的景象，也令人心头的阴霾消散了不少。

杨文萍和何劲这几日都不在广州，据杨文萍所说，她嘱咐了韩屿来接何冉出院。何冉足足在医院门口等了半个小时，始终没见到他出现。最后她不得不拄着拐杖，自己拦了一辆的士回家。

多日的失眠在接触到家里那张柔软舒适的大床时，终于得到了弥补，何冉整张脸埋进被子里，满足的一觉从午后直睡到黄昏。昏昏沉沉间听到房门被推开的声音，不知是谁回来了，她闭着眼睛不想动。

有脚步声由远至近走来，时而虚浮，时而沉重，像是喝醉的人。那人最后在自己床前停下来，何冉不得不将眼睛睁开一条缝，翻过身。看清来人后，她即刻皱起眉毛，"你怎么进来的？"

韩屿歪歪扭扭地靠在她的床边，笑得很痞。他喝酒上脸，眼神涣散，两颊红得反光。

韩屿甩了甩手上的一串钥匙，说："你妈给的。"

何冉坐起身，朝他伸出手，语气疏离："我已经到家，你把钥匙还给我就可以离开这里了。"

韩屿垂下眼睛，一动不动，视线直勾勾地盯着她的胸口。

何冉低头看，才发现自己走光了。她不动声色地将睡衣往上拎了拎，抚平褶皱。

韩屿勾起嘴角，语调轻佻，"不用遮，也没什么可看的。"

何冉闭着嘴不说话，无意与他起争执。

韩屿悠然自得地坐下来，歪头打量她："听说你跟那个男的分手了？"

何冉面无表情，不作回应。

韩屿忍不住落井下石，"当初你还信誓旦旦地说他不是卢京白，现在他还不是照样做了逃兵？

他不屑地哼了一声，又伸手捏捏她的脸颊："我早就说过他坚持不了多久的，你还不信，跟我在一起多好。"

"我跟他怎么样都不关你的事。"何冉避开他的手，面色如霜，"你只需要记住，我跟你没可能。"

韩屿脸色顿时不好看了，醉酒使他看起来更加凶神恶煞，"何冉，你太不知好歹了。"

何冉不动声色地扭过头，"你请回吧。"

韩屿气极反笑，穿着皮鞋的双脚直接蹬上她的床单，冲着她耀武扬威："我今天还就不走了，你能把我怎么样？！"

何冉看了他一会儿，随即平静地站起身，淡淡道："那我走。"

她脚刚迈出去一步，就被一股蛮力拽了回去。虚软的身子经不住这般强劲的力量，便重重地摔倒在床上，随即韩屿压了上来。

"何冉，你是诚心要把我气死吗？"他的脸悬在上方，面孔扭曲，像一头红了眼的野兽，"之前你说你要跟那个男的在一起，好，我放你一马！现在那个男的走了，你还是对我不屑一顾！你说！我到底哪里入不了你的眼？！"

何冉神情寡淡，对于韩屿的发疯也完全视若无睹："喊够了没有？喊够了你就走吧。"

韩屿彻底被激怒，牙齿咬得咯咯作响，"我就不信我治不了你！"他突然埋下头来，用力咬她的肩头，何冉吃痛地蹙起双眉。侵略并没有就此停止，睡裤的松紧带在两人手中来来回回，拉拉扯扯。

何冉说了句什么，身上的人已经完全失去理智，全然不顾。她松开手，睡裤被韩屿成功拉下来半截。

何冉手臂伸向一旁的柜子，奋力摸索着什么。床头放着一把水果刀。她的手不够长，咬着牙努力往前伸，再努力一点，再努力一点。

不停地往前伸，终于够到了。手心紧握着那柄尖锐的物体，高高举起，她毫不犹豫地朝着韩屿背后扎下去。刀锋破开血肉深插进去，那瞬间的快感让她将腰穿多次后的郁结都发泄出来了。

韩屿短促地闷哼一声，脸部肌肉骤然缩紧，身子僵硬得不能动弹。不知过了多久，他的手才缓慢移动起来，碰了碰自己腰侧，那里一片血肉模糊。他抬起头，不可置信地看着何冉："你真的敢……"

何冉用力喘息着推开他，站起身。沾满血迹的小刀掉落在地上，她说："你不做到这一步，我也不会这么对你。"

韩屿的醉意似乎到了这一刻才全部消散，眼球爬满了血丝，眼眶里的惊痛呼之欲出。

身子靠着床边缓缓滑落，何冉颓然地坐在地下，眼神失去了温度："韩屿，你脑子真的有病。"

"你已经有那么多年轻漂亮的女朋友了，为什么还要一直缠着我这个半死不活的药罐子？"

剧痛使得韩屿无法大声说话，愤怒也随之一点点被浇灭，身体保持着蜷缩的姿势动弹不得。

过了半晌，他才紧皱着眉头说："你问我为什么，我也不知道。"

"就像我问你为什么执迷不悟地要跟那个男人在一起，你也没法回答我。"

何冉回味着韩屿的这句话。她慢慢牵起嘴角，哑然一笑。是啊，这世界上很多事情都是找不出理由的，他们不过都是受心驱使、无法违抗的可怜人。

何冉不紧不慢地拨打了120，随即将手机丢到一边去。她整理好凌乱的睡衣，披上一件大衣，朝门口走去。即使步履蹒跚，她的背影却带着一种断然、决绝的意味，那道背影令她看起来刀枪不入。

韩屿死死地盯着她，从牙缝里挤出几个撕裂的字音："你要去哪里？"

何冉头也不回，铮铮有声："去找他。"

去找那个人。我心向之。

从家里出来得太匆忙，何冉忘记拿上拐杖。车在小洲村路口停下，里面正在施工，车辆开不进去。何冉把手伸进大衣口袋里掏了掏，数出几张现金递给司机，开门下了车。寒风扑面而来，她紧了紧身上的衣服，挪动着双腿爬上眼前那座拱桥。

路边没有可以攀附的物体，何冉努力保持着身体平衡，每一步都走得非常艰辛。她的身子东倒西歪，比脆弱的树叶更摇摆不定，不知是醉是疯。大街上的人都用或怪异或恐慌的眼神打量着她，生怕她突然精神病发作，躲得远远的。

以前从来不曾觉得这条路这么长，抬眼望去，看不到尽头。

何冉的双腿渐渐失去知觉，不听使唤，她每走几米就要停下来缓一会儿。才不到三分之一的路程，她已经体力不支，唯有意志还在不停地驱使着身体向前。经过一块地势不平的石坑时，何冉不慎跌倒。那瞬间她心里只有两个字，完了。

倒下之后，再也爬不起来。何冉双臂撑地，手指关节捏得发白，无论怎么使劲都支撑不起自己的身子。回过头看着自己一动不动的两条腿，捶它打它都毫无反应，何冉不停地在心里痛斥着它们的没用。渐渐地，有几个路人朝她围过来，对着她指指点点，却没有人敢走上前来扶一把。

何冉身上泥泞不堪，冷汗从额角滑落，嘴边尝到一丝咸涩的味道。她咬紧牙关，奋力再做尝试，那条腿哆哆嗦嗦地站了起来，可到半路又一次狠狠摔倒在地。与身体一起轰然倒塌的还有某种说不清道不明的东西。她衣服穿得厚，不至于受伤，但皮肉撞击到地面的那一下钝痛还是蔓延到了心里。

何冉不再反抗，无力地瘫倒在地上，生死由天。此刻她觉得自己就像一只被折断了翅膀的鸟，毫无尊严，无望地垂死挣扎，最后还是逃不了曝尸街头，接受路人异样的眼光。

夕阳西下，落日残照。何冉抬头望着弥漫天边的血光，心底一片苍凉。

"小何？"人群中不知是谁在喊她。

何冉回过神，视线移到一旁，看见胖子从人群中挤出来，朝她走来。

"你怎么了？"胖子走到她跟前问。

"我没事。"何冉垂下眼睛，淡淡地说。

胖子弯下腰，借助他的手臂，何冉终于缓慢地站起身，她问："你见到萧寒了吗？"

"他回北京了啊。"胖子声音顿了顿，"我刚刚送他去火车站的，七点半的车。"

何冉怔了一下："现在几点了？"

"快六点半了吧。"

沉默几秒过后，何冉说："你可以带我去见他吗？"

七点刚过十分。胖子一路争分夺秒，才将何冉送到火车站。附近不能停车，胖子把车开走，何冉只能一个人走进去。

火车站给何冉留下的唯一印象就是乱，人山人海，形形色色，即使到了晚上也是这样。广场上的人大多都拖着行李箱，行色匆匆，有学生，有民工，也有许多白领。还有个别衣衫破烂的人，靠着栏杆坐在行李袋上，要么手捧着一个热乎乎的包子，要么仰着头呼呼大睡。

何冉随波逐流地走进检票大厅里，这里人群更加密集。她抬头看墙上的车程表，距离萧寒那班车的发车时间只剩十分钟了，时间越来越紧迫。她站在原地，四周张望，视线像扫描仪一样穿越人群。一张张陌生的面孔从她眼前晃过，或面带笑容，或凝重疲惫，可都不是她要找的人。

何冉目光急切地寻找，越急就越乱，她像掉进了一个千面迷宫里，转了一圈又回到原地，错失方向。周围的场景像一面凹凸镜，不停地在眼前放大缩小，视觉产生了污点，光线也变得昏暗，耳边聒噪的声音不断地冲击着她的神经。

多年的经验让何冉明白这是快晕过去的前兆，她用力眨了眨眼睛，迫使自己清醒一些。

人潮涨涨落落，她伫立在最中央，捏紧拳头，铆足了劲。一直压抑在心底的名字终于放声喊了出来："萧寒——！"这一声长啸达到了她从没有过的音量，压过了人群细细碎碎的耳语声，压过了大厅广播里的通知声，那两个字荡气回肠，就像大山里敲响的洪钟，余音一直传到很遥远的地方，整个大厅的空气都被她震慑住。

时间仿佛静止，所有人都停下手里的动作，朝她望过来。

还不够。

何冉深深地吸一口气，再次大声喊出他的名字："萧寒——！"这一嗓子音量比刚才更高，如鹰击长空，穿破云层，耗尽了她所有的力气。

撕心裂肺，声嘶力竭，是生命爆发的力量。在一片鸦雀无声中，何冉感觉到背后有人疾步朝自己走来。她头皮发麻，手指颤抖，全身的细胞都因为那个人的到来而叫嚣，发出共鸣。

何冉转过身，几欲落泪。

萧寒就站立在她的跟前，他目光深邃，眼里凝聚着许多复杂的情绪。亮如白昼的大灯底下，他的眼睛被镀上一层浅灰色的光圈，沉默的时候带着一股淡淡的忧郁。

何冉过得不好，他也过得不好。

下巴边的胡子又冒出来一堆，手臂上的石膏还没卸下来，脸上的线虽然拆下来了，但已经留下了永久的疤痕，如果是女人就毁容了。他们早就约定好了，当她需要他的时候，就算眼睛瞎了，脚也断了，他也要马不停蹄地赶过来。现在，他就伤痕累累地站在她的眼前。

"萧寒。"何冉抬头看着他，露出一个很浅的微笑。叫出他的名字，她终于支撑不住，如一滩软泥栽进他怀里，"太好了，你还没走。"

何冉晕了过去。

萧寒将她带回小洲村，抱到床上，盖好被子。

何冉一直没有要醒过来的迹象，萧寒给她量了体温，见体温正常，他才松了口气。但还是放心不下，她越来越消瘦了，抱在手里的那具身子瘦骨嶙峋，娇弱得仿佛一掐就断。

萧寒摘掉她歪向一边的帽子，露出光秃秃的头顶，那上面呈现出淡淡的乌青色。他沉静地打量着她的脸庞，手轻轻掠过她脸边，几不可闻地叹了口气，

何冉睡得很沉，没有血色的嘴唇也紧紧抿着，拧起来的眉头像是打了个死结，不知是不是又做了什么不好的梦。看着她受苦受累，他却无能为力，没有比这更痛苦的事了。

翌日清晨，萧寒被身体的异样反应唤醒。他咕哝几声，缓慢掀开眼皮，却感觉到嘴角湿热。

"做梦了吗？"何冉看着他蒙眬的睡眼，俏皮地勾起嘴角："梦到我了？"

萧寒回望他，半梦半醒的声音带着沙哑的质感，"没有。"

何冉轻笑，"还说没有，我听到你说梦话了。"

"我说了什么？"

"你猜。"

"……"萧寒定定地看着眼前那张舒展开来的笑脸，若有所思。他总是不知道该拿她怎么办才好，比如此时此刻，他应该谴责她，却连大声一点对她说话的勇气都没有。

"你怎么又从医院跑出来了？"最后萧寒采用了一种比较平淡的语气。

何冉有点不悦："男欢女爱的时候，能不能不提那么倒胃口的地方？"

好，不说。

过了一阵子，萧寒换话题："我听胖子说，你今天倒在大街上了？"

何冉低低地嗯了一声，轻描淡写地说："还不是为了找你。"

萧寒又问："医生怎么判断你的病情？"

何冉漫不经心地打了个哈欠，"说我活不过明天。"

萧寒没出声，但何冉觉得他应该在拿眼睛瞪她，表情还挺凶。

何冉无视，问他："你火车改签了？"

"嗯。"

"改了几号的？"

"今天下午的。"

"这么快。"何冉不着痕迹地皱了下眉，"你赶着回去？"

萧寒说："花店最近很忙，老陈一个人照顾不过来。"

何冉不再问话，缓缓闭上眼睛："那先继续睡一会儿吧。"

已经将近八点，萧寒不再有睡意，他下床洗漱穿衣，做好了早饭再来叫何冉起床。

何冉坐起身发了会儿呆，渐渐找回身体的掌控权，才慢吞吞地走下床。走进浴室里，发现自己用过的牙刷仍插在萧寒的杯子里，她不由笑了笑。

何冉磨蹭了十几分钟还没下楼，萧寒担心她又晕倒，上来查看情况。见她安好无事，萧寒催促道："快点下来吃东西，吃完我先送你回医院再去车站。"

何冉站在原地没动，神秘兮兮地冲他勾了勾手指。

萧寒问："干吗？"

何冉说："有事跟你说。"

萧寒半信半疑朝她走过去。待他走到跟前，何冉一把勾住他的脖子，上半身凑了上去。她精准地找到他嘴唇的位置，用发狠的力道咬下去，镜框正好磕在他鼻梁上，萧寒怔了一下，脚步往后退，何冉死死纠缠不肯松开。直到胸腔因为缺氧快要爆炸，她才突兀地结束这个吻。

她张着嘴大口大口地呼吸着，脸色看起来不太好，一双眼睛却顾盼生辉地对着他笑。

萧寒选择不去看，他无动于衷地转身往外走，"吃饭了。"

何冉没有心理准备，被他带得往前一绊，萧寒忙伸手扶住她。他心有余悸，语气重了些："你安分点。"

何冉置若罔闻，就着身体倾斜的姿势，抬起腿在他身上轻轻地摩擦。

萧寒脸部绷得很紧，双眼漆黑，眼神却炽热明亮。

何冉眼角上扬起一抹弧度，她的所有肢体语言都在传递两个字，勾引。

萧寒声音沉闷："我六点的火车。"

"我知道。"

"知道你还……"

何冉打断他的话，"萧寒，要走一起走，你休想甩掉我。"

两人都互不相让。她紧紧拽住他的衣领，迫使他弯下腰来，"你到底有没有想我？"她眨着眼睛，在他耳边轻声呵气，"想就留下来。"

情人的眼神大抵是这大千世界、虚实沉浮里最戳人软肋、无法抵抗的一个劫。最终萧寒还是败下阵来，败得一塌糊涂。

何冉尽情伸展的背部，弧度比猫更勾人。

目光代替指尖，触碰到形状优美的两道蝴蝶骨，沿着中间深陷进去的水蛇线往尾走，经过弯曲的低谷，再之后是紧贴着她的他的身躯。

萧寒眼中的情感积累得愈加浓烈。

傍晚六点，天色渐黑。开往北京的列车已经从站内出发。男人四仰八叉地躺在乱糟糟的床中央，结实的臂膀和大腿上布满一层细密汗珠，女人同样大汗淋漓地叠在他身上。屋外不知何时变了天，狭小的空间里寂静得只剩下雨滴砸落在窗户上的声音。

萧寒望着天花板，一边平复着剧烈的喘息，一边说："你存心不让我走。"

何冉半笑不笑，"我说了，要走一起走。"

"我不能带你走。"

何冉固执地说："我不会回医院的。"

萧寒皱眉看她，"你为什么就不能听话点？"

"萧寒。"何冉不正面回答，只是不急不躁地唤他的名字。她抬起下巴，直视他的双眼，"你知道我这几天在医院是怎么过来的吗？"

"苟延残喘，生不如死……"她神情清淡，无比认真地说："再在那里待下去，我活不过这个月。你知道比死更可怕的是什么吗？是失去自由和尊严。"

萧寒蹙紧了眉心，语气严峻："瞎说什么，你只要配合医生的治疗，没有那么多事。"

"医生不是神，有太多不确定因素，他们也无能为力。"

"你要相信科学。"

"代价是失去你，并且今后的一生都将被禁锢，我不要。"

两人僵持不下，小屋子里一时又安静下去。

"昨天来找你之前，我已经断了自己后路。"何冉看着自己的双手，试图辨别出什么，但吸附在指缝里的血迹早已被冲洗掉。

"韩屿要强暴我，我捅了他一刀，不知他现在是生是死。"她声音很轻很淡，仿佛昨天发生的事情已经与自己无关，"如果你现在把我送回去，面对的会是糟糕一百倍、一千倍的处境。"

萧寒因她的话眉头皱得更深，久久不语。

"这是我最后一次问你。"收起儿戏态度，何冉眼里前所未有的真挚，"你带不带我走？"

"不需要顾虑太多，在我的理解里，爱就是一件这么极端的事。"她耐心而平静地说："你要么带我走，要么就在这里杀了我，一了百了。我宁愿死在你怀里，也不要死在那张冰冷的床上。"

"萧寒，这是我们能在一起的最后一次机会。"她死死地咬着下唇，却仍旧抑制不住声音的颤抖，"如果今天你走出这个屋子，我不会再来找你，我们到死都不会再相见。"

　　"带我走。"何冉朝他伸出双手，期盼得到一个紧紧的拥抱，"萧寒，带我走。"

　　长久的沉默之后，萧寒脸上的表情渐渐动容。他终于将她搂入怀中，艰难嚅动的嘴唇代替了一切语言。

第十章　夏花绚烂

　　最终他们没有去北京，而是回了萧寒的老家。那个与世隔绝的地方，反而能让何冉找到久违的归属感。事先没有给家里消息，泉泉因为这个意外的惊喜乐得上蹿下跳，围着何冉不停转。

　　萧寒妈妈对何冉的态度依旧不冷不热，尤其是在知道她生了重病以后。没有人会喜欢一个病怏怏的儿媳妇，那意味着将要给家里带来无数的开销和负担。每天晚上吃完饭后，母子俩都会因为何冉的事而争执起来。吵到最后，往往不可开交。

　　老太太一张脸涨得通红，喘不过气来，被泉泉扶回屋里休息。萧寒不善言辞，也元气大伤。这个时候何冉则沉默地待在房间里，不露面。

　　萧寒收拾好残局后才回屋找她，他表情已经恢复了平静："我妈年纪大了就爱唠叨，你别太往心里去。"

　　"没什么呀，反正她说的我也听不懂。"何冉并不计较，她招手示意他过来坐，"倒是你，没必要跟老年人吵得这么凶。"

　　萧寒郑重其事地说："我要娶你，当然得一直说到她同意为止。"

"娶我？"何冉愣了愣。

"嗯。"萧寒点头，他说着自己的规划："等你身体好一点，我们就在村子里摆酒席。"

何冉不由好奇起来，"你们这里的新娘子要打扮成什么样子呀？"

萧寒告诉她："没什么特别讲究的，过去是红大袄，现在也穿婚纱。"

"那我还是穿红大袄吧。"何冉搓了搓手，说："天这么冷，婚纱我扛不住啊。"

萧寒点头同意："嗯。"

何冉却又笑了，"结不结婚只是一个形式，我们一直在一起就够了。"

萧寒伸手揽住她，将温热的掌心贴在她的小腹上，"不够，还得要个小孩。"

何冉没说什么，只是对着他笑了笑，"好啊。"她从来都不是喜欢小孩子的人，却愿意为他认真地考虑起这件事，或许这就是她爱着他的最好证明了吧。

偏偏事与愿违，何冉的精神状态虽然比住院时好了许多，但身体机能却一日不如一日。在老家待了大半个月，她的双腿已经完全失去知觉，无法下地走路。她的一切生活起居，甚至洗澡和上厕所，都需要萧寒的帮忙才能完成。

每天下午，趁着阳光暖而不晒的时候，萧寒就带着何冉到院子外边散散步，活动筋骨。她一手拄着拐杖，一手攀附在萧寒肩膀上，走得非常吃力。

有不知情的乡亲路过，总要调侃萧寒，说他养了两个老妈。

何冉仔细想想这句话，谁说不是呢，老太太尚且能自理呢，她比萧寒的老妈还更不中用。

午夜梦回，何冉被小腹处一阵胀意憋醒。她看看身旁睡得很香的萧寒，犹豫再三，终是不忍将他叫醒。

最后，何冉咬紧牙关，挪动起两条沉重的腿，废了好些功夫才跨过萧寒的身子，走下床。

从床底下找出夜壶，她整个上半身趴在床边，颤颤巍巍地蹲下身子。双腿抖个不停，比筛糠还夸张，只希望快点解决，也不知有没有洒到外面。

最后何冉还是没有坚持住，身子一软摔倒在地上。夜壶被打翻，发出巨大的声响。

萧寒被动静惊醒，他眯着眼睛坐起身，"怎么了？"

何冉半趴在地，低声说："没什么。"

萧寒走下床，把灯打开，看清眼前的情况后怔了怔。

何冉扭过头去，声音沉闷："别看我。"

何冉的裤子还没来得及穿上，她甚至感觉到自己的裤脚被打湿了，这比生病以来的任何一刻都更令她感到狼狈难堪。

萧寒几步走到她身旁，欲伸手扶她。

何冉打开他的手，声音发冷："别扶我，我自己可以起来。"

萧寒不理，双手再次伸到她胳膊下面将她捞起来。

何冉大吼一声："我说了我自己来！"

萧寒动作顿住，他低头看着她倔强的脸，很轻地叫了她一声："小孩……"

何冉目光沉静地看向他，坚定道："萧寒，我一定要自己站起来。"

"你走开，让我自己来。"

最后萧寒还是放开了她的手，站得远远的。

"帮我拿一下抹布。"何冉说。

萧寒走出屋，没一会儿就拿着一条抹布回来了。

何冉接过抹布，将地面擦干净，然后尝试站起身。无济于事。她的腿好像根本不存在，甚至跟她反着干。挣扎，倒下，再挣扎，再倒下。不知重复了多长时间，身上已沾满灰尘，何冉还是不愿意放弃。

萧寒不忍再看，转过身，高高仰起头看着屋顶。

何冉累了，坐着歇了一会儿。等体力恢复后，她拖动着双腿爬到床边，两只手撑在床板上，终于借着力缓慢地站了起来。人在逆境中总是很容易满足，她坐在床上，嘴角微微得意地翘起来，眼睛下意识地去找萧寒，想向他炫耀自己的成功，却只看见他的背影。

何冉叫他一声，"萧寒，我好了。"

萧寒的动作像是慢镜头，转个身花了几秒的时间。

他低着头，没看何冉，却遮掩不住泛红的眼眶。

何冉花了几秒才确定自己没看错，她几不可见地皱了皱眉，"你哭什么，我都不哭"。

萧寒不辩解也不出声，走过来默默地拥她入怀，抱着她也不敢太用力，她像朵娇弱的花，轻易会被碾碎。

后半夜就这样在沉默中度过。

最近萧寒身上的烟味越来越重，即使刻意忽略也能闻到。每天半夜只要何冉因为疼痛醒来，他一定也能感受得到，随之醒来。黑暗中睁着眼睛，望着莫须有的东西，一声不吭。

等待漫长的夜悄然流逝，直到身边的人停止了频繁翻身的动作，他才静悄悄地走下床，走到屋外抽一根烟。不止是一根烟，最近他总要一连抽两三根才足够。足够干什么呢？他也不知道。烟头燃尽之后，他还要在外面待十几分钟，等身上的烟味散开了再回屋里去。

床上的人安然闭着双眼，呼吸平稳。何冉以前总有踢被子的习惯，现在腿不能动了，倒是老实安分了，一整夜都是一个睡姿。

萧寒在她身旁躺下，习惯性地伸手去探她的额头，这一摸却猛地一惊。

何冉并不知道自己又发高烧了，迷迷糊糊中她只感觉到有人将自己背了起来，那个人的背部结实而宽阔，十分有安全感，她很快又趴在上面昏睡了过去。

萧寒连夜将何冉送到县城里的医院，她在病床上躺下时终于恢复了些意识。

一个实习护士正在帮她打针，何冉的血管本就不好找，长期化疗过后更是细得无法用肉眼辨别。

小护士扎了四五针都以失败告终，无谓地在她手背上留下几个血孔。

何冉面无表情但也没有苛责，小护士反倒紧张得冒起汗来，越紧张就越容易出错，她后面两针偏得更加离谱。

萧寒终于沉不住气，去把护士长叫了过来。饶是经验丰富的护士长也被何冉的情况难倒，插了好几次都剑走偏锋，没找到血管。何冉两双手已然满目疮痍，感觉不到痛了，她像没事人一样，用眼神安抚萧寒。

最终护士长不得不把针扎在她的脚背上，何冉哭笑不得。那之后连续八天，她不停地在发烧与退烧之间反反复复，每天几乎二十个小时都处于昏睡状态。

不知打了多少次退烧针和抗生素，何冉每回睁开双眼都分不清白天黑夜，唯独不变的是那道寸步不离地守在床边的身影。因为炎症，她的口腔溃烂了半边，全无食欲，只能靠输液补充营养，吃不进任何东西。

短短几天的时间下来，何冉整个人又瘦了一圈，只有脸是高高肿起的。

中午吃饭的时候，何冉难得醒过来。

萧寒正端着一碗面条吸溜，抬头见她躺在床上看着他，连忙把碗放下来，问："饿不饿？有没有想吃的东西？"

何冉破天荒地有了食欲，她思考了一阵子，说："想吃胭脂萝卜，就是我第一次去你家的时候，你给我带的那种。"

她愿意吃东西，萧寒喜出望外，面条还没得及吃完就急匆匆地冲出去给她买了。不到二十分钟他就赶回来了，是跑进病房里的。天气冷，他额头上却冒着汗，气喘吁吁。

看着萧寒头顶的汗，何冉忍不住伸手帮他擦了擦。

萧寒将装得满满一饭盒的胭脂萝卜递到她面前，还有一碗白粥。

何冉看着那惊人的分量，语气颇为无奈："我哪里吃得了这么多啊。"

萧寒说："没事，我也吃。"

何冉随手用牙签叉了一块萝卜，有些苦恼。那萝卜切成了很大的块状，她没有办法把嘴张得太大，咬不动。

萧寒帮她咬碎，再一口一口地喂给她。食物在舌尖传递，最后在她的嘴里慢慢化开，何冉吃不出来那味道究竟是咸的、酸的，还是苦的。

燕子衔食，惺惺相惜。这一份感情远比她想象中的更深，更重。

周末，泉泉也来医院探望何冉，他晚上留下来住，萧寒把自己陪护的床位让给他。

下午何冉的体温又开始回升，到了晚上才有好转的迹象。半夜，她醒来过一次，虽然烧退下去了，但人还有些稀里糊涂的。

看见泉泉睡在旁边的床上，何冉恍惚了好一阵子才反应过来，目光在病房里转了一圈，没有找到萧寒的身影。

何冉缓慢坐起身，不知把什么东西碰掉在地上，泉泉被吵醒了，他睁开眼看到何冉，眼睛亮了亮，立马下床朝她走过来。这个小大人很懂事地帮她掖好被子，语重心长道："阿姨，你生病了，要多休息。"

何冉不由笑出声，伸手掐掐他的脸。

泉泉又问："你要喝水吗？"

"不喝。"何冉摆摆手，捂着腮帮子说："我嘴痛。"

泉泉皱起两撇秀气的眉毛，问："很痛吗？"

何冉点头，做出一个委屈的表情，"痛死了。"

小家伙把她的话当真了，顿时紧张起来，着急地原地打转，"那怎么办，你会死吗？"

何冉忍俊不禁，耸了耸肩说："所有人都会死的。"

泉泉沉默了一会儿，很费解地问："那死了之后呢？"

何冉被这个问题噎住。她不得不借用大人们常说的话："死了之后我们会睡很久很久，然后去天堂。"

听了何冉的解释后，泉泉终于笑开怀，童言无忌："那你就去天堂吧，睡着了就感觉不到痛了。"

何冉摸着他的头，笑而不语。

"你叔呢？"过了一会儿，何冉问。

泉泉说："在外面，我去叫他。"

何冉点头，"好。"

泉泉站在病房门口，探出头往外看。长长的走廊望不到尽头，光线微弱，安静得没有一丝声响，只有紧急出口的指示牌发出幽幽的绿光。小孩都怕黑，他深吸了一口气才壮着胆子走出去，一直往前走，最后在走廊尽头发现了萧寒。

这几天萧寒几乎彻夜不眠，半夜要么在床边趴着，要么在走廊外坐着。医院禁烟，他实在忍不住了就只能到这个旮旯角落抽几口。月色清冷，夜里寒气侵体，他只穿了一件单薄的长袖竟也受得住。

今夜风特别大，胡乱肆意地刮，萧寒侧靠在墙边，身影仿佛也融入了如水的夜色里，双指间的烟头被风吹得明明灭灭，映照出他立体而深邃的眉峰鼻梁。

不知是不是错觉，泉泉竟隐约看到萧寒眼角渗出些许泪光。再眨眼看时，那抹透明的颜色又不见了。这个问题困扰了他很久，直到长大了之后他才知道，原来眼泪是可以倒流进心里的。

那道背影有些陌生，泉泉一时不敢开口叫他。

站了许久，他才怯怯地唤道："叔叔……"

萧寒回过神，转过头来看着他问："怎么了？"

泉泉说："阿姨醒了，她叫你。"

萧寒点了点头，灭完烟朝他走过来，"走吧。"

回到病房后，泉泉这个人小鬼大的，先把萧寒交到何冉手里，然后将床帘一拉就爬回自己床上睡了。

何冉冲萧寒招招手，他缓慢地走到她床边，低头看她。

一张床单已经被何冉的汗湿透，她整个人像被榨干了一样，身上穿着的是最小号的病患服，对她来说却还是太宽松。她从来不抱怨什么，但所有难受都无法掩饰地写在一张憔悴的脸上。

何冉给萧寒挪了个位置，拍拍床说："到这来。"

萧寒犹豫片刻，爬上床，躺在她身旁。

何冉安静地打量着他，接着也像对泉泉那样，伸手在他脸上掐了一把。

她揶揄一句，笑着说："你好好睡觉吧，黑眼圈再重下去我就不认你了。"

萧寒扯了扯嘴角，勉强算笑。

何冉双手捧住他的脸庞，去亲吻他的嘴唇，跟曾经的每一次一样动情。

吻完之后，她将脸埋在他胸前，静静地躺着，没有了下文。

萧寒却不同，人当壮年，生理反应是控制不了的。

何冉感受到他的需求，可惜力不从心。她叹了口气，"萧寒，我觉得这次大事不好了。"

萧寒搂着她，"怎么了？"

何冉低声说："以前不管怎么样，只要见到你就想跟你上床，可是现在……我一点念想都没有了。"

萧寒紧闭着嘴，久久没接话。

不知过了多久，何冉才接着上面的话，"如果这次我能撑过去，我们去旅游吧。"

她看着他乌黑的双眼，面带微笑说："不管还能活多久，我想跟你一起去看春暖花开，听潮起潮落。"

这一次的经历对何冉来说可以算是死里逃生。连续高烧八天之后，她的体温终于稳定下来，医生说如果再烧两天情况就非常危险了。那之后她又住院观察了三天，确定没有再发热才可以回家。

出院之前，何冉又做了一次血常规。各类血项都低得可怜，她心里有数，也没多说什么。出院后，他们没有马上回家，而是在县城的旅馆里住了下来。

萧寒大姐的公公是一名资深老中医，退休之后在涪陵开了一家小医馆，每年从外地赶来找他看病的人不计其数。萧寒与何冉商量过后，决定也去上门拜访。

古往今来，依靠中医而起死回生的病例并不少，其中难免有夸大的成分，但功效也不是完全造假。经过多次服用中药和针灸治疗后，何冉的双腿渐渐有所好转，一个月后甚至可以不依靠其他物体，站起来慢慢地行走了。

最高兴的人自然是萧寒。

他现在没有工作，整天陪在何冉身边照顾。最近何冉的胃口好起来了，萧寒就开始变着花样给她做好吃的，只想把她养胖一点。

县城里的旅馆条件有限，他们订的已经是最好的一家，但还是不能令人满意，洗手间和厨房都是公用的，潮湿脏乱。每逢大雨，屋顶还会漏水，滴个不停。

这几夜何冉都是在时有时无的滴水声中入睡的，萧寒一直抱着她，直到她闭上眼睛。一厢前，她又发了一次低烧，去医院折腾了大半夜才退烧。这里的医院设备还不够完善，抗生素和消炎针也不比她在广州用的那些好，成效欠佳。

半梦半醒间，何冉听到萧寒在自己耳边低喃："小孩，你应该回广州去的，在那里你能得到更好的治疗。"

即使很困，何冉还是强迫自己睁开眼睛，她轻声而坚定地说："那不一定，你看我现在能吃能睡能走，还能跟你说话，已经很满足了。"困意袭来，她打了个哈欠才接着说："总之，萧寒，这是我自己选择的路，无论走成什么样子，我都无怨无悔。"

萧寒轻轻搂着她的后背，没有再说什么。

等天气更暖和一些的时候，萧寒履行自己之前的承诺，带她去旅游。他们去了云南北部的永宁乡，恰如其名，那里是一个远离尘嚣，能让人的心灵安静下来的地方。

五月气温适中，泸沽湖的湖水比天更蓝，静如明镜，远处的景色被完整清晰地倒映在水中，亦真亦假。对于长久生活在现代化大都市的人来说，这无疑是一处奇观。

萧寒和何冉入住在大村庄的古朴驿栈里，老板娘是当地居民，一个叫阿宓尔的摩梭女孩，生得细眉大眼，浅褐色皮肤，泛着酡红的两颊别具风情。

这里的许多人家仍旧奉行着走婚的古老习俗，母系社会，女人当家，男人暮来晨往。阿宓尔看着不比何冉大多少岁，却已经是一家的主要劳动力了。

萧寒和何冉在这里逗留了一个星期之久，他们原本计划下一站去大理看看苍山洱海，何冉却改变主意不想离开了，这里云淡风轻的景色有一种能够留住人的力量。

无忧无虑的日子里，何冉不再担心自己体内的白细胞和骨髓象是否又在发生着恶劣的变化，她甚至忘记了自己是个病患，只要每天还开心地活着就是给自己最好的交代。

午后的阳光懒洋洋的，萧寒牵着何冉在长长的草海桥上散着步。

周围山花开似锦，涧水湛如蓝。

何冉停下步伐，靠在栏杆边往下看，清澈的水面中倒映出她的脸庞。那张脸不再面黄肌瘦，终于有了渐渐红润的迹象。她没有戴帽子，停止化疗三个月之后，她的头发又开始生长了，虽然现在只长了短短的一小截，但整个人看起来精神多了。

转头看向站在身旁的男人，何冉明白自己欠他一句谢谢。如果三个月前萧寒没有答应带她离开广州，现在她面对的将仍旧是一成不变的灰白墙壁，而不是眼前这一片烂漫的风景。

视线飘向远处，望着开得漫山遍野的杜鹃，何冉轻叹道："夏天快到了。"

"嗯。"萧寒不高不低地应道。

何冉伸手轻轻环住他的腰，"如果现在还在广州，这几个月应该是你干活最辛苦的时候。"

萧寒点头说："是的。"

"还记得我第一次去中心湖找你的时候吗？"何冉将头轻轻枕在他的手臂上，微微一笑，"那个时候我在想，你给我剪头发的手艺还没有修剪花枝好呢。"

萧寒没有接话，他摸着她头顶刚冒出来的短发，刺刺的还很扎手，过了一会儿才说："下次给你剪好点。"

明媚的六月到来之时，萧寒和何冉按照当地摩梭人的形式举办了一场同居婚。

何冉换上当地民俗传统的大红色婚服和丝线百褶裙，阿宓尔废了好些功夫才给她找到足够长的假发，编成两股辫再绕成盘发，用毡帽固定住，加以珊瑚彩珠和玛瑙点缀，化着淡妆的何冉显得明艳动人。

何冉平日的穿搭色调都以黑白灰为主，第一次穿色彩这么艳丽的民族服饰，她有些不自在，萧寒用眼神安慰她道："很美。"

何冉莞尔一笑。

在乡亲们的帮助下，何冉替萧寒围上了纹着比翼双飞图案的花腰带。阿宓尔告诉她，花腰带能将相爱的人捆绑在一起，是摩梭人必备的定情信物。而新娘百褶裙上的不接头红色线，则寓意着生死轮回。

何冉对这个解释很满意，她笑着打趣："看来我们生生世世都要绑在一起了。"

萧寒自顾自很认真地加固起花腰带："那要绑紧一点。"

何冉被他逗得忍俊不禁。

吃完流水宴后，院子里举办热闹的篝火晚会。何冉行动不便，无法参加，只坐在外围观看。

萧寒受到一群摩梭小姑娘的热情邀请，被拉出来一起围着火堆跳舞。远远地看着那张受到氛围感染、露出罕见笑容的脸，何冉的心情也随之明亮起来。

纳西族男女的婚恋通常自由结合，不受约束。他们对爱情忠贞不渝，结合后即使没有婚姻法的保障，往往也能情比金坚，相伴一生一世。

想到这点，未免觉得大城市里的条条框框形同虚设，令人唏嘘。如果可以，何冉愿意将自己的后半生都在这个不受外界打扰的世外桃源度过。

晚上回到客栈休息，何冉出了点汗，先去洗澡。她从浴室里出来时，萧寒正在阳台外抽烟。

日夜温差大，何冉披上一件外套，缓缓走到他身边。

夜色中的泸沽湖没有一丝波澜，沉默至极。远处的山峰蛰伏在一片漆黑中，天空由零碎的繁星编织成一张美丽而脆弱的网。

萧寒不知在想着什么，一直没察觉到何冉的存在。直到她低低咳嗽了一声，他才回过神来，开始催促她回屋。

萧寒正要将烟碾灭，何冉先抢了过来，要往嘴里塞。他盯着她问："你干什么？"

何冉说："我抽一口。"

萧寒皱起眉头，要伸手阻止。今天在宴席上，何冉想要喝酒也被他拦住了。

何冉尽力争取，语气淡淡的："萧寒，你总要让我尝一次。"

萧寒说："不行，你身体不好。"

何冉据理力争："就一口不会怎么样，我只想知道它是什么味道的。"两人讨价还价了一阵子，最终萧寒还是退让一步。

"只能一口。"他说。

何冉点了点头："好的。"

何冉第一次碰烟，却好像对这种感觉十分熟悉。香烟夹在双指间，她深深地吸一口，没有入肺，只在嘴里转了一圈，然后慢慢地吐出来。

烟圈散开，弥漫在两人面前，若隐若现。

试过了，萧寒看着她，问："什么味道？"

何冉没有回话，细思良久。弥留在口腔里的那股味道，有点苦，还有点呛鼻。

嘴里并不好闻，指尖却留下淡淡的清香。

她总结道："你身上的味道。"在你身边待久了，烟就变成了你的味道。

萧寒不知能不能领悟，他将烟从她手里拿回来，然后丢到一边，说："好了，快休息吧。"

两人回到屋里，何冉突然说："萧寒，我想画画。"

萧寒一边铺着床单一边说："乌漆抹黑的，画什么？"

何冉说："画你。"

手里动作顿了一下，他转头看着她，说："之前不是画过我了吗？"

何冉说："那是之前，跟现在的感受是不一样的。"她最喜欢他笑起来的样子，遗憾的是从来不曾在画面里记录过，或许是因为这段时间他笑得太少了吧。

萧寒考虑片刻，说："那就明天吧，我去问问阿宓尔这里有没有卖画具的。"

何冉点头说："好。"

第二天早上，何冉醒来时，萧寒已经准备好了一切。

她洗漱完出来吃早饭，意外地发现院子前摆好了画架画板、折叠凳，以及各色各号的颜料和画笔。在这么偏远的山区里能找到一套如此齐全的画具，着实不容易。

何冉问起来，萧寒解释道："阿宓尔说有个客人也是画画的，这些东西他不要了，阿宓尔就帮我们借来用。"

何冉点了点头，若有所思。带着这么多画具来旅游的人，想必不是泛泛之辈。

吃过早饭后，何冉就来到院子里，开始作画。

萧寒问："要我给你当模特吗？"

何冉摇头，笑了笑："不用，我心里有分寸。"

萧寒便暂时离开，回屋打电话。

何冉的手在画纸上移动着，她画着萧寒的脸，停笔思考时视线却望着远方。天边几缕淡淡的浮云，一起构成他微笑时的弧度。曾经她对于刻画萧寒的眼睛乐此不疲，今天画到这个部位时却握着笔游移不定。那双眼睛是有故事的，若不能领会就无法画出真正的他。以前她看不懂那里面复杂的内容，但现在她可以确信那个故事全部都是关于她。不知是否有一天，她的离去会给它再添上一笔悲伤的色彩。

脑海里的画面一晃而过，在大山的深夜里，那双泛红的眼眶里情绪太浓，太重，何冉承受不住。主观色彩可以给一幅画注入强大的灵魂和震慑力，同时也能扰乱一个画者对技法的掌控。

最终那幅画没有完成，半途而废。何冉只画出了萧寒的大轮廓和双眼，其余部位都是留白的。

她的初衷是画出他笑时的姿态，可现在在她看来，画里的这双眼睛是无论如何都笑不出来的。

何冉将那副只完成了一半的作品收起来，想继续画点风景写生，不料天空竟突然下起雨来。

画画的心情因为天气遭到破坏，她不得不把画具全部搬到屋檐下边，意兴阑珊地回到二楼房间。

萧寒坐在床上，握着手机想着什么，见她进屋也没问话。

何冉走到他身边坐下，看着他脸色凝重，有些不放心地问："怎么了？"

萧寒没出声，许久才说："泉泉生病了，我妈带他去医院，路上摔了一跤，扭到腰了。"

何冉吃了一惊，问："那他们现在怎么样了？"

萧寒说："邻里乡亲帮忙送到医院去了，刚刚才打电话告诉我。"

何冉松了口气，又追问："严重吗？"

"泉泉没什么事，小感冒。"萧寒沉下声音，眉头紧锁："我妈年纪大了，不好说……"

何冉抿着唇思考了一阵子，做出决定："那我们先不去大理了，提前回去吧。"

萧寒犹豫不决。

何冉笑笑，说："没事，以后还有机会。"

萧寒若有所想地看了她一眼，片刻后点了下头："好。"

何冉拿出手机查天气预报，一边浏览一边说："明后两天都要下雨，有可能会遇上塌方跟泥石流，我们等天气好一点了再走。"

萧寒没意见，嗯了一声。

何冉开始上网订机票，网速不好，进度条走得很缓慢。

萧寒等了一阵子，站起身说："我先出去买点菜，你中午想吃什么？"

何冉捂着腮帮子，今早起床后她牙龈又有些肿痛，不知是不是因为昨天在流水宴上吃了一些上火的东西。

想了一会儿，何冉说："随便买点清淡的吧。"

萧寒点头说："好。"

最近何冉的胃口时好时坏，但受到萧寒的监督，一日三餐的时间仍旧非常规律。今天倒有点奇怪，萧寒出去一趟，接近一点半了居然还没回来，平常这个时候他们早就吃过午饭，正在享受慵懒的午觉了。

何冉放不下心，想给萧寒打电话，却发现他忘记带手机了。

时针指向两点钟，何冉实在饿得受不住，决定自己出去觅食。她刚从房间出来，就看见老板娘阿宓尔急匆匆地跑上二楼来，一脸大事不好的表情。

她在何冉面前停下，气喘吁吁地说："你男人跟人打起来了，拦不住，你快去看看！"

雨越下越大，不断地奋力砸击伞顶，似乎不把这层防护罩砸出个窟窿来就不罢休。

何冉顶着风雨艰难地前行着，大半个身子都被刮进来的雨水打湿了。

何冉步行了将近十五分钟才到事发的地点，在一个小斜坡下面，没有垫脚的地方，她直接淌着积水走过去了，鞋子和裤脚都被淹得全军覆没。

不远处的两个男人全然不顾恶劣的天气，纠缠在地上打得不可开交，旁边几个劝架的人形同虚设。

何冉加快了脚步，朝着远方大喊一声："别打了！"她嗓子本来就细，在这滂沱的大雨里根本就传不出去。地上的两人照样扭打在一起，你一拳我一脚，不分出个高下来誓不罢休。

何冉此刻也顾不上会不会感染发烧，她将雨伞丢到一边，浑身瞬间被大雨浇个湿透。她扯开嗓子，冲着两人大吼："都给我住手——"

雨幕里的两个男人同时停下动作，朝她望过来。两个人都杀红了眼，鼻青脸肿，面目全非。

何冉捡起雨伞，快步走上去，她在萧寒身边停下，将伞遮过他头顶。

一直瞪着他，何冉嘴唇嚅动了几下，最终还是决定先不说什么。

萧寒坐在床上，左手捧着一袋冰，敷在高高肿起的脸上。何冉坐他对面，用棉签在他伤口上涂药，力道并不轻柔。

偶尔按到萧寒的痛处，他脸上肌肉抽搐一下，也不吭声。

何冉瞪着他，眼神犀利地审问："谁先动手的？"

萧寒闷声回答："我。"

何冉又说："为什么动手？"

萧寒这个闷葫芦，憋了好久才挤出来两个字，"他烦。"

何冉微微蹙眉，不悦道："那你也不应该跟他打架，他冲动，难道你也冲动？"

萧寒眼睛睁大看着她，不接话了。

何冉与他在一起这么久，也能读懂他的眼神了。她说："你放心，他那次没对我怎么样，我那一刀不是白捅的。"

半晌，萧寒才低低地嗯了一声。

何冉叮嘱："下次再遇到这种情况，不管他说什么，你别理他就行了。"

萧寒不怎么情愿地点了下头："知道了。"

给萧寒上完药后，何冉进浴室洗了个热水澡。萧寒在门口守着，她一出来，他就赶紧将毛巾裹在她的头上，用力擦干被打湿的头发。

何冉有点头晕，她身子晃了一下，伸手虚扶在门框上，萧寒赶忙将她扶住。

何冉不满地瞟了他一眼，说："我今晚要是发烧了，都怪你。"

萧寒紧紧抿着唇，不说话。

短发很快就半干了，萧寒还是坚持要用电吹风帮她吹一吹，何冉刚在床边坐下，就听到外面传来嘭嘭嘭的敲门声。敲门的人力气很大，接连不断，那仗势似乎要把门板震碎。

何冉慢吞吞回了句："谁啊？"

门外，韩屿沉声回答："我。"

犹豫片刻，何冉站起身朝门口走去，萧寒拉着她的手，被她挣脱开。

何冉走到门口，将门打开，韩屿定定地站在外边。他刚刚已经在这家客栈办了入住手续，也洗完澡换上了一身干净衣服。

何冉上下扫他两眼，开口："刀伤好了？"

韩屿嘴唇抿成一条直线，说："你放心，我来找你不是为了追究这个。"

何冉漫不经心地问："那是什么事？"

韩屿开门见山地说："跟我回去。"

何冉面无表情地问："去哪？"

"广州。"

何冉没答话，韩屿接着说："我爸联系了美国的一个专家，他说有信心治好你，你立马收拾东西跟我走。"

何冉想都没想，一口回绝："不去。"

"为什么不去？"韩屿一口气险些没喘上去，脸板得硬邦邦的，"不好好治病到处乱跑！你知不知道你家里现在什么情况，你妈快被你气死了！"

"不知道。"何冉不欲多言，她一锤定音把门甩上，隔着门板说："你赶紧走吧，下一次我不会再给你开门了。"

门外韩屿暴跳如雷，不停地拍打房门，但是何冉不再理会。

淋雨着了凉，果不其然，何冉半夜发烧了。睡梦中被身体不断升高的温度烫醒，她昏头涨脑，下意识地伸手拍拍身旁的人。

萧寒随即也醒来，低声问："怎么了？"

"我好像发烧了。"何冉迷迷糊糊地指使，"帮我点拿药。"

萧寒连忙下床，把灯打开，找了几粒药喂她吃下。

即使不开口说话，何冉仍能感觉到腮帮子两边肿得厉害，或许是呼吸道感染了，她连喝水吞药时都十分困难。

吃了两片消炎药后，何冉重新躺下。萧寒帮她量了体温，39℃，不容乐观。

后半夜何冉一直处于意识恍惚的状态，萧寒将一层厚被子紧紧裹在她身上，她眼皮耷拉着却根本睡不着。

萧寒在她身旁躺下，也一夜没合上双眼。他没有忘记几个月前何冉烧得天昏地暗时那浑浑噩噩的八天，心里祈祷这次只是普通感冒引起的发烧。

第二天一早，天刚蒙蒙亮的时候，萧寒就叫了辆车把他们送到卫生院。这个时候大多数包车司机都还没开工，天又下着雨，不方便出行，所以司机收的钱比平时多两倍。萧寒没时间讲价，一口答应下来。

小地方的卫生院设备非常简陋，病床也紧缺，何冉是坐在走廊座位上输完两瓶药水的。她打的是很差的消炎药和退烧针，迟迟不起任何作用，额头依旧烫得吓人。

萧寒着急地要去找医生咨询情况，何冉拦住他，说："问也没用，我应该是复发了，这里查不出来的。"

萧寒低头看着她，目光担忧，"那怎么办？"

何冉当机立断地说："现在抓紧去丽江吧，找间大点的医院。"

萧寒连忙拿出手机联络刚才的包车司机，对方看出他很着急，又趁机开高价宰了他一次。

萧寒扶着何冉走出医院，没走多远，一辆漆黑锃亮的豪华轿车在他们面前停下。

车窗被缓缓按下，里面露出一张黑压压的脸，韩屿对两人说："上来。"

萧寒看向何冉，又看向停在不远处的面包车，略有犹豫。

"这个时候还磨蹭什么？快！"韩屿眉头紧皱，一声令下，"你要让她坐那种面包车，还没到医院她就被颠死了！"

何冉此时烧得头昏眼花，不作表态。萧寒连忙打开车门将她打横抱起来，放进后座里。

雨天路滑，山里雾气浓重，平常只用五个小时的路程今天足足耗了七个小时才走完。

一行人在傍晚到达丽江，韩屿已将一切都安排好，何冉直接住进了一家医院的重症监护病房里。

长途路上，她还能勉强保持清醒，然而在萧寒急匆匆地抱着她跑进病房里的时候，她就彻底昏睡了过去。

再次醒来时，外边光线渐明，天边已经浮现出一抹鱼肚白，何冉不知道自己睡了多久。目光移向一旁，萧寒趴在她的床边，没有半点动静。光是看着他佝偻着的背，她就知道他有多累。昨晚一定是慌乱的一夜，只有她一个人身处事外。

何冉缓慢地将自己的手从萧寒掌心里抽出来，低头看一眼。她苍白纤细的手背上又多了几个针孔，不知昨晚闹到最后，是哪位技艺高超的护士帮她把针打进血管里的，她实在一点印象都没有了。

何冉仰头躺在床上，静静地感受了一会儿。烧已退，额头不再那么烫了，但全身上下都不舒服，疲软无力，或许是炎症又复发了。

寂静的走廊里突然传来韩屿的说话声，他似乎正在跟谁通电话。韩屿的声音很大，他讲话时从来不会顾虑别人的感受。

何冉听了一阵子，大意是说韩屿找到她了，叫杨文萍抽空过来看一看。此刻她有一种逃犯落网的感觉，忍不住叹了口气。实在力不从心，也懒得去管了。

没一会儿，萧寒醒过来了，不知是不是被韩屿吵醒的。

他抬头看着她，眼睛里布满了血丝，哑声问："好点了吗？"

何冉点头，从喉咙里发出一声低低的嗯。

萧寒握住她千疮百孔的双手，缓慢地抚摸，最后埋下头轻柔而深刻地吻在了她的手背上。

时间不早，护士过来查房，问了何冉一些基本的身体情况。在吃早饭前，何冉先检查了一次血常规和骨髓象，结果到晚上才出来。

韩屿最先接到化验单，重复看了两三遍才呆呆地递给萧寒。萧寒伸手接过，看完之后也跟韩屿一个表情，面如死灰。

何冉骨髓象中的幼淋巴细胞达到了前所未有的高比例，白细胞却低得离谱。医生说她现在的身体虚弱到极点，化疗已经为时过晚，强行化疗会适得其反。

经历过太多次大灾大难，收到这样的噩耗时，何冉的心境非常平静。她该吃就吃，该睡就睡，一切听天由命。

趁着体温还正常，何冉打了一剂增白针。晚上的那一觉难得睡得比较安稳，但并不是高烧昏睡时的那种安稳。

不过好景不长，第二天中午何冉的体温又开始回升，很快突破了40℃。在她不知情的情况下，医生用了许多药物才压制住。

再次醒来时又不知今夕是何年了，何冉望着头顶的天花板，视线渐渐聚焦。她也没有想到这一次复发会来得这么猛烈，如当头一棒，没有给她一点点反应的时间。生活总是这么跌宕起伏，常常在你人生最得意的时候给你来一记沉重的打击。一个星期前她还在与萧寒游山玩水，怎么能想到一个星期后自己又会卧床不起。

何冉缓慢地扭过头，看向一直守在床边、为她牵肠挂肚的人。她艰难地开口，声音干哑得快要冒烟，"萧寒，我饿了。"

萧寒握着她的手，轻声问："想吃什么？"

何冉无力地笑，也算不上笑，"我有得选吗？"

她喉咙肿痛，舌头肿了，连说话都是含糊不清的，只能吃一些流食。萧寒冲了一碗玉米糊，一口一口地喂她。

何冉很费力地咽下，她思绪放空，许久才问："我住院多少天了？"

萧寒沉默片刻，回答："四天了。"

何冉几不可见地蹙了蹙眉，似乎这个动作对她来说也需要很大的力气。她对萧寒说："你该回涪陵去了。"

萧寒仿佛没有听到，低头又舀了一勺玉米糊，继续喂她吃东西。

何冉微微避开，说："泉泉跟你妈在等你。"

萧寒无动于衷地说："没事。"

"谁说没事。"何冉拦住他的手，语气稍硬："你妈年纪那么大了，没有人在旁边照顾不行的。"

萧寒垂下眼眸，过了一会儿才说："等你身体好一点我再走。"

"我没关系的，这边有韩屿在，而且我妈也快要来了。"何冉双眼看着他，平心静气地说，"萧寒，我可以为了你不顾家人，但我并不希望你变成我这样的人。"

萧寒一时哑然，无声地看着她。两人对视了好一阵子，最终他点了点头说："好，等你吃完，我明早再走。"

晚上萧寒收拾好东西，来到何冉床边同她告别。

何冉刚刚打完针睡过一觉，听到轻微的脚步声，她仿佛有所感知地缓慢睁开眼，安静地看着他。

萧寒坐下来，千万句话堵塞在喉咙里。他酝酿了半晌才说出一句："你要快点好起来，等我回来。"

何冉眨了眨眼，代替点头的动作，小声说："你靠近一点，我有东西给你。"她声音很低，萧寒将脸探到她耳朵边才听清。

何冉拿出一张银行卡，递给他，"这里面有一百万，我一直给你留着。"

萧寒微微敛眉，"给我这个做什么？"

何冉轻描淡写地说："你以后会用到的。"

"我不用。"萧寒抗拒地把卡推回去。

"别不要。"何冉又把卡推出去，说："我知道你能照顾好自己，但这笔钱是我送给泉泉的礼物，他以后会需要的。"

萧寒不语，何冉剧烈地咳嗽了好几声才接着往下说："难得他对画画这么感兴趣，你要好好培养他，这些钱就当他以后的学费，你没权力帮他拒绝。"

萧寒缓慢地低下头，盯着那张卡，最后他拿起那张卡放进何冉的手心里，说："我会收下的，但我们做个约定，等我回来后你再给我。"

何冉抿起唇，笑了笑："好，等你回来。"

萧寒转身离开的时候，何冉悄悄地把卡塞进他的背包里。他也不会想到，那一声"等你回来"，竟是她的最后一句。

高烧不退，炎症逐渐蔓延至全身。先从口腔开始，接着是呼吸道，再到肺部。何冉胸口常常如针刺般短促地痛，汗流不止，身下的床单换了一张又一张。昏迷的时间多，清醒的时间少，她倒是宁愿多睡会儿的，因为一醒过来就要忍受浑身剧痛的折磨，不得不注射镇痛药才稍微缓解。

何冉能感受到自己体内的气血正在这种高温的烘烤中慢慢地挥发殆尽，种种迹象表明她这次或许难逃一劫了。

韩屿气急又无奈，好几次要求转院，但都被医生制止了。何冉的身体太过虚弱，这个时候转院只会徒劳地减短她的寿命。

知道自己命不久矣，但何冉并不恐慌，这三个月的时间已经是她为自己尽力争取得来的，在和萧寒一起逃离现实的这段时光里，她得到的心灵慰藉远远超于麻木地活着。她已经得偿所愿了。

萧寒离开后，坐在她床边的人换成了韩屿。他不会嘘寒问暖，也不会说安慰人的话，每次何冉醒来，他就一言不发地坐在那盯着她。

前段时间他还会不停地咒骂医生护士，抱怨这里的医疗设备不够先进，似乎所有的人和事都能令他极其不顺心。可随着何冉的面容一日比一日憔悴，连他也变得沉默起来了。不说话也好，他们以前总是没讲几句就争吵起来，很少有这么和平的时候。

中午，护士喂何冉吃了一些流食，她躺在床上，朝韩屿招了招手。

韩屿正盯着她发呆，见状愣了愣，朝她坐过来一些，低声问："干吗？"

何冉轻声说："第一，火葬，一切从简。"

"第二，把我的骨灰撒到大海里，烧成灰的我也是我，我不想被封藏在盒子里。"

"第三，我的眼角膜捐给徐娅菲。"

直到何冉说完，韩屿才反应过来她在交代遗言。他死死咬着嘴唇，试图压抑住心底强烈涌起的某种情绪。过了很久，他才松开唇，故作强势地大声喊道："你别跟我说这些，我记不住，等那个男人回来你再跟他说！"

"其实我也没想到有朝一日，这些话居然是对你说的。"何冉苦笑一声，有几分无奈，"不过我应该等不到他回来了。"

"怎么等不到了！"韩屿吼得更大声了，"他很快就回来了！"

何冉有些累了，双眼微合，声音比风更轻："他不在也好，看到他我会舍不得的。"

韩屿死死地瞪着她，嘴唇快咬出血，半晌都说不出一句话来。其实他很想说些什么，很想告诉她："你给我坚持住！我还从来都没有正正经经地跟你说过一声我喜欢你，你一定要等到那一天！"

可他不敢。

回忆起他和何冉从小到大的时光，始终是他死缠烂打，她逃之夭夭，她从不曾为他停留过。他不知道为什么好好的一个人会这么突然地病倒，以至于这几天他总是有一种错觉，是不是因为他逼她逼得太紧，所以她才要不停地逃，哪里远她就逃到哪里去，这一次她就要逃到他再也追不上的地方去了。所以他不敢，万万不敢再逼她了，他怕这一次她真的就这样头也不回地逃掉了。

不知第几次从昏迷中醒来，何冉发现自己的脸被戴上了氧气罩。她的身体已经彻底丧失了造血功能，这几天只能依靠输血来延续生命。

另一个发现是杨文萍和何劲来了。

他们不知是什么时候到的，杨文萍坐在床边，何劲站在她身旁，两人都焦急关切地看着何冉。

"冉冉。"杨文萍神情惆然，轻唤她的名字，有许多没说出口的话都卡在喉咙眼里。

何冉一时有些恍惚，她很久没听过杨文萍这么叫她的小名了。曾经她们也是能心平气和地聊天的，可后来……

后来，不提也罢。

何冉想回应，张开嘴却发不出声音。咽喉火烧火燎，像被烙铁烫过一样炽痛。

杨文萍轻拭湿润的眼角，转过身将脸埋进何劲怀里。

何劲长叹了一口气，"造孽啊。"

事已至此，再说什么都没有用了。

萧寒一早回到涪陵县城，下了大巴车后就直接赶去医院。老太太刚睡醒，正坐在床上，由泉泉照顾着喂粥喝。伤筋动骨一百天，更何况她已经上了年纪，这一摔可有的罪受。

看见萧寒走进病房，老太太没给好脸色看，重重地撂下两个沾满罪孽的字："不孝。"

萧寒脸上表情淡淡的，也没辩解什么。他将行李放下，走到床边，轻轻拍了拍泉泉的后背。泉泉善解人意地站起来，把座位让给萧寒，手里的饭盒也递给他。

萧寒坐下来，慢慢地舀了一勺粥，吹散热气后递到老太太面前。

老太太拗着气不肯吃，萧寒往左她就往右，他往右她就往左。

萧寒放下碗，有些无奈地说："妈……"

老太太闭着嘴，绷紧了脸不理他。

萧寒好说歹说都劝不动，最后只好又把碗还给泉泉。

中午伺候老太太睡下后，萧寒走到病房外给何冉发短信。短信发出去后迟迟没有得到回复，萧寒猜测她应该又在高烧昏睡状态。

不久，泉泉也跟了出来，扯着萧寒的衣袖问："何阿姨怎么没来啊？"

萧寒蹲下身，摸摸他的头，"她生病了，在医院休息。"

泉泉不解地说："这里就是医院啊。"

萧寒说："不是这里的医院，她在丽江。"

泉泉似懂非懂地问："那等她好了会来看我吗？"

萧寒点点头，微笑道："会的。"

医院的床位紧缺，晚上等老太太躺下休息了，萧寒就带着泉泉离开医院，去附近找旅馆住。

临睡前，他终于等到了何冉回复的短信。

她粗略交代了一下今天吃了什么东西，打了什么针，体温如何。

无法给她最近距离的关怀，萧寒只能安慰和祈祷："乖乖吃饭吃药，等我回来，加油。"

老太太心疼钱，在医院住了几天后就坚持要回家，医生和萧寒都劝不住，最后只好签了同意书。老太太虽然年纪大了，但是身子骨还算硬朗，回家的路上由萧寒搀扶着，勉强能走得稳。

七月是梅雨季节，这一个星期里雨下得时大时小，从没停过。天空总是笼罩在一片阴暗和压抑中，连人的心情也跟着受到影响。

到家后，老太太做不了重活，成天躺在床上歇着，由萧寒亲力亲为地照顾她的衣食起居。被伺候几天后，老太太的脸色终于好看一些，也开始肯跟他说话了。

离开丽江已过一周。

连续几天没有收到何冉的短信，萧寒无法再说服自己平心静气地留在这里。中午吃完饭后，他下定决心，来到老太太床边说："妈，我订了今晚的机票去丽江看她。"

老太太一听这话就不乐意了，瞪大了双眼："你这才回来多久又要走？！"

萧寒闭着嘴不吭声，意图很明确。

老太太气得不轻，指着他说："辛辛苦苦把你养这么大，现在我老了不中用了，你就只惦记着外边的小姑娘！"

萧寒沉默了一会儿，才开口："妈，对不起……冉冉现在很虚弱，我必须陪在她身边。"

老太太听不进去这些，她继续喋喋不休地抱怨着萧寒的忘恩负义。

萧寒也不还嘴，心里坚持己见。

等老太太说到口渴了终于闭上嘴，他才回房收拾行李。

萧寒要带的东西不多，两套换洗的衣服，很快就整理好了。

泉泉悄悄走进他的房间，小声地问："叔叔，你要去见何阿姨了吗？"

萧寒转过身，点了下头，"嗯。"

泉泉怀里抱着一沓画纸，他犹豫了一阵子才上前说："这是我最近画的画，你帮我送给阿姨好吗？"

萧寒低下头，伸手接过，一张一张地看。经过反复的练习，泉泉的画已经不像当初那样稚气未脱了，开始初步成形。其中有一幅画的是他们三人坐在高高的摩天轮里，泉泉和何再有说有笑、其乐融融，唯独他一人因为恐高而板着张脸。

萧寒的视线长久地停驻在画面上，目光里说不清是眷念还是其他意味。如果他们还能像这样再去坐一次摩天轮，他一定会努力让自己笑出来的。

萧寒将画纸一张张整理好，放进背包里，向泉泉承诺："放心，我一定会带给她的。"他背上包准备出发了，泉泉跟在他后头，依依不舍地送到大门口。

目送着萧寒渐渐远去，泉泉冲着他的背影不停招手，"叔叔你放心去吧，我会照顾好奶奶的——"

出师不利，萧寒走了几里路赶到大巴经过的地方，等了两个多小时却没能等到一辆车。后来问了几个路过的乡亲才得知，原来这几日因为连续降雨，山里好几处路段都发生了塌方，到城里的路已经被封锁了，暂时不允许车辆通行。

萧寒赶时间，不得不又折返回村子里，跑了好几户有面包车的人家，问能不能包车，他愿意出双倍的钱。几户人家的说辞都很一致："雨天太危险了，路上说不定还会遇到塌方，给再多钱也不敢去啊，别一不小心把命赔进去。"

萧寒不放弃，死缠烂打地哀求了很久。乡亲们听说了他的故事，知道他有个重病命悬一线的妻子正在医院里等他，即使对萧寒的遭遇深表同情，却也爱莫能助。

走投无路，萧寒被困在了大山里。傍晚时，他心如死灰地沿着原路返回，全身都被这场不长眼的雨淋得湿透。

天渐渐暗下来，雨仍没有要停的迹象。山上的路坑坑洼洼，萧寒泥足深陷，每一步都拖得非常沉重。他并不是情绪容易波动的人，此刻却控制不住地捏紧双拳，重重地砸在门板上。

泉泉听到响声跑出来，看到他吓了一跳："叔叔你怎么又回来了？"

萧寒低着头，脸色不明。雨水顺着他垂下的发丝，一滴接着一滴掉落在地上。

过了很久，他才说："没车，走不了。"

泉泉哑然，"……那怎么办？"

萧寒无声地叹了一口气，"等一两天吧。"他抬起腿朝屋里走去，拿出手机给何冉发短信，即使知道或许还是不会收到回复。发完短信，他坐在床上望着窗外的雨，目光陷入无限的呆滞中。过了几分钟，手机突然响了起来。

萧寒欣喜若狂地扑过去，以最快的速度接起电话。

手机里传来韩屿的声音，"何冉醒了，你跟她说点什么吧，她能听到。"

那瞬间有太多言语涌上萧寒的喉咙眼，争先恐后，他压制了许久才问："她现在怎么样？"

韩屿将手机送到何冉嘴边，贴得很近。

何冉无法说话，只能发出一些简单的音节。

萧寒急切地想说些什么："冉冉，你等等我，我很快就到，你等等我。"

何冉含糊不清地"嗯"了很长时间，像是为了向他证明自己在听。那一连串没有意义的音节也非常低弱，稍不注意就会被风吹散。

最后韩屿接过手机，补充一句："你最好快点回来，她……"他没有继续说下去。

挂掉电话时，萧寒的手一直在发抖。他不由自主地去想何冉究竟想跟他说什么，但是又怎么可能猜得到。时间过得无比漫长，他保持着僵硬的坐姿在床上一动不动。屋外的雨逐渐无声无息地停下来了，窗户上爬满了一条条扭曲的雨痕，模糊了视线。

萧寒缓慢伸出手，一笔一画地在窗户上写出个"冉"字。

八点之后，泉泉和老太太陆续熄灯歇下了。萧寒毫无睡意，可身体到底承受不住多日的奔波劳累，需要休息，后半夜他还是在困意的驱使下合上了双眼。但不敢睡死，一直在等电话响起，可潜意识里又害怕听到电话响起。不知睡了多久，夜深人静时，他隐约感觉到有一双手在温柔地抚摸自己的脸庞。那种触感很虚幻，却又熟悉至极。不知是谁在他的耳边轻声低语，仿佛隔了层纱，听不真切。

萧寒皱紧眉头，努力地想要听清一些，那双手却开始缓慢地离开他的脸。他本能地伸出手想抓住什么，却无法阻止注定发生的。那双手正一点点地从他的掌心中抽离，一起带走的是某种比生命更重要的东西。他越是患得患失，那种感觉就越发强烈。那双手冰冰凉凉，似有若无，他什么都抓不住，最后只能乱抓一通。曾经的温柔一点点淡化、离开，最终消失在寂静的黑夜里。

萧寒从噩梦中惊醒，猛然坐起身，出了一头的冷汗。心脏跳得飞快，快要冲破胸腔的枷锁。

急欲求证什么来消除这种不安；他急急忙忙地拿起手机，颤抖的手指拨出那个号码。单调的嘟音在沉默的屋子里循环，漫无止境，一颗心就这样悬着。不知多少个四十秒过去，还是无人接听，自动挂断。这似乎已经是一种答复。

萧寒下了床，趔趄几步，跪倒在地上。

他怔怔地抬起头，望着黑漆漆的窗户，那个"冉"字早已不在了。

凌晨三点，被称为"witching hour"。这是重症患者死亡几率最高的时间。何冉走得并不安静，整间病房的医生和护士都为了她心惊肉跳的。

走廊外，韩屿大发雷霆，放下狠话，"救不活她，你们都别想在这里干下去了！"

杨文萍按住他的肩膀，轻声安抚道："别紧张，不要给他们太大压力。"

韩屿又怎么听得进去，他愤愤一脚踢在墙壁上，整栋楼都为之撼动。他用力坐下来，十指交叉嵌得紧紧的，一双眼睛瞪得凶神恶煞，谁都不敢看他。

其实韩屿也清楚万万不该责怪医护人员，一条悬危的生命正捏在他们手心里，他应该万分感恩地央求他们才对。可即使明白这道理，他还是克制不住暴躁，仿佛只有通过这种极端的行为才能稍微减轻心理上的负担。

病房的门紧闭着，隔绝开两个世界，这边的人提心吊胆，那边的人生死未卜。走廊里安静下来，所有人都屏气敛声，一颗心揪紧。隐约能听到病房里面抢救的动静，医生和护士的对话从来没停过。

"肾上腺素一毫克静注。"

"准备除颤，两百焦耳。"

"充电完毕。"

"两百焦耳，一次。"

"没有自主呼吸。"

"两百焦耳，第二次。"

"不行，没有反应，继续。"

"加到三百焦耳，快！"

"…………"

这些声音都渐渐远去，变得模糊。最后只剩下心电仪的警报声不停在耳边回响，频率越来越急促，快得人心如擂鼓。不知过了多久，从病房里传来一声长久的"嘀——"，就像一道划破长空的流星，那样突兀、尖锐、刺耳，极致的绚烂，然后永恒地消失在长夜里。

医生和护士们都不约而同地沉默了。

一直绷紧在心中的那根弦猛然断裂，韩屿再也忍受不住，猛地破门而入，冲着床上的人大吼："何再你不准走！！"

身体仿佛一半迈进了阴间，一半却还羁绊在阳间，生扯出撕裂的疼痛。

弥留之际，何再感觉到有强烈的电流穿过自己的身体，有人在用力按压自己的胸口，有人在不停地摇晃自己的肩膀。可那副身体似乎已经不属于她了，变得沉重、笨拙、无法驱使，她不能给出一丝回应，哪怕只是一点点微弱的回应。

她的思想无法集中，意识正在一点点消散，灵魂从她的躯壳里硬生生、血淋淋地剥离出来。无尽的黑暗朝她侵袭而来，即将吞噬一切。她就快忘记这里是哪儿，就快忘记自己正在做什么，就快忘记身边的一切，甚至记不起来自己是谁。可脑海里唯独有一副画面挥之不去，是一个男人站在夏花绚烂里的样子。隔得太远，她看不清他的脸，却能感觉到他炽热的眼神。姹紫嫣红，遍地齐放，都不及他在她眼中的分量。可悲哀的是，她也想不起来那个男人是谁了。

耳边隐约传来袅袅的歌声，回忆一点点被唤醒。

"这是一个多美丽又遗憾的世界/我们就这样抱着笑着还流着泪/我从远方赶来/赴你一面之约/痴迷流连人间/我为他而狂野/我是这耀眼的瞬间/是划过天边的刹那火焰/我要你来爱我不顾一切/我将熄灭永不能再回来/不虚此行啊/不虚此行啊/惊鸿一般短暂/如夏花一样绚烂/开放在你眼前/这是一个不能停留太久的世界……"

最后一刻。

她终于想起来了那个男人。

她喜欢听他唱情歌，喜欢听他叫她的名字。

他的名字里有个寒字，他的掌心却总是温暖的。

他叫萧寒。

她陪那个男人尝过烟，陪那个男人喝过酒。

她为他无所顾忌过，为他众叛亲离过。

她亲过他的嘴，他让她成为一个完整的女人。

萧寒，人间一遭只为他。

足矣。

终章 画中人

　　早晨九点，从伦敦飞往北京的航班在首都机场上空盘旋，准备降落。舒适无声的商务舱里坐着一位闭目小憩的男人，侧颜英俊而静谧。男人的身份并不普通，不久前他刚荣获了欧洲绘画大奖，成为国内颇受瞩目的新锐画家，年纪轻轻就已声名大噪。种种华丽的头衔加冕在这位年轻画家的身上，也使得他此次获奖回国，受到了空前热烈的关注。

　　唐萤站在接机通道前遥望，等待了近半个小时，终于看见一个打扮得相当低调的男人朝这边走来。她振奋地挥起双臂，高声喊："萧老师！这边这边！"

　　萧泉注意到了，抬腿走到她跟前。他脱下墨镜，俊朗的脸上稍显倦意，"小唐。"

　　唐萤笑语嫣然，热情祝贺道："恭喜萧老师揽获大奖！"

　　"运气好罢了。"萧泉谦虚一笑，转而问，"画展的事办得怎么样了？"

　　"放心放心，一切都在筹备当中！"唐萤一副胸有成竹的模样，她说完，想起什么，语气又变得犹豫起来。

"萧老师……那幅画，你确定要展出吗？"唐莹不太确定地问。

萧泉言简意赅："展。"

唐莹有一小会儿没说话，还是难以理解，"那一定要放在主展位吗？毕竟不是什么名家名作，会不会有点浪费资源啊？"

"她值得那个位置。"萧泉重新将墨镜戴上，双眼与外界隔离，"没有她就没有现在的我。"

唐莹明白他的意思了，也不再多言，点点头说："好的，我会看着办的。"

"麻烦你了，小唐。"萧泉对她露出一个微笑，随即说，"我先回酒店休息一阵子，下午我陪你一起去做采访吧。"

"不用了不用了。"唐莹忙不迭摆手说，"您倒时差比较辛苦，您好好休息，我自己去就行了，也不是什么难差事。"

萧泉思考片刻，点了点头，说："好，那就交给你了。"

下午出发之前，唐莹先回画廊再次梳理了一遍布展的进程。即将举办的画展会是这间画廊的首次公开亮相，意义非凡，唐莹作为策划人之一，责任重大。

画廊规模并不算太大，但胜在装修得别出心裁，每一扇展墙纵横交错，橘黄色偏暖的光线从高处洒下来，富有艺术气息。

一幅幅色彩或斑斓或沉重的画作有序地排列开来，其中除了萧泉近年来的新作以外，也不乏另外几位妙手丹青的经典作品。无论从哪个角度来看，这都将是一场水平极高的画展。然而，在整间画廊位置最重要的那个展位上，却装裱着一幅名不经传的画。

唐莹去年刚毕业，也算半个专业人士，有一定的鉴赏功底。眼前的这幅画拥有着近二十年的历史，仍旧保存完好。虽然其画法稍显过时，笔触也并不是非常成熟，却莫名能够传达出一种引人入胜的力量。

唐莹也说不清自己究竟是被其中的哪一点所打动。关于这幅画的更多信息还有待她进一步探究，目前只知道画的名字是《他站在夏花绚烂里》，作者叫何冉。

唐莹对这个名字并非毫无印象，多年前画界曾经有过一位昙花一现的实力女画家，名叫何漪华，据传这位何冉正是她的亲侄女。然而仅凭这层薄弱的关系，还不足以将她的画在这样重要的场合展出。

唐莹不止一次地向萧泉表达过自己的疑惑，得到的都是同样的答复——不要多问，按照他的意思去做就行。今天，她终于要去解开这个谜题了。唐莹的心情含着几分期待。

按照萧泉给的地址，最终唐莹找到了这家花店。花店门口摆着一排排高脚架，花团锦簇，装饰得很是温馨。阳光穿过两扇透明的玻璃门，零零星星地洒在店内的奇花异卉上，露珠闪烁，芬香袭鼻。

店主不在，看店的是个年轻小伙子。

唐莹推开门，旁边一只招财猫笑眯眯地说着："欢迎光临。"她前脚刚迈进店里，一个小女孩突然莽莽撞撞地扑到她的身上，声音甜甜地叫了声："萧寒。"

似乎是感觉到手里抱着的大腿尺寸不对，小女孩立马松开了手，一脸茫然地看着某处。唐莹也愣了神，站在原地不知所措。

看店的男子连忙走上来把女孩牵走，哈腰给唐莹道歉："对不起啊，她眼睛看不见，听到开门声音就以为是我们老板回来了。"

唐莹释怀地笑了笑，表示没关系，"这是……你们老板的女儿？"

"嗯，对。"

站了一会儿，男子又询问："你需要买些什么吗？"

"噢，我不是来买花的。"唐萤从包里拿出一张名片，自我介绍道："我叫唐萤，跟你们老板约了时间来采访他的。"

"哦。"男子很快记起来了，"老板刚刚出去办点事，很快就回来，让你稍等下。"

唐萤点头说："好的，没问题。"

男子领着她到店里面坐下来，招待周到地端上茶水。方才撞到唐萤的那个小女孩一直抓着男子的裤腿，寸步不离地跟在他后面。

唐萤忍不住多打量了她几眼，小女孩长得很漂亮，皮肤白净，耳朵小巧，眼睛圆溜溜的。只可惜双目无神，像一个失去了灵气的傀儡娃娃。

"她叫什么名字？"唐萤问。

"萧思思。"

"多少岁了？"

"六岁半。"

视线绕着小女孩转了几圈，唐萤按捺不住好奇，又开口问："她的眼睛为什么会失明？"

"从娘胎里带出来的毛病，治不好。"男子语气平平，似乎已经回答过很多次这样的问题了。

唐萤不禁叹息一声，"好可怜。"

"也不能这么说。"男子笑了笑，"老板把她当掌上明珠疼，什么事都顺着她的心意来，依我看，她比很多小孩都幸福。"

唐萤忍不住也笑了，笑完才发觉到不对劲之处，唐萤心里犯起嘀咕：据萧泉说，他叔叔并没有结过婚啊，怎么莫名其妙冒出个女儿？

她提出了自己的疑惑，才听男子解释道："思思不是老板亲生的，从孤儿院领养的。"

"噢——原来是这样。"唐萤拖长了声音，若有所思。

有一搭没一搭地闲聊了十几分钟，老板终于回来了。

门口的招财猫再次响起欢迎光临的声音，最先反应过来的人是萧思思。她敏捷地转过身子，即使眼睛看不见，却能一下子精准地扑进来人的怀里，软糯糯地唤道："萧寒。"

唐萤闻声回过头，看着站在门口、蹲下身子跟萧思思说话的男人。即使人到中年，男人的身材仍旧保持得很好，略微有些驼背，但整体还是瘦削挺拔。他的脸上并没有太多岁月的痕迹，只不过鼻翼两边留下了两道很深的法令纹。或许是因为五官与萧泉有几分相像，倒不会令唐萤觉得陌生。

定睛看了好一阵子才反应过来自己有些失礼，唐萤连忙站起身笑脸迎接："萧先生您好，我是唐萤。"

男人抬头看她，言简意赅："你好，萧寒。"

"那个……"对面的男人只是不动声色地看着她，却莫名让唐萤感受到了第一次在萧泉工作室里面试时的紧张感。她竟然语无伦次起来："我是萧泉的助理，这次来是为了采访您关于那幅画的一些事，希望您可以配合……萧泉应该有提前通知您吧？我听他说起过一些关于您的故事，但还是觉得亲自找您聊一聊比较好。"

萧寒轻微地点了点头，"嗯，我知道。"

唐萤从背包里拿出笔记本，小心翼翼地问："那我们现在……可以开始了？"

"好。"萧寒惜字如金地点头。

他不紧不慢地将萧思思放到地面，然后领着唐萤走进里面的房间。地方比较小，两人面对面稍显拘束地坐着。

唐莹终于逐渐找回了专业态度，有条不紊地打开笔记本，拿出录音笔，朝萧寒点了点头示意："您可以开始说了，我会仔细做好记录的。"

十月末，北京的深秋。据萧寒说，这是那个女人最爱的季节。

在金灿灿的枫叶林即将被一片辽阔无垠的白色覆盖之前，清标画廊的第一场画展终于正式拉开了帷幕。

当天，业界多位颇具盛名的艺术家和鉴赏家都莅临现场助阵，不少媒体记者也争相前来报道，只为一睹传说中傅大师的得意门生的真容。

画廊里参观的人络绎不绝，画廊外边更是排起了长队，堵得水泄不通。

唐莹前几天晚上一直因为这件事紧张得难以入眠，直到此时此刻，亲眼目睹了整场画展的成功举办，心里一颗大石头才算是落了地，取而代之的是难以自抑的欣喜。带着工作证在场地里来回走动，唐莹不厌其烦地向客人们解说着展出的每一幅画。

这一天，毫无意外的，主展位上那幅不曾面世的名为《他站在夏花绚烂里》的画引起了热议。

也是这一天，唐莹浓墨重彩地向来宾们讲述了无数遍属于萧寒和何冉之间的故事，直到口干舌燥也没能停止。

那段尘封许久的往事，在二十年后被人重新挖掘出来，依旧充满了无限的遗憾和无奈。据说直到何冉的遗体被推进太平间里，萧寒也没能见到她最后一面。在她过世之后，他也没有合适的身份参加她的葬礼。甚至，他连她的骨灰也没能摸到过，它们就被洒向了大海。

生死离别的悲剧往往令人肝肠寸断，可唐莹总是不由自主地想起那天萧寒在回忆起这段往事时的表情。他脸上的悲伤很淡很淡，淡得几乎无法寻觅，仿佛这些痛苦的经历从不曾发生在他身上。

他说："她一直都在。"

唐萤始终想不通那句话是什么意思，或许他还一直活在自己的回忆里，又或许他不过是拿这种假想来安慰自己。

临近黄昏，画廊里的人流量终于渐渐变少了，这一天对于唐萤来说是忙碌而收获颇多的。萧泉在酒店设宴邀请了宾客们，她则留在画廊做最后的收尾工作。

清场时，唐萤发现一个男人抱着个小女孩站在主展位前，迟迟不肯离开。她不得不走上前去提醒，"这位先生，不好意思，画廊准备关门了……"话没说完，她愣了一下，才发现眼前的是位熟人。

唐萤声音很轻，萧寒并没察觉到她的到来。他的目光始终停留在眼前的那幅画上，一动不动，完全忘记了外界。难以言表的情感在他的眼底萦绕不去，浓重而深沉，相思一点一滴成画，旁人无法参透。

唐萤不由也看向画面中站在夏花绚烂里的男人，几秒后又扭过头来多看了萧寒几眼。当年的他，跟现在的他，从侧面来看好像一点都没有变。

画面里，男人认真工作的侧颜留下了一个悬念。下一秒，也许他会转过头看她。也许他会冲着她扬手，她会与他相视一笑。也许在收工后，他与她会一起去小洲村的牌坊门口共吃一碗面条。但是又有谁知道呢？

唐萤静悄悄地回到办公室里等着，直到萧寒牵着萧思思离开，她才走出来。站在门口，看着男人和小女孩的背影朝着马路的方向淡去。

黄昏朦胧，一阵秋风卷过。

那两人始终手牵着手，渐行渐远，模糊了身影，像是步入一张泛黄的牛皮纸里，被永久地定格在了画面中。

唐萤突然明白过来一些东西。或许,真的如他所说。岁月涤荡,可有些东西不会变,就像她一直都在。

当晨曦的阳光洒满你的身体,

那是我在抚摸你;

当清风拂过你的脸庞,

那是我在轻吻你;

当天空飘下皑皑白雪,

那是我在为你歌唱;

当你思念我时,

我就在你心底,

我一直都陪在你的身边。

夜幕悄然降临,唐萤是最后一个离开画廊的,她缓缓将卷门拉下,转身前的最后一眼,望向那幅静默不变的画。

一幅画,讲的是一个永恒的故事,看画的是见证故事的人。

那一年,她仍美丽,他依旧年轻。

他们的爱情或许疯狂,或许荒诞。因为稍纵即逝,所以才更应该为世人所知。

番外 思恋

周三下午有一节美术选修课，课程名字太冗长萧寒记不清了。他来得不早也不晚，教室里零零散散坐了一半的人，走进教室时萧寒发现气氛与往常有些不同。

选修课没有固定的座位，大家都是随便坐，萧寒挑了个后排清净的位置，他听见前排的同学在窃窃私语讨论着什么。

"你们听说了吗，今天顾院长不在，来的是个女老师。"

"是吗，哪个女老师呀？"

"不知道，之前没见过，刚刚经过办公室瞄了一眼，长得挺年轻漂亮的。"

"咱们学校还有年轻漂亮的女老师？"

这一番谈话，算是把其他人的期待值拉满了。

这些都与萧寒无关，他照旧带了一本没完成的高数习题来，打算等会儿上课的时候做。

上课铃响，先踩进教室的是一连串清脆却不刺耳的哒哒声，紧接着是教案放在桌上的声音，一个悦耳的女声自我介绍："顾教授去外地参加研讨会了，最近我给大家代课。"说着，粉笔在黑板上一笔一画写出自己的名字。"我叫何冉，大家可以叫我何老师。课堂上如果有听不懂的地方，或者课后有其他感兴趣的内容，都欢迎找我讨论。"

新来的这位女老师确实年轻漂亮，看着像28岁左右，但女人的年龄一向是猜不准的，她皮肤白净，五官清秀，脖颈细长，穿一身米白色套装，气质脱俗。放在这个校史悠久、满是岁月痕迹的旧教室里，显得很亮眼。

简单的自我介绍后，何冉开始点名。新老师的点名方式和顾教授不同，为了尽快认识班上同学，她每叫到一个名字，被喊的人要站起身念"到"。

这打乱了萧寒原本的计划，他今天其实还带着别的任务。

胡旭和林邵洋那俩厮今天闹着翘课去网吧开黑，萧寒向来对打游戏没兴趣，没有同行，于是身负帮他俩点名的任务。

美术选修课本就与他们的正经专业八竿子打不着，会选中这门课完全是因为报名晚了，剩下的除了美术就是话剧和街舞，三个大老爷们可不想去搞娱乐，于是误打误撞来了这儿。

原本帮人点名这事在大学里并不罕见，选修课老师对考勤抓得不会太严，况且点名的时候大家都坐下低着头，根本听不清谁在答"到"，谁承想今天来了个新老师……萧寒想着以后可再也不答应那俩家伙这种差事了。

思绪开了差，以至于何冉点名叫到"胡旭"时萧寒没反应过来。直到叫第二声"胡旭"时，他才急忙站起来答："到。"

何冉打量着眼前这位刻意微微低头的男同学，碎发遮住了他的眉眼，依稀露出高挺的鼻梁，仅凭半张脸的轮廓她却觉得似曾相识。

"你是胡旭？"何冉问。

"是。"

周围有几个认识萧寒的，已经明白怎么回事，噗嗤一声憋着笑，只等看好戏。

何冉盯着他看了一会儿，不太确定地问："我们是不是在哪见过？"

萧寒无意识地捏紧手心，不吭声。

不知哪个看热闹不嫌事大的男学生接话："老师，这可是我们计算系的物理状元，论坛上一半都是关于他的帖子，你肯定见过。是吧，萧同学？"

萧寒只觉得耳根发烫，芒刺在背。

其他年级的女学生也认出萧寒，咦了一声说："这不是萧学长吗？"

何冉毕竟也经历过学生时代，很快反应过来怎么回事。她无意让人难堪，摆摆手说："算了，你坐下吧，下不为例。"

萧寒松了口气，应声坐下。

她继续念下一个名字："林邵洋。"

教室里无人应答。

"林邵洋。"她又喊了一遍。

何冉在名册上画叉之前，萧寒终于硬着头皮缓慢站起身："到。"

何冉："……"

下课后萧寒被留堂问话了，这显然是逃不过的。

第一回何冉可以睁只眼闭只眼，第二回她再不追究，那就显得这个老师毫无威严了。

傍晚时分，教师办公室几乎走空了。何冉坐在顾教授的位置上，从包里翻出一条薄荷味的水果糖。她低血糖，站了一整节课的时间有点头晕，正好还剩最后两颗，何冉自己吃了一颗，顺手把另一颗递给萧寒。

萧寒不喜欢吃糖，但老师给的他不好意思拒绝，接过放进外衣口袋里，说了声谢谢。

这次何冉坐着，他站着。离得这样近，黄昏的光线不明不暗，即使萧寒有意无意地回避视线，也不妨碍何冉将他整张脸审视了个遍。他有一双好看的眼睛，轮廓深邃，浓眉如峰，平添了几分与这个年纪不符的沉静忧郁。

何冉不由得问："我们真的没见过？"

学生在老师面前总是无处遁形的，两者身份差异本就携带着压迫感。何冉虽然年轻，却不像其他女老师一样具备亲和力，使得萧寒越加不敢看她，也不知道怎么回话。

何冉视线下移，注意到他手里拿着的习题册，她拿过来翻了几页，不由叹了口气："虽说艺术鉴赏是选修课，但你们对老师最起码的尊重要有吧，上课不看漫画书，居然看数学题？"

萧寒心虚无措，认错的字眼已经到嘴边，却被何冉惊人的话堵住，目瞪口呆。这哪像老师说的话。

何冉把习题册还给他，"行了，回去写一千字检讨，你和胡旭还有那个林邵洋，三个人都要写，下节课交上来。"

"好。"

萧寒如释重负地离开办公室，刚走到门口，何冉又叫住他："对了，你叫什么名字？"

他转过身，不急不慢地说："萧寒。"

何冉微微点头，低声跟着念了一遍："萧寒。"

仿佛蜻蜓掠过一池静水，在心底荡起一圈圈涟漪，像是从遥远彼端传来的呼唤。萧寒依稀觉得，曾经有人也这样呢喃过他的名字。

何冉晚上约了人，因为学生留堂的事耽搁了，半路又突遇大雨堵车，等她赶到那家装修高档、格调浪漫的西餐厅时，已经比约好的时间晚了半小时。

对方不急不恼，绅士地帮她拉开椅子，笑着打趣："今天怎么突然有兴致重游母校，也不叫我陪你一起。"

何冉笑笑，说："我哪是去玩的呀，顾教授有事，临时找我帮忙代课，回头我还得找他收出场费呢。"

薛向南是何冉的主治医生兼家里安排的相亲对象，两人相处五六年，友达以上恋人未满，一直没有发展出实质性关系。薛向南沉得住气，这么多年对何冉只是耐心守候、默默关怀，从来没有出格的举动。

但今天见面之前，何冉隐约感觉到他有重要的话对自己说。或许正是因为这种预感，在面对那枚晶莹璀璨的钻戒时，何冉并没有表现得很惊讶。

薛向南为这一天准备了很久，饶是一贯沉稳的性子，此刻也难免有些紧张。"小冉，我们认识这么多年，你知道我惯不爱讲花言巧语，我对你是真心喜欢，原本伯父伯母说等你做完手术之后再订婚也不迟，但我觉得，在这之前应该正式地把心意传达给你，不管手术的结果怎么样，都不影响我的决定。"

"喂喂。"何冉打断他，"你可是我的主治医师，在病人面前说这种不吉利的话，你不怕我晚上害怕得睡不着啊。"

薛向南向她露出一个安心的微笑："手术的事情你不用担心，一切我会安排好的。我只是觉得，在做手术之前跟你求婚更有诚意。"

何冉眼神闪躲，她忍不住调侃："那我要是不答应的话，你不会让我嘎在手术台上吧？"

薛向南早已习惯她爱开些不合时宜的玩笑，甚至还配合地点点头："很有可能哦，所以你要慎重考虑。"

何冉被逗得哈哈大笑。笑过闹过，最终何冉还是没能收下那枚戒指，她只说了三个字："对不起。"其实薛向南早就做过被拒绝的心理准备，面对这个结果并不意外。这么多年他和何冉的人际关系都很简单，朋友不多，按理说他们应该是最熟悉和了解彼此的人，可两人之间仿佛有一道隐形的隔阂，感情上始终未能再进一步。

何冉从不会主动走出去，别人也别想走进她心里。

他觉得何冉好像一直在等一个人，一个不存在的人。

萧寒没带伞，他是淋着大雨跑回宿舍楼的，本想赶紧洗个热水澡，一掏空荡荡的口袋才想起，胡旭和林邵洋出门时拿走了他的钥匙。钥匙没摸到，倒是在口袋里摸到了一个硌手的小玩意，掏出来看，是何冉给的薄荷糖。

萧寒不由得回想起了这位新来的女老师。奇怪的是，他并没有刻意记住她的模样，脑海里浮现出的人物形象却清晰生动。她身材纤细，上课时说话柔腔软语，嗓音不大但句句明亮，讲到有趣的地方嘴角上扬、弯起眼睛，顾盼生辉。

胡旭和林邵洋在网吧打游戏玩嗨了，直到11点宿管查寝前才回来。萧寒在门口等了很久，身上的衣服湿了又干，他昏头涨脑，估计是寒气入体，洗完澡后吃了一颗感冒药就早早睡下。

后半夜萧寒果然开始低烧，迷迷糊糊地做了一场怪梦。

梦的内容光怪陆离，离他的生活很遥远，主角的名字跟他一样，但完全是另一个人的人生轨迹。梦里繁多复杂情绪交织，热烈和悲伤都那样真实深刻，浓重到能将人击溃，就像自己亲身经历过一样。

萧寒醒来时出了满背的冷汗，心有余悸。梦里他以为自己熬过了漫长的一生，沉溺沼泽，悲痛窒息无法脱离，醒来发现不过须臾一梦，松了口气。

年轻人身强体壮，烧第二天就退了，可那场怪梦带来的后遗症却扰乱了萧寒的心绪，后面几天的课业都进行得不太顺利。课间走神还有休息的间隙，他都会没来由地想起那位何老师。她的脸庞身影、回首抬眼、一言一语渐渐与自己梦中的女孩重叠，越发加重了萧寒的不安和忧虑。

有时胡旭和林邵洋叫萧寒的名字，他想着心事，好几秒才反应过来。胡旭良心难安，说萧寒是因为等他们才发烧烧傻了，非要请他洗脚按摩、吃甲鱼鸡煲一条龙，好好地补回来。萧寒对吃喝玩乐没兴趣，照旧拒绝了。

旁人不知晓他的心事，以为他又是因为学业忙碌才不去。林邵洋吐槽萧寒是不是上辈子没读过书，这辈子抱着书就不肯撒手了。

盘踞在萧寒心头的这股子惆怅，在即将迎来下一堂美术选修课的前几天，莫名其妙地呈衰减趋势慢慢平复下去。

有了前车之鉴，胡旭和林邵洋不敢再明目张胆地翘课。上课铃响十分钟前，两人还在临时抱佛脚，火急火燎地抄写网上搜罗的检讨书大全。胡旭一边奋笔疾书一边连声叫苦："这何老师也太狠心了，一千字啊！把我从小到大偷邻居家鸡蛋、砸年级主任车玻璃的事都列进来也凑不够字数的。"

坐在一旁的萧寒气定神闲，他早在一周前就写好了检讨书，自然有备无患。

一位好心男同学路过，凑近拍拍胡旭二人的肩膀，悄声说："行了行了，不用写了。"他朝门口抬抬下巴，"今天是顾院长上课，那个女老师没来了。"

不来了？

萧寒朝门口看去，果然看见头发斑白的顾老走进课室，身后没跟其他人。他抿了抿唇，一字不语。

下课后，胡旭和林邵洋大喜，直呼天助我也。整堂课顾教授没有点过他们三人的名，看来对检讨书的事毫不知情。胡旭让萧寒干脆也别交检讨书了，省得把他们二人捅出来。萧寒闷声答应，心里却有一丝空落落的。

自那之后，气闷意乱的情绪再次占据了萧寒的心扉，甚至来势更加汹涌。他成日像怀揣了什么不可告人的秘密，比平常更加寡言。匆匆出现且只留下一面之缘的何老师，悄无痕迹地从他的世界里消失了。有时候在校园里看见相似的背影一晃而过，他会忍不住多看几眼，但都不是他所期待的。他一方面厌恶这样不受控制的自己，一方面又试图究其根源，自己到底是怎么了。最终他觉得一切的起因是那封一直没交出去的检讨书，如果把检讨书交上去，也许能给这起事件画上句号。

顾教授最近忙着大四学生的毕设作业，这是他带的最后一届学生，他明年就正式退休了，根本没空管几个选修课学生翘课的事，对于萧寒主动上交的那封检讨书，他看了两眼就随便塞进抽屉里。等顾教授回完一封邮件，抬头发现萧寒还杵在原地，他有点纳闷哪里来的这么一根筋的学生。"你可以走了。"顾教授说。

萧寒还是站着没动。

"还有什么事吗？"

萧寒犹豫许久才低声开口："顾教授……请问，您有何老师的电话吗？"

"你找她？"

"嗯。"萧寒脸色不太自然："上节课何老师借了我一本书，我想还给她，但是没有她的联系方式。"

"书放我这儿就行，我抽空带给她。"

"我还有几个问题……想请教何老师。"

萧寒从小到大撒谎次数屈指可数，此刻他陷入了一种自我鄙弃、耻辱的矛盾和煎熬中，但大脑不受控制地替他应答了这些话。还好顾教授没有多疑，不再追问，给他留了一个号码。

周日晚上不用查寝，胡旭和林邵洋又去网吧通宵，寝室只有萧寒一人。几番挣扎之后，他鼓起勇气拨通了那个电话。等了十几秒，还没有人接。已经很晚了，或许她已经睡下了。

"喂？"

电话突然接通，一个清丽的女音顺着电波传入心窝。

萧寒屏气凝声。

"有人吗？"

"…………"

"不说话我就挂了哦。"

"…………"

之后又过了两秒。

"晚安。"何冉柔声说，挂了电话。

偌大安静的宿舍里，萧寒清晰地听见了自己的心跳声，一拍一拍，越蹦越快。想见到她。在按下电话的那刻，他终于对自己承认和妥协。

背靠在冰凉的墙壁上，萧寒从口袋里摸了颗糖吃，是上次何冉给的。糖在嘴里慢慢化开，水果的香甜诱人沉沦，薄荷的气息却冷冽清醒。怎么会有如此矛盾的糖。

今年中秋和国庆连在一起放了十天长假，大多数学生选择回家过节。萧寒老家偏远，回去一趟不容易，于是留在大学附近找了份兼职。

那是一家24小时营业的宠物诊所，萧寒主要负责值夜班，前台接待。夜里没什么客人，事少清净，他可以看看书。

这天夜里，萧寒突然接到一通电话，打来的是一位女客人。

"请问是慈爱诊所吗？你们现在还营业吗？我的猫突然口吐白沫……晚上我喂它吃猫粮，一切正常，半夜突然开始咳嗽……现在还有医生在吗？"

来电的客人语气焦急，说话也有些语无伦次。

萧寒低声安抚："现在有医生坐诊，您直接过来吧，我在一楼接您。"

"好，我现在打车，十分钟就到。"对方匆匆挂了电话。

接到这位顾客时，萧寒分明察觉到自己的血液凝滞住几秒，大脑停转。自己心念许久的何老师，居然以这种情景突兀地再遇。四目相对时，两人都愣了一瞬。从何再眼神中传达的信息，萧寒知道她也还记得他，但现在不是叙旧的时候。

何再抱着猫的身躯显得更加娇小，此刻恐慌失措，双手难抑地微微发抖。

萧寒从她怀中接过仍在抽搐的猫咪，往前带路："别怕，跟我来吧。"

他的眼神和话语给了何再一份安心，她冲他点点头，"谢谢。"

所幸症状发现得早，送诊及时，猫猫度过了危险期，但还要住院观察。何冉不放心，说等猫打完针再走。

夜里的诊所安静得几乎诡异，好像不发出点什么声音，连空气也要凝结成冰。猫眼皮一搭一搭的，耐不住疲惫打起瞌睡，何冉的心情随着它的状况归于平静。她开始找萧寒聊天，无外乎怎么会在这里见到你这种客套话。

萧寒简单讲明了自己在这里做兼职，两人沉默一阵子，他也开始没话找话："何老师喜欢小动物吗？"

"不喜欢。"没想到她会这样接话。

"呃……"

看萧寒一脸讪讪的表情，何冉忍不住笑了，"我不喜欢小动物跟我养猫有什么冲突吗？"

萧寒难以言喻。

"好吧，确实挺冲突的。"害怕自己被想象成虐猫变态，何冉解释："我十六岁的时候，生了一场重病，身边没什么朋友，有次我去古镇散心，这只猫一直跟着我，赶也赶不走，后来我就把它带回家，我们俩相依为命啦，它已经陪了我快十年，是老朋友了……"何冉说到最后，声音和眼神都柔和下来。

"它叫什么名字？"萧寒问

"Jerry。"

萧寒嘴角抽了抽。

何冉噗嗤一声笑了："你这表情什么意思？猫就不能叫Jerry吗？"

她话音一停，转而道："哦对了，以后别叫我何老师了。"

"为什么？"

"我不是老师。"

萧寒哑然。

何冉解释："顾教授是我读研时期的导师，上次我是被他拉去代课的，准确地说你应该叫我学姐。"

看他一副好像呆掉的样子，何冉不禁有些得意："是不是看不出来，让你写检讨书的时候被我唬住了吧？以前当学生的时候觉得老师很威风，这次体验了一把，嗯，确实过瘾。"

萧寒没想到比自己年长的何冉，会在他面前展露出伶俐俏皮的一面，又或许她私下就是这样的人。

两人之间的距离，似乎因为这段谈话快速缩短了。

何冉离开诊所时是凌晨三四点，正好有同事和萧寒换班。女生一个人走夜路不安全，萧寒送她。

寂静空荡的马路，两旁灯光微弱，前方漆黑得看不到尽头。

萧寒想让时间慢一点，但不知不觉已到小区楼下。他们本是生活没有交集的陌生人，这次偶遇是巧合，下次不知还有没有机会再见了。正沉思中，一只手突然伸到他脸前，碰了碰他的鼻尖。那瞬间留下的触感，冰凉又柔软。

"你都不痒吗？我刚刚看了你一路，实在是忍不住了。"何冉笑着对他说。

萧寒循声望去，何冉手里捻着一根细长的猫毛，笑盈盈地看着他。在宠物诊所上班，身上没几根猫毛狗毛才不正常。

萧寒垂下眼睑，掩饰心口掠过的一阵悸动，"是有点痒。"

何冉无奈地叹了口气："我不是在问你痒不痒。"

"算了，我要回家睡觉了，明天还得早起，下周见。"她摆摆手，转身走了。

萧寒望着她的背影，后知后觉地摸摸自己的鼻子，只觉得来自肌肤之上的那抹痒感，原本似有若无，现在却越来越明显，难以名状，蠢蠢欲动。

假期后的第一周有节选修课，萧寒这才明白何冉说的"下周见"是什么意思。这次的课堂内容是外出采风，上课老师是何冉，看来她又临危受命帮顾教授代班了。

上课地点在一个公园里，秋后的湖泊边种植了一片灿烂的太阳花海，嫣红胜火，火似烈阳。学生们架起一排排画板，实景写生。

再次见到何冉，萧寒心里溢出一丝隐秘的欣喜，可当着这么多同学的面，他不好意思主动找何冉搭话，只隔得远远地看着。看她弯下腰一笔一画认真地指导学生画画，看她将被风吹乱、垂落在额前的长发拨到耳后，她回头微笑时下颌勾勒出美好柔和的弧度。直到视线里的那个人径直朝他走来，敲了敲他的画板以作提醒。萧寒抬着头，何冉望着他笑："萧寒同学，我脸上长花了吗？你一直盯着我可画不出来啊。"

萧寒心虚，下意识想遮挡自己只有潦草几笔的画纸，可惜已被何冉洞察。

何冉冲他的画啧啧几声，摇了摇头，"这么糟蹋我最喜欢的花，小心我给你结业成绩评差。"

萧寒拿起画笔正襟危坐，摆出认真的架势，以为自己真的惹她不高兴了。

何冉无奈道："算了，让位置。"

何冉伸出手，示意他把画笔交给自己，萧寒乖乖照做，何冉随意蘸取了一种颜料，开始替他修改画面。她趁机使唤萧寒："去帮我买瓶水吧，讲了半天嗓子都冒烟了，当老师可真不容易。"

公园太大了，最近的一间小卖部距离他们写生的地点来回也要十五分钟。萧寒小跑着赶回来，将水递给何冉，余光瞥见她的画作差不多完成。但她画的并不是花，是个男人。

有限的时间内，何冉画得不精细，仅仅用写意的手法勾勒出了大概的发型和五官轮廓。男子眉眼高低起伏，棱角分明。就连最开始萧寒胡乱涂描的几笔，也被她巧妙地运用到了画面中。

画中的男子与自己有几分神似，但萧寒不敢确认。如果她画的真的是他，那这意味着什么呢？一想到这里萧寒不由紧张起来。

"本来想画花的，一拿笔突然有灵感了。"何冉慷慨道，"送给你了。"

她又说："好好收起来，这可是独家绝版，其他人看到了也来找我画，今天就放不了学了。"她拍拍手，起身准备走。

也许是那幅画给的鼓励，萧寒叫住她。

"何冉……"

何冉打断他："叫我何老师。"

萧寒微顿，"你不是说……"不是说不用叫老师嘛。

"这是在学校，上课的时候当然得叫老师。"

好吧，萧寒改口："何老师……"，他犹豫两秒才接着说："待会儿放学了，我能送你回家吗？"

想要有更多的时间与她相处，可他跟女生打交道的经验实在不多，只能找如此笨拙的理由。

何冉看了眼时间，思索片刻，说："现在还太早了，我不想回家，先吃饭。"

"……那你想吃什么，我请你。"

何冉不接话，她眼神古怪地打量萧寒，语气揶揄："萧同学，你不会是想追我吧？"

萧寒一张脸瞬间涨得通红，大脑的所有神经都被她这句话刺激到了。

何冉的问题太过直白了。他点头不是，否定也不是。

何冉咯咯直笑，拍拍他的肩膀："跟你开玩笑的，别紧张。"她说，"Jerry恢复得很好，之前我还没谢谢你帮我照顾它呢，要请吃饭也应该是我请。"

何冉接着说："那来我家吃吧，我饮食比较清淡，不喜欢吃外面的。你会做饭吗？"

"会做。"

何止是会做，萧寒的厨艺完全不比酒店的厨子差，常年独自在外生活，他不喜欢吃食堂和外卖，只要有条件都会自己做饭。

何冉忌口多，他用简单的食材也能料理出丰盛的晚餐。一道清蒸鲫鱼，一道板栗焖鸡，一盘白灼青菜，还有热气腾腾的番茄蛋花汤。

今天天晴，外头太阳大，何冉毛衣穿厚了，下午写生背后出了一层薄汗，回家第一件事是先洗澡。

女人洗澡程序多，等萧寒从厨房出来，浴室的水声还没停。他有些局促，毕竟在女人家里，还是自己喜欢的女人家里，非礼勿视、非礼勿听，安静地移步到客厅沙发坐着等候。

那只叫Jerry的三花猫，在萧寒的印象中它性格高冷，不爱搭理人，今天不知怎么格外殷勤，跳到茶几上，频频翘高了尾巴用背部蹭他的手。后来他发现，自己手边放着一瓶猫薄荷。

萧寒拿起看看，拔开木质瓶塞，那只猫发出比起撒娇更像哀求般绵绵的叫声，按捺不住又打滚又蹭手的。

"猫对猫薄荷是没有抵抗力的。"身后的何冉突然说。

萧寒没听到脚步声，惊讶回头，何冉不知何时从浴室出来了，她穿着睡裙近在咫尺，濡湿缠绕的头发垂顺服帖在锁骨上，整个人周身弥漫着一股氤氲水汽，散发着淡淡的薄荷清香。

何冉挨着萧寒坐下，拿起瓶子端详："这个味道会让它们神经兴奋、如痴如醉，听说猫薄荷里面有一种成分跟母猫发情时分泌的物质很相似。"她自己嗅嗅，又将瓶身递到萧寒鼻前，"你闻闻，好像没什么特殊的气味吧？"

靠得太近，萧寒的鼻腔被何冉身上的香味充盈，甚至大脑也被占据。他心里有鬼，喉咙发紧，站起身答非所问："先吃饭吧，菜要凉了。"

在北方吃惯了面食，一道道清淡美味的南方菜久违又想念，何冉惊讶于萧寒怎么会知道自己的口味喜好。

萧寒也说不上来为什么，就是知道。

这个家，作为一个女生的住所确实算不上整洁，甚至有些杂乱，物品摆放得杂乱无章，可以看出女主人的性格也一样随性散漫。这不，饭吃到一半，何冉就开始四处摸索："咦，我手机呢？"她原地打转几圈，又去浴室和卧室找过了，一无所获。

萧寒说："我打给你试试？"

"好。"

已经能在心里默背的数字，从何冉口中念了出来，萧寒拨通电话后，帮何冉一起找。

"在这里。"

萧寒从一本画册下面找到手机。

一眼瞥见，屏幕上本应该显示陌生号码的自己，居然有名有姓，萧寒。

"你怎么……"

像是猜到他的疑惑，何冉说："你们学校的点名册里居然备注了学生电话，真可怕，好像一逃课就可以直接打电话逮人，我顺手保存了。"

这次萧寒脑筋转得很快。也就是说，早在第一次见面，她就存了他的号码。后来他一声不吭地给她打电话，她也知道是他，还跟他说晚安。

思绪轮过几番，一些梦境里的旖旎碎片从眼前晃过，萧寒心神颤振，似乎是为了验证那些荒谬的梦并非自己一厢情愿的觊觎。他不由得问："你那次，为什么会说我们之前见过？"

何冉漫不经心地滑着手机屏幕，"有吗，我什么时候说过？"

"第一次上课，点名的时候，你当着全班的面。"

何冉心不在焉地回着消息，"可能就是随口一提吧，我忘记了。"

萧寒从她手里掠过手机，认真道："何冉，你看着我。"

他点名道姓，一点对老师的尊敬都没有了。

何冉觉得气场正往另一个方向倾斜，她试图纠正："叫何老师。"

"不，何冉。"萧寒一字字地说，平静却坚定。

何冉回望他，无奈地叹了口气："你这人怎么这么较真啊。"

"你是不是没跟女孩子搭过讪，这种话不是很常见吗？我们是不是在哪里见过，我遇到长相俊俏的小弟弟都是这么搭话的，显得有缘。"

萧寒定定地看着她，眉头紧皱，无不显露出对她轻佻语气的不满。

"哦，你还跟谁有缘？"

"……"何冉无言以对。

她竟从这个沉默寡语的年轻人身上感受到了压迫感，与之而来的，是同样强烈的吸引力。

他眼仁黑亮，深不见底，摄取人心。

何冉受了蛊惑，等回过神来，她的唇已短暂地从萧寒嘴边离开。下意识地想要道歉，"对不起……"

没给何冉抽身离开的机会，萧寒反客为主，她的后脑勺被他宽大的手掌盖住，按向自己。

…………

之后的一年里，萧寒的记忆经常倒回那个夜晚。何冉丝缎般乌黑顺滑的长发，柔嫩如雪的脸颊覆着一层细腻浅浅的绒毛，她垂眸时浓密蒲扇的睫毛，还有脖颈间缠绕的甜香味。每次回忆，都是一遍自我凌迟。

少年还沉浸在初恋的炽热与欣喜中，可一夜之间梦碎坠入谷底，面对冰冷的不告而别。没有争吵，没有误会，没有解释，她如昙花一现留下美丽的回忆，匆匆消失。刚开始他每天给她打电话，起初她一直关机，后来号码过期成了空号。

试了很多方法打听她的消息，但认识的人实在有限。顾院长也不知道内情，只说她出国了，至于出国去干什么了，他也不太清楚。

萧寒还查到了她的社交账号，她是一个小有名气的自由画家，粉丝数近十万。萧寒发现每一篇内容下都有同一个男性账号的回复，点开他的主页，只有寥寥几篇关于医学的内容，应该是名医生。仔细追寻图文里的蛛丝马迹，萧寒发现两人曾经分享过同一片天空的云彩。但这两个账号都在一年前停止更新了，有老粉丝说何冉在养病，很久联系不上。一切线索中断，她像人间蒸发。

室友们后来知道萧寒被一个女人伤了心，但他从来不提那个人是谁，他们也无从了解详情。

胡旭一副过来人的语气，开玩笑安慰他：爱情总是伤痛的，天涯何处无芳草，何必贪恋一枝花。

萧寒只听进了前半句，言之有理，但也不该是这种程度。他们之间往浅了说不过是萍水相逢，他还不曾细尝美好，为何就该承受这样深刻的反噬。萧寒不止一次给她写信，一封没有寄件地址的信。即使不能见面，没有结果，请求她至少告诉自己，她是否安好。

熬过了最初那段近乎执念的疯狂寻找，所有人都以为萧寒放弃了，又变回那个除了学习之外一切都漠不关心的萧寒。萧寒的生活并没有受到很大影响，每次考试依旧是名列前茅，课题项目受到老师的欣赏举荐，是科系的重点栽培对象。

时间平淡如水地流逝着，一切顺利，只是每每在不期然想起她时，心口总是无边无际地痛。

奇怪的是，自她别后，萧寒不再做梦了。

他倒是想梦到她的。每一个无法入眠的漫漫长夜，思绪坠入漆黑冰冷的湖底，浑浑噩噩分不清虚假与现实。那种揪心的痛感经久不息，缓缓啃噬着他的身体，将他吞没。明明不曾拥有，却像失去了比生命更重要的东西。

萧寒隐隐觉得她去了一个很远很远的地方，一个思念再浓也无法触达的地方。如果她能收到，那为什么不在梦里回信。

好想再见她一面。

好想再见她一面。

微风燥热，樱桃熟烂，鸣蝉喊喊。

又是一年盛夏，大四学生毕业。年前萧寒在一家国内有名的IT公司实习，表现出色，毕业后顺利转正。下个月他正式入职，以后，也许不会有什么理由再回到这座寒冷的北方城市。

胡旭说真羡慕你，一毕业就有这么好的工作，我还不知道往哪家公司投简历。而林邵洋选择考研，心安理得地再做几年学生。

其他学生多数亦是如此，大学更像是他们与这个残酷社会之间的最后一道保护伞。比起毕业的依依惜别，更多是对未来的憧憬或者迷茫。

百年老榕树下，教师组织着同年级的学生们拍毕业照。众学生一律穿着整齐肃穆的学士服，头戴高顶流苏帽，最后一次合影留念。按下快门的那一瞬，数百个帽子朝空中划出高高的抛物线，落入蓝天白云，象征着梦想飞扬起航。

离校前，萧寒回到宿舍收拾衣物，恍然发现这一年窗外那棵梧桐树长高了不少，新生的枝桠跃跃欲试地探进寝室里，横在他的桌前。萧寒走过去，指尖碰了碰翠绿宽阔的叶子，为它掸去细微的灰尘。曾经那些压抑在心底的无人理解的秘密，这棵树是他唯一的听众，如今也该跟它好好道别。

桌上放着一本厚重的毕业纪念册，底下压着几封教师寄语、毕业祝福，大四的每个学生都有一份。萧寒随意翻阅着，每封信的内容相差无几。随着文字回忆起过去四年恩师们的教导，心里微澜轻起。

翻到某一篇时，他突然双手定住，浑身无法抑制地细微颤抖。像是不敢置信，又像是心中余烬复燃。他蓦地转身，不顾一切地冲出宿舍，快步跑下楼梯，跑过每一条校道、找遍每一间教室。有同学跟他打招呼，他无暇回应，枉然四顾，急切寻找。

他与所有人背道而驰，他的时间早已停滞不前，即使头破血流跑到终点也所谓。

风呼呼地擦过脸庞，眼角刺痛。那些无数个隐忍的夜晚，反复发作且无处安放的思恋，统统蓄积成凝重的泪，滴滴滚烫，快要灼伤自己。

从来不惧所爱隔山海，只怕翻山越海，尽头已无故人。

男生寝室的窗户没有关紧，一阵风卷过，花香浮动，茂叶簌簌作响。桌上，一张信纸缓缓吹落在地。字迹一如其主，纤细恣性，任情跃然。

"家乡的星星好美，带我去看看吧。"